DÖRLEMANN

Christina Viragh

Montag bis Mittwoch

Roman

Dörlemann

Dieses Buch ist auch als Dörlemann eBook erhältlich.
eBook ISBN 978-3-03820-905-8

Umschlaggestaltung: Mike Bierwolf
unter Verwendung von Grafiken von
Madredus/Shutterstock und kalosieros/Shutterstock
Satz: Dörlemann Satz, Lemförde
Druck und Bindung: Print Best, Viljandi
ISBN 978-3-03820-123-6
www.doerlemann.ch

Für die Dreißig in der Neujahrsnacht

Montag im August, alle noch am Leben, die beiden zum Beispiel, die jetzt in der größten Hitze nördlich von Rom in den Bergen von Tolfa, eigentlich Vulkanhügel, sechshundert Meter über Meer, nach einer etruskischen Totenstadt graben. Selbstverständlich ohne Genehmigung, wer käme schon an dieser entlegenen Waldlichtung vorbei. Sie sieht ja auch nicht nach Totenstadt aus, keine von Vegetation überwachsenen Höcker, die auf etruskische Tumulusgräber deuten, wie es in Etrurien, Toskana, Umbrien, Latium, viele gibt, ausgegrabene und nicht ausgegrabene. Die Lichtung ist mehr oder weniger viereckig, ihre Längsachse genau nach Norden ausgerichtet. In ihrem südöstlichen Teil eine alte Eiche. Am Boden trockenes gelbes Gras, vertrocknete Disteln. Ringsum Mischwald, Buche, Eiche, Hagebuche, immergrüne Steineiche, Erdbeerbaum. Im Wald dichter Schatten, da und dort ein Sonnenfleck. Zikadensägen.

Jetzt um den Mittag an diesem Montag Anfang der achtziger Jahre sitzen die beiden im Schatten am Waldrand, so verrückt sind nicht einmal sie, um diese Zeit in der Erde zu stochern. Sie essen ihre panini, pomodoro e mozzarella, bresaola e rucola. Vor ihnen sitzt ein mittelgroßer gelber Hund, fixiert sie. Einer der beiden reißt ein Stück von seinem panino ab und wirft es ihm hin. Einer der beiden, vierundzwanzig, groß gewachsen, dünn und trotz der Hitze in langer Hose und mit geschlossenen Schuhen, vielleicht aufgrund korrekter Überlegungen betreffend Sonneneinstrahlung, Dornengestrüpp und Vipern. Er ist Schweizer. Der andere, zweiundzwanzig, trägt abgeschnittene ausgefranste Jeans und sonst nichts außer Turnschuhen. Dementsprechend Kratzer an seinem Oberkörper und seinen Waden. Es führt ja kein Weg durchs Gestrüpp, das Hemd des Schweizers hat die Art Riss, die man in der Schweiz Dreiangel nennt. Sogar der Hund hat einen blutigen Kratzer an einem der aufgerichteten, an der Spitze geknickten Ohren. Er ist eine Promenadenmischung, einem Dingo nicht unähnlich, mittelgroß, gelbes Fell, lang gezogene Schnauze, so ein Hund von der Sorte Vorstadt-Anubis, sagt der korrekt gekleidete junge Mann. Im Übrigen heißt der Hund Vel. Etruskischer Name, hat der Halbnackte, ein Deutscher, gesagt, er hat dem Hund den Namen gegeben. Er selbst lässt sich Oreste nennen, eigentlich heißt er Horst, aber das spricht dir kein Italiener aus. Der Schweizer heißt Marius. Ja, sein Vater ist Lateinprofessor. Marius. Nenn ihn ja nicht Mario, das verträgt er nicht, solche Anbiederungen, genauer gesagt, die Unterstellung, dass er sich mit der Italianisierung seines Namens anbiedern wollen würde. Er spricht besser Italienisch als Horst-Oreste, der ihn in der via dei Capocci, Rom, mit deutschem Akzent auf Englisch ansprach und ihm dann auf Deutsch für fünfzigtausend Lire zehn Gramm Marihuana andrehen wollte. Marius kifft nicht. Was ihn nicht gehindert hätte, das Zeug zu kaufen, hätte er so viel Geld dabeigehabt.

Also, am Waldrand im Schatten, ein Uhr jetzt, Montag im August und alle noch am Leben. Sie essen die letzten Bissen ihrer panini, pomodoro e mozzarella, bresaola e rucola, der Hund Anubis Vel sitzt neben Horst. Horst Oreste zu nennen, weigert sich Marius. Obwohl Oreste doch, hat Horst gesagt, ein römischer Kaiser war. Klar, hat Marius gesagt, und hat er nicht auch Rom angezündet. Nero, hat Horst gesagt, das war Nero, glaube ich.

Sie sitzen im Schatten am Waldrand, Marius sagt, die Zikaden sollte man abstellen können. Das Gesäge ist ohrenspaltend, und man hat das Gefühl, es erzeuge die Hitze. Die Frage, wie die Zikaden das vom Morgen bis zum Sonnenuntergang durchhalten, strengt einen Teil des Denkens dauernd an. Horst sagt, hast recht, die sollte man abstellen können. Er drückt eine Handfläche und die Faust mit dem panino gegen die Ohren, nimmt sie weg, drückt sie wieder an, wodurch das Gesäge noch verrückter pulsiert. Ein Stück mozzarella fällt aus dem panino. Der Hund schnellt hoch und schnappt es sich.

Sie liegen im Schatten am Waldrand, auf trockenen Blättern, vertrockneten Eichelkapseln, stacheligem Gras, Steinchen, roten Waldameisen. Scheiße, sagt Horst, diese ganzen Ameisen. Lass sie doch, sagt Marius. Auf seinem weißen Hemd krabbeln sie schon. Horst hat sein T-Shirt angezogen, nützt nicht viel. Soll doch dieser Vel Jagd auf sie machen, wozu ist der ein Hund. Los, Vel, da. Mit der Höflichkeit der Hunde schnappt Vel nach einer Ameise, kaut mit hochgezogenen Lefzen und angeekeltem Ausdruck lange an ihr. Vergiss es, sagt Horst. Marius wischt sich die Ameisen vom Hemd, nein, stimmt nicht, er berührt sie nicht, die Hand wischt ein paar Zentimeter über dem Stoff durch die Luft, fällt zu Boden. Marius ist weg. Weggetreten. Dass der einfach so einschlafen kann. Horst liegt wach im Grillensägen wie auf einem, wie heißt das Ding, Fakirbett oder Fakirbrett.

Vielleicht hat Horst doch eine Weile geschlafen, der Hund schläft immer noch, auf der Seite liegend, die Läufe weggestreckt. Es ist jetzt zwei Uhr an diesem Montag im Schatten am Waldrand, Marius lacht im Traum so komisch. Mann, was ist? Da war einer, sagt Marius. Er ist wie immer auf einen Schlag hellwach. Was für einer? Einer mit einem komischen Namen, etwas wie Touristisch. Den hast du geträumt? Ja. Scheiße, das ist Alfred. Muss Alfred sein. Der heißt Turidis, ist Litauer. Alfred Turidis. Turidis, ja, könnte sein, sagt Marius. Und was machte Alfred im Traum? Hauptsächlich umherlaufen, hier auf der Lichtung, zwischen kleinen Tumulusgräbern. Echt? Echt. Ach du große Scheiße. Ich wüsste nicht, warum das eine Scheiße wäre. Doch, um Alfred ist es geschehen. Träum nicht jemanden auf einer Etruskerlichtung zwischen Gräbern, wenn du nicht willst, dass er stirbt. Jetzt übertreib nicht. Ich weiß, was ich sage, sagt Horst. Was ist das für ein Alfred? Ja, eben aus Litauen, aber er spricht deutsch, Mutter Deutschlitauerin, er wohnt in der via in Selci. Und was macht er in der via in Selci? Nichts, studieren, ich weiß es nicht so genau, er ist schon seit mehr als einem Jahr in Rom. Der arme Alfred.

Halb drei im Schatten am Waldrand, Horst sitzt an einen Stamm gelehnt, der Hund schläft immer noch, Marius wieder. Wenn der nur nicht von Alfred weiterträumt, und der Hund womöglich auch. Man sollte sich eine rollen, aber Horst wagt nicht, sich eine zu rollen, das Zeug, das er hat, ist zwar nicht stark, aber wer weiß, was man plötzlich auf der Lichtung sehen könnte. Den Alfred oder geradewegs die Etrusker, ja, die Etrusker, dort, im Schatten der einzelnen Eiche. Früher Nachmittag im August, die Sonne steht nicht mehr im Zenit, aber das Licht ist noch überhell, Dinge im Schatten siehst du so schlecht, dass sie auch da sein könnten. Und dieser Vel ist auf einmal wach und spitzt die Ohren so komisch. Hat die eingeknickten Spitzen plötzlich aufgestellt. Und blickt zur Eiche hinüber, genau zur Eiche. Horst kneift die Augen zusammen, sieht nichts. Aber vielleicht nur, weil die dort stillstehen, den einen Arm vorgestreckt, die Hand erhoben, die andere Hand auf den Kopf gelegt, in Trauerhaltung, reglos. Sie trauern um Alfred. Und um die Kinder, die hier begraben sind, Marius hat doch diese ganzen kleinen Tumulusgräber geträumt. Horst klaubt eine Sonnenbrille aus seiner Umhängetasche, von lausiger Qualität, die Brille, im Gegenlicht hast du einen Film darauf. Abnehmen, wieder die Augen zusammenkneifen, immer noch nichts. Aber die Ohren von diesem Vel immer noch bis in die Spitzen aufgestellt. Die Etrusker sind da. Du denkst, das gibt's nicht, wenn sie da wären, müsste man eine Bewegung sehen, so lange so reglos können die doch unmöglich stehen, den einen Arm vorgestreckt, die Hand erhoben, die andere Hand auf den Kopf gelegt, aber sie können. Weil sie nicht so sind wie wir. Kannst nicht, denkt Horst, von uns zu ihnen extrapolieren. Extrapolieren, das hat ihm jemand gesagt, hat ihm erklärt, dass es Ausdehnen eines Sachverhalts auf andere, unbekannte Sachverhalte bedeutet. Soll man nicht. Wenn wir nicht so stehen können, so reglos, können die noch lange. Auch weil sie selber tot sind. Alte Etrusker von sechshundert vor Christus, die hier Alfred und ihre im Jahr sechshundertzwölf oder sechshundertsieben oder sechshundertdrei verstorbenen Kinder betrauern. Kannst nicht zu ihnen extrapolieren. Du denkst, na gut, klar kann man so reglos stehen, wenn man tot ist, aber das ist nur für dich reglos, was weißt du, was der Tote eigentlich macht.

Was wird Alfred machen, ausgestreckt auf einer Bahre, in seinem orangen outfit, in seinem orangen indischen Pyjama mit den Glitzerfäden.

Sie sitzen und liegen im Schatten am Waldrand, Montag im August und alle noch am Leben, auch wenn dieser Marius vielleicht gerade träumt, wie Alfred zwischen den Tumulusgräbern getorkelt kommt, er und doch nicht mehr er, die Augen mandelförmig, die Lippen in einem schiefen Lächeln, seltsame Flecken auf dem outfit, die Glitzerfäden ohne Glanz. Ja, um ihn trauern die Etrusker dort, den einen Arm vorgestreckt, die Hand erhoben, die andere Hand auf den Kopf gelegt. Auch um ihn. Der Vel liegt ja auch so komisch, wach, in angespannter Haltung, den Kopf flach zwischen den gestreckten Vorderläufen. Der wartet auf etwas. Dass Alfred näher kommt? Der sieht vielleicht, was Marius im Traum sieht. Vel, sagt Horst. Der Hund dreht kurz ein Ohr in seine Richtung. Es wäre besser, denkt Horst, wenn der nicht hier wäre, Hunde sehen zu viel, das ist ein Stress, neben diesem Marius. Wäre auch besser ohne Marius, aber wer käme sonst mit, jetzt im August, in dieser Hitze, in diesem Grillengesäge. Was willst du da finden, hat Marius in der via dei Capocci gefragt. Irgendwas, es liegt bestimmt was in der Erde, Grabbeigaben, eine Eidechse aus Bronze, eine Scherbe mit aufgemalter dreiköpfiger Schlange, eine genoppte Goldfibel, ein hinterhältig lächelnder Mädchenkopf, eine Urne mit Zickzackmuster, ein zweiköpfiger Hirsch auf Rädern. Horst weiß, wem er das alles verscherbeln könnte. Hey, sagt er laut, der Hund schnellt hoch. Machen wir weiter. Marius ist schlagartig wach, so wie auch schon an diesem Montag im August. Was ist, fragt er. Machen wir weiter. Du hast mich im schönsten Traum unterbrochen. Nicht schon wieder, Mann. Doch, schon wieder, tust du dauernd. Tu ich nicht, hast du wieder von Alfred geträumt? Von was für einem Alfred? Der hat das schon vergessen. Weil es ihn nicht interessiert. Ist schon klar, der registriert nur, was ihn interessiert. Alfred Turidis, Mann, von dem hast du doch geträumt, erinnerst du dich nicht mehr. Vielleicht. Was heißt vielleicht, sag, was du geträumt hast. Ein großes kaltes Bier, so kalt, dass das Glas beschlagen war, ich wollte gerade danach greifen, als du angefangen hast herumzubrüllen. Ein kaltes Bier, na ja, wäre schon nicht schlecht. Sie haben nur eine Flasche Wasser dabei, haben sie an einem römischen Brunnen abgefüllt. Lauwarm geworden, die Hälfte hat der Hund getrunken. Durstig, der Hund. Und auch ziemlich mager. Was meinst du, lebt der immer hier im Wald, hat Horst gefragt. Ja, hat Marius gesagt. Was der wohl das ganze Jahr so macht, hat Horst gefragt. Überleben, hat Marius gesagt.

Den ganzen August. Den ganzen September. Den ganzen Oktober. Den ganzen November. Den ganzen Dezember. Den ganzen Januar. Den ganzen Februar. Den ganzen März. Den ganzen April. Den ganzen Mai. Den ganzen Juni. Den ganzen Juli.

Im August, in diesem August, sagt Horst, ja, wirklich, ein kaltes Bier wäre nicht schlecht, sonst hast du nichts geträumt? Wieso, genügt das nicht, hätte ich auch noch Salzbrezel träumen sollen? Nö, zwei Biere, aber machen wir weiter. Die Sonne steht zwar nicht mehr im Zenit, sie geht kurz nach sechs Uhr auf und kurz nach zwanzig Uhr unter, aber es sind dreiunddreißig Grad im Schatten, und es ist drei Uhr, wozu in die kompakte Sonnenluft der Lichtung hinaustreten, um weiter in der bröselig trockenen Erde zu kratzen, während der Hund einen aus dem Schatten mit den Augen verfolgt. Doch, machen wir weiter, wir haben nicht viel Zeit, der letzte Bus fährt um achtzehn Uhr zehn, und bis nach Tolfa ist es fast eine Stunde. Durch den Wald, auf dem Schotterweg, auf der asphaltierten Straße. Morgen ist auch ein Tag, sagt Marius. Trink heute, wer weiß, ob es ein Morgen gibt, sagen die Etrusker, sagt Horst.

Doch, es gibt. Morgen, Dienstag. Horst wird in Rom im Monti-Viertel in einer Bar stehen, lausiger Kaffee, für die Touristen, die anständigen Bars sind zu, alle in den Ferien, August. In seiner Umhängetasche eine Handschaufel, hat er sich bei der Nachbarin ausgeliehen, der signora Renata, die hat Topfpflanzen. Zehn vor acht, besser, heute früh da hinauszufahren, damit wir nicht wieder einen halben Hitzschlag kriegen, hoffentlich ist dieser Marius pünktlich. Und wer wird um acht die Bar betreten? Alfred. Nie, verstehst du, nie würde der freiwillig vor zehn Uhr aufstehen, und jetzt betritt er um acht die Bar. Mann, Alfred, was machst du hier so früh? Ventilator in seinem Zimmer in der via in Selci kaputt, hat die ganze Nacht nicht geschlafen, in Palanga, wo er als Kind seine Sommer verbrachte, wird es nicht mehr als fünfundzwanzig Grad. Palanga? Badeort in Litauen, er fuhr jeweils mit seiner Großmutter hin, weitgehend schweigend.

Er redet wenig, sagte die Großmutter zu ihrer Freundin Wilma. Sie schauten zu, wie Alfred am Wellenrand entlanglief, über den einmal überspülten, einmal freiliegenden Sand. Manchmal sank er ein, manchmal blieb er stehen und bückte sich. Er sucht Muscheln, sagte Wilma. Ja, sagte die Großmutter. Nein, er suchte keine Muscheln.

Er horchte auf das Prickeln, mit dem das Meer die Welle zurückzog. Die schönen Tage von Palanga. Geh mit diesen Kindern spielen, sagte die Großmutter, aber Alfred wollte nicht. Er wollte auch nicht, dass die Eltern für ein paar Tage kamen. Er wollte nicht, dass sie in Strandschuhen durch den Sand wateten und ihm schon von Weitem zuriefen, Fredulchen. Er wollte nicht, dass sie neben der Großmutter und Wilma auf Liegestühlen lagen und beobachteten, wie er dort unten über den nassen Sand lief und sich zwischendurch bückte. Er wollte nicht, dass der Vater sagte, er sucht Muscheln, und die Mutter sagte, ich gehe ihm suchen helfen. Dreimal fiel er beim Davonrennen hin.

Ach so, Ventilator kaputt, wird Horst am Dienstag in der Bar sagen, gehen wir weg hier. Wieso? Der Kaffee ist lausig. Aber nicht das wird es sein, sondern die Uhrzeit, zwei Minuten vor acht, Dienstag, wenn dieser Marius pünktlich ist, trudelt er jetzt hier ein. Und erkennt Alfred und sagt vielleicht, nicht sicher, aber vielleicht wird er sich erinnern, am Montag auf der Lichtung gibt es ja wegen Alfred noch Streit, und sagt vielleicht, bist du nicht der Alfred. Und was machst du, wenn du Alfred bist und dich einer erkennt, den du nicht kennst. Du fragst, woher kennst du mich. Und es wird dir gesagt, dass du in einem Traum zwischen etruskischen Gräbern umherliefst, und du wirst wissen wollen, was das bedeutet. Bloß das nicht. Gehen wir in den Parco degli Acquedotti, wird Horst morgen, Dienstag, sagen, dort ist Wasser und sonst niemand. Kenn ich gar nicht, wie kommt man dahin? Wir nehmen bei Cavour die Metro bis Termini, steigen auf die Linie A um und fahren bis Subaugusta. Hast du Tickets? Nein, hat Horst nicht, aber es ist kein Problem, über die Drehkreuze zu steigen. So werden sie am Dienstag durch das ausgestorbene Tuscolano-Viertel irren, weil sie auf der falschen Seite von der Metro heraufgekommen sind und in der falschen Richtung weiterlaufen, vom Park weg, statt auf ihn zu.

Morgen, sagt Horst an diesem Augustmontag, an dem alle noch am Leben sind, bringe ich eine Handschaufel mit. Vielleicht gibt es kein Morgen, sagt Marius. Wieso sagst du das? Du sagst es, beziehungsweise deine Etrusker, pi, pa, po, wir wissen nicht, ob es ein Morgen gibt. Wieso pi, pa, po? Ich nehme an, dass Etruskisch so klingt. Mach dich nicht lustig, Mann. Ich mache mich nicht lustig, schon gar nicht in dieser Hitze. Ja, das Hemd klebt Marius am Oberkörper, Bruchstücke von vertrockneten braunen Blättern haften daran.

August, hitzedunstiges Licht, zwei laufen auf einer mehr oder weniger viereckigen Lichtung umher, deren Achse nach Norden ausgerichtet ist. Ein einzelner großer Baum, alt, Eiche. Darunter ein mittelgroßer gelber Hund, die Ohren an der Spitze geknickt. Er beobachtet die beiden. Die bleiben immer wieder stehen, der im weißen Hemd, Marius, stochert mit einem Stock im Boden, ohne Überzeugung. Mann, sagt der mit dem nackten Oberkörper, wir haben nicht mehr die richtigen Instinkte. Weil man mit den richtigen Instinkten das Verscherbelbare im Boden spürt, eine Eidechse aus Bronze, eine Scherbe mit aufgemalter dreiköpfiger Schlange, eine genoppte Goldfibel, einen hinterhältig lächelnden Mädchenkopf, eine Urne mit Zickzackmuster, einen zweiköpfigen Hirsch auf Rädern. Ruf doch den Hund, sagt Marius, wenn du Instinkte brauchst. Horst pfeift, der Hund stellt die Ohren auf, aber nicht bis in die Spitzen, rührt sich auch nicht aus dem Schatten der

Eiche. Der ist nicht so dumm, sagt Marius. Dumm waren nur wir, wie wir bei dieser Höllenhitze auf der Lichtung umherliefen, wird Horst später sagen. Noch aber ist es dieser Montag, Horst läuft voraus, er läuft meistens voraus und nach rechts und nach links, wie ein Hund, er schon.

Wie lange hältst du das durch an einem Augustmontag? Nicht lange. Bald verträgst du das Stechen der Disteln und der trockenen Grashalme an deinen Waden nicht mehr, in deinen Turnschuhen sind Erdkrümel, dein Haar hängt in nassen Strähnen herunter, das T-Shirt hast du wieder ausgezogen, der Bund deiner Bermudajeans ist nass vor Schweiß. Dazu dieses Zikadengesäge. Steh nicht rum, Mann, tu auch was. Auch ist ein großes Wort, sagt Marius, und mir reicht's für den Moment.

Drei Uhr an einem Montag im August, zwei schauen aus dem Schatten einer alten Eiche zu, wie ein Dritter auf einer Lichtung umherläuft, aber nicht mehr lange, dann kommt auch Horst auf die Eiche zu. Zögernd. Er kommt zögernd. Waren da nicht diese Etrusker, den einen Arm vorgestreckt, die Hand erhoben, die andere Hand auf den Kopf gelegt, in Trauer um Alfred. Komm weg hier, Mann. Ich denke nicht daran. Doch, kommt weg, beide. Dieser Hund, dieser Vel schaut ja auch so komisch, sitzt, hechelt mit der Zunge, hat die Ohren aufgestellt, wenn auch nicht bis in die Spitzen. Marius sagt, wir bleiben hier.

Augustnachmittag im Schatten einer Eiche, zwei sitzen, einer von ihnen hat die Turnschuhe ausgezogen, ein Dritter liegt auf der Seite, die Läufe von sich gestreckt. Horst ist wütend. Wieso bist du überhaupt mitgekommen, Mann? Tja, wer das wüsste. Ist das ein Arschloch. Rollen kannst du dir auch keine, mit diesem Marius teilt Horst nicht, der hat ihm auch nichts abgekauft. Morgen komm ich allein, nein, ich komm nicht allein, geh nicht allein an Orte, wo jemand jemanden geträumt hat. Den Alfred. Sag doch endlich, wie er ausgesehen hat. Wer? Alfred, Alfred Turidis. Was für ein Alfred Turidis? Das gibt's doch nicht, dass du den dauernd vergisst, zuerst träumst du ihn, dann vergisst du ihn. Ein Bier habe ich geträumt. Klar, wie soll sich dieser Marius an seinen vorletzten Traum erinnern, ist ja schon zwei Stunden her, dem ist egal, ob Alfred lebt oder stirbt. Das ist Etruskerland, du solltest die Dinge ernst nehmen, Mann.

Augustnachmittag im Schatten einer Eiche, zwei sitzen, einer liegt weiter weg auf dem Bauch, den Kopf flach zwischen den Vorderläufen, die Ohren aufgestellt, fast bis in die Spitzen. Hunde mögen es nicht, wenn gestritten wird. Horst, dieser Trottel mit seinem Aberglauben, wenn alle tot wären, die Marius je geträumt hat, wäre um ihn herum niemand mehr, sein Vater nicht, seine beiden Schwestern nicht, von Margrit ganz zu schweigen, seiner Verlobten. Du hörst nie zu, Mann, ich sag doch, das hier ist Etruskerland, das ist etwas anderes. Marius wüsste nicht. Was heißt wüsste nicht, er war es doch, der die Tumulusgräber geträumt hat, er war es, der Alfred geträumt hat. Nicht Alfred, irgendeinen, der da umherlief. Aha, du erinnerst dich. Jetzt, da du's sagst. Augustnachmittag, Montag, mehr ist aus Marius nicht herauszuholen, nicht, wie der Umherlaufende aussah, sein Gesicht, womöglich sein oranges outfit mit Glitzerfäden. Träume gehen nicht so. Wie denn? Du siehst praktisch nie, was einer anhat, siehst auch sein Gesicht nicht wirklich, brauchst du auch nicht, er ist dir auch so völlig vertraut oder völlig fremd, du spürst das, und das genügt. Und wenn du's wissen willst, einmal siehst du Menschen und Dinge, einmal nicht, oder besser, du siehst sie und siehst sie nicht. Was heißt das, also hast du Alfred gar nicht gesehen? Hör auf mit diesem Alfred, was hast du mit dem? Nichts, Mann, was willst du sagen? Was sollte Marius sagen wollen, wenn ihn das Ganze nicht interessiert, seinetwegen kann Horst mit diesem Albert, Alfred verheiratet sein. Ich bin nicht schwul, Mann. Wie gesagt, Marius ist das egal. Dir ist so ziemlich alles egal, was? Aber Horst kann ihm eines sagen, nämlich dass das hier Etruskerterrain ist und er aufpassen sollte. Denen war nichts egal. Die Eiche hier zum Beispiel, die ist nicht nur ein Baum, sondern auch eine Gottheit, eine gute oder böse, je nachdem. Ja, Horst weiß schon, dass diese Eiche nicht so alt ist wie die Etrusker, aber das spielt keine Rolle, hier ist alles heilig. Marius soll nicht meinen, er könne das verulken, wir reden von Menschenopfern, Mann. Die Eichengottheit könnte das verlangen. Wie ungemütlich, sagt Marius.

Montagnachmittag im August, es sind aber immer noch alle am Leben, sogar hat sich einer die Turnschuhe wieder an die Füße gequält, wir können nicht einfach rumsitzen, Mann. Halb vier, zwei laufen auf der Lichtung umher. Marius schaut ihnen zu, auf einen Stock gestützt. Horst und der Hund laufen von der Eiche weg, an der Nord-Süd-Achse der Lichtung entlang. Bleiben stehen. Hier ist was, ruft Horst. Ach, wirklich? Das ist an diesem Augustnachmittag der Moment, in dem sich Marius zu interessieren beginnt, nicht heftig, aber immerhin. Immerhin stößt er sich von seinem Stock ab, mit zu viel Schwung, er verliert fast das Gleichgewicht. Da ist schon lautes Gebell auf der Lichtung, was Horst nicht vergessen wird, da war etwas, der Hund bellte ja wie wild, wird er sagen.

Montag, ja, er bellt wie wild, seit sich oder weil sich Horst auf den Bauch geworfen hat, um das bestimmt hier im Boden liegende Verscherbelbare zu hören, mindestens den hinterhältig lächelnden Mädchenkopf, der ist auch leichter zu transportieren als der verästelte Hirsch mit den zwei Köpfen. Augustnachmittag, drei graben schwitzend nach dem Mädchenkopf, genauer, einer gräbt ernsthaft mit den Vorderpfoten, schnüffelt zwischendurch im entstehenden Loch, zwei scharren mithilfe von Steinen, auf einen Arm und die flache Hand gestützt. Scheiße, sagt Horst, morgen bringe ich eine Handschaufel mit, leih dir auch eine bei jemandem aus. Wir sollten früher hier sein, sagt Marius, gegen Mittag ist es ein Blödsinn. Hast recht, morgen um acht in der Bar.

Morgen Dienstag nach dem Montag. Mit dem glitzernden Alfred also durch die via Orazio Pulvillo, von der Metrostation Subaugusta weg, in die falsche Richtung. Wo ist denn dieser Parco degli Acquedotti? Müsste gleich kommen, Mann. Zwanzig Minuten später an diesem Dienstag im August sagt Horst, ich versteh's nicht, gehen wir was trinken, bevor wir einen Hitzschlag kriegen. Sie werden länger suchen müssen. Auch hier alles dicht, niemand auf der Straße, die einzige geöffnete Bar zwei Straßen entfernt. August. In der einzigen Bar ein einziger Gast. Das ist S. G., der Sänger, geflohen aus der DDR, hat bei uns Gesang studiert, in Milano, glaube ich, ist auch hier in der Oper aufgetreten, in Nabucco, glaube ich, als Gefangener im Chor, er muss hohe Schuhe und wattierte Kostüme tragen, weil er so klein und schmächtig ist, er kommt jeden Tag, sagt Ernesto, der Barmann. Dienstag, schon halb elf, Mann, ich muss was essen, sonst kippe ich um. Ich auch, sagt Alfred. Immerhin, er sagt etwas. Hat bisher geschwiegen, genickt, als Horst fragte, ob er auch eine Cola wolle. Dazu ein panino mozzarella e rucola, Horst isst eins mit mozzarella e melanzane. Später Augustvormittag, Dienstag, der Sänger hat seinen Wein getrunken, geht, a domani. Das Leben ist ein Tanz von Teilchen, die sich dauernd zu neuen und wieder zerfallenden Figuren zusammensetzen, hat Alfred hinten auf einen Kassenzettel geschrieben, in Miniaturschrift. Die letzten Worte eines Todgeweihten, oder warum liest der jetzt das vor? Warum hast du das geschrieben? Vergiss es, Horst, auf solche Fragen antwortet Alfred nicht.

Was macht man mit einem, der nicht mehr redet? Man könnte ihn Vanth vorstellen, der Todesdämonin, und sie bitten, dass sie ihn freundlich ins Jenseits geleitet, was immer bei solchen geflügelten Wesen freundlich heißt. Es kann ja nicht damit vergleichbar sein, wie zum Beispiel Ernesto ihnen zum Abschied freundlich zuwinkt und buona continuazione wünscht. Gute Fortsetzung, dieses Dienstags, dieses Lebens. Mit welcher verzerrten, zu viele zu spitze Zähne freilegenden Fratze, die sie für ein Lächeln hält, würde Vanth das Anliegen entgegennehmen. Lassen wir das besser. Erst recht zu dieser Unzeit, nur die beiden laufen über den aufgeweichten Asphalt, von der Bar weg, Abdrücke hinterlassend. Alfreds Sandalensohlen bleiben fast kleben, Horsts Turnschuhe hinterlassen ein Fischgrätmuster.

Dienstag, die heißeste Stunde, wieder steigen sie von der Metro herauf, diesmal an der Endstation, Anagnina. Komm, hat Horst beim Hinaustreten aus der Bar gesagt, wir fahren nach Tuscolo. Da ist's kühler, und du siehst in der Distanz das Meer und am Abend den Sonnenuntergang. Tausendfünfhundert Lire das Ticket für den Bus nach Frascati, aber es geht nicht anders, wenn Horst ein Orakel hört, erkennt er es. Buona continuazione, das war eins. Geht weiter in der Richtung, die ihr eingeschlagen habt, bis ihr auf ein hohes Hindernis stoßt, geht da auch wieder weiter. Die Albaner Berge, eigentlich Vulkanhügel, auch sie, Frascati, von da hinauf nach Tuscolo, eine gute Stunde. Alfred weiß nichts vom bevorstehenden Aufstieg, die Riemen seiner Sandalen schneiden schon auf dem Weg von der Metro zur Bushaltestelle ein. Kein Mensch zu sehen, nur eine ape, auf der Ladefläche Goldrauten, Lupinen, Sonnenblumen, rote Rosen, rosa Nelken, Lilien.

Dienstag im August, zwei sitzen in der größten Hitze im Überlandbus nach Frascati hinauf, auch der Durchzug von den klappernden offenen Fensterklappen ist heiß, einer weint. Horst. Der andere schaut zum Fenster hinaus.

In Frascati oben, drei Grad kühler hier auf dreihundertzwanzig Metern über Meer, Alfred glitzert stärker im weniger dunstigen Licht. Da an der Villa Aldobrandini vorbei würde der Aufstieg nach Tuscolo beginnen, aber Alfred will nicht, Aufstieg, nein, sagt er, er redet wieder. Er dachte, Tuscolo sei mit dem Bus zu erreichen, sonst hätte er gleich gesagt, er kommt nicht mit. Blöd, aber Hauptsache, Alfred redet wieder, du kannst ja nicht einen ganzen Augusttag schweigend mit einem umherziehen und denken, es sei das letzte Mal. Wir werden uns zum letzten Mal getroffen haben, Alfred, und wenn du statt in Tuscolo oben lieber hier auf der Aussichtspromenade sitzt, glitzernd auf dieser Bank halb in der Sonne, dann eben okay. Rom in der Distanz auf der Ebene ist eine unsichere Ausdehnung, die Kuppel von Sankt Peter ein winziger Punkt, siehst du mal, mal siehst du sie nicht. Hat doch Marius gestern Montag sowas gesagt. Alfred sagt, rutsch weiter, da habe ich im Schatten auch Platz. So sitzen sie ziemlich eng nebeneinander, Horst spürt die heiße Ausstrahlung des bald toten Körpers. Wollen wir nicht wenigstens bis zur tausendjährigen Eiche hinauf, fragt er. Er würde lieber nicht fragen, man soll die Eiche nicht umsonst nennen, aber in diesem Fall ist es vielleicht nicht umsonst, vielleicht kommt Alfred mit, und sie können sich vor dem Baum verneigen. Der würdigste aller Abschiede. Aber Alfred kommt nicht mehr in die Sandalen hinein, er hat sie ausgezogen. Sitzt barfuß auf der Bank, auf der er bald tot liegen könnte. Wer sagt denn, dass es nicht gleich geschehen wird, hier auf dem Nordhang dieses Vulkans. Immer hoffen wir, dass wir nicht Zeugen sein werden, dass wir nur von einem Bekannten hören, der arme Alfred sei im Meer von Palanga ertrunken. Warum fährst du nicht nach Palanga, wenn es dir hier zu heiß ist? Palanga, nein, sagt Alfred. Da fährt er nicht mehr hin. Nicht mehr, seit die Großmutter gestorben ist. Was? Gestorben? Warum sagst du nichts, wann ist sie gestorben? Letzte Woche.

Dienstag, es sind also doch nicht mehr alle am Leben, der Dunst über der Ebene hat einen grauen Ton. Was wirst du jetzt machen, Alfred? Alfred sagt nichts. Na ja, in jedem Fall wird er bald seine Großmutter wiedersehen. Fährst du nicht zur Beerdigung? Nein. Alfred fährt an keinen Ort mehr, wo seine Eltern sind. Mutter in Tiefschwarz, sie reicht den Regenschirm dem Vater, um Fredulchen unter Tränen zu umarmen. Ja, ich verstehe, ich hab ja auch was gegen meine Eltern. Alfred hat nichts gegen seine Eltern, sie sind für ihn nicht mehr vorhanden, das ist alles, schon lange nicht mehr. War nur die schlechte Idee der Großmutter, sie sommers in Palanga zusammenzubringen. Zum Glück hielten sie es da nie lange aus. Und jetzt bist du aufgeschmissen, Mann, was? Keine Großmutter, kein Geld.

So ist das also. Deshalb haben ihn die Etrusker gestern Montag zwischen den Gräbern gezeigt, wie er da umherlief und seine Mit-Tote suchte, am falschen Ort, aber frische Tote sind eine Zeit lang verwirrt. Was für eine Scheißsituation. Nicht so schlimm, sagt Alfred, das Leben ist lang, er wird schon noch etwas daraus machen, zum Beispiel das Pilotenpatent. Pilotenpatent? In Litauen? Ihr habt doch da Sozialismus. Nicht in Litauen, hier bei der Alitalia. Fantasien eines jungen Todgeweihten, der Mann ist zweiundzwanzig, nicht daran rühren, nichts sagen. Auch Alfred sagt nichts mehr. Dienstag, wer weiß, was er im Augustlicht jenseits des Geländers der Aussichtspromenade sieht. Seine Großmutter, die ihm sagt, komm, Junge, ich erwarte dich? Nein, Quatsch, der sieht sich, wie er dort unten den Flughafen Ciampino anfliegt, in einem Flugzeugtyp, den es in dieser Welt nie gegeben hat und nie geben wird. Noch sitzt er da, strahlt Hitze ab, das orange Glitzeroutfit klebt an der Bank, zwischen den Blättern der Esche hinter ihnen kommt die Sonne durch. Horst wischt sich mit einem schmutzigen Batisttaschentuch mit Monogramm den Schweiß ab. Weg hier, bevor Alfred an diesem Dienstag auf dieser Bank vor Hitze umkippt. Gehen wir was trinken, die Bar da drüben ist geöffnet. Alfred schlüpft schweigend in die Sandalen wie in Pantoffeln hinein, die Fersen hängen über den Sohlenrand hinaus. Schneidet ein, aber bis zur Bar del Belvedere kann er sich noch schleppen. Hier werden sie einen Teil des Augustnachmittags verbringen, in dieser von einem Deckenventilator gekühlten Bar auf dem Nordhang des Vulkans. Der Vulkan wird in rund tausend Jahren wieder ausbrechen, die Magmakammern sind dabei, sich zu füllen. Alfred wird bis vier Uhr schweigen und wie halbtot in einem der weißen Plastiksessel hängen, sein vom

Ventilator angeblasenes Haar das einzig Bewegte an ihm. Horst wird sich zunehmend über ihn ärgern. Liegt hier, sagt nichts und hat sich die Cola bezahlen lassen. Ja, aber er wird sterben. Egal, Horst kann sich jetzt kein panino mehr leisten. Die hier sehen zwar nicht so gut aus, mozzarella und pomodori ziemlich vertrocknet, aber gegen den Hunger würde es reichen. Lange Zeit her, das panino im Tuscolanoviertel am Dienstagvormittag im August. Mann, sagt Horst, wenn du nicht redest, tu ich was Gescheiteres. Adressen übertragen, von einem zerfledderten A4-Blatt in eine Agenda, auch schon verbraucht und zerdrückt, jetzt im August, und seit heute Morgen auch angekratzt von der Handschaufel in Horsts Tasche. Bis vier Uhr wird das dauern, einige von Horsts Bekannten haben komplizierte Namen, von Hohlwegbreiting-Thoynberg E. und von Hohlwegbreiting-Hansgraben M.-Th. Um vier wird er bei T ankommen. Nur zwei Einträge, Tickets und Turidis A. Ob es sich noch lohnt, den einzutragen? Horst wird zu weinen beginnen. Warum weinst du dauernd, du hast schon im Bus geweint, sagt Alfred. Ach, nichts. Alfred richtet sich im Plastiksessel auf, holt ein Bündel Kassenzettel aus seiner Tasche, versucht sie auf dem Tisch auszulegen, geht nicht im Ventilatorwind. Er muss sie in der Hand behalten und durchblättern. Hier. Wir weinen immer um uns selbst, steht auf einem der Zettel in Miniaturschrift. Wie meinst du das, warum hast du diese ganzen Kassenzettel? Weil er mit seiner Großmutter abrechnen musste, das wären die Belege für den August gewesen. Und was heißt, wir weinen immer um uns selbst? Es heißt, sagt Alfred, dass du weinst, weil du nicht mehr der bist, der du warst, als du noch hattest, was dir jetzt fehlt. Wow, sagt Horst, und die Großmutter fehlt dir nicht? Doch, aber ich weiß nicht, ob ich ihr fehle. Wie meinst du das? Wir fragen uns nie, was mit dem anderen wirklich ist, wir weinen um uns, sagt Alfred. Na schön, Horst muss aufs Klo, da kann man sich auch gleich das Gesicht waschen. Das Wasser kommt lauwarm aus dem Hahn. Augustnachmittag. Alfred steht am Tresen, als Horst zurückkommt, und trinkt noch ein Glas Cola. Soll er aber selber bezahlen. Alfred hat nur einen Tausendlireschein, mit einem geschminkten Marco Polo darauf, und den will er behalten. Marco Polo, jemand hat ihm mit schwarzem Kugelschreiber die Lippen geschminkt und lange Wimpern gemalt. Aha, und das Busticket zurück soll ich dir also auch bezahlen? So ist es. Dieser Augustnachmittag endet im Streit. Auch Alfred kann laut werden, wenn es sein muss. Bei ihnen in Litauen ist es selbstverständlich, dass man sich gegenseitig hilft. Sich helfen ist was anderes, als auf Pump leben. Im Bus geht das so weiter, zum Glück fährt an diesem späteren Nachmittag im späten Sommer niemand von Frascati nach Rom. Erst unten auf der via Tuscolana steigt jemand zu und Alfred aus. Steigt einfach aus, mitten in der Pampa, in seinen Pantoffelsandalen, mit denen er plötzlich ganz schnell bei der Tür war. Geh zum Teufel, Mann. Horst bereut gleich, ihm das nachgerufen zu haben.

Das wird der Dienstag sein, und da wird noch anderes sein, der Abend voller Töne, aber jetzt ist immer noch Montag, weitgehend alle noch am Leben, nur den hinterhältig lächelnden Mädchenkopf oder meinetwegen auch nur die Scherbe mit der aufgemalten Schlange finden sie nicht, obwohl sie schon eine feuchte Humusschicht mit weißen Wurzelfäden, keimenden schwarz gewordenen Eicheln und Engerlingen freigelegt haben. Der Hund Anubis

Vel drückt die Nase darauf, schnüffelt mit Schnarchlauten. Das bringt's nicht, wir kommen morgen mit Schaufeln, sagt Horst. Warum gibst du gleich auf, deine Etrusker wollen doch bestimmt, dass du dich ein bisschen anstrengst. Du sollst die Etrusker nicht veräppeln, Mann, wie oft soll ich dir das sagen. Hat keinen Sinn zu widersprechen, dann gräbt Marius eben allein weiter, auf einmal ist ihm die Sache nicht egal. Zwei graben, Vel und dieser Marius mit Erdflecken an der Hose, sein Stock neben ihm auf dem Boden. Sie legen einen kleinen Kalkbrocken frei, der, wenn man unbedingt will, eine Herzform hat. Marius will nicht unbedingt, er wirft den Stein beiseite. Das ist der Grund, warum Horst schon an diesem Montag weint, nicht erst morgen Dienstag im Bus nach Frascati und in der Bar del Belvedere. Was ist los? Ach, nichts. Wenn du zu zartbesaitet bist, lass doch die Finger von den Etruskern. Horst lässt sich aber nicht sagen, von wem er die Finger lassen oder nicht lassen soll, und überhaupt ist es Marius, der etruskisch träumt. Ja, und ich gebe nicht gleich auf. Was heißt aufgeben, morgen kommt Horst mit einer Schaufel wieder. Nicht die Etrusker, du gibst diesen Albert oder Alfred gleich auf, der ist für dich ja schon so gut wie tot. Horst holt aus der Tasche der Bermudajeans das Batisttaschentuch mit Monogramm, um sich das Gesicht zu trocknen. Warum bist du so hin, was hast du mit diesem Albert oder Alfred, ich habe dich schon einmal gefragt. Warum muss man immer gleich was haben, das ist auch so eine Extrapolation von dir, Alfred ist wichtig, weil er sterben muss und weil das einen Abschiedsritus verlangt. Und der besteht aus Geheul im Zikadenzirpen? Du musst alles veräppeln, was, Mann?

Dabei ist Geheul im Zikadenzirpen eine ernst zu nehmende Sache. Der Hund Anubis Vel wird an den restlichen Tagen dieses Monats August auf einem Felsvorsprung oberhalb des Waldes stehen und in die dunstige Distanz hinaushorchen, die Ohren bis in die Spitzen aufgestellt. Er wird im oder hinter dem Zikadenzirpen eine Art Heulen hören, für menschliche Ohren nicht wahrnehmbar. Natürlich wird er nicht lange da an der Sonne stehen, aber jeden Tag heraufkommen, zuerst zu einer Vertiefung im Gestein, natürlich? künstlich?, jedenfalls immer mit Wasser darin, jetzt im August wenig, aber auch jetzt kalt, vierzehn Grad, dann aus dem Wald hinaus und hier auf diese kahle, bröckelige Felsnase aus Kalkstein. Schon morgen Dienstag wird er das tun, nachdem er von zehn Uhr an im Schatten am Waldrand auf diese Jungen, bresaola e rucola, pomodoro e mozzarella, gewartet hat. Und dann jeden Tag so, zuerst zur Kuhle mit dem Wasser, dann hier herauf. Nicht jeden Tag auf demselben Weg, einmal vorbei an einem Tuffsteinband mit Höhlengräbern, von denen Horst nichts weiß. Würden ihn auch nicht interessieren, sie sind leer und unbemalt und dienen Jägern als Unterstand. Dann wieder aus westlicher Richtung durchs immer lichter werdende Unterholz, zuerst noch einiges Gestrüpp, Stechpalme, Brombeer, Stechwinde, Immergrüne Rose, dann nur Mäusedornsträucher, noch ohne die an der Unterseite der Blätter wachsenden roten Beeren. Am achtundzwanzigsten und neunundzwanzigsten August wird ein Falke über dem Felsvorsprung kreisen und vor dem Hund warnen. Dann noch einmal am einunddreißigsten August, zwei Falken.

Aber jetzt immer noch dieser Montag, Horst sitzt mit dem ungefähr herzförmigen Kalkbrocken in der Hand auf dem

Boden und weint. Anubis liegt auf dem Bauch, den Kopf flach zwischen gestreckten Vorderläufen, die Schnauze am hauptsächlich von ihm gegrabenen Loch. Marius beschaut sich die schwarzen Fingernägel. Um diesen Albert, sagt er, weinst du meiner Meinung nach zu individuell. Alfred, nicht Albert, was willst du sagen. Einen etruskischen Abschiedsritus sähe ich eher als ein geregeltes Wehklagen, in Halbtönen moduliert. Was redet dieser Marius?

Montag im August, Marius gräbt noch eine Runde, Vel schaut mit hechelnder Zunge zu. Der hat schon kapiert, dass es keinen Sinn hat. Marius richtet sich auf, das Hemd klebt ihm am Rücken. Es musste ja August sein, sagt er, Frühling wäre nicht gut genug gewesen. Was redet dieser Marius? Was hast du gegen den August?

August. Anfang August. Maddalena Mereu. Horst ist nicht Horst, er ist Oreste. Wirklich? Oreste? Mein Lieblingsonkel hieß so, komm mit. August auf dem Friedhof von Testaccio, der Boden ist von Piniennadeln und vertrockneten braunen Lorbeerblättern bedeckt, die Erde auch hier bröselig und hart, Rosmarinbüsche verlieren graugrün gewordene Nadeln, die Blätter der Rosen haben die Schnecken gefressen, Efeuranken haben sich gelöst, ragen mit hart gewordenen Haftwurzeln von der Mauer weg, in den Zypressen sägen die Zikaden, Mücken fallen über einen her. Auf einer Grabplatte steht Oreste Mereu 10.11.1938–29.8.1979 und darunter

Vollmond, ah
Kein Schatten einer Katze
Der Sommer geht.

Woran ist er gestorben? An Meningitis. An Meningitis, klingt krass, und was ist das für ein Gedicht? Es ist ein

Haiku, Onkel Oreste war Japanologe. Wow, Japanologe, würde mir auch gefallen. Mir nicht, ich studiere Archäologie. Unter einem rostig aussehenden Buchsstrauch sitzt eine weiße Katze und beobachtet sie. Da ist eine Katze, sagt Oreste. Das ist Angelo, sagt Maddalena.

August, Maddalenas Zimmer liegt nach Norden, Steinboden, kühl. Oreste lehnt sich aus dem Fenster, unten ein Innenhof mit einer Sommermagnolie, nicht einmal die Tigerkatze dort kann geräuschlos über den Teppich abgefallener großer harter Blätter staksen. Maddalenas Eltern und der Bruder sind auf Sardinien. Um achtzehn Uhr drei geht der zunehmende Mond im Ersten Viertel auf, in hundertvier Grad Ost-Südost. Dreizehn Stunden sechsundfünfzig Minuten die Tageslänge. Sie sehen den Mond die ganze Nacht nicht, er geht um halb vier in der Frühe in zweihunderteinundfünfzig Grad West unter. Der kühlste Moment der Nacht, man muss sich das Laken überziehen. Um sieben Uhr weckt sie ein Hund, Giorgetto, in der oberen Wohnung. Er bellt jeden Morgen, sagt Maddalena, wenn signor Marini von gegenüber zur Arbeit geht. Signor Marini arbeitet auf der Gemeinde von Grottaferrata, eine Stunde im Stoßverkehr, aber seine Frau will da nicht hinaufziehen. Um elf erscheint auf dem Fensterrahmen ein Widerschein der Sonne. Ho fame, sagt Oreste. In der Küche ein Rest der penne rigate von gestern Abend, in starkes Licht getaucht, die Küche liegt nach Süden. Giorgetto bellt. Signor Marini sitzt um diese Zeit schon an seinem Schreibtisch im kühleren Grottaferrata, sechs, sieben Grad kühler. Giorgetto hört uns reden, sagt Maddalena. Was ist das für ein Hund, fragt Oreste. August, die Markise über dem Küchenbalkon klemmt seit Juni, aber da sind sie in die Ferien gefahren, zu Großmutter Maria Grazia nach

Orosei. Maddalena stellt die pennette in den Kühlschrank, sie gehen mit den Kaffeetassen ins Nordzimmer zurück, hier in der Küche ist es zu heiß. Auf Maddalenas Bücherregal aufgereihte Muscheln, gerippte Pilgermuscheln, braun glänzende Kamm-Muscheln, eine Austernschale mit Perlmutterinnenseite, Miesmuscheln mit violett schimmernder Innenseite, eine lange Rasiermessermuschel. Maddalena ruft signora Annamaria von oben an und fragt, was Giorgetto für eine Rasse sei. Eine Mischung von Yorkshire und Dackel. Wollen wir ans Meer fahren, fragt Oreste.

August, sie fahren ans Meer, liegen vorn am Wasser und beobachten die Beine, die vorbeispazieren. Die Eltern und der Bruder sind von Sardinien zurück. Was machen wir jetzt? Oreste sagt, zu mir können wir nicht, ich teile das Zimmer mit einem. Sie fahren nach Frascati hinauf, beginnen an der Villa Aldobrandini vorbei den Aufstieg nach Tuscolo. Tuscolo war eine Etruskersiedlung, sagt Maddalena, aber reden wir nicht mehr, komm, schau. Ein riesiger Baum, eine Eiche, die Äste so dick wie dicke Baumstämme, die vier dicksten von Säulen aus Ziegelsteinen gestützt. Wie alt, fragt Oreste, tausend Jahre, sagt Maddalena, reden wir nicht. Sie zeigt ihm, wie man sich vor so einem Wesen verneigt. August in Tuscolo oben, mattgrüne, längst nicht mehr blühende Ginsterbüsche und dichter, rostrot vertrockneter, leicht zerbröselnder Farn. Er klebt an ihren nackten Körpern. Augustsonnenuntergang, nachher sitzen sie vorn auf dem Hügelkamm und sehen das Meer als glänzenden Streifen irgendwo in der Luft, so scheint es. Erzähl mir von den Etruskern, sagt Oreste. Die rote Sonnenscheibe steht hinter einer Dunstschicht. Was hast du, Maddalena? Die Zeit vergeht schnell, schon August, eben erst war es Frühling. Wird wieder sein, ti amo, Maddalena.

August, Maddalenas rechter Unterschenkel steckt in einem elastischen Strumpf, das Bein tut weh, nach einem Sturz letztes Jahr in ein Loch in einem gerade entdeckten Tumulusgrab, Schienbein gebrochen, auf Wechsel in der Großwetterlage empfindlich geblieben, das Azorenhoch zieht ab.

August am Tiber, kannst du so weit laufen, Maddalena? Ja, bis zur Tiberinsel schafft sie's. Die Tageslänge beträgt noch dreizehn Stunden dreiundfünfzig Minuten, die Sonne geht hinter Wolken unter. Sie schauen auf die Nachtluft über dem Fluss, wie fühlst du dich, Maddalena? Ich sehe einen Klippenstrand, blauen Himmel und Sonne. Sei nicht traurig, Maddalena, weil der Sommer vergeht, ich kratze Geld zusammen, und wir fahren im April an den Starnberger See. August, einundzwanzig Uhr, sie sitzen auf der Tiberinsel auf den Travertinplatten, Maddalena an Oreste gelehnt, das Bein ausgestreckt. Feuchtheiß, dieser Augustabend, ich hole uns etwas zu trinken. Oreste rennt die Insel entlang, die Treppe hoch zur Bar auf dem Platz vor der Kirche San Bartolomeo. Maddalena, wo bist du? Oreste steht ratlos mit dem Fläschchen Acqua di Nepi in der Hand, ach so, da kommt sie, leicht hinkend ihm entgegen, sie muss nach Hause. Wann sehen wir uns wieder, Maddalena? Was machen wir, Maddalena? Maddalena, ich habe gerade etwas Geld, ich miete ein Auto. Mitte August, das Meer im plötzlichen Regenguss nicht reizlos, wie Marius sagen würde, aber er und Oreste kennen sich noch nicht, erst in zehn Tagen. Maddalena und Oreste sitzen im Wagen auf dem Parkplatz der Strandbar, ein plötzlicher Regen wäscht den Staub von der macchia, Mastix, Myrte, Zistrose, wilder Olivenbaum, Erdbeerbaum, Stechwinde. Die Scheiben sind beschlagen, die beiden sind nackt, bis auf Maddalenas elastischen Strumpf. Nicht einfach, sagt Oreste lachend. Dann wieder ein heißer Augusttag, Maddalena kommt hinkend über die piazza Risorgimento, heute tut das Bein stärker weh. Oreste hält ein Taxi auf. Wohin möchest du, Maddalena? Villa Giulia, Museo Etrusco, sagt Maddalena zum Fahrer.

August im Museum, durch die Fenster sieht man die Pinien des Pincio in der heißen Nachmittagssonne. Oreste, wo bist du? Er ist in 41°55' Nord und 12°28' Ost vor einem Krug in der Form eines Hundekopfs. Was siehst du, warum schaust du so starr? So sah der Hund aus, den ich mal hatte. Erzähl endlich von deiner Familie, mich hast du schon von nonna Maria Grazia erzählen lassen, von ihrem Haus am Meer, noch vor dem Frühstück steige ich das Treppchen zum Strand hinunter, das Wasser ist glasklar, nonna näht mir für die Hochzeit der Cousine Letizia ein Kleid aus altrosa Seide, dazu kommt ein Kranz aus Orangenblüten. Klasse. Ich werde das Kleid nicht anziehen, ich werde den Kranz nicht tragen. Warum nicht, Maddalena? Ich sehe das Leben nicht so. Wie siehst du das Leben, Maddalena? Ohne Heirat, ohne Familie. Und ich, Maddalena? Wir können zusammen sein. Wie denn, Maddalena? So wie jetzt, du kannst dich dann entscheiden, ob du mitkommen willst, wenn ich verschiedene Museumsleitungen übernehme. Dafür studierst du die Etrusker? Ja, und weil sie mir gefallen. Und das mit den Museumsleitungen ist sicher? Nein, aber ich werde mein Leben in die Hand nehmen, altrosa Seidenkleider gehören nicht dazu, aber erzähl endlich von deiner Familie. Lieber nicht. Wieso? Unmögliche Leute, total kleinkariert und meinen noch, sie seien was. Was sind sie? Nichts, meine Mutter arbeitet nicht, mein Vater macht irgendwelche Geschäfte, krumme vielleicht, ich weiß es nicht, ich mag nicht von ihnen reden. Das tut mir leid. Macht nichts, Maddalena, ich würde dich aber doch gern heiraten. Wieso sagst du das zum Hund? Er ist unser Zeuge. Der Hund, 41°55' Nord, 12°28' Ost, Villa Giulia, etruskisches Museum in Rom. Siehst du, wie er die Ohren bewegt? Oreste, das ist ein Krug. Das ist ein Gordon Setter, so wie unserer war. Der hatte auch eine braune Nase, ausnahmsweise, sonst haben sie schwarze, meine Mutter nannte ihn Brownie, mehr fällt solchen Leuten nicht ein, aber ich nannte ihn Karl. Wie Marx? Ja, lach nicht, Maddalena, schau, er hört seinen Namen und schielt zu uns herüber. Oreste, komm weg hier, ich zeige dir das Dämonengesicht mit der herausgestreckten Zunge, nein, ich zeige es dir besser nicht. Ja, gehen wir in die caffetteria, Etrusker erwachen im August wieder. Was redest du, Oreste? Nichts, komm, setz dich an dieses Tischchen, ich hole uns einen caffè freddo. Strahlender heißer Augusttag, der Sommer wird nicht so bald gehen, siehst du, Maddalena, du brauchst nicht traurig zu sein. Bin ich nicht, mir tut das Bein weh. Leg's auf den Stuhl hier, bestimmt ist dieses elastische Ding zu heiß und zu eng. Ja, könnte sein. Ich zieh es dir aus. Oreste kennt eine Methode, mit der man jemandem einen zu heißen, zu engen elastischen Strumpf ausziehen kann. Etruskische Methode, keine Angst, Maddalena, es wird nicht wehtun, mach die Augen zu, wenn du mir traust. In der Augusthitze eine kalte Hundeschnauze am Bein, Maddalena öffnet die Augen. War da ein Hund? Maddalena, das ist mein Dolch, es geht nicht anders, ich muss dir das Ding wegschneiden. Er ist ganz scharf geschliffen, ich brauche den Strumpf nur anzutippen. So ein Strumpf kostet eine Menge. Ich kauf dir einen neuen, ich schwör's. Hast du den Dolch immer dabei? Ja, sagt Oreste.

Nächster Augusttag, wie fühlst du dich, Maddalena? Befreit, sie braucht keinen neuen Strumpf, Oreste hält sie bei der Hand, damit sie auf dem Pflaster der piazza Farnese nicht stolpert. Oreste, ti amo. Früher Augustabend in der Antica Latteria im Vicolo del Gallo, signor Antonio geht ins Lager und holt eine Flasche Prosecco, signora Teresa stellt zwei Gläser auf dem von verbrauchtem Holz müde riechenden Tisch. Auf den Sommer, cin cin.

Noch immer und noch eine Weile August, Maddalena, wo treffen wir uns, ich habe eine Idee, was wir später im Leben machen könnten. Maddalena, hörst du mich, oder ist die Verbindung weg? Ich höre dich, Oreste. Also, wo treffen wir uns? Sie treffen sich auf dem kleinen runden Platz in der Nähe von Maddalenas Wohnung, unter fünf Pinien, auf einer von Wind und Wetter rauh gewordenen Holzbank, von der eine Sitzlatte fehlt. Das ganze Gewicht auf der verbliebenen Latte, das rauhe Holz drückt durch die leichte Kleidung. Immer noch heiß, aber die Nacht sinkt schon, sie hören Leute reden, sehen sie nicht, der Platz ist nicht beleuchtet. Sie sind über knisternd glitschige Piniennadeln gegangen, um die Bank zu erreichen, die einzig mögliche, eine ist besetzt, die dritte hat gar keine Sitzlatten mehr. Maddalena, warum sind wir hierhergekommen, lass uns die Metro nehmen und ins Zentrum fahren. Ich muss bald wieder nach Hause, sie erwarten mich mit dem Essen. Seit wann, Maddalena, hältst du dich daran, Familienrituale sind nichts für dich, hast du gesagt. Es gibt ossobuco. Maddalena, du bist doch Vegetarierin. Nicht mehr. Maddalena, was ist, was hast du? Oreste leuchtet Maddalenas Gesicht mit einem Feuerzeug an. Sie schaut zu ihren Füßen hinunter. Maddalena, was hast du, sag etwas. Ich habe dir nichts mehr zu sagen, Oreste. Maddalena, das ist verrückt, was ist los, sag doch, was los ist. Hör auf, mich anzuleuchten. Maddalenas flackerndes Gesicht versinkt. Bist du noch da, sag etwas, das ist nicht deine Art, einen in der Scheiße zu lassen, ohne zu sagen warum, du willst doch auch deiner Großmutter erklären, warum du das rosa Kleid nicht anziehst, und den Kranz aus Orangenblüten. Ich hasse Tränen. Maddalena, red mit mir, ich werde nicht mehr weinen. Meinetwegen kannst du auch weinen, ich gehe nach Hause. Maddalena, was ist mit dir passiert, bist du gestürzt, hast du eine Gehirnerschütterung? Von dir lasse ich mich nicht beleidigen, Oreste. Maddalena, hat man dir etwas über mich gesagt? Alfred, hast du mit Alfred gesprochen? Ich rede prinzipiell nicht von dir, du bist für mich kein Thema. Maddalena, was für brutale Worte. Kannst gehen, wenn du sie nicht hören willst. Noch einmal das Feuerzeug, ist das wirklich Maddalena? Ein Gesicht mit leicht gebogener Nase, die schwarzen Augen immer noch auf die Füße gerichtet, der geschwungene Mund ausdruckslos, die schwarzen Haare hochgesteckt. Maddalena. Ich habe schon gesagt, dass du mich nicht anleuchten sollst, aber du hörst nie zu. Nie zu, Maddalena, ich, nie zu, ich kann dir sogar erzählen, was du gedacht hast, wie deine Großmutter reagieren wird, wenn du ihr sagst, dass du das Kleid nicht anziehst, sie wird es auftrennen, nicht wahr, Maddalena, und die Teile in den Kamin werfen und sich umdrehen und sagen, eigentlich hast du recht, Maddalena, stimmt's, Maddalena? Lass meine Großmutter aus dem Spiel, lass mich aus dem Spiel, ich gehe. Sie geht. Oreste hört ihre Schritte auf den knisternd glitschigen Piniennadeln, die Leute auf der Bank gegenüber reden schon längere Zeit nicht mehr.

Die Welt ist still.

Wenn wir endlich Ruhe geben, sind da nur die Rufe der Möwen, die drei Straßen entfernt über einem weggeworfenen Brot kreisen, und eine Nachtigall, die dort drüben im Parco degli Acquedotti von einer Pinie zur anderen wechselt, und das Sirren von Mücken und ab neun Uhr eine Grille. August, die Grillen sind in die Stadt gekommen. Hörst du, hat Maddalena vor langer Zeit gesagt, die Grillen sind in die Stadt gekommen, der Sommer ist zu Ende. Und kein Schatten einer Katze, Maddalena, ich hab mir gemerkt, was auf dem Grab deines Lieblingsonkels steht, in Gedichten war ich im Internat gut. Interessiert mich nicht. Nein, sie ist ja gar nicht mehr da, einer steht allein auf einem kleinen Platz im Tuscolano-Viertel und starrt ins Dunkel, bis gegen Morgen die Grille aufhört zu zirpen. Waren da nicht eben noch Leute? Da ist niemand mehr, kein Reden, kein Knistern der trockenen Nadeln. Um acht am nächsten Morgen erwacht Oreste auf den Piniennadeln, um diese Zeit noch keine Zikaden in den Bäumen.

Dann doch Zikaden, Montag im späteren August. Zwei sind mit dem Zug von Rom nach Santa Marinella gefahren, von dort mit dem Bus nach Tolfa, sind eine Zeit lang auf der Straße marschiert, dann auf einem Schotterweg, dann durch den Wald hoch. Hier holt sich der eine, Marius, der Schweizer, seinen Dreiangel im Hemd, von einer Stechwinde. Es führt ja kein Pfad durch den Wald. Wieso meinst du eigentlich, dass wir da oben den richtigen Ort finden, hat Marius gefragt. War schon mal da. Und du findest ihn in diesem Dschungel wieder? Habe mir die Bäume gemerkt. Da hinten die vom Blitz getroffene Eiche, weiter unten die drei Steineichen, und die Eiche mit dem doppelten Stamm. Und was peilen wir jetzt an, fragt Marius, hier sind nur noch diese kennzeichenlosen Bäume. Einer könnte wenigstens die Aufschrift haben, Zur etruskischen Totenstadt. Sehr lustig, Mann. Marius schlägt mit seinem Stock aufs Gestrüpp ein. Altmodischer Wanderstock aus Holz. Hatte er auch in der via dei Capocci dabei, als ihm Horst für fünfzigtausend zehn Gramm andrehen wollte. Läufst du immer mit einem Stock rum, Mann, hatte Horst gefragt. Mann, ich laufe nicht, ich stehe. Stimmt eigentlich, hör mal, Interesse an zehn Gramm? Nicht wirklich. Auch keine Lust auf eine Bar mit Horst. Wenn ich schon stehe, bleibe ich stehen. Okay, aber höre, am Montag gehe ich zu einem Ort, wo man verscherbelbare Dinge findet, wo seit den Etruskern nie jemand war, kommst du mit? Nie jemand, da kann man sich täuschen, aber schon niemand ist gut, ich komme.

Bergkuppen, auch sie, wenn möglich, an Montagen mit niemandem, oder die Mitte des Sees, des Zürichsees, des Montagsees nach einem Sonntag voller Dampfschiffe und Ausflugsboote, stehend in einem Boot mit einem langen Ruder. Marius kann die Technik der venezianischen gondolieri, Ruder eintauchen, wegschieben, leicht nach unten gerichtet unter Wasser zurückholen. Marius, schreit sein Vater vor der Alphütte, wenn es der Montagsberg ist. Marius, schreien seine Schwestern und seine Verlobte am Ufer, wenn es der Montagssee ist, aber Marius ist schon zu weit oben, zu weit draußen, er hört es nicht. Hier oben, hier draußen hast du Ruhe, hörst, wenn du so etwas hören willst, den seltsamen Singsang, mit dem sich die Erde um ihre Achse dreht, es muss aber nicht sein, Marius genügt der fast unhörbare, sich in nichts verfangende Gipfelwind oder das Anschwappen kleiner Wellen gegen die Bootswand. Seine Schwestern und Verlobte am Ufer sieht er nicht mehr. Vielleicht sind sie ins Haus zurückgegangen, vielleicht zum Nachbarn, um sich sein Boot auszuleihen. Sie werden laut rufend gerudert kommen. Marius rudert ein Stück weiter. Dass man nie seine Ruhe hat.

Montagvormittag im August, auf dieser Lichtung ist tatsächlich niemand. Der Hund wird erst auftauchen, als die beiden, Marius und Horst, ihre panini hervorholen, pomodoro e mozzarella, bresaola e rucola, und noch später, am Nachmittag, wird er ihnen beim Graben helfen. Jetzt, bevor die beiden daherkommen, nur dieses gelbe Gras mit vertrockneten Disteln, eine alte Eiche. Ein Falke kreist am Himmel. Er stößt seinen lang gezogenen Warnruf aus, als die beiden auf die Lichtung treten. Dann nur die Zikaden, ihr ununterbrochenes Gesäge. Der Falke hat sich vom Aufwind höher hinauftragen lassen, nordwärts. Die beiden sitzen im Schatten am Waldrand, jetzt schon, nicht erst im Panini-Moment. Kannst ja nicht gleich herumzulaufen beginnen nach diesem Aufstieg. Gib mir einen Schluck Wasser, Mann. Marius reicht Horst die an einem römischen Brunnen abgefüllte Flasche und sagt, irgendwie gleichst du jemandem. Viktoria Lamm, sagt Horst. Tatsächlich, dieser Horst gleicht Viktoria Lamm. Wieso weiß der das? Sie gehen mir damit auf den Sack, seit ich ein Kind bin, sie ist meine Tante. Wirklich? Ja, Mann. Na, so etwas. Margrit, die Verlobte, hat Marius vor nicht langer Zeit in Zürich zu einer Lesung mitgeschleppt, Margrit ist ein Fan von Viktoria Lamm. Und er musste sagen, so schlecht ist die nicht, wie wegen ihrer Schönheit zu befürchten war. Und wegen des Buchtitels. Meine Freunde auf der Wunschinsel. Wer rät ihr zu so tranigen Titeln? Weiß ich nicht, ich hab keins von ihren Büchern gelesen, interessieren mich nicht. Diese ganzen Arschpfeifen nicht. Was für Arschpfeifen? Meine Familie. Augusttag auf einer Lichtung im Etruskerland, hier stellt sich heraus, dass Horst von zu Hause weggelaufen ist, wo er noch lebte und ein bisschen Grafik machte. Seither kriegt er von denen nichts mehr, höchstens ab und zu mal was von der Viktoria mit ihren Erfolgsbüchern. Ach so. Und? Nichts und, ich brauch noch einen Schluck. Horst starrt auf die Lichtung, ins leicht dunstige Licht. Was soll er von diesen Arschpfeifen erzählen, Mutter tut praktisch nichts, Vater macht irgendwelche Geschäfte, krumme wahrscheinlich, Bruder die größte Arschpfeife. Von denen wird er diesen heiligen Hain nicht vollquasseln. Diese Viktoria Lamm, sagt Marius. Lass doch, sagt Horst. Diese Viktoria Lamm, sagt Marius, hat aber einen Webfehler. Einen was? Einen Defekt, bei Fragen aus dem Publikum wird sie nervös, zwinkert mit den Augen, wippt mit dem Fuß. Kann schon sein. Horst dachte, sie sei noch die normalste, aber kann schon sein, dass auch die durchgeknallt ist. August, man hat das Gefühl, dass die Zikaden die Hitze erzeugen. Horst kaut an einem trockenen Halm, starrt auf die Lichtung. Wann warst du schon einmal da, Horst? Ach, egal. Wenn er es nicht sagen will, dann halt nicht. Frag doch nach, Marius. Nein, Marius fragt nicht nach, aus Prinzip nicht.

So wird ungesagt bleiben, dass Horst vor vier Tagen diese Lichtung fand. Nach der Nacht auf den glitschig knisternden Piniennadeln auf dem runden Platz im Tuscolano-Viertel. Kurzer Halt in einer Bar in der via Quintilio Varo, dann mit Metro, Zug, Bus geradewegs nach Tolfa, asphaltierte Straße, Schotterweg, bei der Eiche mit dem doppelten Stamm durch den Wald hinauf, bei der vom Blitz getroffenen Eiche wegen des dichten Gestrüpps, Mäusedorn, Stechpalme, Stechwinde, nach Süden geschwenkt, nach dreißig Metern die ersten Sonnenstrahlen zwischen den Baumstämmen, nach weiteren dreißig Metern die Lichtung. Wie vor ihn hingeschoben, wie er von ihr angezogen. Siehst du, Maddalena, mit den Etruskern habe ich Glück. Horst weint viel an dem Augusttag auf der Lichtung, um Oreste, um sich selbst, wie Alfred in der Bar in Frascati sagen wird. An diesem Augusttag vor vier Tagen ist Horst allein auf der Lichtung, kein Alfred, kein Marius, kein Hund, Zikaden ja, die schon. Klare Luft, nicht drückende Hitze. Siehst du, Maddalena, was für ein schöner Tag. Ein Glück, dass wir uns hier wieder treffen. Könnte doch sein. Könnte doch hier zu tun haben, die Maddalena, gräbt doch hier in der Gegend, könnte doch mit Kellen und Hämmern und Schaufeln, oder was sie so haben, dort drüben aus dem Wald treten. Und wenn uns das etruskische Glück so rasch wieder zusammenbringt, Maddalena, dann kannst du nicht anders, dann musst du mir erklären, was das gestern Abend war. Warum du so anders warst als sonst, nicht so wie du, Maddalena. Du musst es mir erklären, sonst kann ich nicht mehr leben. Ein Fluch war es, nicht wahr, Maddalena, ein Etruskerfluch, weil ihr Archäologen bei diesen Grabungen an wer weiß was rührt. An Gräber, in denen Leute aufgemalt sind, den einen Arm vorgestreckt, die Hand erhoben, die andere Hand auf den Kopf gelegt, in ewiger Trauer um jemanden, der einmal da war. Hast mir die Bilder gezeigt, Maddalena. Und da war noch einer. Und der da, habe ich gefragt, was ist das für einer, Maddalena? Das ist der phersu, er ist maskiert, er macht Späße, hier lässt er seinen Hund einen Gefangenen zerfleischen.

Späße gehen aber für mich nicht so. Du kannst nicht von uns zu ihnen extrapolieren, ihre Welt sah anders aus. Was heißt extrapolieren, und wie sah ihre Welt aus, Maddalena? Götter, Geister, Orakel, wo fliegen die Vögel, wo kommt der Wind her, wo schlägt der Blitz ein, aber nicht das ist es. Das Licht ist anders, die Farben sind anders, die Formen sind anders, die Gerüche sind anders, die Töne sind anders, die Zeit ist anders, der Raum ist anders. Wie anders, Maddalena? Wenn ich das wüsste, wären sie nicht anders. Woher weißt du dann, dass sie anders waren? Weil ich sie studiere und sie spüre, und mein Professor sagt es auch. Ich will sie auch studieren und spüren, Maddalena, ich verspreche es, jetzt hier auf dieser Lichtung. Und dann befrage ich die Orakel, die werden mir sagen, was gestern geschehen ist, was für ein Fluch. Ein Fluch. Scheiße. Wenn da auf dem runden Platz ein Fluch war, dann funktioniert er hier auf dieser Lichtung erst recht. Wer weiß, wen sie auf ihn loslassen. So einen phersu, der da im trockenen Gras tanzt, in so etwas wie einem schwarzen T-Shirt mit weißem Propellermuster, sehen doch wie Propeller aus, hat Horst gesagt, als sie ihm das Bild zeigte, lach nicht, Maddalena. Mit einem roten spitzen Hut, mit einer bärtigen Maske. Was macht der da drüben unter der Eiche? Es besser nicht wissen, Horst beschließt, nicht mehr zu extrapolieren, vielleicht war das gestern kein Fluch, vielleicht hat ihn jemand bei Maddalena angeschwärzt. Alfred vielleicht? Ein Falke fliegt mit seinem Warnruf über die Lichtung, dann Stille. Ja, wahrscheinlich hat Alfred etwas über ihn gesagt. Was gesagt, würde sogar Marius nachfragen, aber eben, er und Horst kennen sich noch nicht, erst ab dem folgenden Tag, in der via dei Capocci, Marius auf seinen Stock gestützt. Läufst du immer so rum, Mann? Mann, ich laufe nicht, ich stehe.

Montag, alle noch am Leben, Horst kaut an einem trockenen Halm, starrt auf die Lichtung. Gerade hat Marius gefragt, wann Horst schon einmal da war, gerade hat Horst gesagt, ach, egal. Er spuckt ein Stückchen des trockenen Halms aus. Er sagt, und du, Mann? Ich war noch nie da. Ich meine, was machst du eigentlich in Rom? Ich habe es mit der Religion. Was für einer? Halt immer mit der gleichen. Und was machst du mit ihr? Marius arbeitet an der päpstlichen Universität, der Gregoriana, an seiner Dissertation über den verborgenen Gott. Gott ist nicht verborgen, sagt Horst. Der Montagvormittag im August, an dem zwei auf einer Waldlichtung bei Tolfa kurz Gott erörtern, einer sagt, Gott ist in allem, eigentlich gibt es ihn erst, wenn es die Sache gibt, sagen wir, den Baum da, diese Eiche, wenn es die nicht gibt, gibt es auch keinen Gott. Kühn, sagt der andere, sagen das deine Etrusker? Nur halb, habe es mir selber zurechtgelegt, weil ich nicht an Gott glaube. Hingegen dieser Marius ist bestimmt ein Betbruder, in seiner langen beigen Hose und dem weißen Hemd, hätte sich Horst gleich denken können. Und verborgener Gott, das kennt er, als zu Hause alles abgebrannt ist, kam der Kaplan auch damit. Besser, er ist verborgen, was, dann ist er für die Schweinereien nicht verantwortlich. Was Marius betrifft, kann Gott auch verantwortlich sein. Auch er glaubt nicht an ihn. Warum studierst du ihn dann? Warum nicht. Im Sinn seiner Bekehrung vom Paulus zum Saulus. Umgekehrt, Mann. Nein, vom Paulus zum Saulus. Versteh ich nicht. Horst hält den angekauten trockenen Halm hoch, eine Ameise ist auf ihm unterwegs. Ameisen ringsum. Wo kommen die jetzt alle her. Horst steht auf, na, fangen wir an. Sie marschieren auf die Lichtung hinaus. Das ist der Vormittag, von dem Horst später sagen wird, dass er knallheiß war und dass man noch in der größten Knallhitze fündig werden kann. Da, bitte, eine Sonnenbrille östlich der Nord-Süd-Achse der Lichtung, wenn auch von lausiger Qualität, im Gegenlicht hast du einen Film darauf, aber eindeutig das Zeichen, dass hier Dinge zu finden sind. Verscherbelbares. Umwerfend, deine Logik, sagt Marius. Da ich nicht annehmen kann, dass die Etrusker Sonnenbrillen trugen, laufen hier also doch Leute herum. Wenn du es schon mit Zeichen hast, sagt er, ist das der Schluss, den du ziehen solltest. Ein Klugscheißer, dieser Marius. Was willst du denn werden, Mann? Ah, Marius hat eine glänzende Zukunft vor sich, bald nach Abschluss der Dissertation Privatdozent, vier Jahre später habilitiert als der jüngste ordentliche Professor, Universität Zürich, Berufungen nach Freiburg, Stanford. Zahlreiche Publikationen zum Thema Religion ohne Gott, zahlreiche Auszeichnungen. Verheiratet mit Margrit Imboden, zwei Töchter. Warum sagst du nichts, Mann, ich hab gefragt, was du werden willst. Horst wird die Schlenkerbewegung nie vergessen, die Marius mit lockerer Hand auf Kopfhöhe macht. Meine Angelegenheit, Horst versteht es richtig. Ich weiß nicht, was aus mir wird, sagt er, will es gar nicht wissen.

So ein Vormittag ist das, einer steht mit vierundzwanzig auf einer Lichtung, einer mit zweiundzwanzig, beide denken, komme, was wolle, ihre Wege werden sich trennen. Sobald sie das Verscherbelbare gefunden haben. Oder schon vorher, schon ab morgen, noch einen Tag macht Marius das mit, aber wenn wieder nichts ist, reicht es. Ja, gut, denkt Horst, diesen Marius loswerden, gleich nachdem sie den hinterhältig lächelnden Mädchenkopf, am liebsten den, aus dem Boden gehoben haben. Hoffentlich spätestens morgen Dienstag, schon wegen der Fahrtkosten.

Aber Dienstag, wissen wir, wird anders sein, es wird ihn geben, doch das Geld geht für die Fahrt nach Frascati drauf und die panini und die Colas. Und auch, was Marius betrifft, für die zwei lausigen Kaffees in der Bar, in der dieser Horst um acht Uhr nicht erscheint, unpünktlich, wie zu vermuten war, nein, nicht unpünktlich, fünf vor halb neun, der hat mich versetzt. Schade. Das nicht uninteressante, gestern Montagnachmittag hauptsächlich von diesem Anubishund gegrabene Loch mit dem weißen Wurzelwerk, den keimenden schwarz gewordenen Eicheln und den Engerlingen. Es wird diesen ganzen Dienstag unberührt daliegen. Der Hund wird gegen zehn auf die Lichtung kommen, aber nur dasitzen und gegen halb elf wieder im Wald verschwinden. Horst und Alfred werden um die Zeit durch die Straßen des Tuscolano-Viertels irren, auf der Suche nach dem Parco degli Acquedotti, Marius wird die Bar verlassen haben.

Dienstag, Marius beim Aufstieg auf den Esquilin-Hügel. Schwieriges Terrain auch hier, neun Uhr, unregelmäßige Pflastersteine. Schwere Tasche mit Handschaufel und Anderthalbliter-Flasche, auch für den Hund. Aber natürlich musste einen dieser Deutsche versetzen. Aufstieg durch die via in Selci, die Straße, in der Alfred wohnt, aber Marius kennt ihn ja nicht, und Alfred ist auch nicht da, er ist mit Horst unterwegs im Tuscolano-Viertel. Zwischenhalt beim Rebstock an einer Hauswand, ein paar Schlucke Wasser, den Rest leert Marius der Rebe in die trockene Erde. Via in Selci am Dienstagvormittag, das letzte Steilstück vor der piazza di San Martino ai Monti, unregelmäßige Pflastersteine, zum Glück mit dem richtigen Schuhwerk, für den Wald dort draußen gedacht, halbhohe Winterschuhe. So erreicht man die Torre dei Capocci, 41°53' Nord, in vernünftiger Zeit, kann in ihrem Schatten Rast machen. Da käme die Thermosflasche mit dem kalten Lindenblütentee ins Spiel, Marius mag ihn nicht, aber er gehört zu den Bergwanderungen, die Schwestern bestehen darauf, ihn ihm mitzugeben. Letztes Stück bis zum Bergkamm durch die via di San Martino ai Monti. Weniger anstrengend, gut gepflastert, viel Schatten, ein kleiner Schritt, und du bist oben in der via Merulana. Da ist Loredanas Laden.

Bei Loredana raucht ein Räucherstäbchen gegen die Mücken, Jasminduft, sie sitzt auf ihrem Stuhl und fächelt sich zu. Amore, sagt sie, was läufst du in dieser Hitze umher, dein Haar ist nass, dein Hemd ist nass, ich hole dir ein Handtuch. Aber Marius will einen Schreibblock haben, Pignastyl, Cartiere Paolo Pigna, dal 1839. Habe ich nicht, amore, kannst diese Warenlisten haben, ich schreibe da auch immer hintendrauf. Margrit wird also in diesem Spätsommer einen Brief erhalten mit Reinigungsmitteln, Waschpulver, Bürsten, Putzlappen, Handtüchern, Geschirr, Blechbesteck, Vasen, Duftkerzen, künstlichen Pfingstrosen (Papier), künstlichen Rosen (Plastik) auf der Rückseite der Blätter. Aber doch endlich einen Brief von Marius, und den ja auch nur, weil an diesem Dienstag der Etruskerausflug mit Horst ins Wasser gefallen ist. Dann schreiben wir halt endlich den Brief an Margrit.

Meine liebe Margrit

Gestern bin ich mit einem Deutschen, der sich Oreste nennt, aber Horst heißt, ins Etruskerland gefahren, nördlich von Rom, in die Gegend von Tolfa. Dort, wo niemand mehr ist, der einmal da war, wird intensiv

geschwiegen, das hätte mich interessiert. Aber dieser Horst redete viel, schon auf der Hinfahrt, von Gegenständen, die er da ausgraben und dann verscherbeln will, wie er sagt. Er zählte sie auf. Ich erinnere mich nur noch an einen Hirsch auf Rädern. In der größten Hitze liefen wir auf einer Waldlichtung umher, H. sagte, kalt, warm, weil er meint, er spüre die Dinge in der Erde. Er spürte aber nur, dass wir einen Hitzschlag riskierten. Wir mussten Pausen einlegen und, jetzt wird dich die Sache zu interessieren beginnen, dabei stellte sich heraus, dass Viktoria Lamm seine Tante ist. Wenn Du willst, kann ich versuchen, noch mehr zu erfahren, falls ich H. wieder treffe, heißt das. Wir hätten auch heute hinausfahren wollen, aber er hat mich sitzen lassen, notabene in einer Bar mit lausigem Kaffee. Du denkst jetzt, aha, deswegen hat Marius Zeit für einen Brief. Ja.
Gestern auf der Lichtung ist ein Hund aufgetaucht, als wir unsere panini hervorholten. Du kennst mich, nach dem Essen schlief ich sofort ein. Ich träumte von einem Typ, der da auf der Lichtung zwischen kleinen etruskischen Tumulusgräbern umherlief. Dann blieb er stehen, hatte auf einmal eine Sonnenbrille auf, blies ein gebogenes Instrument, bestimmt etruskisch, und sang zwischendurch I'll always be true. Ich fand das lustig und wollte es H. erzählen, aber der geriet aus dem Häuschen, als ich den Typ nur eben erwähnte. Für H. ist das irgendein Albert, der sterben muss, weil ich ihn geträumt hätte.
Ich habe zwei Gründe, H. nicht einfach für einen neurotischen Trottel zu halten, der er zwar ist, aber erstens ist er in Trauer um die Liebe seines Lebens, eine etruskisch angehauchte Sardin, zweitens hat er am Nachmittag ungefähr an der Stelle zu graben begonnen,

wo der angebliche Albert aus meinem Traum mit der Sonnenbrille gestanden, die Flöte geblasen und gesungen hatte. Das ist immerhin nicht uninteressant. Ich hätte da heute ganz gern weitergegraben, aus Neugier. Ich habe mir sogar eine Handschaufel besorgt, bei der Leiterin der Pension, aber eben, H. hat kalte Füße bekommen. Oder sonst etwas Kaltes, obwohl es sehr heiß ist.
Liebe, ich will nicht ausufern. Schreib mir öfter. Ich weiß, ich sollte öfter antworten, Deinen Brief vom 2. August habe ich erhalten. Es freut mich, dass Du den 1. August bei uns im Garten verbracht hast und dass dieses Jahr das Feuer gelungen ist. Einmal war das Holz so harzhaltig, dass das Feuer eher ein Feuerwerk war, passend zum Anlass, aber Antonias dumme synthetische Bluse fing Feuer. Ich konnte sie gerade noch in den See stoßen, was sie mir bis heute nicht verziehen hat.
Also, schreib wieder. Ich denke viel an Dich.
Dein Marius
P.S. Das Briefpapier hat man mir in einem Haushaltswarenladen geschenkt, die Papeterien sind ferienhalber geschlossen. Ich schreibe am Ladenpult stehend.

Wo bist du, Loredana, ruft Marius an diesem Dienstag im August in den Weltraum hinaus. Wenn auf eine solche Frage keine Antwort kommt, ist sie in den Weltraum hinausgerufen. Marius wischt sich mit dem Handtuch den Schweiß von der Stirn, August, aber alle noch am Leben, auch Loredana. Sie ist im Lager unten, zweimal vier Meter, muffige Luft, um nachzusehen, ob nicht doch irgendwo ein Schreibblock ist. Als zia Elsa noch lebte, doch nicht mehr alle am Leben, führten wir auch Papeteriewaren. Bleistifte und Kugelschreiber sind noch da, aber kein Papier, nur bedruckte Karten, Buon Compleanno, Auguri, Buon Natale, Grazie Mamma. Wo bist du, Loredana? Dreimal muss Marius das an diesem Dienstag rufen. Da bin ich, amore. Bis nach vierzehn Uhr an diesem Augusttag, an dem erst gegen Abend Kundinnen kommen, die signora Donatella für Lysoform, die signora Maria Pia für zwei Meter Wachstuch, wer ginge vorher aus dem Haus, bis nach vierzehn Uhr erzählt Loredana aus ihrem Leben. Geboren in San Lorenzo, dem Arbeiterviertel, Vater Kommunist, Loredana wollte Gewerkschafterin werden. Und? Ach, amore, wie das Leben so geht, als ich vierzehn war, ist papà gestorben, ein Jahr danach kam ich zu zia Elsa in den Laden, genau dreißig Jahre her. Hast du nicht heiraten wollen? Schon, aber dann ist es jedes Mal nichts geworden, und jetzt will mich keiner mehr, ich bin zu alt. Nein, du hockst zu viel in diesem Laden. Was soll ich sonst tun, amore, für anderes habe ich kein Geld. Das wollen wir doch sehen, sagt Marius. An diesem Dienstag wird er also gegen halb drei Uhr weggehen und um zwanzig Uhr wiederkommen. Ich kann doch nicht mit dir ausgehen, amore, schau doch, wie ich angezogen bin, und ich könnte deine Mutter sein. Wenn du nicht kommst, bin ich gekränkt, ne rimarrò male.

Augustabend mit Loredana. Die Sonne ist gerade untergegangen, rot glühende flache Wolken im Westen, über den Kuppeln von Santa Maria Maggiore. Im Osten, über der piazza Vittorio, eine hohe Kumuluswolke, rosa. Schau.

Das ist der Abend der Töne, ein Triangeltrio, unsichtbar hinter einer Lorbeerhecke. Der Himmel ist dunkel geworden, da sind Sterne. Wie gut man hier alles hört, später auch das Schlagzeug und das Saxofon. Und immer wieder die Triangeln. Marius sitzt auf harter, rissiger Erde, Loredana auf seinem Taschentuch. Sie weint, er hält ihre Hand. Das letzte Mal mit papà dagewesen. Festa dell'Unità, es gibt auch Feuerzauber und Pizzaschnitten und je ein Bier. Was für eine Nacht, amore, das ist Bennato, der singt, gehen wir näher. Er reicht ihr die Hand, sie zieht ihn hoch. So eine Nacht ist das, wie soll ich morgen öffnen, sonst schlafe ich um diese Zeit. Lass den Laden zu, es kommt sowieso niemand, wir fahren nach Ostia. Sonnenfunkelndes Meer am Morgen nach diesem Festabend, das wäre genau wie damals mit papà. Mamma saß immer zu Hause. Laute Töne, zwei Schlagzeuge, ein Leadsänger mit nacktem Oberkörper, elektrische Gitarre, verstärkt. Loredana schreit, amore, gehen wir nach Hause. Zwei Straßen weiter ist es still, Marius' Stock klopft auf die Basaltplatten des Gehsteigs. Und noch mehr Töne. Das Quietschen eines uralten Instruments, vielleicht wieder jene gekrümmte Flöte, in für unsere Ohren schwer fassbaren Harmonien, eine etruskische Wehklage, auch hier sind wir ja im Etruskerland, jetzt sind es zwei Instrumente, eins hält den Ton, das andere moduliert die Klage immer höher hinauf. Wie schön du das sagst, amore, noch nie hat jemand so schön von der Müllabfuhr gesprochen. Bei mir kommt der Wagen noch später, um eins, weckt das ganze Haus. Und noch in San Lorenzo gibt es Töne, Loredana singt Avanti popolo in die stille Nacht hinein. So eine Augustnacht wird es sein.

Jetzt aber ist immer noch Montag, der Vormittag im August, an dem Marius und dieser zu Hause davongelaufene Horst im Zikadengesäge kreuz und quer über die Lichtung laufen. Panini essen, pomodoro e mozzarella, bresaola e rucola. Da ist Anubis Vel. Dann der Traum von diesem

Albert oder Alfred. Alfred, Alfred Turidis, Mann. Zwei Träume, der zweite vom kalten Bier, während Horst unter der Eiche seine Etrusker sieht. Dann der Nachmittag, als es interessant wird, als sie an einem Punkt östlich der Längsachse der Lichtung zu dritt ein Loch graben. Es kommen weiße Wurzelfäden, schwarz gewordene keimende Eicheln und Engerlinge zum Vorschein. Nichts Verscherbelbares.

Abend, sie sind auf dem Nachhauseweg, zu spät für den letzten Bus, sie werden Autostop machen müssen.

Der Hund ist bis zum Rand der Lichtung mitgelaufen, sitzt jetzt da im Licht des Augustsonnenuntergangs, schaut nach Osten, dort sind die beiden verschwunden. Wo ist die vom Blitz getroffene Eiche, an der müssen wir vorbei. Marius sieht sie auch nicht, die Dinge sind meistens nicht dort, wo man meint, sagt er. Scheiße, wir sind dabei, einen Umweg zu machen. Marius schlägt mit dem Stock auf Stechwindenranken ein. Wir müssen hier raus, Mann, die Sonne ist schon untergegangen. Es droht die etruskische Nacht, Augustdämonen mit heraushängender Zunge, hinterhältig lächelnd stößt ein Mädchen einen zweiköpfigen Hirsch auf Rädern problemlos durchs Unterholz, lange grüne Schlangen sind zwischen die Winden gemischt, und Alfred, der Alfred, wird unter jedem dritten Baum stehen, den einen Arm vorgestreckt, die Hand erhoben, die andere Hand auf den Kopf gelegt, in Trauer um sich selbst. Wenigstens haben sie die Zikaden abgestellt. Mach keine Sprüche, Mann, ich will nicht die Nacht hier verbringen. Dann such eben den Weg anhand geknickter Zweige und anhand von Fußabdrücken und verschobenen Blättern und der Windrichtung, so wie deine Tante Viktoria Lamm.

Was soll die jetzt hier. Doch, sie soll, sie hat das von ihren wilden Inselfreunden gelernt, hat es in Zürich vorgelesen, ganz anschaulich. Meinetwegen, aber wir müssen über dieses Gestrüpp da springen, schaffst du das? Marius schafft es, Horst schafft es nicht. Er verfängt sich in einer Ranke, landet auf dem Bauch. So ein Scheiß, mir ist das ganze Zeug aus der Tasche gefallen.

Augustabend, zwanzig Minuten später, Portemonnaie und Sonnenbrille und schmutziges Taschentuch haben sie gefunden, den Dolch suchen sie noch. Hast du den immer dabei? Ja. Warum benutzt du ihn nicht gegen das Gestrüpp? Zu schade, altes Stück. Eine Stunde noch, bis die Sonne unter dem Horizont kein Licht mehr sendet, jetzt ist zwischen den Baumkronen noch Helligkeit. Horst weint. Scheiße, das hätte nicht passieren dürfen. Marius will die Nacht auch nicht hier verbringen, sein Hemd hat einen zweiten Dreiangel. Es reicht, er geht jetzt da hinunter, Dolch oder nicht Dolch, Horst oder nicht Horst. So gelangen sie auf den Schotterweg, einen halben Kilometer weiter östlich als am Vormittag bei der Eiche mit dem doppelten Stamm. Horst weint. Der hat den Dolch bestimmt von dieser Maddalena bekommen. Nein, Mann. Allerletztes Licht hier auf dem Weg, Horst lehnt weinend am Wegbord, auf Moos, auf dunkelgrünen, weiß gemaserten Zyklamenblättern und eng an kurze Stiele geschmiegten, mit der Spitze nach unten gerichteten Knospen. Die, die Horst nicht zerdrückt hat, werden Mitte September zu blühen beginnen.

September beginnt mit einem Sturm. Eichenblätter, Buchenblätter, Hagebuchenblätter fliegen, die vom Westwind nach Osten gekämmten, sonst dunkelgrünen Kronen der Steineichen sind silbergrau von den Unterseiten der Blätter. Das gelbe Gras und die Disteln auf der Lichtung liegen flach. Es regnet nicht, große graue Wolken ziehen rasch vorüber. Zwei Eichenäste reiben sich aneinander, knirschend und quietschend. Der Hund Anubis Vel liegt zusammengerollt in einem der Höhlengräber im Tuffsteinband, die Augen weit geöffnet, die Ohren bis in die Spitzen aufgestellt. Zwei Blitze hintereinander in Südwest. Donner nicht zu hören. Auf dem Wegbord zittern die weiß gemaserten dunkelgrünen Zyklamenblätter.

Erster September, Horst ist nicht mehr da. Vom sublunaren Raum aus gesehen ist die Strecke Rom – Werdenburg in Oberfranken ein kleiner Sprung auf dem blauen Planeten, Horst braucht dafür gute zwei Wochen. Bis Orvieto hat das Geld, das allerletzte, jetzt kann man nur noch auf Viktoria hoffen, fürs Zugticket gereicht. Der Wind haut ihn fast um, als er aussteigt, die Straßenlampen schwanken, die Zahnradbahn zur alten Stadt hinauf, zur Urbs vetus, zur alten Hauptstadt Velzna, alles Orvieto, fährt nicht. Horst wäre eh zu Fuß hinaufgestiegen, aber nicht jetzt, nicht in diesem Scheißsturm pünktlich zum Ersten, gestern, am letzten

Augusttag, war das Wetter noch schön. Und vor Kurzem sind wir doch im Zikadengesäge südwestlich von hier auf einer Lichtung umhergelaufen, Marius klebte das Hemd am Rücken, ein Hund, Vel, lief mit hängender Zunge mit, der Bund der abgeschnittenen Jeans war schweißnass. Und heute frier ich mir darin den Arsch ab. September, Horst, Herbst. September in vielen Etappen, wie gut wäre es gewesen, im Sommer Verscherbelbares zu finden, wenigstens eine Urne mit Zickzackmuster, wer trampt denn schon gern die tausend Kilometer von Rom nach Werdenburg.

Plus viel schlechtes Wetter, logisch, weil ich den Dolch verloren habe, seither vom Pech verfolgt. Was bringt schon eine gefundene Sonnenbrille, kannst sie eh nur selten verwenden und hast obendrein im Gegenlicht einen Film darauf. Auch Pech mit den Frauen, blonde Schönheit zieht immer weniger, je weiter nach Norden du kommst, schon in der Hauptstadt Aritim, Arezzo, lässt dich eine nach hundert Metern auf der Statale 69 wieder aussteigen. Am Bund der abgeschnittenen Jeans immer noch der Schweiß vom Sommer, vom Montag im August, und mehr als ein T-Shirt zum Wechseln schlepp ich nicht mit, brauch den Platz für die Lederjacke für wenn ich da oben ankomme, falls ich da oben ankomme. Mit dem Pech, das mich verfolgt seit dem Dolch. Oder vielleicht schon vorher, genau besehen. Die Felder und Obsthaine sind abgeerntet, die Tageslänge sinkt auf neun Stunden. Das beste Wetter noch am Luganersee, Schweiz, kannst dich und eins der T-Shirts sogar waschen darin und im Gras liegen wie im Sommer auf einer Lichtung in den Bergen von Tolfa, und nicht mal Ameisen. Aber das mit dem Dolch bleibt doch das größte Scheißpech. Morgennebel, nicht in unverstelltes Blau übergehend, sondern in eine hohe Wolkendecke.

September, Horst ist wieder in Italien, wurde brenzlig in der Schweiz, fast erwischt worden beim Verkauf von zwanzig Gramm, den letzten, im Turnschuh versteckten. Am Lungolago von Como allein auf einer Bank im kühlen Wind bei bedecktem Himmel, und vor nicht langer Zeit aßen wir und ein Hund im Schatten schwitzend panini. Kauend zog Marius mit dem gebogenen Griff seines Stocks eine Eichel an sich heran und steckte sie sich in die Tasche. Ein Glücksbringer? Könnte so was auch gebrauchen, Mann. Pech nicht erst seit dem Dolch, dem Verlust des Dolchs in der Sommernacht im etruskischen Wald, sondern mindestens seit dem runden Platz im Tuscolano-Viertel. Sei nicht traurig, Maddalena, dass der Sommer vergeht, wir werden einen tollen September haben, immer noch schwimmen im Tyrrhenischen Meer, du wirst sehen. Horst weint auf seiner Bank in Como.

So ist der September, und erst war es Dienstag im August, eine Welt von Hitze, wir kriegten beinahe einen Hitzschlag, Alfred und ich. Ich Arsch, dass ich mit ihm abhaue, statt auf Marius zu warten, der wäre noch einmal mitgekommen, hatte plötzlich angebissen, wir hätten bestimmt gefunden, was zu finden war. Den Dolch. Das Verscherbelbare. Was meinst du, was da liegt, Mann? Auch Vel schaute Marius erwartungsvoll an. Ich habe keine Ahnung, sagte der.

Morgen im September, windig, sonnig mit Wolkenfetzen, kalt. Horst, in Lederjacke, Jeans und Timberland-Boots, alt, mindestens fünf Jahre, schließt die Tür seiner Einzimmerbude ab. Bude in Werdenburg, angemietet von Edy Schwarz, zur Schule gegangen mit Edy, der studiert in Brüssel Entwicklungszusammenarbeit. September, komisch, aus diesem weitgehend sonnigen, windigen Himmel fallen Regentropfen. Horst macht an der Lederjacke die Druckknöpfe zu, ich vertrag das nicht mehr, kalten Regen. Zum Glück hört er gleich wieder auf. Unterwegs auf dieser grauen, von den Regentropfen gesprenkelten Straße zum Foto- und Grafikatelier Kahlmann, Drucke, Plakate, Vergrößerungen. Anstellung und Anlehre als Fotolaborant. Meistens in einem fensterlosen Raum, und vor nicht langer Zeit doch Sommer, Sonnenhimmel und ein weites Hügelland. Aber was kann ich machen, Mann, die Viktoria zahlt die Miete nur, wenn ich was tue. Die Alten geben nichts, von den Alten will ich nichts. So ein September ist das. Wenn Horst nach dem Aufräumen nach Hause geht, ist es schon dunkel, Tageslänge acht Stunden. Ab in die Bude, Spinatmakkaroni aufwärmen, ein Bier, Musik an, Queen, Genesis, um elf in die Klappe, um sechs Uhr auf. Nein, Kahlmanns sind keine Sklaventreiber, die Arbeit beginnt um acht, von sechs bis Viertel vor acht Dusche, Kaffee, ein paar Zigaretten, Schreiben. Wenn doch die Viktoria damit so viel Geld scheffelt. Lesereisen, Fernsehauftritte, am fünfundzwanzigsten September Preisübergabe in Hannover, zwanzigtausend Mark. Sie schreibt ihre Inselromane, ich mach ihr keine Konkurrenz, ich schreibe über Alfred. Um sieben Uhr ärgert Horst das Spatzengetschilpe im Hof. Nichts gegen Spatzen, aber zum Schreiben braucht es Stille. Das Schwierigste ist der erste Satz, vor allem an einem so bewölkten Septembermorgen.

September, schon ist der Sommer vorbei, erst war es doch Mai, Alfred plante, im Sommer nach Palanga zu fahren. September, Alfred ist nicht mehr am Leben. September, ich habe Alfred an einem Dienstag im August zum letzten Mal gesehen. Verzeih mir, Alfred. Nein. September,

Alfred nicht mehr am Leben. Es regnet auf sein Grab in Litauen. Die Geschichte muss spannend sein, sonst kauft sie niemand. Wir reden von einem Bestseller, Mann.

A. wurde auf der via Tuscolana (später sagen, wo das ist) überfahren, nachdem er da aus dem Bus gestiegen war, weil es ist August, es ist wenig Verkehr, du gibst nicht acht, und die, welche da sind, rasen. August ist der gefährlichste Monat. Ich hätte ihn nicht aussteigen lassen sollen. Aber er war so plötzlich bei der Tür, raus, Tür zu. In seinen Pantoffelsandalen konnte er dann dem Wagen (Motorrad?) nicht rasch genug ausweichen. Die waren dann über die ganze Tuscolana verstreut. Beschreiben, wie A. auf der Straße liegt, aber nicht lange. Viktoria macht auch nie lange Beschreibungen, hat sie selbst gesagt. Die Ambulanz war relativ schnell da, wenig Verkehr. Wer hat sie gerufen, oder ist das egal? Da war ein Haus auf der anderen Straßenseite mit geschlossenen Fensterläden, aber vielleicht war dahinter jemand. In Italien gibts auch sonst immer jemand, der zur nächsten Telefonkabine rennt. Auch im August. Der Fahrer des Wagens oder Motorrads war wahrscheinlich auch verletzt. Nicht schwer, Arm gebrochen oder Rippen oder Schienbein. Nicht über Maddalena schreiben. Mit Alfred bei der Kartenlegerin auf der piazza Colonna. Er sagte, auf dem Strand von Palanga habe auch mal einer Karten gelegt, er habe den Narr, den Tod und den Mond gesehen, aber seine Großmutter habe ihn da weggerufen. Jetzt wollte er doch mal. Ich weiß nicht, was ihm die Kartenlegerin sagte. Mir sagte sie, die Liebe meines Lebens sei in der Nähe, ein dunkelhaariges Mädchen von einer Insel. Das ist Maddalena, sagte Alfred, ich kenne sie, ich mache euch bekannt, komm morgen auf die piazza della Madonna dei Monti. Und du, willst du sie nicht, hab ich gefragt.

Nein, hat er gesagt. Nicht von Maddalena schreiben. Ich weiß ja nicht, was sie plötzlich hatte. Angerufen, zu ihrem Haus gegangen, einen Brief geschickt, alles nichts. Ja, weiß schon, war wohl zu wenig interessant mit meinem Mittelmaß, aber eigentlich halte ich das Leben ohne Maddalena nicht aus. Aber den Bestseller muss ich schreiben. Über Alfred. Sicher nicht über Ellie. Die heirate ich nicht, und wenn sie mich auszahlen. Niemand will Ellie. Hat nichts mit der Geschichte von A. zu tun, aber ich schreibs hier auf für den Fall, dass jemand irgendwann meine Notizen findet. Lasst euch gesagt sein, dass die Ellie einen Knall hat. Seht ihr nicht, wie sie rumläuft? In Hose und Hemd und eins achtzig groß und immer mal Pickel. Von Weitem denkst du, das wär was mit dem Kastanienhaar und den grünen Augen, und sie hat auch ein schönes Gesicht, aber dann sagt sie das Falsche im falschen Moment oder sagt nichts, weil sie sich nicht getraut, etwas zu sagen. Ich war mal mit ihr Schuhe kaufen, und alle liefen herbei, und dann liefen alle weg, weil sie sich viel zu oft bedankte. Sie steht leider neben den Schuhen. Kann ich mir nicht erklären, aber egal, ich heirate sie nicht.

Zurück zu A. Er wurde fünfzehn Meter durch die Luft geschleudert, weil er diese Sandalen falsch anhatte. Es war noch Sommer. Jetzt ist September, ich schufte in einem Raum ohne Fenster, weil die Viktoria das will. Dranbleiben, Horst, dich nicht ablenken lassen. Okay, aber sobald ich was beisammen habe, verdufte ich wieder nach Rom. Schreibe den Bestseller dort fertig und finde Marius. Wir gehen in die Berge von Tolfa. Auf die Lichtung. Im Frühjahr. Wenn es nicht so heiß ist wie im August. Hoffentlich geht er nicht allein hin und gräbt dort zusammen mit dem Hund. Jetzt im September ist es ja auch angenehmer. Ich sollte gleich hin. Aber nach 1 ½ Wochen zahlt mir Kahlmann den Lohn bestimmt nicht aus. Mal sehen, was sich machen lässt, die Viktoria braucht es nicht zu wissen. Hoffentlich hat sich M. die Eiche mit dem doppelten Stamm nicht gemerkt und die drei Steineichen und die vom Blitz getroffene Eiche. Hätte es nicht sagen sollen. Die beiden sind jetzt vielleicht da und graben, er und der Vel. Ist bestimmt angenehmes Wetter, nicht so wie dieser Regen hier. Lass dich nicht ablenken, Horst. M. ist nicht so scharf auf die Sache. Der kam nur mit, weil es August war und er seinen versteckten Gott nicht studieren musste.

Zurück zu A.

September, Alfred ist nicht mehr am Leben. Es regnet auf sein Grab in Litauen. Er war mein Freund, Ende August lag er tot auf der via Tuscolana. Schreiben, dass wir zusammen im Internat waren. In Z. (Namen nicht sagen, sonst gibts Stunk). Im September begann der Unterricht. Ich sah A. durch den Verbindungsgang zwischen dem Westtrakt und dem Osttrakt kommen. Er kam von Osten her. Er tänzelte und wich der Prof. Specht aus, so mit einem Hüpfer. Wir waren da 12. Er sagte Sandstein, das ganze Gebäude ist aus Sandstein, den kann man wegrubbeln. Er wusste das. Haben wir gleich probiert in einer Fensternische. Anschiss von Prof. Huber. Von da an waren wir Freunde, A. und ich. Alfred war der Beste. In der Schule und im Tennis. Er gewann fast immer. Wir konnten den ganzen September Tennis spielen, sie montierten den Platz erst im Oktober ab. Mit 12 konnte ich nicht gut servieren. A. schon. Hatte er schon geübt. In L. war ja Sozialismus, aber seine Großmutter war Parteibonzin, da konnte er machen, was er wollte. Er wollte da noch Astronom werden. Er hatte eine Menge Astronomiebücher dabei auf

Litauisch. Weiß nicht, ob das alles interessant ist, aber ich muss es schreiben, weil man sonst die Geschichte nicht versteht.

Als wir 16 waren, waren wir immer noch da, im Internat von Z. Ich saß auf der Bank auf dem Tennisplatz und schaute einem Match zwischen Alfred und Arturo zu. (Arturo aus unserer Klasse.) Alfred war stärker, Arturo wollte den 3. Satz nicht spielen. Den sollte ich spielen. Ich saß auf der Bank und wartete. Der 2. Satz ging aber nicht so rasch, Arturo holte auf zum 2:3. Ich dachte, ich werde ewig hier sitzen. Ich sah Marie Claire vorbeigehen, das beste Mädchen vom Mädchentrakt auf der anderen Seite der Arven. Sie ging mit mehreren von uns. Aber vor allem mit Alfred, der hatte dunkle Haare und Augen und war im September braun gebrannt (Palanga?). Mich wollte sie nicht. Ich habe wenig Glück mit Frauen. Lassen wir das. Und sie lassen mich nicht in Ruhe mit Ellie. Sie sagen, Ellie wartet auf meinen Anruf. Lassen wir das. Alfreds Geschichte.

Ich sitze also auf dem Tennisplatz, wo mein Freund Alfred nur noch 3:2 führt. Drei zu zwei, vielleicht besser ausschreiben. Aber so was ist im Moment wahrscheinlich egal, ich sollte mich nicht aufhalten lassen. Fertig schreiben. Nur ist mein Leben hier, um ehrlich zu sein, schon ziemlich schwer und eintönig. Edy ist nicht da, der Ellie geh ich aus dem Weg, der Rest alles Idioten und auch keine Zeit, sie zu sehen. Jeder Tag gleich und auch jeder Tag gleich vorbei, die Woche gleich vorbei. September gleich vorbei. Zur Sache, Horst.

Arturo serviert. Ass. 3:3. Alfred lacht und ruft, Junge, hast du in Ortona (Adriaküste) den ganzen Sommer geübt? Alfred wurde nie wütend, wenn er selten mal verlor. Ich denke, wenn Arturo jetzt den 2. Satz gewinnt, komme ich nicht zum Spielen. Ich hätte gern den 3. Satz mit Alfred gespielt. Er hätte ihn gewonnen, aber ich wollte sehen, wie hoch. Im Sommer hatte auch ich geübt, während sie (Arschfamilie) mit Tante Astrid in Urlaub waren. Ich hatte meine Hinterhand verbessert. Alfred hatte eine tolle Hinterhand, einhändig. Beim nächsten Aufschlag macht Arturo einen Fußfehler, sehe ich, aber der Ball geht eh ins Netz. Er stellt sich zum zweiten Aufschlag auf. Hier ist der Bestsellerstoff, zwischen dem ersten und dem zweiten Aufschlag, zum 4:2 oder 3:3 im zweiten Satz. Das führt in gerader Linie zu Alfreds Tod im August auf der Tuscolana. Für seinen Tod habe ich die Mitverantwortung, weil wir uns im Bus gestritten haben, und plötzlich war er zur Tür raus. Auch wenn er so oder so sterben musste, s. Etrusker am Montag. Deshalb schreibe ich deine Geschichte, Alfred. Dazu habe ich das Recht. Hat Viktoria auch gesagt. Jemand warf ihr vor, dass vieles nicht stimmt, was sie schreibt. Da hat sie gesagt, Geschichtenschreiben ist ein Recht. Ich muss zu Kahlmanns. Deswegen komme ich so langsam voran.

Da bin ich wieder. Heute ist besseres Wetter, aber die Espressomaschine ist kaputt. Die hat mir Alfred in der via in Selci gegeben. Er wollte sie nicht mehr haben, weil sie da schon halb kaputt war. Heute ist sie ganz kaputtgegangen, das Wasser stieg nicht mehr hoch. Sie hätte auch explodieren können, ich war unter der Dusche. Aber das ist kein Stoff, sie ist ja nicht explodiert. Aber so ohne Kaffee komme ich nicht in Form. Versuche es trotzdem.

Zwischen dem ersten und dem zweiten Aufschlag (evtl. Titel). Arturo lässt den Ball hüpfen, Alfred steht vorgebeugt hinter der Grundlinie, hält den Schläger mit beiden Händen. Er wartet. Er sieht Marie Claire vorbeigehen. Vorher ist sie weiter weg in Richtung unseres Trakts gegangen, hinein darf sie nicht, wir dürfen auch nicht in den Mädchentrakt auf der anderen Seite der Arven. Jetzt kommt sie von unserem Trakt zurück. Und was macht Alfred? Er macht etwas, das nur er macht. Er nimmt eine Hand vom Schlägergriff und hebt den Schläger, um Marie Claire zu grüßen. Während Arturo den Ball zum Aufschlag hüpfen lässt. Marie Claire lächelt und winkt zurück. Ich sehe, dass sie eigentlich immer nur in Alfred verliebt ist. Mir macht das nicht viel aus, meine große Liebe wäre sowieso Maddalena gewesen. Vielleicht weiß ich das da schon, mit 16. Dank der etruskischen Zeit, die zugleich rückwärts und vorwärts läuft. Jedenfalls verstand ich es so, als Maddalena sagte, die Etrusker hätten eine andere Zeit gehabt. Im August unter der Eiche habe ich die Etrusker ja auch gesehen. Einen Arm hatten sie ausgestreckt und die Hand gehoben, als würden sie sagen stop, und die andere Hand hatten sie sich auf den Kopf gelegt. Das ist ihre Trauerhaltung. Hat mir Maddalena erklärt. Sie trauerten um Alfred. Alfred. Ich lasse mich zu leicht ablenken, fast alle Lehrer in der Schule sagten das. Ich sage es mir ja auch selbst. Also, Alfred nimmt den Schläger wieder in beide Hände und beugt sich vor.

So ist dieser September. Und jetzt ist er vorbei, fast vorbei, es ist der Neunundzwanzigste.

Jeden Tag kommt ein Hund vom Tuffsteinband mit den Höhlengräbern, um in dieser immer mit Wasser gefüllten Kuhle, natürlich? künstlich?, zu trinken, steigt weiter hinauf, aus dem Wald hinaus auf die Felsnase. Die Ohren bis in die Spitzen aufgestellt, den Kopf schräg gelegt, hört er eine Art Geheul. Geheul ohne Zikadensägen. Im August war das Geheul noch vom Gesäge überlagert, es brauchte

Hundeohren, um es zu hören. Auch ohne Zikaden braucht es Hundeohren, das Heulen hat eine Frequenz, die nur ein Hund wahrnimmt, am ehesten bei Westwindlage. Der Westwind kommt von den Azoren her, das Heulen kommt aus der Richtung von Santa Severa an der Küste, aber längst nicht von dort, höchstens aus einer Distanz von zwei Kilometern. Da unten ist Wald, mit ein paar Weiden dazwischen, sonst nichts. Nicht einmal ein Stall, ein Geräteschuppen, ein Unterstand. Nichts.

Aber was heißt schon nichts. Wenn doch einmal etwas da war. Wenn doch einmal wir da waren. Unser Haus stand an einer vertikalen Kalksteinwand, guter Schutz, die Wand. Auch das Haus von Larthia Satis stand hier. Sie war von der Küste her gekommen, mit Vater, Mann, Zwillingssöhnen und Schwester. Aber in der Zeit, von der wir reden, lebte Larthia Satis allein. Einen Arm konnte sie nicht bewegen, der war gelähmt. Sie baute im Zwischenraum zwischen ihrem und unserem Haus Weizen an, und ein Schaf hielt sie, vom Weizen getrennt durch einen Zaun aus geflochtenen Eschenzweigen. Die anderen Häuser standen frei, im nächsten war manchmal jemand, manchmal nicht. Sie gingen im Frühsommer weg und waren im Herbst zurück, dann gingen sie wieder weg, nach Nordosten. Wenn sie nicht da waren, heulten ihre Hunde. Die anderen Hunde heulten mit. Larthia Satis sagte, sie heulten der alten Zeit nach. Wie war die alte Zeit gewesen? Wir wussten es nicht. In der alten Zeit hatte unsere Urgroßmutter unser Haus bauen lassen. Der Maulbeerbaum hatte noch nicht gestanden, wir hatten ihn auch nicht gebraucht, um zu sehen, in welcher Richtung wir vom Berg steigen mussten. Wir hatten nicht auf dem Berg oben gestanden und hatten nicht ins Tal geschaut, wir waren nicht da gewesen. Die Himmelsrichtungen waren gleichgültig, die Vögel waren irgendwohin geflogen. Vielleicht hatte unsere Urgroßmutter ihnen nachgeschaut, aber woher sollten wir das wissen. Wir wussten, dass sie mit achtundzwanzig Jahren gestorben war. Wir wussten, dass die Sonne am Himmel gestanden hatte und der Mond am Himmel gestanden hatte, aber wo der Himmel gewesen war in der alten Zeit, konnten wir nicht wissen. Dieser alten Zeit heulen die Hunde nach, sagte Larthia Satis. Ende des Monats celi war jemand im nächsten Haus. Thesatei Spurinna, elf Jahre alt, sie kam nur zum Wasserholen heraus. Sie hielt im Haus Hühner. Wir fürchteten, dass wir auch den ganzen chosfer im Hundegeheul verbringen würden. Vater, Mutter, drei Brüder und die ältere Schwester von Thesatei Spurinna würden vielleicht erst im Spätherbst zurückkommen, falls sie zurückkamen.

So ist der September manchmal.

Meine liebe Margrit

Ich danke Dir für Deine Briefe vom 1. und 8. m.c., aber ich verstehe Deine Besorgnis nicht. Warum sollte ich nicht zu der Etruskerwiese, wie Du sie nennst, zurückgehen? Du sagst, ich würde im Wald Horsts verlorenen Dolch suchen und mich verirren. Du weißt doch, dass ich nicht suche, sondern finde. Höchstens würde ich über den Dolch stolpern. Aber es geht nicht um den Dolch. Ich habe Dir schon geschrieben, dass im August Horst und ein Hund an der Stelle gruben, an der mein Traum-

Mann gestanden hatte, mit Sonnenbrille, Flöte blasend und singend. Du hast es vielleicht überlesen, weil Dich vorhersehbarerweise (schönes Wort) nur interessiert, dass Dich H. mit seiner Tante Viktoria Lamm bekannt machen könnte. H. lässt sich aber nicht mehr blicken, ich habe sogar einmal in der Bar mit dem lausigen Kaffee nach ihm gefragt. Sie wussten nichts. Umso besser, ich gehe sowieso lieber allein zur Lichtung zurück. Aber mach Dir keine Sorgen. Prof. Berardino will, dass ich ein Kapitel seines Buchs (Die Manifestationen Gottes) überarbeite. Ich werde die nächsten Wochen für nichts mehr Zeit haben. Prof. B. gibt mir das Kapitel morgen, heute kann ich Dir also noch schreiben. Schreib Du dann trotzdem, auch wenn ich nicht gleich antworte. Du fehlst mir. Eigentlich wäre es hübsch, zusammen zur Lichtung zu fahren. Du redest netterweise nicht so viel wie Horst und würdest gleich sehen, wofür das ein ideales Gelände ist. Wir würden im Schatten am Waldrand liegen, nicht einmal Zikaden würden uns stören, jetzt sägen sie nicht mehr. Dann würden wir zur besagten Stelle gehen und weitergraben, bis ganz klar ist, dass da nichts ist außer dem Üblichen, Würmern, Wurzeln. Mir soll auch kein singender Albert mit Sonnenbrille im Gelände herumstehen und mich dazu bringen wollen, dass ich an Träume glaube. Natürlich glaube ich an Träume, aber nicht in dem Sinn, dass sie direkt auf die Realität übertragbar wären. So etwas glauben nur der wirre H. und sonst Leute mit Manifestierfimmel. Wenn es Bereiche und Wesen jenseits der Realität gibt, sollen sie sich gefälligst manifestieren, damit wir sie in unserer Welt verankern können. Aber die Sache verhält sich nicht so. Gott, um ein schlagendes Beispiel zu nennen, gibt es höchstens,

wenn er verborgen ist. So verborgen, dass es ihn nicht gibt. Aber ich will Dich nicht damit langweilen.
Komm doch für ein verlängertes Wochenende, ein paar Vorlesungen wirst Du doch ausfallen lassen können. Allerdings regnet es im Moment öfter, der Sommer war pünktlich zum 1. weg, mithilfe eines Sturms, was mir doch ein wenig leidtut. Die Hitze ist ein großartiger Ausnahmezustand. Komm doch Anfang Oktober, da sollte das Wetter wieder in Ordnung sein. Wenn Du versprichst zu kommen, verspreche ich, dass ich bis dann nicht zur Lichtung gehe.
Sei umarmt von
Deinem Marius
P.S. Vielleicht taucht bis dann auch H. wieder auf, und Du kannst ihn nach V.L. fragen. Na, wenn das keine Verlockung ist.

Letzter Tag im September, Ellie noch am Leben, garantiert noch am Leben, Horst ist sich sicher. Diese verfluchte Ellie. Du rennst an einem Morgen im September vom Schreibtisch weg, vergisst den Regenschutz, kommst durchnässt mit zehn Minuten Verspätung bei Kahlmann an, und der sagt, das Fräulein Elisabeth ist verschwunden, man hat soeben angerufen. Ein Riesentheater, du musst vor den vereinigten Eltern antreten, weil du ja schuld bist, nicht wahr, willst sie nicht heiraten, und jetzt hat sie sich etwas angetan. Die ganzen Tage geht das so, Horst wird auf die Polizeiwache vorgeladen, wird befragt, muss mit zwei Beamten zu den Orten, wo er und Ellie als Kind spielten, und was weiß ich was alles noch. Keinen Moment Ruhe. Und allmählich das Gefühl, man sei wirklich schuld, auch wenn man weiß, dass man nicht schuld ist. Aber doch besser, jetzt nicht nach Rom abzuhauen, wie man es am liebsten täte, mit irgendwie zusammengekratztem Geld, da ist noch die allereisernste Reserve, fünfundzwanzig Gramm. So viel leuchtet noch dem blutigsten Dilettanten ein, dass das ein Schuldgeständnis wäre, womöglich gleich so, dass man in Mordverdacht gerät. Horst würde nicht staunen, wenn diese ganzen Knallköpfe, Viktoria eingeschlossen, das auch schon gedacht hätten. Hat Ellie mit dem von ihr erhaltenen Dolch abgemurkst. Motiv klar, wo er hin ist auch, in Roma Termini, Gleis elf, nehmen ihn beim Aussteigen zwei Carabinieri in Empfang. Nein, Horst ist nicht so blöd. Auch nicht so blöd, Ellie umzubringen, umbringen sollte man die, die einen dauernd behelligen. Behelligen tut Ellie nicht, sie wagt einen normalerweise nicht einmal anzurufen oder einem auf der Straße in einiger Distanz zu folgen oder bei der regentropfenbehangenen Thujahecke neben Kahlmanns Geschäft auf einen zu warten. Tut sie nicht. Tat sie nicht? Nein, tut, sie ist noch am Leben, Horst ist sich sicher, auch wenn er den Dolch verloren hat. Verloren in der etruskischen Sommernacht im etruskischen Wald. Vielleicht aufgelesen vom hinterhältig lächelnden Mädchen oder vom Dämon mit der heraushängenden Zunge. Oder geradewegs vom phersu mit dem Propellershirt, der bärtigen Maske, dem spitzen roten Hut. Der braucht Dolche für seine grausamen Späße. Hätte ihr nicht von ihm erzählen sollen. Vom phersu der Ellie. Auf der Straße, weil dieses Scheißwerdenburg ist ja so klein, Ellie trat aus Hänslers Bäckerei, und dann den ganzen Weg bis Kahlmann mit Ellie. Ellies Fragen, weil sie nur Fragen stellen kann, weil sie sonst nicht weiß, was sagen, obwohl sie es wissen müsste. Wie hattest du's in Rom? Ellies schüchternes Lächeln im Gesicht mit einem Pickel am Kinn und den grünen Augen. Das kastanienbraune Haar wie immer im Nacken von einem Gummiband zusammengehalten, heute rotes Gummiband. Ellie, in Rom läutet ein Dämon die Glocken, phersu heißt er, er trägt eine Maske und einen spitzen Hut und etwas, das aussieht wie ein T-Shirt mit Propellermuster. Wirklich? So typisch Ellie. Sagt nicht, was ist das wieder für ein Unsinn, sondern tut, als würde sie es glauben, weil sie meint, sie müsse so tun. Sag noch was zu ihr, Horst, so schweigend unterwegs zu Kahlmann ist peinlich. Einen Satz für Ellie. Im August ist es höllisch heiß in Rom, ich hab mal fast einen Hitzschlag gekriegt, und noch den ganzen nächsten Tag hatte ich einen komischen Kopf. An welchen Wochentagen? Das ist Ellie in ihrem falschen Film, in dem Zusammenhänge existieren, die niemand versteht, Hitzschläge je nach Wochentag verschieden, am Montag tödlich, am Dienstag mild, das muss man schon genau wissen. Sag's ihr, Horst. Montag und Dienstag, aber das ist doch egal. Ellie auf einmal rot und den Tränen nahe. Verträgt nicht den leisesten Vorwurf. Nicht mit einer weinenden Ellie durch Werdenburgs Straßen. Noch was sagen. Der phersu ist überall, Ellie, auch hier in Werdenburg. Läutet er auch hier die Glocken? Was für Glocken, ach so, weiß ich nicht, ob er auch hier die Glocken läutet, aber er ist überall, und man muss sich vor ihm in Acht nehmen. Ellies schöne Zähne, aber das Lächeln macht ihr Gesicht nicht schöner, im Gegenteil. Und warum zum Teufel lächelt sie? Ich meine es ernst, ich könnte dazu was erzählen. Warum möchtest du es nicht erzählen? Doch, Ellie, er möchte, aber er kann nicht, es käme Maddalena ins Spiel, und so grausam ist Horst nicht. Grausam ist der phersu, der im Bus nach Santa Marinella zustieg, an dem Tag nach dem Abend auf dem runden Platz mit Maddalena.

Damals im August, erst recht alle noch am Leben, Horst ein paar Stunden lang in den Bergen von Tolfa auf einer Waldlichtung, die er gerade gefunden hat, oder sie ihn, wie auf ihn zugeschoben. Er hat nur eine Dreideziflasche Mineralwasser dabei, Ferrarelle, die schon in gekühltem Zustand scheußlich schmeckt. Und überhaupt, diese Lichtung mit diesen Etruskern. Um zwei also schon wieder unterwegs zurück, durch den Wald hinunter, vorbei an der vom Blitz getroffenen Eiche, an den drei Steineichen und an der Eiche mit dem doppelten Stamm, Schotterweg, Asphaltstraße, um fünzehn Uhr achtzehn schon wieder im Bus nach Santa Marinella. Bei der Fontana Matta steigt der phersu zu. Mit Maske, spitzem Hut und Shirt mit Propellern drauf? Würde Ellie fragen. Man weiß nie, ob Ellie solche Fragen scherzhaft meint oder ob sie meint, die Sache ernst nehmen und zeigen zu müssen, dass sie sich die Dinge gemerkt hat, zum Beispiel das outfit des phersu. Falls du es scherzhaft meinst, Ellie, wäre das der Moment zu lächeln. Scherzhafte Bemerkungen begleitet man mit einem Lächeln. Es wäre allerdings auch wieder das Falsche, Horst ist nicht nach Scherzen zumute, wenn er an diesen phersu denkt, der da in den Bus nach Santa Marinella zustieg. In der größten Höllenhitze, im Bus ließen sich die Fensterklappen nicht öffnen, keine einzige, alle klemmten. Von Anfang an eine Höllenfahrt, und dann steigt der phersu zu. Das ist es eben, du entgehst ihm nicht, auch wenn du dich bemüht hast, nicht zu extrapolieren, ihn nicht auf der Lichtung tanzen zu sehen. Was wissen wir, hatte Maddalena gesagt, was er bedeutete. Und jetzt steigt er zu und setzt sich neben dich. Neben dich im leeren Bus in der Höllenhitze. Und noch bevor Horst denken kann, dass ihn dieser phersu anmachen will, sagt der phersu, keine Angst, non ti preoccupare, ich bin nicht schwul. Ich auch nicht, sagt Horst und steht von seinem Fenstersitz auf und will in den Gang hinaustreten, aber der phersu lässt ihn nicht. Verschiebt seine behaarten nackten Oberschenkel nicht, um ihn durchzulassen. So eine Fahrt war das. Horst auf einmal blockiert, weiß auf einmal nicht mehr, wie man auf Italienisch lass mich durch sagt, sitzt da und weint, ja, weint, weil das letzte Mal, dass jemand so neben ihm saß, es Maddalena war, gestern Abend auf dem runden Platz im Tuscolano-Viertel. Dieser phersu ist gekommen, Salz in seine Wunde zu streuen, weil er grausam ist, Grausamkeit ist sein Handwerk, grausame Späße zu seinem und zu wer weiß wessen Vergnügen. Zu seinem sicher. Der hier lächelt in seinen Bart hinein, ein starres Lächeln, die ganze Zeit, ist ja eine Maske. Der phersu. Hat sofort heraus, schon beim Einsteigen, während er den Fahrer grüßt, wo dein wundester Punkt ist, und peilt ihn gleich an. Hätte Ellie im Bus gesessen, der Bus voll und neben ihr der einzige freie Platz, hätte er sie kurz prüfend angeschaut, kehrtgemacht und wäre weiter vorn im Gang stehen geblieben. Auch Ellie hätte geweint, nicht so offen wie Horst, sondern schniefend und den Ellenbogen auf dem Fensterrand aufgestützt, um mit der Hand am Gesicht die Tränen diskret zu trocknen. So ist der phersu, er erwischt dich sofort, du hast keine Chance. Bis Santa Marinella saß der pickelhart da, lächelnd und schwitzend hinter seiner Bartmaske, auch sein schwarzes T-Shirt war nass in dieser höllisch heißen Zeit. Horsts auch, ein rotes, das ihm Maddalena geschenkt und er gestern vor dem Treffen auf dem runden Platz mit den knisternd glitschigen Piniennadeln frisch angezogen hatte, vielleicht in der Vorahnung, dass es gut war, Maddalena daran zu erinnern, dass sie ihn liebte. August, und sie liebten sich noch.

Und dann, so wie es der phersu gewollt hatte, kam Horst aufgelöst in Santa Marinella an. Dort stand er auf, der phersu, und stieg aus, und Horst stieg auch aus, weinend, auf schwachen Beinen, durch die Vordertür, extra nicht durch die mittlere wie der phersu. Ja, sagte der Fahrer, als Missionare sind die radikal, lassen dich die ganze Hölle sehen, nicht alle vertragen das. So ein phersu. Es sind nicht alle phersu gleich, nicht wahr? Würde Ellie fragen, und du würdest dich fragen, warum sie jetzt auf einmal über den phersu Bescheid weiß, aber sie weiß nicht Bescheid, sie hängt sich an deine Aussagen, du bist ja offenbar über den phersu informiert. Ellie weiß nicht, dass sie nicht deinen, sondern ihren eigenen Blick auf die Dinge vertreten müsste. Kompliziert, das Ganze. Schon deswegen besser nicht mit Ellie reden, wäre besser gewesen, aber eben, man kann nicht den ganzen Weg von Hänslers Bäckerei bis zu Kahlmann schweigend neben jemandem hergehen in Werdenburg. Zum Glück regnet es nicht mehr an diesem Tag im späten September, sonst müsstest du noch mit unter ihren Regenschirm und den Schirm halten, obwohl du zwei Zentimeter kleiner bist. Bis vor einer halben Stunde hat es geregnet. Quer über den Gehsteig die Schleimspur einer Schnecke, die Schnecke selbst ist dabei, den Randstein hinunterzukriechen. Schau, Ellie, ich möchte dir nicht Angst machen, lassen wir den phersu, tut mir leid, dass ich von ihm angefangen habe. Warum meinst du, dass du mir mit dem phersu Angst machst? Ich meine nichts, ich mag nicht mehr vom phersu reden, ich mag überhaupt nicht mehr reden, ich komme zu spät, sorry, Ellie, ich lauf mal los, der Kahlmann wird sonst sauer, tschüss.

Einer, der da vorn gerade an Mischniks Autospenglerei vorbeiginge, könnte sich umblicken, und nicht er würde zur Salzsäule erstarren, sondern die, die hinten ist, Ellie, bereits erstarrt seit zwanzig Sekunden und noch für gut fünf Minuten, da auf dem Gehsteig der Möhlenstraße. Rot im Gesicht und schwitzend und starr wie die Salzsäule. Vernichtet in ihrer Ellie-Existenz. Nur noch dieses Salzgebilde auf dem Gehsteig der Möhlenstraße, auf dem es nach Ablauf der fünf Minuten Schritte machen wird, mit dem Gefühl, wie es vielleicht alle Salzsäulen haben, dazu nicht berechtigt zu sein. So ist Ellie, und seither ist sie verschwunden. Heute, am letzten Septembertag, schon den vierten Tag. Aber noch am Leben, sicher noch am Leben. Wenn du einmal zur Salzsäule erstarrt warst, bleibt ein Rest von Salz in deinem System, der dich lähmt und hemmt, du hast nicht die Energie, zu eurem Lieblingsort, dem hölzernen Aussichtsturm, zu gehen und dich dort hinunterzuwerfen, obwohl du schon daran denkst, an viele solcher Möglichkeiten, nicht zuletzt an den Dolch, den du Horst geschenkt hast, zum achtzehnten Geburtstag, ein Familienstück aus dem siebzehnten Jahrhundert. Zum Zeichen unserer familiären Verbundenheit, hat Ellie dazu geschrieben. Horst verstand das nicht, er und Ellie sind nicht einmal um Ecken herum verwandt. Nimm ihn, sagte Ellie, als Horst den Dolch nicht annehmen wollte, er wird dir Glück bringen. Gut und gern einige Tausender wert, und wenn Horst gewusst hätte, dass er ihn verlieren würde, hätte er ihn gleich verscherbelt. Dolch verschwunden, Ellie verschwunden, aber beide noch am Leben, der Dolch geht im etruskischen Septemberwald von Hand zu Hand, bis er zwangsläufig beim phersu landet, der auf einem Teppich von abgefallenen Eicheln steht und ihn in die rauh rissige Rinde einer Steineiche steckt. Wir wollen ja nicht extrapolieren und können also nicht wissen, was die

Geste bedeutet, aber Horst könnte sich schon vorstellen, dass Ellie deswegen verschwunden ist. Weil der phersu es auf ihn, Horst, abgesehen hat, nicht auf Ellie. Er will, dass man ihn nicht in Ruhe lässt. Zur Strafe wofür? Kannst es ohne Extrapolieren nicht sagen. Er hat auch Maddalena verflucht, die auf dem runden Platz nicht mehr Maddalena war. Wir wissen nicht warum, wir wissen nur, dass der phersu grausam ist.

Und doch hat sich das Ganze gelohnt, jener Montag im August war schön. Wir saßen am Waldrand unter den Ulmen und blickten zur einzelnen Linde auf der Lichtung hinüber. Der Schweizer sagte, mir kommt das wie ein Ort vor, den ich so oder ähnlich schon einmal gesehen habe, aber wahrscheinlich sind hier bei Perugia viele solcher Orte in der Gegend verstreut. Wir saßen schweigend in der Sommerhitze im Gesang der Zikaden und aßen unsere mitgebrachten Brote. Pomodoro e mozzarella, bresaola e rucola. Das wenigstens schreibt Horst wahrheitsgemäß. Es wäre auch sonst nicht nötig, Namen und Orte zu ändern, niemand wird die Lichtung finden, selbst wenn er den Wald korrekt beschreibt, Eichen, Buchen, Hagebuchen, Steineichen, auf der Lichtung eine einzelne Eiche. Wir wissen es sowieso schon. Und Perugia statt Rom, Horst, was meinst du, was das bringt. Findet Horst eigentlich auch, so was von unnötig, wird eh nie jemand lesen, was er am letzten Septembertag zusammenschreibt, weil er sich nicht auf den Bestseller konzentrieren kann, die Geschichte von Alfred, und jetzt muss er zu Kahlmann. Unterwegs der Gedanke, dass Ellie nicht nur am Leben, sondern auch nicht verschwunden ist, vielleicht weil ein ähnlich groß gewachsenes Mädchen mit braunem Haar Hänslers Bäckerei betritt. Vor der Bäckerei heute neu ein Topf mit Erika. Ellie ist irgendwo in der Nähe. Kämmt ihr Haar nach hinten, fasst es zusammen, heute mit einem grünen Gummiband. Das grüne anliegende Kleid, das ihr Horsts Mutter geschenkt hat, hat sie nie angezogen. Immer nur so in Hose und Hemd oder Pullover, in ihrem Versteck. Wo? In der Nähe, die verfluchte Ellie. Letzter Septembermorgen, der Wind treibt graue Wolken über den Himmel, es regnet nicht, aber es riecht nach Nässe, Horst klappt den Kragen der Lederjacke hoch. Man muss Ellie finden, dann lassen sie einen in Ruhe. Aber ich kann nicht suchen, ich muss zu Kahlmann. Vom Baum in Steibels Garten liegen immer ein paar Äpfel auf dem Gehsteig, Sorte Berlepsch. Horst gibt einem einen Tritt. Der verfluchte Kahlmann redet dauernd von Ellies Verschwinden, ganz Werdenburg weiß es schon.

Nur ich wollte nichts hören, ich schloss mich nach der Arbeit in Edy Schwarz' Bude ein, Spinatmakkaroni aufgewärmt, Queen an, Telefon ausgesteckt, über Ellie geschrieben, um mich an sie heranzuschreiben. Du schreibst so lange über jemanden, bis dir aufgeht, wo sie ist. Wie lange, würde Ellie fragen, weil sich ihr Denken ja am Falschen festhakt. Ellie, ums Heranschreiben geht's. Etruskische Methode oder vielleicht auch nicht etruskische Methode, könnte aber sein, wer weiß, wo sich die Etrusker mit ihren verkehrten Buchstaben hingeschrieben haben. Die Etrusker waren ein verkehrtes Volk, nicht wahr? Ellie, versuch alles, aber versuch nicht zu scherzen. Frag doch, wenn du fragen musst, nach den verkehrten Buchstaben. Warum sind die Buchstaben verkehrt? Weil von rechts nach links geschrieben, mit verkehrten griechischen Buchstaben, auch die schauen nach links. Aber zum Glück muss man das Ellie nicht erklären, sie ist ja verschwunden, kann nicht nachfragen, warum die Etrusker das so haben wollten. Woher soll ich das wissen, Ellie, schreibt Horst an diesem Septemberabend, an dem es in Edys Bude verflucht kalt ist, bestimmt nicht mehr als sechzehn Grad, es wird noch nicht geheizt. Und erst war es doch Sommer, wir saßen unter der Eiche, ja, Eiche, quercus, etwa zweihundert Jahre alt, und stritten wegen Alfred, weil ihn Marius geträumt hatte und doch immer wieder vergaß. Hoffentlich hat er auch die Lichtung vergessen, vergessen, dass er weitergraben wollte. Gleich morgen, erster Oktober, sollte man hinfahren, statt hier zu sitzen und Ellie zu suchen. Nein, man muss Ellie suchen, sie ist die Einzige, die Geld zusammenkratzen und es einem geben kann und nicht mal wagt zu fragen wofür, obwohl sie es ahnt und gern mitkäme. Ellie auf der Lichtung in den Bergen von Tolfa nördlich von Rom. Wolltest du mir hier die Heuschrecken zeigen? Weil jetzt im Oktober bei jedem Schritt Heuschrecken auseinanderspringen. Ellie, das hier ist eine etruskische Totenstadt, hier sind Dinge in der Erde, vielleicht auch der Dolch, den sie hier vergraben haben. Wer? Lassen wir's, denkt Horst in Edys kaltem Badezimmer, wo er sich vor dem Spiegel unter Tränen ein Haar aus der Nase zieht. Die verfluchte Ellie, im Spiegel sollst du sie finden.

Und so war es auch, wird Horst später sagen. Und fast hätte Ellie ihm auch das Geld gegeben, damit er am zweiten Oktober mit dem Nachtzug nach Rom fahren konnte, aber jemand hatte ihr Sparkonto gesperrt. Sie selbst saß seit vier Tagen in ihrem Zimmer, versteckte sich im Schrank, wenn sie jemanden kommen hörte, ließ sich von Hortensia Brötchen bringen, Aufschnitt und Weichkäse, Kohlsalat und Hering.

Oktober. Wieder Regen, Horst, unterwegs zu Kahlmann, bleibt vor Hänslers Schaufenster stehen, mit Blick auf die Fünfkornbrote, Kranzkuchen und Dekorkastanien aus Plastik. Kapuze hoch, Hände in den Taschen, Ellie würde ihn nicht gleich erkennen, wenn sie käme. Er sie schon, gespiegelt in der Scheibe. Groß, rundlich, mit blondiertem Haar und schottisch kariertem Regenschirm, so eine sah Horst in der Scheibe gespiegelt. Hortensia. Sie kam, um für Ellie Brötchen zu holen, was Horst gleich kapierte. Der Rest ergab sich, Horst mit zu Ellie, die weinte und dann nicht mehr weinte, nachdem sich Horst entschuldigt hatte, sie vor vier Tagen stehen gelassen zu haben. Da wurde sie plötzlich ganz munter, wollte für mich ihr ganzes Geld abheben, wird Horst sagen. So war Ellie an dem ersten Oktober. Und ich dachte da noch, am zweiten wäre ich in Rom und tags darauf auf der Lichtung, sogar auch allein, wenn's unbedingt sein musste, ohne Marius. Bestimmt wäre wenigstens Vel da gewesen.

Ja, er ist da. Mit bis in die Spitzen aufgestellten Ohren. Hört er das Geräusch, mit dem die Heuschrecken von trockenem Grashalm zu trockenem Grashalm springen? Vielleicht. Hunde hören millionenmal besser als Menschen. Aber Vel will nicht hören, er will sehen. Ob sich dieses Ding da auf einer Distel, ein grünes Ding, mit so etwas wie einem Kopf, das Dreieck da ist so etwas wie ein Kopf, vielleicht sogar mit so etwas wie einem schiefen Lächeln, und mit stacheligen Armen, das müssen Arme sein, auch wenn es unvorstellbar ist, dass ein Lebewesen, falls das grüne Ding lebendig ist, die Arme so lange so reglos von sich weghalten kann, die Hände, aber es sind nicht Hände, es sind gezahnte Zangen, nach unten eingeschlagen, und da ist etwas, das einem grünen Pflanzenstiel gleicht, aber es ist wohl ein Körper, mit vier in alle Richtungen geknickten Beinen, vielleicht weil das Ding, ein verscherbelbares, zweitausendfünfhundert Jahre im Boden gelegen hat, heute, am zweiten Oktober, endlich ausgegraben von Vel. Nein, natürlich nicht. Vel würde es niemals berühren. Er ist, als er es sah, zurückgewichen, sitzt jetzt da, den Hals lang gestreckt, die Ohren aufgestellt, bereit, weiter zurückzuweichen, falls sich das Ding rühren sollte, weil es vielleicht doch am Leben ist. Es wird sich aber nicht rühren, jedenfalls noch lange nicht, und Vel wird in der Nähe der Distel, auf dem das Ding sitzt, in der Sonne einschlafen, auf dem Bauch, den rechten Vorderlauf ausgestreckt, darauf aufliegend die Schnauze, die Ohren gesenkt, aber hin und wieder zuckend, weil er träumt. Nicht sicher, dass er Alfred zwischen kleinen Tumulusgräbern torkeln sieht, das war ja der Traum von Marius. Vielleicht sieht er sich irgendwo in der Milchstraße sitzen, auf einem um einen unbedeutenden Stern kreisenden fast unsichtbaren Punkt. Oder sieht er doch Alfred? Er bellt jetzt mit kleinen hohen Tönen, die wie Klagelaute klingen. Seine Klage um Alfred. Alfred, gestorben auf der via Tuscolana, überfahren von einem saisonbedingt zu schnell fahrenden Wagen (Motorrad?), Ende August.

Und jetzt ist schon Oktober, und statt dass sie Horst in Ruhe lassen, damit er Alfreds Geschichte weiterschreiben kann, nachdem er ihnen Ellie gefunden hat, sind sie noch mehr hinter ihm her. Sie hatten, wird er sagen, schon den Fotografen engagiert, Kahlmanns alten Onkel, den Hochzeitsfotografen. Ja, immer und jetzt erst recht diese Hochzeit mit Ellie. Womöglich eine Oktoberhochzeit mit in der Sonne glänzenden Spinnenfäden, die sich in Ellies Schleier verfangen. Und solche Dinge. Die Handschuhe ihrer Großmutter aus Burano-Spitze. Pumps aus weißer Seide aus München. Nicht so wie Maddalena, die keine eigens genähten Kleider aus altrosa Seide anzieht. Auch das ist ja eine Oktoberhochzeit, die Hochzeit der Cousine Letizia in Orosei. Wirst du nicht hinfahren, hat Horst im August Maddalena gefragt. Schon da hätte ich merken sollen, denkt er in diesem Werdenburger Oktober, dass etwas nicht stimmte. Ich war ja sicher, dass sie nicht hinfahren würde, und sie sagt, klar fahre ich hin. Sì che vado. Warum, Maddalena? Was heißt warum, es ist die Hochzeit meiner Cousine, und im Oktober kann man in Orosei noch baden. Das Treppchen vom Garten der Großmutter hinunter an den Strand am glasklaren Meer. Und das Kleid aus altrosa Seide und der Kranz aus Orangenblüten? So werde ich am Hochzeitsmorgen am Strand stehen, allein in der Morgensonne, mit erhobenen Armen und zusammengelegten Händen, um sie zu grüßen, dann werde ich den Kranz abnehmen und in die Wellen werfen. Du machst Witze, nicht wahr? Sì, amore mio. Aber du fährst hin? Sì, amore mio. Ich werde hinfahren, ich werde im Meer baden, aber das Kleid werde ich nicht anziehen, das wird Großmutter Maria Grazia sowieso schon aufgetrennt und im Kamin verbrannt haben, und dann werde ich auf elf Uhr in die

Kirche gehen, San Giacomo Maggiore, und hinten neben zio Amedeo sitzen. Letizia wird mit einer statt mit zwei Brautjungfern einziehen. Es wird eine schöne Hochzeit sein, so warm, dass man sich mit den Sommerfächern fächeln wird, die Kirchentür wird offen stehen, man wird immer wieder das hart und gleichzeitig hohl klingende Klopfen hören, mit dem unten an der Treppe die vor der Hochzeitskutsche eingespannt wartenden Pferde, Giulia und Beppe, das Gewicht von einem Huf auf einen andern verlagern. So ein Oktobertag. Cousine Letizia, wollen wir's sagen, erwartet ein Kind, Giulia soll es heißen, so wie das vor der Hochzeitskutsche eingespannte eine Pferd, Apfelschimmel, zwölfjährig, unruhiger als Beppe, tritt häufiger hin und her und macht den hart und hohl klingenden Ton. Ab diesem Oktober wird Letizia nicht mehr mit Maddalena reden, sie nicht mehr einladen, die Taufe im Frühling wird sie vergessen können. So schade, dass du nicht eingeladen bist, wird Großmutter Maria Grazia am Telefon sagen, aber komm trotzdem, Biagio ist auch da und sagt, das Meer sei schon warm. Nein, Maddalena wird nicht hinfahren, sie spielt nicht den Zaungast, und überhaupt, die Gelegenheit, aus den Familienfesten auszusteigen.

Oktober in der leeren Wohnung im Tuscolano-Viertel, die anderen sind nach der Hochzeit immer noch auf Sardinien. Die Sonne erscheint nicht mehr am Fensterrahmen des Nordzimmers, scheint dafür um vier durchs Westzimmer des Bruders hindurch auf ihrer flacheren Bahn durch den ganzen Flur. Du trittst aus dem kühlen Schatten in starkes warmes Licht, den neusten Brief des Deutschen in der Hand, um ihn auf die in diesem Licht leicht verstaubt aussehende Flurkommode zu legen. Es sei jetzt, schreibt

Horst, mehr als zwei Monate her, dass sie sich das letzte Mal gesehen haben, was nicht stimmt. Maddalena hat ihn und einen anderen, den sie nicht kennt, mit Stock und in langer Hose, im späten August, Montag und alle noch am Leben, im Bahnhof Termini in den Zug steigen sehen. Sie wollte denselben Zug nehmen, nach Cerveteri, aber natürlich nicht mit dem Deutschen, nicht im selben Zug. Wohin fährt er, was redet er, warum weint er? Horst weinte, weil er mit diesem komischen Marius unterwegs war, diesem schnell neben ihm herhinkenden. Was hast du eigentlich, Mann? Hüftdysplasie, von Geburt an. Mit diesem Marius, statt mit Maddalena zu dem Ort fahren, den sie gesagt hat, es gibt einen Ort in den Bergen von Tolfa, wo man graben könnte, ich werde ihn dir zeigen. Maddalena, wir könnten zusammen unterwegs sein, zu dem Ort. Statt mit diesem komischen Marius, der einen dauernd veräppelt. Der sagt, für jemanden, der mir von teuer zu verscherbelnden Dingen spricht, solltest du mehr Begeisterung zeigen, wenigstens solltest du nicht weinen dazu. Was redet dieser Marius? Maddalena, wo bist du, was machst du, weinst du auch um die Liebe deines Lebens? Ich ja, ich weine um die Liebe meines Lebens, wie es die Kartenlegerin auf der piazza Colonna gesagt hat. Die Kartenlegerin, Cecilia Ceccarelli, siebenundfünfzig, jeden Tag um Viertel vor acht bei der Haltestelle Prenestina-Irpinia, mit Tram Nummer vierzehn bis Termini, von da mit Bus einundsiebzig bis San Claudio, von da ein paar Minuten bis zur piazza Colonna, mit Klapptisch, Klappstuhl, Karten. Maddalena, sie sagte doch, dass wir uns sehr lange lieben werden, zwei meiner Urgoßeltern leben noch, und die Sarden sind eh das langlebigste Volk in Europa, siebzig Jahre haben wir bestimmt noch vor uns. Wir werden abhauen. Nach Kathmandu.

Wir haben ja Zeit für ein paar Jahre Kathmandu. Lach ruhig, Maddalena, ich weiß, ich bin ein später Hippie, hat mir Viktoria auch schon gesagt, aber Arturo und Jim sind letztes Jahr auch nach Kathmandu gefahren und sind immer noch dort. Ich wollte zu ihnen stoßen, Maddalena, war ja letztes Jahr schon unterwegs nach Kathmandu, wollte dir nicht sagen, dass Rom nur eine Etappe war, war dann keine Etappe, weil wir uns liebten und mir das Geld ausging, aber vorher, bevor ich dich kennenlernte, stieg ich auf den Gianicolo, um im Osten die Berge im Morgenlicht zu sehen, schon nicht so hohe wie der Himalaya, aber auch sie nicht in der gleichen Welt wie die Stadt. Lach nicht, Maddalena, sag nicht, das ist Hippiegeschwärme, ich bin sicher, dass es in Kathmandu auch so ist. Du hättest es gesehen, Maddalena, sobald du mit dem Studieren fertig gewesen wärst, wären wir losgefahren, mit dem Erlös für was Verscherbelbares, und jetzt wären wir schon in Istanbul. Jetzt, im Oktober.

Und wo ist stattdessen, Maddalena? Zu Hause, wie stattdessen Oreste in Werdenburg, aber Maddalena wenigstens in diesem sonnendurchfluteten Flur, wo der Brief des Deutschen auf der leicht verstaubten Kommode liegt. Giovanna war zwar gestern da, aber man sieht im hereinfallenden Licht, was an Partikeln tanzt, man müsste heute gleich wieder Staub wischen. Der Brief allerdings kann ruhig verstauben, Maddalena liest die Briefe des Deutschen nicht, der jetzt offenbar dort ist, wo er hingehört, siehe Poststempel. Werdenburg.

Es regnet, Horst ist bei Kahlmann und schneidet in einem fensterlosen Hinterraum Fotopapier für Vergrößerungen zurecht, dreißig mal vierzig. Soll er eben arbeiten, auch wenn es Maddalena nicht glauben würde, falls er ihr davon geschrieben hat. Der lügt. Sie dreht sich um, hat die Sonne im Gesicht, sieht sich blinzelnd im Spiegel an der Westwand des Flurs, wie von einem Scheinwerfer angeleuchtet. Willst du nicht zum Film, Maddalena, mit deinem langen schwarzen Haar, der leicht gebogenen Nase, den geschwungenen Lippen, der von zia Pupa geerbten Figur, dank der zia Pupa in den Fünfzigerjahren tatsächlich fast zum Filmstar wurde. Nein, danke, das liegt mir nicht, wir graben an einem interessanten Ort, über den ich meine Dissertation schreiben werde. Und dann? Dann reisen, und wenn ich dreißig sein werde, bin ich schon Museumsdirektorin. Reisen wohin? Etwa nach Kathmandu, womöglich mit Oreste? Von solchem Unsinn will Maddalena nichts hören, von Oreste nichts, nichts von Kathmandu, Kathmandu, das ist vorbei, sie träumt keine Hippieträume. Das Leben geht anders. Geht es? Es geht, wenn man es in die Hand nimmt. Wenn man nach Kathmandu fährt, nimmt man es nicht in die Hand? Hören wir auf mit Kathmandu, Kathmandu hat nichts mit meinen Plänen zu tun, non c'entra, und nein, in Kathmandu nimmt man das Leben nicht in die Hand, in Kathmandu hofft man, dass das Leben einen in die Hand nimmt und einem gleich seine Geheimnisse offenbart. Das wäre aber doch immerhin etwas, oder? Man würde im Gegenlicht des Oktobernachmittags stehen und eine Mutter, einen Vater, eine Tochter, einen Eselskarren und einen Austin A40 Somerset vor der Kulisse des Himalaya als Lichterscheinungen sehen und verstehen, dass es darum geht. Was meinst du, Maddalena? Vielleicht geht es darum, aber es geht anders, ich werde nicht darauf warten, dass sich etwas offenbart, ich weiß, wie man ein Gelände interpretiert und einteilt, um am richtigen Ort zu graben, meine Dissertation wird sich vor allem mit Methodologie beschäftigen, die Interpretation der Fundstücke kann nur beschränkt relevant sein, da wir ihre Bedeutung nicht wirklich kennen können. Ja, hast du gesagt, aber was ist das für ein richtiger Ort, Maddalena? Das darf Maddalena nicht sagen, Professor Castaldi hat sein Team, Maddalena Mereu, Luca Ferraresi, Luisa Tosta, Michele Scaccialupi und Anna Zoppo, zu Schweigen verpflichtet. Aber da war doch ein Ort, den du Oreste zeigen wolltest. Es hat keinen Sinn, Maddalena sagt nichts. Sie macht vor dem Spiegel den Sonnengruß. Sie wird sich bis dreißig nicht nur als Museumsdirektorin etablieren, sondern auch einen Yogalehrerkurs absolvieren, vielleicht in den Vereinigten Staaten, vielleicht in Indien. Und Männer? Was ist mit den Männern? Männer nur nebenbei, Männer halten einen nur auf, das mit dem Deutschen war nur so una storia, Maddalena hat schon mit sechzehn beschlossen, dass sie keine Männer in ihrem Leben haben will.

Männer nicht, nein. Nicht in diesem hereinfallenden Oktoberlicht überbelichtet vor dem Flurspiegel stehen und sich das schwarze Haar mit beiden Händen auf die verschiedensten Arten hochdrapieren, weil das dem Deutschen oder sonst einem Mann gefällt, und sich, statt die Sonne zu grüßen, in Posen werfen wie Naomi Campbell auf dem Laufsteg und sich zulächeln, alles im Namen der Verliebtheit, das alles ist nur Narzissmus. Narzissmus zu denken, dass die Herbstsonne nur für dich durch das Westzimmer des Bruders in den Flur scheint, weil alles, die Wärme, Giorgettos Gebell von oben, der auf der Pinie vor dem Küchenbalkon singende Vogel, das Geräusch von einem bestimmt auf ein entzückendes Ziel zufahrenden Wagen auf der Straße, einer Straße dieser wunderbaren

Stadt in ihrem warmen Oktober, der die Mietskasernen auf der via Tuscolana so aufregend aussehen lässt wie den Palazzo Farnese, während einer der Spinnenfäden durchs Kolosseum schwebt, dieser Stadt in ihrer wunderbaren Lage zwischen Bergen und Meer, und das Meer selbst, mehr denn je schimmernd bis zum Horizont, und jenseits des Horizonts das Unendliche kein öder, starrer, fahler Ort, sondern gesamthaft und vielversprechend gekrümmt um das schwarze Loch, den alles anziehenden Mann. Nein, danke. Na gut, aber wenn es dir um Freiheit geht, warum bist du dann unglücklich? Ich bin nicht unglücklich, aber es ist normal, sich unbehaglich zu fühlen, wenn wieder einmal alle gegen dich sind, ausgenommen Großmutter Maria Grazia. Wieder einmal, weil Maddalena ja macht, was sie will, Affären mit den unmöglichsten Männern, der deutsche Gammler war wenigstens jung, aber zuvor zwei ältere Männer, ein Reiseunternehmer und natürlich der Castaldi, beide verheiratet, zwischendurch der Student, selbstverständlich ohne an eine ernsthafte Beziehung mit einem von ihnen zu denken, wollen wir nicht, brauchen wir nicht, die Welt ist auch so schön, nach den Auslandsstudienjahren ist man mit achtundzwanzig wieder in Rom, um die Museumsdirektion anzupeilen und daneben das Yogastudio und auch ein Studio für Ausgrabungsanalysen, mit Computern, die dann bestimmt für alle zugänglich sind. In einem Oktober Anfang der neunziger Jahre wird das alles schon geregelt und eingependelt sein, für lange Jahre.

Wie schön, Maddalena, warum bist du dann in diesem Licht den Tränen nahe, du, die Weinen hasst? Weil sie alle noch beim Familientreffen auf Sardinien sind und du nicht? Nein, sondern weil sie von dort dauernd anrufen, auch jetzt gerade klingelt das Telefon ins rötlicher gewordene Licht hinein, das die Wohnungstür erreicht hat, ein schräges Lichtviereck an der Tür. Maddalena nimmt den Hörer nicht ab, was machst du, Maddalena, hast du gegessen, Maddalena, sitzt du an deiner Arbeit, Maddalena, die ganze Nerverei, tutta la rottura. Oder, nur eine Annahme, weinst du doch wegen des Deutschen, wegen dieses Oreste? Ach woher, macché, das ist vorbei, und er hieß gar nicht so, auch das war eine Lüge. Telefon klingeln lassen, bestimmt ist es der Vater, er sagt, Maddalena, ich will, dass du uns Bericht gibst. Ruf bei der Großmutter an, hört man die Mutter im Hintergrund sagen. Ruf bei der Großmutter an, sagt der Vater. Oder bei zio Amedeo. Oder bei zio Amedeo, sagt der Vater. Vergesst es. Maddalena macht vor dem Spiegel den Baum, linkes Standbein, rechte Fußsohle am Oberschenkel, Arme hochgestreckt, Handflächen aneinander. Sie kann das Baum-Asana unbeschränkt lange halten. Das Telefon hat aufgehört zu klingeln, das Sonnenviereck an der Tür ist höher gerutscht. Maddalena verkehrt die Stellung, Standbein rechts, linker Fuß am Oberschenkel. Dieser Deutsche, dieser Oreste, mit seinen Briefen. Auch diesen wird sie im Spülbecken verbrennen. Er hat mein Vertrauen missbraucht. Wir Sardinnen verzeihen das nicht, ein Leben lang. Gleich so? Ja. Aber es ist doch erst Oktober in deinem vor ein paar Tagen begonnenen vierundzwanzigsten Jahr, löse das Asana, nimm den Brief des Deutschen von der leicht verstaubten Kommode, geh durch den staubigen Sonnenstrahl hindurch in die Küche, pack die pistiddu aus, die dir Großmutter Maria Grazia per Post geschickt hat, und iss einen, während du den Brief liest. Du könntest dann vielmehr ein Leben lang nicht vergessen, wie ein Stück Kruste mit daran klebender Kaktusfeigenmarmeladenfüllung auf die Stelle fällt, wo

Oreste schreibt, er wolle im November wiederkommen, kurze Zeit da sein, um etwas zu erledigen, und dann weiterziehen nach Kathmandu. Er frage dich, ob du mit ihm gehen willst. Aber nein, Maddalena hat, wie wir wissen, andere Pläne, und sie geht auch nicht mit, weil sie den Brief nicht liest und sich kein Leben lang erinnern wird, wie das Pistiddustück auf dem Wort Kathmandu lag und ihr mit einem Mal aufging, dass man das doch auch in die Hand nehmen konnte. Kathmandu, dahin mitgehen, mit dem Mann des Lebens. Nein, kein Pistiddu, kein Kathmandu, kein Mann des Lebens.

So endet dieser Oktobernachmittag mit dem Baum vor dem Spiegel im plötzlichen Schatten, die Sonne ist hinter dem nachträglich und illegal aufgesetzten Dachgeschoss des Hauses gegenüber untergegangen, und wieder klingelt das Telefon. Das jetzt ist sicher die Mutter, die sagen will, wie sehr es den Vater kränkt, dass sie nie antwortet. Ich werde weggehen, wozu habe ich mich, Maddalena geht ins Tuladand-Asana über, Standbein links, Rücken, Arme und das rechte Bein zur Waagrechten ausgestreckt, um ein Jahr Auslandsstudium beworben, am liebsten in den Vereinigten Staaten. Maddalena wechselt das Standbein, Rücken, Arme, linkes Bein zur Waagrechten ausgestreckt. Schwierig, bei dem Telefongeklingel das Gleichgewicht zu halten. Hör auf, mamma, ich werde den Hörer nicht abnehmen. Maddalena löst das Tuladand-Asana und setzt sich im Gurt-Asana auf den Boden, Füße zusammen, Knie auseinander, Arme darum herum. Das Telefon klingelt nicht mehr, sie ist nicht mehr nervösen Tränen nahe. Weggehen. Nicht zu Hause sein, wenn sie zurückkommen aus Orosei, der Vater gekränkt, die Mutter aufgebracht, der Bruder erst zwölf und verängstigt. Basta. Maddalena steht vom kalten Steinfußboden auf, die Oktobersonne hat ihn nicht aufgewärmt, täte die Sonne auch im Juli nur knapp, wenn sie dann hereinschiene, was sie nicht tut. Jetzt ja, aber jetzt hat sie wenig Kraft, es ist bald November.

November. Im Novemberwald liegt eine dicke Schicht blassgelber vertrockneter Kastanienblätter. Wenn man die Blätter beiseitescharrt, kommen eine Menge Kastanien zum Vorschein. Sie liegen seit Oktober hier, zum Teil halb in der feuchten Erde vergraben, aber nicht angefault und ohne Würmer. Man kann sie ausgraben, mit den Vorderpfoten fixieren und mit den Zähnen schälen. Vel hat den Wald vor zwei Tagen entdeckt. Hat die ersten Kastanien samt der Schale zerkaut, aber es ist schwierig, das Richtige im Maul zu behalten und die Schalen auszuspucken. Die Schale abknabbern geht auch nicht gut, die Dinger rollen weg. Es gibt nur eines, man muss stehend die Kastanie zwischen die Vorderpfoten klemmen, in die Schale hineinbeißen und sie in kleinen Stücken wegreißen. Die halb geschälte Kastanie mit der Schnauze umdrehen und sie auch auf der anderen Seite schälen. Pro Kastanie fünf Minuten Arbeit. Vel hat bis jetzt sieben Stück gefressen. Gebraten wären sie eher fad, zu geringer Zuckergehalt, roh schmecken sie nicht schlecht mit ihrer knackigen Dichte. Beim Schälen der achten Kastanie hebt Vel den Kopf, stellt die Ohren bis in die Spitzen auf. Da kommt etwas. Durch das trockene Laub, in einiger Entfernung. Wildschweine gibt es hier eine Menge, der Boden ist an vielen Stellen aufgewühlt, auch sie sind hinter den Kastanien her. Dreibeiniges Wildschwein? Vel hört einen Dreitakt im Laub, einen unregelmäßigen.

Er schnüffelt in die Luft, aber was kommt, ist unter dem Wind. Der leichte Wind, der die Blätter raschelnd von den Kastanien bläst, kommt aus Osten. Das Lebewesen kommt aus Nordwest. Vels Schwanzspitze zittert, er macht sich zum Angriff bereit, wäre nicht das erste Mal, dass er auf ein Wildschwein losgeht. Schwanzwedelnd? Ja, jetzt auf einmal wedelt der Schwanz. Die Ohren zurück in ihrer geknickten Position. Was ist das? Vel hat Witterung von dem, was da den blätterüberdeckten Pfad entlangkommt. Er erwartet es, auf der achten Kastanie stehend. Die Kastanie kann man vielleicht vergessen, wir reden vielleicht von bresaola e rucola oder pomodoro e mozzarella.

Von bresaola e rucola.

Marius.

Er ist in Sicht gekommen, sieht seinerseits das Tier da vorn auf dem Pfad, nicht deutlich, Vels gelbes Fell hebt sich schlecht von den blassgelben Kastanienblättern ab. Marius bleibt stehen. Ein Fuchs? Nein, dafür ist es zu gelb. Und es läuft nicht weg. Warum nicht? Sogar ein Wolf würde das tun. Hier sind keine Wölfe. Oder doch? Marius, sagt sich Marius, das ist die typische Einsamer-Waldgänger-Suggestion, noch ist es nicht so weit, dass ich einen herausragenden dürren Ast als den Arm eines toten Mädchens sehe, es ist ja auch sonnige Mittagszeit, aber der Wolf ist mir doch eingefallen. Angesichts eines Hundes. Der nicht einmal aggressiv ist, der mit dem Schwanz wedelt. Warum? Marius setzt sich wieder in Bewegung. Weil er mich erkennt. Ich erkenne ihn auch. Der Vorstadt-Anubis, Vel oder wie ihn Horst nannte, der Hund vom August auf der Lichtung, und jetzt im November immer noch am Leben und ebenso am falschen Ort wie ich, denkt Marius. Aber vielleicht ist der Hund nicht am falschen Ort, wer sagt, dass er immer auf der Lichtung herumhängt. Das mit den panini war für ihn ja ein einzelner Glücksfall, seither gibt es da oben, weiter oben, weiter westlich, nicht viel zu finden, es kommt nie jemand vorbei. Auch Marius heute nicht. Dazu müsste man sich mehr merken als die vom Blitz getroffene Eiche. Die anderen, die drei Steineichen, die Eiche mit dem doppelten Stamm, hat Marius vergessen, aber auch die würden nicht genügen, damit man einen Ort wie die Lichtung wiederfindet. Müsstest du doch wissen, Marius, von deinen Bergwanderungen her, wie rasch ein Gelände aussieht wie ein anderes. Macht nichts, hier ist es auch nett, in diesem raschelnden Wald. Und was wolltest du auf der Lichtung in den Bergen von Tolfa? An diesem Novembertag auf diesem gegen den Rand der Milchstraße um einen unbedeutenden Stern kreisenden fast unsichtbaren Punkt? An einem dermaßen reduzierten Ort ist es ja eigentlich kein Wunder, dass der Hund und du euch wiedergefunden habt. Brauchst nur von Tolfa her kommend den falschen Schotterweg zu nehmen, vielleicht, weil dir das Wegbord mit den blühenden Zyklamen hübsch schien, und nicht etwa, weil du dir am Montag im August gemerkt hast, dass Horst auf dunkelgrünen, weiß gemaserten Blättern und damals noch eng an kurze Stiele geschmiegten, mit der Spitze nach unten gerichteten Zyklamenknospen weinend am Wegbord lehnte. Hast du nicht, hast dir nicht gesagt, das wären jetzt also die blühenden besagten Zyklamen, denn da wäre dir auch aufgefallen, dass es nicht die besagten sein können, weil dieses Wegbord zu wenig hoch ist, als dass man sich dagegen lehnen könnte. Nein, einfach hübsche Zyklamen und ein angenehm ebener Weg, was der andere nicht war, er stieg ein wenig an. Hast du auch vergessen oder gar nie beachtet, weil dieser Horst die ganze Zeit redete. So bist du jetzt im Kastanienwald gelandet, wo du nicht hinwolltest. Aber was wolltest du auf der Lichtung? Ach, sagen wir, dass ich weitergraben wollte, immer noch um zu beweisen, dass da nichts ist, kein Albert mit Sonnenbrille, so wenig wie Verscherbelbares. Und das ist dir so wichtig? Marius macht mit der flachen Hand eine Kippbewegung, so-so, halb wichtig. Die andere Hälfte wäre das Schweigen, die Lichtung, der Ort, nicht wahr, wo intensiv geschwiegen wird, jetzt im November besonders, ohne die Zikaden und den quasselnden Horst. Wäre hübsch gewesen, besser noch als die Mitte des Zürichsees oder oben auf einem Voralpenberg, wo nie jemand gelebt hat. Wer einmal da war und jetzt abwesend ist, schweigt qualitativ besser. Marius hätte ganz gern auf seinen Stock gestützt da gestanden und auf dieses Schweigen gehorcht. Wäre auch gern auf dem Rückweg auf Horsts Dolch getreten und hätte ihn Horst überreicht, wenn der doch demnächst wieder in Rom auftaucht. Hat Horst dem Marius geschrieben, ihm auch, und Marius hat den Brief gelesen. Kommen wir halt zusammen wieder, inzwischen ist es in diesem Wald auch nett, mit dem schwanzwedelnden Hund, diesem Anubis Vel. Nur dumm, dass Marius kein panino mitgebracht hat, will ja früh genug nach Tolfa in die Bar, solange noch die Sonne am Himmel steht. Der Hund sitzt vor ihm und wischt mit dem Schwanz Kastanienblätter beiseite und legt vier Kastanien frei. Soll man jetzt anfangen, Kastanien zu sammeln? Ach nein, das Richtige wäre ein panino, diesmal vielleicht prosciutto cotto e stracchino, auch für den Hund.

November, es geht auf den Winter zu, auch wenn der Winter in diesem mikroskopisch winzigen Teil des Weltalls, Etrurien, nicht hart ist, kein Schnee und Frost auf Vels Bahn, die Steineichen im Wald grün, die Erde locker, man findet zur Not Engerlinge und Wurzeln darin, aber trotzdem könnte sich Marius ohrfeigen, dass er nicht ans panino gedacht hat, nicht einmal an Wasser. Immer diese dumme Idee mit der dummen Bar in Tolfa. Den Hund dahin mitnehmen und ihm etwas offerieren? Was darf es sein, Lieber, ein tramezzino tonno e maionese, oder bleiben wir beim panino bresaola e rucola? Nein, besser nicht, wer weiß, was die in Tolfa zu dem etruskischen Anubis sagen würden, aus der Vergangenheit aufgetauchte Gestalten sind meistens nicht willkommen. Alles in allem ist der hier besser bedient, in diesem Kastanien produzierenden Wald. Marius will sich über die vom wedelnden Schwanz freigelegten vier Kastanien beugen, der Hund wirft sich herum und auf sie. Er braucht nicht einmal zu knurren, es genügen der starre Blick nach vorn, die gesenkten Ohren, der drohend missmutige Gesichtsausdruck. Na schön, beruhigen Sie sich, ich will Ihnen Ihre Kastanien nicht wegnehmen, im Gegenteil, ich wollte mich Ihretwegen vergewissern, dass sie noch essbar sind. Was redet dieser Marius? Wird er nie jemandem erklären, obwohl er Margrit auch von diesem Ausflug berichten wird. Soll sie sich ängstigen, hätte ja kommen können, ist nicht gekommen, im Oktober.

Meine liebe Margrit

November. Ich nehme an, in Zürich auch. Hier ist er schön und warm, und da mein Versprechen, nicht zu der schon mehrfach erwähnten Lichtung zu fahren, nur für den Oktober galt, in dem Du hättest kommen sollen, bin ich gestern zur Lichtung gefahren. In ihre Nähe jeden-

falls, wo ich mich verirrt habe. In einen netten Kastanienwald, der sich dann als immer weniger nett herausstellte, obwohl auch der nette Hund da war, den wir im August auf der Lichtung getroffen hatten, Du erinnerst Dich. Zufällig oder nicht zufällig steht der mitten im Wald, als ich daherkomme. Er war freundlich wie beim ersten Mal, wie gesagt, ein netter Hund, nur sehr hungrig. Und ich Schaf hatte nichts dabei. Ich öffnete meine Tasche und ließ ihn darin schnuppern, damit er sah, dass da nichts Essbares war. Für dieses Manöver brauchte ich beide Hände, den Stock legte ich auf den Boden aufs Laub. Um es kurz zu machen: Ich habe ihn nicht wiedergefunden. Wir, der Hund und ich, suchten ihn im ganzen Umkreis. Der Hund pflügte mit der Nase durchs Laub, ich hinkte umher, weil ich, Du weißt ja, sicher war, dass ich auf den Stock treten würde. Vielleicht nebenbei auch auf den Dolch des geschilderten Deutschen (du weißt, der Neffe von V. Lamm). Natürlich ein absurder Gedanke, der Deutsche hatte den Dolch nicht hier verloren. Ich fand dann einen mehr oder weniger, eher weniger, geraden Stock, mit dem das Herumlaufen besser ging. Mit dem hätte ich auch gleich nach Tolfa zurückgehen können, so wichtig ist mir ja Großvaters Wanderstock auch wieder nicht, aber ich suchte weiter.
Um es wieder kurz zu machen: Wir waren nach Sonnenuntergang noch da. Ich verstehe es nicht. Als ich dem Hund die Tasche zeigte, kann es nicht mehr als ein Uhr gewesen sein, und plötzlich ist die Sonne weg. Und wir sind auch weg, längst nicht mehr am ursprünglichen Ort. Wenn man sich verirrt, läuft man im Kreis herum, aber offenbar stimmt es auch umgekehrt. Ich dachte, wir kreisten um die besagte Stelle, dabei waren wir weiter in den

Wald hineingelaufen. Unglaublich, wie rasch im November die Dunkelheit fällt. Ich hatte ja spätestens um drei wieder in Tolfa sein wollen. Frag mich nicht, wie ich am Ende in völliger Dunkelheit den Weg zurück gefunden habe. Ich weiß es selbst nicht. Der Hund war keine Hilfe. Er blieb immer wieder knurrend stehen, der Wald war auf einmal voller Geräusche, unter einem Tritt zerbrach ein Zweig, Rascheln im Laub, auch in den Baumkronen, obwohl es jetzt windstill war. Wildschweine, Nachtvögel, nehme ich an. Der Hund knurrte und war auf einmal verschwunden. Ich kann es ihm nicht verübeln, mir war auch nicht besonders wohl. Marius, musste ich mir sagen, lauf jetzt einfach nach Tolfa. Und so war es. Mit einem Mal hörte das Rascheln unter meinen Füßen auf, ich war wieder auf dem Schotterweg, der geradewegs ins Städtchen führt. Ausgehungert, aber ohne Geld. Meine Tasche liegt noch immer an der Stelle, wo ich sie dem Hund zeigte. Die Barfrau hat mir ein panino und einen Kaffee spendiert und eine andere Frau das Geld für die Rückfahrt.

Das mit der Tasche ist blöd. Nicht so sehr wegen des Portemonnaies, es waren etwa dreißigtausend Lire darin, und wegen der Ausweise, aber ich hatte auch einen Schreibblock mit Notizen dabei. Ich hatte mir vorgestellt, ich würde nach dem Abstecher auf die Lichtung in der Novembersonne vor der Bar sitzen und ein wenig arbeiten. Ich wäre am liebsten heute wieder hingefahren, um die Tasche zu holen, aber ich bin zu müde. Ich will sehen, dass ich es morgen schaffe, mithilfe des Stocks aus dem Wald, wenn ich keinen besseren finde.

Schreib bald, und sei umarmt von

Deinem Marius

Meine liebe Margrit

Ich muss für meinen gestrigen Brief Abbitte leisten. Ich hätte Dich mit meinem Ausflug in den Kastanienwald verschonen und vor allem nicht schreiben sollen, dass ich wieder hinfahren will. Der Mensch ist das einzige grausame Tier. Sogar, oder vor allem, die, die man liebt, erschreckt und ängstigt man gern. Verzeih. Ich werde nicht hinfahren. Jedenfalls nicht allein, nicht ohne Horst. Er hat mir geschrieben, er komme im Lauf des Novembers, das Verscherbelbare, wie er es ja nennt, auf der Lichtung zu holen und dann weiterzuziehen nach Kathmandu. Ob ich mitkomme. Ich nehme an, dass er die Lichtung meinte und nicht Kathmandu. Sei unbesorgt, Kathmandu würde mir im Traum nicht einfallen. Apropos Traum: Diese Nacht träumte ich (schrecklich, Träume zu erzählen, überspring es), ich sei dort, im Kastanienwald. Es war später Vormittag, aber dunkel. Natürlich, nach meinem Abenteuer vorgestern. Im Gegensatz zu vorgestern konnte ich aber im Dunkeln sehen. In Schwarz-Weiß-Grau, aber alles deutlich, die Baumstämme, das Laub auf dem Boden, die herunterflatternden Blätter, wenn auch ohne Geräusch. Ich komme nicht recht vorwärts, was sowohl für einen Traum als auch für mich typisch ist. Ich habe das Gefühl, der Stock behindere mich. Du weißt, der Stock, den ich vorgestern dort gefunden habe. Ich möchte ihn wegwerfen, aber ich kann nicht. Wie soll ich auf die Art die Tasche finden. Die Bäume sind auf einmal Eichen, es ist nicht mehr der Kastanienwald, aber ich bin sicher, dass ich hier suchen muss. Jemand sagt, ich weiß nicht wer, niemand, es ist ein Satz, der sich selbst ausspricht: Da ist Frau Mai-

er-Trueb. Ich schaue hin, es ist überhaupt nicht Frau Maier-Trueb, es ist eine dunkle Gestalt, eindeutig männlich, obwohl man ihn eigentlich gar nicht sieht. Er existiert sozusagen im Konjunktiv: Was man sähe, wenn man ihn sähe. Und doch sehe ich ihn. Sein Kopf läuft oben und unten in eine Spitze aus, und er trägt eine Sonnenbrille. Und er hat meine Tasche. Er hat sie sich umgehängt. Sie hat die Form einer etruskischen Rotkeramik-Vase. Aber es ist trotzdem meine Tasche. Und es ist klar, dass der Typ sie nicht hergeben wird. Das ärgert mich, weil man mir auf dem Konsulat gesagt hat, ich müsse den Verlust der Identitätskarte zuerst der Polizei melden, bevor ich eine neue beantragen könne. Das ist kein Traum, das hat man mir gestern am Telefon gesagt. Ich ärgere mich aber auch im Traum über den bevorstehenden bürokratischen Spießrutenlauf. Dazu der größere Ärger über den Verlust der Notizen. Der dunkle Typ steht einfach da, mit meiner Tasche, aber ohne Großvaters Wanderstock. Wenn schon, hätte er auch den finden können. In dem Moment merke ich, dass auch ich meinen Waldstock nicht mehr in der Hand habe. Da bin ich aufgewacht. Und habe gleich zur Ecke geblickt, wo ich den Stock abgestellt hatte. Er war da.

Verzeih die Länge, und behalte vom Ganzen nur, dass Du mir fehlst.

Dein Marius

P. S. Du fehlst mir wirklich. Könntest Du Dich bitte beeilen mit dem Studium? Sage ich, der mit 24 noch an seinem verborgenen Gott sitzt. Lass uns an Weihnachten heiraten, ohne Aufhebens. Dann hätten wir das, und Du könntest kommen. Ich weiß aber schon, dass Du nicht kommst, weil es Dein Vater nicht will. Du bist fast 23,

Zeit, ins Leben hinauszutreten, wie man so sagt. Lass uns hinaustreten. Im August schließe ich hier ab, bis dann habe ich hoffentlich bewiesen, dass Gottes Seinsweise die Nichtexistenz ist, und sonst halt Blöterli, wie Julia sagen würde. In jedem Fall treten wir ins Leben hinaus. Ich sehe Dich als junge Anwältin und mich als Assistenzprofessor. Wir werden sehen müssen, dass wir gemeinsam in einer Stadt unterkommen, London oder New York oder auch hier in Rom, jedenfalls nicht in Zürich. Ich bin dabei, Kontakte zu knüpfen, auch für Dich. Lass uns im Sommer eine Reise zu den Orten machen, die infrage kommen. Vielleicht auch Montreal. Ein Professor von dort schreibt mir nette Briefe. Du musst dann entscheiden, wo Du die Kinder haben willst. Vielleicht doch lieber nicht in Nordamerika. Ich würde ungern am Rand eines Baseballfelds stehen und die Kinder anfeuern. Überhaupt, das Anfeuern. Ich sehe mich schlecht in der Rolle eines Vaters, das weißt Du, wir haben es besprochen. Aber Du willst Kinder, Du sollst sie haben. Wäre ja gelacht. Wir werden als Familie ein großer Erfolg sein. Hauptsache, wir mögen uns weiterhin so, wie wir uns mögen. Ich freue mich darauf, mit Dir loszuziehen. Schreib mir wegen Weihnachten, dann bringe ich die Sache ins Rollen.

Aber noch ist November, Margrit sitzt an ihrem Schreibtisch, mit Blick in Richtung Toblers Vorgarten. Patrick Tobler ist seit einem halben Jahr in Genf, sein jüngerer Bruder, Markus, studiert hier in Zürich Sozialwissenschaften. Er war der schlimmere der beiden, obwohl ein Jahr jünger als Margrit. Geplagt von seinem Bruder, in den Keller gesperrt, zum Fenster hinausgehalten, statt Guten Morgen einen Tritt in den Hintern, muss man alles an Margrit auslassen. Aber auch der Patrick hielt mit. Im Chor Basthexe gerufen, wenn Margrit in Sicht kam, Steine nach ihr geworfen, einmal auf der Straße mit seitwärts gestrecktem Arm auf sie zugerannt und ihr mit diesem Schwung eine Ohrfeige gegeben. Markus, angestachelt von Patrick. Interventionen des Vaters bei Toblers, aber so etwas nützt ja immer nur eine Weile. Tinte auf die Puppe geleert, die auf der Gartenmauer liegen geblieben war. Margrit Hure gerufen, als Margrit noch nicht wusste, was das heißt. Margrit hat eine Liste von diesen Dingen, aber wir können auch aufhören, die Sache ist klar. Vielleicht noch das, dass Patrick den Schlausten in seiner Klasse anzuwerben versuchte, damit der ihr nach den Regeln der Kunst einen Drohbrief schrieb, mit einem Ultimatum darin, und der Schlauste sagte, zuerst wolle er das Opfer aber sehen. Der Schlauste, Marius, der sich in Toblers Vorgarten stante pede sagte, stante pede, er redete schon mit dreizehn so, in dieses Mädchen werde er sich in ein paar Jahren verlieben. Drohbrief, pah. Der kam aber trotzdem und figuriert auf Margrits Liste, Brief kopiert aus einem Comic mit der Story einer Geiselnahme, mit Fehlern, Geissel für Geisel, Zusammenarbeit von Patrick und Markus, der Marius macht ja nicht mehr mit. Diesem Scheißmarius sollte man eins auswischen, wenn man sich getraute. Der kommt, sieht Margrit, sagt, ihr solltet euch eure Opfer besser aussuchen, und verschwindet auf seine Krücken gestützt. Kommt dann wieder, kann besser laufen nach zwei Operationen, nur noch auf einen Stock gestützt, einen altmodischen Wanderstock, ist siebzehn und steht am Gartentor. Lange. Warum hast du nicht geklingelt? Zuerst musste ich mich verlieben. Du standest am Gartentor, um dich zu verlieben? Ja. Und wie geht das?

Man lässt die Gedanken ins Leere laufen. Und? Das, was man sieht, wird immer attraktiver, in diesem Fall euer Vorgarten, die Fassade eures Hauses und das Fenster im ersten Stock, von dem ich annahm, dass es deins sei. Du hast dich in diese Dinge verliebt? Klar. Nicht in mich? Liebe, wann ist man verliebt in ein Setting? Doch nur dann, wenn man in die Person verliebt ist, zu der es gehört. Schon, aber auf die Art kannst du dich ja in alle verlieben. Sicher, aber ich wollte mich in dich verlieben. Warum? Wer widerstände der Versuchung dieser Frage, aber Marius lachte nur und wechselte die Hand am Stock, um Margrit an sich zu ziehen. Da standen sie im Garten am See, auch hier von hinten beobachtet, Julia und Antonia klebten am Fenster von Antonias Zimmer. So wie Patrick und Markus am Fenster von Patricks Zimmer, immer und besonders an jenem Tag, als Marius am Gartentor stand. Ich sage doch, dass der Marius spinnt, steht schon fast eine Stunde da und getraut sich nicht, bei der Basthexe zu läuten. Dass der die will, wer will die schon. Und wer will den schon. Das kann er vergessen. Imbodens Haustür ging auf, Margrit trat heraus, kam zum Gartentor, öffnete es und wartete lächelnd, bis sich Marius in Gang gesetzt hatte. Nicht ganz leicht nach mehr als vierzig Minuten Stehen. Sie gingen zusammen ins Haus.

Ich sage ja immer, dass die eine Hure ist.

Das sogar auf ein kariertes Blatt geschrieben, an den Gartenzaun gesteckt. Ein Pornoheft in den Garten geworfen. Auf der Straße an Margrit vorbeigerannt und dabei gefragt, wie viel verlangst du?

Und jetzt ist November, und sie sind nicht mehr da, das heißt, Markus schon, aber man sieht ihn selten, und Patrick ist mit seiner Freundin zusammen, wenn er am Wochenende von Genf nach Hause kommt. Margrit schaut von ihrem Schreibtisch am Fenster zum Gartentor. Marius am Gartentor stehen sehen. Sehen, wie sein Stock nicht neben seinem rechten Fuß aufgestellt ist, sondern nach hinten versetzt, bessere Stütze so. Der rechte Ellenbogen dadurch etwas in die Höhe ragend. So stand er da. Marius, komm doch. Was machst du in Rom. Bald ist Frau Maier-Truebs Party. Der alte Herr Völlmy geht mit seinem kleinen Hund am Gartentor vorüber. Dann nur die Linden auf dem Trottoir und dahinter zwei Buchen und der Ahorn in Toblers Garten. Linden gelb, Buchen rotbraun, Ahorn rotgelb. Sie sehen aus, wie hinter Glas konserviert, man hat das Gefühl, wenn man daran rührte, bräche alles klirrend zusammen. Noch ist es da, aber es sind nicht mehr die Bäume auf dem Trottoir und in Toblers Garten. Es sind die Bäume der Vergangenheit und der Zukunft. Wo die stehen, weiß man nicht. Vielleicht mit den Wurzeln in dunkelgrauer Luft draußen, vielleicht stehen sie auch kopf. So wie man sie sieht, können sie nicht sein, das spürt man, auch wenn Frau Tobler gerade mit dem Mülleimer den Gartenweg entlangkommt. Wenn man hinüberriefe und sie grüßte, könnte gerade das der klirrende Moment sein, in dem die Dinge zersplittern. Man spürt, dass alles, die gelben Linden, die rotbraunen Buchen, der rotgelbe Ahorn, darauf wartet, nicht mehr zu sein. Nur noch für einen Augenblick lässt die flache Sonne sie hervortreten. Man sieht etwas, das nicht mehr ist. An diesem schönen Novembervormittag. Herr Völlmy und sein kleiner Hund haben die Querstraße erreicht, der Hund stemmt die Pfoten nach vorn, Herr Völlmy bleibt stehen, der Hund schnüffelt an einem kleinen Haufen gelber Lindenblätter, pinkelt sie an.

Dann ist es dunkel, Novemberabend, wenn auch erst fünf Uhr, vier Tage später, elfter November. Margrit zieht sich für die Party um. Frau Maier-Truebs Party, traditionell zum Martinstag. Marius wird sich später nur noch an die bordeauxroten Strumpfhosen mit Rankenmuster erinnern und nicht sicher sein, dass es in dem Jahr war mit dem Montag im August, doch, ja, alle noch am Leben, so auch noch an diesem Martinstag, an dem Margrit am Vormittag wieder an ihrem Schreibtisch am Fenster saß und ein Rezept aufschrieb, das noch lange zwischen den Seiten eines Kochbuchs stecken wird.

Spätherbstsuppe aus Usbekistan

Wirsing
Karotten
Kartoffeln
Knoblauch
Lorbeer
roter Pfeffer
schwarzer Pfeffer
Koriander
Muskatnuss
Gewürznelken
Kardamom
Zimt
Branntwein

Knoblauch mit ein wenig Mehl anbraten, bis das Mehl bräunlich ist. Mit Branntwein ablöschen, Wasser hinzufügen, salzen. Gewürze und Gemüse beigeben, auf kl. Feuer kochen lassen, bis das Gemüse gar ist.

Über den bordeauxroten Strumpfhosen trägt Margrit ein dunkelgrünes Samtkleid, oben blusenartig geschnitten, der Rock in weiten Volants. Nicht umwerfend, vielleicht deshalb erinnerte sich Marius später nicht mehr daran. Vielleicht auch deshalb nicht, weil er gar nicht da ist, er ist doch in Rom. Nein, er ist da. Nicht, dass ich wegen Frau Maier-Truebs Party eigens angereist wäre, wird er sagen, aber da war noch etwas. Was, Marius? Marius wird nur vielsagend lächeln, und man wird annehmen müssen, dass er die Sache zwischen ihm und Margrit meint, den Sex, um genau zu sein, so wie er lächelt. Der ist schon seine achthundert Kilometer wert, Nachtzug Rom-Zürich, brauchst nicht einmal in Mailand umzusteigen. Dass Marius einen Arzttermin hat, ist nebensächlich und überhaupt extra so gelegt, dass er am Martinstag abends um halb sieben am Gartentor stehen kann. Um zehn vor sieben geht die Haustür auf, Frau Imboden tritt heraus, sieht Marius am Gartentor, macht kehrt. Margrit tritt heraus, bleibt auf der obersten Stufe stehen, blickt zum Gartentor und stellt sich gewohnheitsmäßig vor, wie schön es wäre, wie aufgeladen, ja, das ist das Wort, wenn Marius dort stünde. Er steht dort. Oder spinne ich? Das Licht der Straßenlampe wird von den Ästen und letzten Blättern der Linden gefiltert. Doch, Marius. Auf Marius läuft man nicht zu, man geht langsam über den Gartenweg und sieht sein vielsagendes Lächeln immer deutlicher. Man sieht auch den Stock, den er jetzt hat, so einen Stecken, wie man sie im Wald findet, doppelt gekrümmt, aber die beiden Enden auf derselben Achse. Auch den hält Marius nach hinten versetzt, weiter nach hinten, dieser Stab ist länger als Großvaters Wanderstock. Der Stock steht dann an eine Biedermeierkommode mit Marmorplatte gelehnt, in Maier-Truebs Entree, wo eine Menge Mäntel hängen. Margrit hat eine Liste der Gäste gemacht, nicht von allen vierundfünfzig, nur von denen, mit denen sie sich in irgendeiner Weise ausgetauscht hat.

Nelly Maier-Trueb
Arnold Maier-Trueb
Sabine Trueb
Lothar Trueb
Brigitte und Hans-Georg Zumthor
Hannelore Kessel

Charly Binz
Susi Wehrli
Anita und Peter Della Torre
Moni
Aldo Neuenschwender
Liz Jeanjeune
Hanggi
Erika und Philipp Bühler-Distel
Erica Strochewitz
Bob Collins
Irma
Koni Platt
Carlos Lopez Almeida
Sven Villiger
Ernő Szigligeti
Annemarie und Heidi
Pippo
Joachim und Maureen von Tatz
Seth McCormack
Nenni oder Ninni Aschwanden
Kerstin Södergren
Svetlana
Hans Steinmann
Helga Utpatel
Marianne und Pirmin Meister
Claire Brütsch

Der Abend war lang. Irgendwann standen Margrit und Marius vor einem schwarz lackierten hüfthohen Regal, auf dem Lachsschnitten und Tatarschnitten ausgelegt waren. Was ist mit Frau Maier-Trueb los, sagte Marius, letztes Jahr gab es auch Kaviarbrötchen. Sprich leiser, sie steht da hinten. Man wird sich doch noch erkundigen dürfen, und überhaupt, auf diesem Regal sind doch sonst eine Menge Nippsachen. Nicht Nippsachen, chinesische Bronzetiere aus dem sechzehnten Jahrhundert. Nipptiere. Margrit muss lachen, sie hält sich die Hand vor den Mund. Frau Maier-Trueb sagt, wie schön, dass unsere Margrit lacht, wie schön, dass Sie da sind, Marius. Ich hoffe, Sie vermissen uns in Rom ein wenig. Aber selbstverständlich. Bei ihm weiß man nie, ob er es ernst meint, sagt Frau Maier-Trueb, aber dass er da ist, ist immerhin ein gutes Zeichen. Kommt, ich mache euch mit Maureen und Joachim von Tatz bekannt, große Romkenner. O Gott, sagt Marius.

Novemberabend, wäre er da, ließe sich Horst, beschwingt vom Champagner und vom Joint, der in einer Ecke zwischen Sabine Trueb, Andreas Zimmermann und Karl Pröltzsch herumgeht, vielleicht zur Aussage hinreißen, dass die Etrusker im November erwachen. Hat er einmal, vielleicht erinnern wir uns, im August gesagt, vom August, die Etrusker erwachen im August, aber warum nicht auch im November.

November, auf die Lichtung in den Bergen von Tolfa regnet es, einer der Abende, in denen sich Vel früh in sein Höhlengrab im Tuffsteinband verkriecht, was aber diese ganzen Etrusker vielleicht nicht davon abhält, unter den tropfenden Bäumen umherzulaufen. Und nicht nur dort, auch hier, in Frau Maier-Truebs Salon. Denn kaum nennst du sie, sind sie schon überall, jedenfalls schon in aller Mund, nachdem Frau Maier-Trueb, in enger Lederhose, schwarzem Top mit zottigen Fasern und roten Pailletten-Pumps die Runde gemacht hat. Wer kommt nächsten Sommer mit zu den Etruskern? Vor fünf Minuten wusste sie noch nichts von den Etruskern. Helfen Sie mir, Marius, hat sie gesagt, wer waren die Etrusker schon wieder. Weil Maureen von Tatz gerufen hatte, Nelly, das musst du hören, Herr Haller macht von Rom aus Raubzüge zu den Etruskern. Warum erzählst du das, du bist ja völlig durchgeknallt, Mann, würde Horst sagen, zu Recht. Auch Marius würde ihm recht geben, aber diesem Joachim da musste das Maul gestopft werden. Sagt der, ich wette, Sie wissen nicht, wo sich der Trajanspalast in Rom befindet. Und ich wette, Sie wissen nicht, wo sich der genoppte Hirsch auf Rädern befindet. Hirsch auf Rädern, das könnte etruskisch sein, hat Maureen gesagt, also wohl in der Villa Giulia. Nein, in einem Wald, wenigstens sagte Marius nicht Lichtung, in Etrurien, wenigstens sagte er nicht in den Bergen von Tolfa, aber an dem Punkt hätte er sich die Zunge abbeißen können. Manchmal schieße ich wirklich übers Ziel hinaus. Ach so, sagte Joachim, Sie graben illegal, na, hoffentlich werden Sie nicht erwischt. Und dann eben, Nelly, das musst du hören, Herr Haller macht von Rom aus Raubzüge zu den Etruskern. Helfen Sie mir, sagte Nelly, mir ist entfallen, wer die Etrusker sind, Sie wissen, mein Gebiet sind Antiquitäten aus dem alten China. Ah, die Etrusker, wer vermöchte zu sagen, wer sie sind. Ein Volk? Einzelne Stämme um Rom herum verstreut? Haben sie liebenswürdige Gewohnheiten? Schauderhafte Gewohnheiten? Räuchern sie in Räuchergefäßen dem ersten Wiedehopf des Frühlings? Oder hören sie den gar nicht, weil die Menschenopfer schreien? Weil der König gestorben ist? Weil er sich im Wald an Dornen verletzt hat, allgemeine Blutvergiftung, in zwei Tagen tot? Trotz Kräutern und Räuchern durch den Medizinmann, der bei den Etruskern bestimmt nicht so heißt, ich habe ja auch keine Ahnung, Frau Maier-

Trueb, ich arbeite über den verborgenen Gott. Aber die Menschenopfer? Ja, das stört uns Etrusker so, dass man uns immer auf die Menschenopfer anspricht. Wie meinen Sie das, Marius? Scherzhaft, Frau Maier-Trueb. Und Scherz beiseite? Ja, halt Menschenopfer, ganz ungeschönt, drei Leibdiener müssen den König ins Jenseits begleiten. Wie schrecklich, erzählen Sie lieber von Ihren Raubzügen. Ist doch ganz klar, sagte Joachim, dass da eine Menge in der Erde liegt, Sie können praktisch graben, wo Sie wollen, und Sie holen was rauf. Da tanzte Frau Maier-Trueb in schwarzer Lederhose, im schwarzen Top mit den zottigen Fasern, in den rot paillettierten Pumps bei den Gästen vorbei, wer kommt mit zu den Etruskern? Medley von Hits aus der Jugend von Frau Maier-Trueb und vieler Gäste, live gespielt von einer Drei-Mann-Band. Zu den Etruskern, ruft Benny Vonlanthen, zweiundvierzig, Vizedirektor der Vonlanthen-Schaltungen, in Mrs. Applebee hinein. Der Sänger, Sascha Heidecker, hat David Garricks leicht näselnden Ton gut drauf, er ist achtundzwanzig und kennt den Song, seit er ein Kind war. Applaus für Vonlanthen, ja, abgemacht, Arnold soll die Sache organisieren. Arnold Maier-Trueb, dreizehn Jahre älter als Nelly, Kunsthändler, Privatdozent, Hobby-Ägyptologe. Prost, Arnold. Jemand leert sich beim Prosten den Champagner ins Gesicht, Paul Niederberger, bei jedem Fest nimmt es ihn als Ersten, im Übrigen demnächst Chefarzt am Kantonsspital, später dann Leiter der Weiltmann-Klinik. Hansjakob Weiltmann ist übrigens auch da. Er und Nelly Trueb waren am Gymnasium in derselben Klasse. November, die Etrusker sind erwacht, die Menschenopfer machen auch schon die Runde. Frau Maier-Trueb hat zu Hill Schwerzmann gesagt, ich gehe aber nur, wenn ihr alle mitkommt, ich will nicht das einzige Menschenopfer sein. Menschenopfer, toll, Hill ist Konzeptkünstler, da könnte man schon was machen. Wo sind diese Etrusker schon wieder? In der Nähe von Rom. Rom, sehr gut. Red doch mit Frank darüber. Frank Hofer, Hills Galerist, zweiunddreißig, noch nicht ganz arriviert, aber mit Hill und Angela Peter, siebenundzwanzig, sie sitzt auf Aldo Neuenschwenders Knien und füttert ihn mit Profiteroles, mit Hill und Angela hat er zwei gute Pferde im Stall. Menschenopfer, schreit Hill in die Musik hinein, I'm the walrus, ganz toll als Symbol für die Verfolgten. Machen wir, schreit Frank, was sind das schon wieder für welche? Etrusker, schreit Hill, gerade noch rechtzeitig, die Band hat noch mehr aufgedreht, Young Girl von Gary Puckett. Eine die Gartenhecke entlangschleichende Katze bleibt stehen und schaut zum Haus hinüber. Die Tür geht auf, die Katze trabt davon, ein Dutzend Personen, unter ihnen Margrit, stürzen singend heraus, young girl, get out of my mind. Es schneit, schreit jemand. Ja, auf dem Fell der davonlaufenden Katze bleiben einen Augenblick Schneekristalle liegen. Schon? Es ist doch erst der Martinstag. Jetzt müsste der Martini-Sommer sein. You are much too young, girl. Martini-Sommer. Wer sagt etwas von Martini? Dry oder zwei? Haha, ich sage, Prost mit Schämpis. Aber lieber drinnen. Ja, drinnen, es ist kalt, der Song zu Ende, die Band macht Pause. Margrit läuft durchs Entree, sieht Marius' Stock an die Kommode gelehnt. Marius selbst steht hinter einem Sofa mitten im Raum, auf die Rückenlehne gestützt, hohe Lehne, der aufgestützte Arm ist angewinkelt. Was machst du da? Stehen. Warum? Warum nicht. Marius, mach das nicht mit mir, bist du dabei, dich zu verlieben? Das habe ich doch schon hinter mir. Hast du mich schon hinter dir? Nein, vor mir, in jedem Sinn des Wortes. Und so bald wie möglich, aber du hast mir nicht geantwortet wegen der Hochzeit zu Weihnachten. Ich wollte antworten, aber jetzt bist du plötzlich da. Und was wolltest du antworten? Das, was man Marius nicht sagen kann, man kann ihm nicht mit Einwänden kommen, die Vorbereitungen, die Familie, die Großmutter, die so kurzfristig anreisen müsste. Wer will schon die Großmutter, würde er sagen, wir gehen mit zwei Zeugen aufs Standesamt. Ach, Marius, stehst da am Abend des Martinstags, unter der Konstellation des Skorpions, in die sich Mars und Jupiter geschoben haben, es wird nichts mit der Weihnachtshochzeit, da brauchst du selbst kein Skorpion zu sein, es genügt, dass Margrit einer ist, binden Sie sich mit niemandem, solange Mars in Ihrem Sternzeichen steht. Margrit hat es zufällig gelesen. Marius liest in ihrer Miene. Ach, Margrit, stehst da unter dem Art-Déco-Leuchter mit den in alle Richtungen von einer Kugel wegragenden, in farbige Metallschirme mündenden Armen und machst ein verzweifeltes Gesicht. Marius nickt, niemand nickt so schmerzlich. Ach, Marius. Margrit fällt ihm um den Hals, vorsichtig, damit er nicht umkippt. Mars wird aus dem Sternzeichen verschwinden, und überhaupt dehnt sich das Weltall aus. Heiraten wir später, wir haben doch alle Zeit. Wahrscheinlich schon, que sera, sera, sagt Marius. Wieder die Schlenkerbewegung mit der Hand auf Kopfhöhe, so wie im August auf der Lichtung in den Bergen von Tolfa. Er zitiert sonst keine Songtitel, aber wenn einem die Band das Lied genau in diesem Augenblick serviert, dann bitte. Ein Lieblingssong aus Arnolds Zeit. Man singt den Refrain mit, sogar die alte Frau Hegertschwiler auf dem Sofa gegenüber. Que sera, sera. Komm, sagt Marius. Wohin? Luft schnappen. Marius, es schneit. Umso besser, dann ist rascher Frühling.

Jetzt ist aber noch November, zwei stehen in einem dunklen Garten auf einer dünnen Schneeschicht, jeder Schritt legt den Rasen wieder frei. Stille, trotz oder wegen der Musik aus dem Haus, noch oder wieder que sera, diesmal gesungen von der schönen Hildi Mosimann, erstes Jahr Konservatorium. Hildi ist schöner als Jeannette Breitschmid. Oder vielleicht auch nicht, die Meinungen gehen auseinander. Cornelia Müller ist auch nicht schlecht oder die Margrit Imboden, wenn man so etwas mag. Que sera, sera. Denen ist der letzte Rest von Geschmack abhandengekommen, sagt Marius im dunklen Garten auf der dünnen Schneedecke. Margrit muss lachen, sie hält sich an Marius' Stock fest. Wo hast du den überhaupt her? Habe ich dir doch geschrieben. Von dort, wo meine Tasche liegt. Unter blassgelben Kastanienblättern im raschelnden Kastanienwald, dem falschen Wald, aber auch dahin hätten sie zurückgehen können, wäre Margrit gekommen, Frauen finden Sachen leichter. Das mit dem Treten aufs Gesuchte geht ja doch nicht immer auf. Und auch sonst wäre der Wald ideal. Was ist mit dem Bügelzimmer, fragt Marius. Voller Gemälde. Dann wollen wir uns wenigstens hier küssen. An Margrits Kopf vorbei sieht Marius Frau und Herrn Lüthy aufbrechen, besser nach Hause, bevor der Nassschnee anfriert. Und jetzt tritt auch Hanggi aus der Tür, mit dem Glas in der Hand, schaut angestrengt in den Garten. Geht zwar offiziell mit Marianne Lauber, aber er hat schon zweimal zu Margrit gesagt, wer weiß, ob uns das Leben nicht noch zusammenbringt. Que sera, sera. Schon wieder, im Chor. So ein Novemberfest. Margrit und Marius laufen im Garten umher, Marius eingehängt bei Margrit. Da ist etwas. Ein Tier. Was für ein Tier. Ein Wolf. Nein, eine Katze. Gehen wir ins Haus zurück, bevor wir hier erfrieren, der Schnee ist nass, von der Schnulze haben sie sich zum Glück getrennt. Nicht ganz, im Entree wird sie von Bettina und Willy Graf beim Anziehen der Mäntel gesungen, que sera. Bettina ist schwanger mit ihrem ersten Kind, besser nach Hause, bevor es zu viel wird, drinnen ist schon alles vollgeraucht. Das Kind soll dann nie zum Raucher werden. Sera. Basta, sagt Marius, wirft den Stock gegen die Kommode und lenkt Margrit in den Salon.

November, Rauch liegt im Raum und duftet nach Flieder. Amore, endlich, wo warst du? In Zürich. In Zürich, o Dio mio, da ist es kalt und voller Schnee. Richtig, Loredana, aber nur bis zum dreizehnten. Dann hat der Föhn alles wieder weggeputzt, Marius konnte mit offenem Mantel am Gartentor stehen, kurz stehen und dann klingeln, mit dem Stock in der Hand und gestrecktem Zeigefinger. In der anderen Hand ein Strauß weißer Chrysanthemen. Margrits Geburtstag. Eine Amsel saß auf der Eibe in der Ecke des Gartens neben dem Tor und blickte mit schrägem Kopf auf Marius hinunter. Marius blickte zurück. Hinter der Amsel der blaue Himmel bis zur Mesosphäre in fünfzig Kilometern Höhe, aber nur noch für zwei Stunden, dann brach der Föhn zusammen.

Es regnet, sagt Margrit im zerwühlten Bett in einem Zimmer des Hotels Strohmayer. Ja, sagt Marius. Noch weht Wind und treibt manchmal den Regen gegen die Fensterscheibe, auch ein Lindenblatt. Es klebt da als dunkler Fleck. Soll ich Licht machen? Noch nicht, sagt Margrit. Die Spitze ihrer Zigarette glüht im Dunkeln. So ein Novembergeburtstag. Das Geld dafür hat sich Marius bei seiner Schwester Julia geliehen, für ein schönes Geschenk für Margrit. Einem zukünftigen Star der Religionswissenschaft lehnt man nichts ab. Julia, neunundzwanzig, Studium der Altphilologie abgebrochen, angestellt in der Boutique Lia, Kleider, Modeschmuck, Accessoires. Ach, Julia. November nach dem August, in dem alle noch am Leben sind, auch jetzt noch, sogar die alte Frau Hegertschwiler, die nach der Party bei Maier-Truebs auf dem anfrierenden Schnee ausgerutscht ist und sich nur Prellungen geholt hat, obwohl es hätte bös ausgehen können. Julia, in schwarzer Lederhose wie Nelly Maier-Trueb an dem Abend, Nelly hat die Hose hier in der Boutique gekauft, wischt mit Schwung und klirrenden Halsketten die auf den Pflastersteinen klebenden Blätter vor der Ladentür beiseite, aber nicht mehr lange. In drei Jahren wird der blaue Planet abseits der Mitte dieser Galaxie ohne Julia sein. Aber wir wollen nicht Trübsal blasen, sagt Marius im Zimmer des Hotels Strohmayer und meint nicht Julia, natürlich nicht, prophetische Gaben gehören nicht zu seinem Curriculum. Er meint, dass er übermorgen wieder nach Rom reist. Höchstens sieht er voraus, dass Julia doch hin und wieder auf die geliehenen fünfzig Franken anspielen wird. Habe ich aber nicht und werde gezwungen sein, bis Weihnachten etwas Verscherbelbares zu finden. Mit Horsts Ausdruck, auf der Lichtung, in den Bergen von Tolfa. Im Ernst? Bah, vielleicht, vielleicht auch nicht, den Fünfziger brauche ich jedenfalls ernstlich. Komm mit mir, sagt er zu Margrit, und Margrit sagt, du weißt doch, dass ich nicht kann, und Marius sagt, ich weiß doch, dass du nicht kannst, Scheiße. Ja, Scheiße, sagt Margrit. Aber wir wollen nicht Trübsal blasen.

Und immer noch November, ein langer Monat, auch jetzt, in seiner zweiten Hälfte viel Sonne und meistens um die fünfzehn Grad, Loredana heizt nicht. Aber den ganzen Tag bei dieser Temperatur im Laden ist auch nicht gesund. Macht nichts, amore, ich brauche nicht alt zu werden. Was hast du in Zurigo gemacht? Arzttermin. Du Glücklicher, ich ginge auch gern in der Schweiz zum Arzt. Lassen wir das Thema, Marius sagt, der Fliederduft ist umwerfend im eigentlichen Sinn des Wortes, komm, Loredana, machen wir einen Spaziergang. Ma che dici, wie stellst du dir das vor, es kommt dauernd jemand, es ist nicht mehr August, amore. Ah, der heiße, in Tönen endende Dienstag, weißt du, Loredana, dass er eine meiner besten Erinnerungen ist. Auch für mich ist es so, amore, du aber machst nur Spaß, ich weiß es. Nein, kein Spaß, wenn Gottes Abwesenheit an der Festa dell'Unità spürbar war, so konnte man noch sagen, klar, wo, wenn nicht hier, aber dann in den leeren Straßen war er noch viel abwesender. Und das war so schön? Es war mehr als schön, es war die Welt, um nicht zu sagen, das Universum. Das Universum in San Lorenzo in der via dei Latini, via dei Sabelli, via dei Campani? Ja, aber man musste schon mit der richtigen Person zusammen sein, um es zu spüren. Danke, amore, das freut mich, aber ich kann jetzt nicht spazieren gehen, du siehst es selbst. Ein junges Paaar ist da und klappert mit dem Geschirr, was machen die, räumen mir das ganze Regal aus. Loredana geht nachschauen. Die großen Teller kosten tausend Lire, die kleinen fünfhundert, die Tassen mit Untertasse auch. Aber mach doch über Mittag zu, ich lade dich zum Essen ein. Nein, das geht noch weniger, manchmal kommen über Mittag sogar Angestellte des Innenministeriums. Jetzt gerade kommt signora Elena, sie braucht Salzsäure und Stahlwolle. Aber dann am Abend, vielleicht sowieso besser am Abend, Gottes Abwesenheit garantierter, obwohl die Sache auch tagsüber ausprobiert werden müsste, vor allem bei dieser warmen Sonne. Ich gehe, Loredana, ich komme um halb acht wieder. Wart einen Augenblick, amore, brauchst du keinen Schreibblock, ich habe welche kommen lassen.

Meine liebe Margrit

Ich schreibe in der Sonne sitzend am Tischchen einer Bar, mit Blick auf Santa Maria Maggiore. Um Dir den Speck durch den Mund zu ziehen, auch wenn ich weiß, dass Du nicht kommen kannst, weil und so weiter. Leben wir halt fürs Erste von der Erinnerung ans Hotel Strohmayer. Im Übrigen will ich Dir etwas erzählen. Ich habe mir vorhin diesen Schreibblock besorgt, auf dem ich jetzt schreibe. Beim Hinaustreten aus dem Laden bin ich stehen geblieben, um mich an der Sonne aufzuwärmen. Der Laden ist nach hinten versetzt, von der Straße führt ein Durchgang zur Tür. Hier stehen auch Waren, Rollen von Wachstuch und Besen und solche Sachen. Der Zutritt zum Durchgang ist mit einer roten Flittergirlande umrahmt, gemeint als Weihnachtsdekoration. Das Flitterzeug glitzerte stark in der Sonne. Das störte mich, ich drehte mich zum Durchgang um. Da sehe ich einen, der mit einem Besen in der Hand dasteht. Er hält den Stiel mit ausgestrecktem Arm von sich weg und blickt auf den Wischer hinunter, offensichtlich fragt er sich, ob er den Besen kaufen soll. Na und, wirst Du sagen. Ja, vielleicht, aber immerhin ist erwähnenswert, dass er zuvor nicht da gewesen war, weder im Laden noch im Durchgang, wo ich ja beim Hinausgehen an ihm vorbeigelaufen wäre.

Obendrein trug er eine Sonnenbrille. Ich hätte vielleicht zurückgehen und ihn ansprechen sollen, aber ich hatte keine Lust. So sitze ich jetzt an diesem Bartischchen, der Dir bekannte Stock lehnt am anderen Stuhl, auf dem Du jetzt sitzen solltest. Ich finde es nach wie vor falsch, dass wir nicht an Weihnachten heiraten. Hätte ich heute Morgen auf dem Konsulat, wo ich wegen der verlorenen Identitätskarte war, in die Wege leiten können. Oder schon letzte Woche in Zürich, aber da war ja noch etwas anderes, nicht wahr. Jetzt trinke ich meinen Crodino aus und mache einen Spaziergang. Ich sollte natürlich in meiner Pensione sitzen und arbeiten, aber nicht bei dieser schönen Sonne.
Sei sehr herzlich gegrüßt von
Deinem Marius

Novemberabend, die Flittergirlande schimmert schwach im Licht der Straßenlampe über der via Merulana. Marius sieht eine undeutliche Gestalt durch den Durchgang kommen. Amore, du bist es tatsächlich, ich dachte, du machst nur Spaß. Mit dir nie, Loredana, ich habe doch gesagt, dass ich um halb acht wiederkomme. Es ist fünf vor, verzeih, ich musste noch Ordnung machen, warum bist du nicht hereingekommen? Ich wollte dich nicht stören, ich sah dich hin- und hergehen. Ja, amore, am Nachmittag war hier ein Bordell, die Leute kaufen schon für Weihnachten ein. Hat jemand einen Besen gekauft? Man fragt und weiß ja doch schon, dass die Antwort Nein lautet oder höchstens, Ja, die signora Bertoni, kurz vor Ladenschluss. Aber man fragt halt nach, die Mühe muss man sich nehmen, wenn sich der Typ seinerseits die Mühe genommen hat, da im Durchgang zu erscheinen. Du glaubst also an solche

Dinge, Marius. Nein, aber das braucht ja den Typ nicht zu stören. Loredana sagst du nichts von ihm? Bewahre, November, Monat der Toten, kann man ihr nicht antun.

Ja, ein langer Monat in diesem Jahr, immer noch November, als Marius am Morgen nach dem Abend mit Loredana wieder im Zug nach Santa Marinella sitzt. Nicht ohne Horst, hat er Margrit versprochen, aber was soll er machen, Horst kreuzt nicht auf, ich kann nicht kommen, ich bin in der größten Scheiße, in Schleifheim, nicht mehr in Werdenburg. Meine Tante bezahlt mir die Miete nicht mehr, ich wohne hier bei einer Freundin (ist nix zwischen uns). Die kauft immer mal was zum Futtern und hat mir auch die Briefmarke gegeben. Wollte dir schreiben, weil wir doch zusammen wieder hinfahren wollten, da zu den Etruskern jetzt im November. Aber ich kann nicht kommen, Mann.

Also Marius allein im Zug nach Santa Marinella. Und was ist mit dem Versprechen an Margrit? Man kann nicht jedes Versprechen halten, das wäre eintönig. Na ja, nicht so sicher, Marius, und warum wählst du dazu diesen Tag mit scirocco? Der scirocco ist gegen drei Uhr in der Nacht aufgekommen, er hat die italienische Halbinsel schon gestern Abend bei Santa Maria di Leuca erreicht, nach einer zwanzigstündigen Überquerung des Mittelmeers. Meer stark bewegt, mare molto mosso, hättest dir den Wetterbericht anhören sollen, Marius. Wo der Zug das Ufer entlangfährt, spritzt Wasser gegen die Fenster. Die langen, schmalen, leicht gebogenen Blätter eines Eukalyptusbaums stehen waagrecht in der Luft. Tolle Idee, heute da hinauszufahren. Hättest wenigstens bis morgen warten können. Pi, pa, po, wer weiß, was morgen ist. Na schön.

Und tatsächlich, der scirocco hielt nicht lange, nur einen Tag, obwohl er sonst drei Tage lang bläst. Hätte man am Flug eines Falken und eines Spechts sehen können, beide gegen den Wind kreuzend nach Südosten unterwegs. Wind wird in den letzten Stunden der Nacht auf Nord drehen, die Temperatur wird um zehn Grad fallen. Jetzt aber schien die verhangene Sonne noch warm durchs Zugfenster herein. So ein Novembertag war das. Bei jeder Station hörte man den Wind die Oberleitungen entlangpfeifen, und was sah Maddalena, unterwegs zu einem Teamtreffen in Tarquinia, als sie in Santa Severa das Fenster herunterzog und den Kopf hinausstreckte, um den Wind zu spüren? Den Typ, ganz sicher der Typ, den sie im August zusammen mit Oreste in Termini hatte in den Zug einsteigen sehen. In diesen Zug, Roma-Civitavecchia. Das war er, hatte auch da einen Stock gehabt, irgendwie einen anderen, aber das war er, Orestes Freund. Stand da auf dem Bahnsteig in Santa Severa mit nordwärts flatternden dunklen Haaren und sah das Mädchen an einem der Zugfenster, ebenfalls mit nordwärts flatternden dunklen Haaren. Dann war der Mädchenkopf weg, der Zug war weg. Ich Volltrottel. Bin am falschen Ort ausgestiegen. Der scirocco war schuld, wird er später sagen, da hat man so einen blöden Kopf. November eben, er bläst gern im November, haut dich von schräg hinten fast um, während du kurz in nördlicher Richtung gehst, dann von der Seite, nach dem Überqueren der via Aurelia, während du westwärts aufs Meer zumarschierst. Gut, hast du den doppelt gekrümmten Stock mit den beiden Enden auf derselben Achse. Wozu sich Marius an dem Tag von der Station Santa Severa zum bewegten Meer durchkämpfte, ist eine andere Frage. Meer halt, wird er sagen, wenn es schon da ist, geht man hin. Sie sahen ihn von der Bar aus an der Brüstung des Lungomare stehen, Haar wieder nordwärts flatternd, vollgespritzt vom Meer, das da unten auf den Sandstrand donnerte. Sie sagten nicht, der spinnt, sie sagten, da ist Thefarie Velianas, ecco Thefarie Velianas. Sandra, die Kellnerin, Tochter des Barbesitzers, trat an die große Scheibe heran, die Sonne stand schon jetzt am späten Vormittag zehn Grad im Westen, im Gegenlicht sah sie vor allem die Spritzer und Schlieren auf dem Glas. Sandra ging vor die Bar hinaus, um den Thefarie Velianas da an der Brüstung besser zu sehen, aber dann gleich wieder hinein, verrückt, dieser Wind. Hast du ihn gesehen, fragte Gianni, einundfünfzig, Stammgast. Nur Stammgäste kannten Thefarie Velianas, den running gag. Jetzt gerade war von den Stammgästen nur noch Ezio da, er aß ein Stück ciambella.

Der Novembertag, an dem Marius Thefarie Velianas war. Hätte er nie zu erfahren brauchen, er ist ja nicht in die Bar gegangen, er hatte zwei panini dabei, beide bresaola e rucola, und eine Fünfdeziflasche Egeria naturale. In dieser dummen, von Julia gehäkelten Tasche, zu Weihnacht letztes Jahr, erst einmal gebraucht. Und auch wenn er in die Bar gegangen wäre, wer sagt, dass sie ihm gleich ihren running gag auftischen, der so geht, dass jeder, der draußen im Sturm aufs Meer hinausschaut, Thefarie Velianas sein muss, der König von Cerveteri, Stifter des großen Tempels hier in Pyrgi, Santa Severa. Der steht im Sturm und sieht, wie seine Schiffe Schiffbruch erleiden. Hat Maurizio, in diesem November nicht mehr am Leben, ja, eigentlich schon im August nicht, einmal erfunden, als einer im Sturm nicht an, sondern auf der Brüstung stand und aufs Meer hinausschaute. Alte Geschichte, immer wieder neu aufgelegt, sogar noch an jener späteren Weihnacht, an der Marius ein Buch aus dem mit Mistelzweigen bedruckten Geschenkpapier auswickeln wird. Inexistente Mythen, so der Titel. Kapitel elf, Thefarie Velianas. Nur eine Seite, über einen Mythos, der in Santa Severa nördlich von Rom die Runde machte. Thefarie Velianas, der im Sturm und so weiter, der Autor gibt alles ganz richtig wieder. Es hätten sich mit der Zeit Scherzbolde als Thefarie Velianas postiert, einer sogar in pseudo-etruskischer Aufmachung. Dieser sei dann rückwärts von der Brüstung des Lungomare gefallen und habe sich den Schädel gebrochen. Man sollte halt besser die Finger von Thefarie Velianas lassen, und wer je im Sturm allein auf dem Lungomare von Santa Severa gestanden hat, sollte für ihn eine Kerze anzünden, auch wenn er nicht gläubig ist. Ach, so ist das. Marius wird sich an dieser späteren Weihnacht an den Tag erinnern, den Tag in jenem langen November.

Es ist ja immer noch erst der Achtzehnte, und wenn auch nicht alle am Leben sind, so noch viele, zum Beispiel Maurizios Witwe Vanda. Vor dem Haus, in dem sie immer noch dieselbe Dreizimmerwohnung bewohnt wie mit Maurizio, steht eine Mispel. Vor der Mispel steht Marius, auf dem Rückweg vom Meer. Nanu, sagt er. Die Mispel blüht und sendet in Momenten von Windstille Duftwolken aus. Marius wüsste nicht, dass Bäume im November blühen, aber die Mispel tut das, als letzter Baum im Jahr. Bienen arbeiteten an den Pyramiden weißer Blüten. Vanda sieht durchs Fenster den jungen Mann mit dem Stock, schaut nach einer Viertelstunde wieder hinaus, sieht ihn wieder. Das alles ziemlich genau in der Mitte, längs besehen, des italienischen Stiefels, dreihundert Meter von der Küste entfernt, sieben Meter über Meer. In Tolfa oben, vierhundertvierundachtzig Meter über Meer, sind an den Mispeln die Blüten noch nicht aufgegangen, aber der November ist ja noch lang. Am nächsten Tag schreibt Marius einen Brief an Horst.

Lieber Horst

Danke für Deinen Brief. Schade, dass Du nicht kommen kannst. Gestern war ich in Santa Severa und habe auf dem Heimweg im Zug einen kennengelernt, der zusammen mit einem Team in der Nähe von Tolfa Ausgrabungen macht. Nicht auf unserer Lichtung, irgendwo im Tal, in den Ruinen einer Siedlung. Wo genau, wollte er mir natürlich nicht sagen. Sonst war er aber gesprächig. Er sprach mich auf meinen neuen, langen Stock an. Sagte, der gleiche einem etruskischen lituus. Der Typ, Luca heißt er, schreibt ein Doktorat über etruskische Riten und die dazugehörigen Gegenstände. Ein Enthusiast. Er kam so in Schwung, dass er doch eine Menge ausplauderte, obwohl ihnen das ihr Teamleiter, Professor Canali oder so etwas, verboten hat.
Du jedenfalls solltest so bald wie möglich kommen, Lucas Team ist auf unsere Lichtung auch scharf. Die wollen da hinauf, sobald sie unten in ihrer Ruinensiedlung fertig sind. Luca ist, scheint mir, auf eigene Faust schon auf der Lichtung gewesen. Ich wollte ihn fragen, ob er dort eine Sonnenbrille verloren hat, aber das geht natürlich nicht, ich hätte uns verraten. Mit meinem lituus war ich ihm sowieso schon suspekt. Plötzlich merkte er, dass er zu viel redete, und von da an sagte er nichts

mehr. Aber wir wissen ja schon genug. Komm, wenn Du kannst.
Herzlich
Marius

Nicht nur nichts mehr gesagt, sondern auch mit dem Vorwand, in Ladispoli aussteigen zu müssen, sich in einen anderen Wagen gesetzt, der Luca. Die Spiegelung seines besorgten Gesichts in der dunklen Fensterscheibe betrachtet, November, die Nacht fällt schnell. Porca miseria, ich hätte gleich kapieren sollen, dass der Typ nicht zufällig einen lituus hat, der setzt ihn bei der Suche ein. Luca turnte mit der Oberlippe herum, um in der Scheibe seinen schwarzen Schnurrbart von allen Seiten zu betrachten. Zwei Wagen weiter hinten lag Marius in seinem Sitz, die Beine von sich gestreckt, längs zwischen ihnen der Stock, er hielt ihn mit beiden Händen umfasst. Weggetreten. Dass der einfach so wegtreten kann. Träume? Nein, diesmal nicht, Tiefschlaf, der Mann ist müde. Nach dem Abend gestern mit Loredana um halb zwei nach Hause, um drei aufgestanden, um einen im aufkommenden scirocco ratternden Fensterladen festzumachen.

Der Abend mit Loredana. Der Abend mit Marius. Das war, wird Loredana sagen, in dem Herbst, November, glaube ich, in dem die signora Bianca starb. Loredena wird Tränen in den Augen haben, nicht wegen signora Bianca, sondern wegen des Abends mit Marius. Dass sie an dem Abend dachte, das Leben neu anfangen zu können. Mit Marius? Nein, ich bin doch nicht naiv, ja, doch, eigentlich ja. Der Monat ist zu lang, es kommen einem zu viele dumme Ideen. Ja, vielleicht war es eine dumme Idee, mit

Loredana nach Hause zu gehen, weil sie in der Frühe dieses Novembertags eine parmigiana gemacht hatte, die reicht für zwei, ich mache immer zu viel, essen wir zu Hause, amore, du brauchst mich nicht einzuladen. Na ja, auch das Leben ist lang, es braucht Eskapaden, auf die man dann zurückblicken kann. Ach, Marius. Ich weiß schon, amore, dass du mich nicht liebst. Doch, Loredana, ich sage sogar, dass ich dir immer treu sein werde. Auf deine Art, nicht wahr? Ja.

Und noch immer ist November, und ja, es ist der November, in dem signora Bianca starb. Ihr kahler Kopf lag auf einem rot-weiß gestreiften Kissen auf einem Sofa mit dunkelrotem Blumenbezug, in der via Carlo Alberto, während signora Bianca auf die dunkelbraunen Schoten des Johannisbrotbaums vor dem Fenster blickte. Stets lieb war mir dieser einsame Baum, hatte ihr Ex-Mann, Dichter, Maler, Musiker, Regisseur gesagt. Na ja, insomma, hatte signora Bianca gesagt, die via Carlo Alberto ist ja über die ganze Länge von Johannisbrotbäumen gesäumt. Jetzt nicht mehr, für sie nicht mehr. Jetzt ist es der einsame Baum mit den schütter gewordenen Blattrispen. Nur noch wenige der paarig daran sitzenden kleinen runden Blätter, der Rest als Blättermatsch auf den Basaltplatten des Gehsteigs. Signora Bianca hört die Schoten klappernd gegeneinanderschlagen, Wind auch an diesem Novembertag, heute libeccio, irgendwo scheint die Sonne, die graue Wolkenwand hinter dem Baum ist angeleuchtet. In einer Stunde wird signora Biancas Tochter kommen und den Vorhang zuziehen. Signora Bianca wird beides, die Tochter, das Vorhangzuziehen, in allen Einzelheiten sehen, vollkommen gleichgültig. Solche Novembertage.

Hallo Marius

Danke für den Brief. Ich wollte kommen! Die Freundin hier in Schleifheim hat mir das Geld geliehen für die Reise. Aber ich bin in der größten Scheiße. Sie wollen mich zwingen, jemanden zu heiraten, Ellie heißt sie. Meine Tante Viktoria Lamm hat sich voll gegen mich gestellt. Sie hat in der Zeitung geschrieben: Die Geschichte eines Dolchs. Ich schnall nicht, woher sie weiß, dass ich ihn nicht mehr habe. Schnall ich echt nicht. Sie hat geschrieben, der Dolch habe mal einem Prinz in Pommern gehört, und wer ihn hat, dem bringt er Glück, und wer ihn so wie ein Familienmitglied von ihr (ich) verliert, dem bringt er Unglück, außer er bezahlt den Lebensunterhalt dem, der ihn ihm gegeben hat, oder wenn es eine Frau ist, er heiratet sie. Das meine ich mit Scheiße. Ich wollte kommen und im Wald den Dolch suchen und ihn Ellie zurückgeben. War ja sozusagen schon unterwegs zum Bahnhof, und da wird Trixi schwer angefahren, die Freundin hier in Schleifheim. Auf dem Fußgängerstreifen von einem besoffenen Arschloch. Sie liegt jetzt im Krankenhaus, und ich denke, ich kann das nicht machen, einfach abhauen. Ich sitze in der Falle. Die Hochzeit soll im Mai sein. Bis da hätte ich ja noch Zeit abzuhauen, am liebsten nach Kathmandu. Aber ich müsste den Dolch wiederhaben und Ellie zurückgeben, sonst geht nichts und stürzt womöglich das Flugzeug ab, mit dem ich nach K. fliege. Mann, könntest du nicht noch mal da vorbei? Gehst von Tolfa aus südwestlich auf den Weg und bei der Eiche mit dem doppelten Stamm den Wald hoch und bei der vom Blitz getroffenen Eiche ein bisschen mehr östlich. Ich weiß nicht mehr genau wo, um ehrlich zu sein. Ich dachte, wir

finden ihn dann am nächsten Tag. Ich habe dir ja schon mal geschrieben, warum ich um acht nicht in der Bar war, und nachher habe ich dich nicht mehr gesehen, und allein wollte ich da nicht hin. Und dann haben sie mich nach Hause gepfiffen mit Erpressung. Sie sagten, sie werden mich enterben. Ich will gar nichts von denen, und wahrscheinlich hat mein Vater bloß Schulden, aber wenn was da ist, soll mein Bruder nicht die ganze Knete kriegen. Das ist das größte Arschloch. Lassen wir meine Familie. Die interessieren sich nur für Klatsch und was die anderen Leute sagen. Sogar Viktoria hat mal gesagt, das sind kleine Spießer. Tu mir doch bitte den Gefallen, fahr hinaus und schau, ob du nicht den Dolch findest. Wäre grandios. Schick ihn mir per Expresskurier. Ich bezahl's, wenn wir uns sehen. Sobald er da ist, gebe ich ihn Ellie zurück und komme. Geh bitte bald, bevor Luca und die anderen da aufkreuzen. Das ist ganz sicher das Team von Maddalena, du weißt, das Mädchen, von der ich dir erzählt habe. Tu mir den Gefallen, Mann, und schreib auch wieder.
Herzliche Grüße aus Schleifheim
Horst

Und immer noch November, Horsts Brief ist gestern, am einundzwanzigsten, gekommen. Heute den ganzen Vormittag in einer Besprechung bei Professor Berardino, der den Sprung vom verborgenen zum inexistenten Gott nicht nachvollziehen will und außerdem von Marius verlangt, mit der Durchsicht der Druckfahnen seines eigenen Buchs bis Weihnachten fertig zu sein. Sechshundertelf Seiten. Ja, aber wir haben erst November, die Weihnacht ist noch fern, das schaffen Sie, Marius. Geben Sie mir dann auch gleich die Revision Ihres Kapitels, ich werde es über die

Feiertage lesen. Kapitel zehn, Gott verliert sich in seiner Verborgenheit. Marius denkt nicht daran, es zu revidieren. Die Fahnen allerdings, da muss er an die Säcke. Scheiße, würde Horst sagen. Trotzdem oder erst recht sich am Nachmittag hingesetzt, um einen Brief zu schreiben.

Meine liebe Margrit

Du staunst wahrscheinlich, dass Du schon wieder einen Brief von mir erhältst, ich staune ja selber auch, aber ich muss Dich etwas fragen. Hast Du vielleicht der von Dir bewunderten Viktoria Lamm so etwas wie einen Fanbrief geschrieben und darin erwähnt, dass ihr Neffe Horst seinen Dolch verloren hat? Ich frage nur. Du bist wohl die Einzige, die von dieser Geschichte weiß, und jetzt bin ich nicht mehr so sicher, dass es richtig war, sie Dir zu erzählen. Da schreibt mir nämlich dieser Horst, seine Tante V.L. wisse, dass er den Dolch nicht mehr hat, ja, sie scheint auch zu wissen, dass das Unglück bringt. Als neurotischer Trottel, der er ist, hat er jetzt Angst. Er ist aber, wie ich schon einmal sagte, nicht nur ein neurotischer Trottel, sondern auch jemand mit netten Seiten und valablen Ansichten. Es tut mir also leid, dass er jetzt in der Bredouille ist. Er sitzt in einem Kaff in Deutschland fest, und seine Leute zwingen ihn, ein Mädchen zu heiraten, das er nicht heiraten will.
Liebe, ich muss gestehen, dass ich leise verärgert wäre, wenn Du Frau Lamm die Geschichte weitergereicht hättest. Was ich Dir schreibe, bleibt unter uns, nahm ich an und würde es gern auch weiterhin annehmen. Was ich auch noch gern würde, na ja, eben, da war noch etwas.

An Weihnachten sehen wir uns ja wieder, aber wie mir der idiotische Prof. Berardino heute sagte, ist die Weihnacht noch fern. Ungefähr das einzig Richtige, das er sagte. Du wirst das Kleid mit den Glitzersternen anziehen und im Licht sprühender Wunderkerzen Sung Tan Chuk Ha singen. Aber eben, in ferner Zukunft.
Du kommst nicht, und Horst kommt nicht, obwohl beides auf seine je eigene Art gut wäre.
Sei sehr herzlich gegrüßt von
Deinem Marius

Marius!

Das Weizenfeld 1979
Im leeren Zug nach Landquart
Im Boot auf dem See, jeden Sommer
Die Geburtstagsparty bei Charly
Hotel Fasan Wehnlishofen
Mein Zimmer
Dein Zimmer
Unter den Lärchen in Bern
In Julias Auto
Prof. Leinmanns Büro
Die Wiese oberhalb von Küssnacht a. R.
Euer Weinkeller
Auf dem Napf
See in Feldmeilen
Der Frühlingsmorgen
Motel bei Konstanz
Der Weinberg im Lavaux
Weihnachten 1979, 1980

Kapelle oberhalb von Lugano
Hinterhof in der Schöpfgasse
Pilatus Kulm, zweimal
Patrizias Garten
Euer Garten
Unser Garten
Im verlassenen Garten in der Enge
Silvester 1981
Der Stand mit den Schafgarben
Fritz Kuglers Auto
Bei Schöttis
Frau Maier-Truebs Party letztes Jahr
Schopf auf der Bettmeralp
Kleiderabteilung Jelmoli
6. Dezember 1979, Forch
Rauhnächte
Einkaufscenter Spreitenbach
Holzlager am Walensee
Hotel Strohmayer

Gruß
Margrit

Meine liebe Margrit

Du hast etliches vergessen: Sattel-Schwyz, Jahrmarkt in Winterthur, Auto meines Vaters, Hotel Prinz, eure Küche u.a.m.
Wenn es also darum geht, mich an das alles zu erinnern, trägst Du offene Eulen in den Rhein. Ich habe es mindestens so präsent wie Du.

Bleibt die Frage, warum Du mich erinnern willst, statt mir in Sachen Lamm-Dolch zu antworten. Ich habe verschiedene Vermutungen, aber keine Zeit, sie anzustellen.
Schreib also Du.
Und sei sehr herzlich gegrüßt von
Deinem Marius

Marius!

Ich weiß, dass die Liste nicht vollständig ist. Die vollständige geht über sechs Seiten. Ich wollte sie nicht einfach abschreiben und habe aus dem Gedächtnis zitiert.
Das *sind die Dinge, die unter uns bleiben sollen. Das mit diesem Horst ist doch kein Staatsgeheimnis. Ja, ich habe Viktoria Lamm geschrieben, aber nichts von dem Dolch. Ich habe ihr geschrieben, dass mein Verlobter und ihr Neffe in Rom öfter zusammen sind und dass mir ihre Bücher gefallen und ich mich freuen würde, sie einmal persönlich kennenzulernen. Das ist alles. Ich weiß, dass Du Viktoria Lamm für ein neurotisches Huhn hältst. Auch ich fand ihr Benehmen an der Lesung hier in Zürich etwas komisch, aber sie war sicher müde. Sie hat doch gesagt, dass sie dauernd auf Lesereisen ist. Du hältst ja sowieso die ganze Familie für neurotisch.*
Vom Dolch habe ich nichts geschrieben. Was hätte der mit der Sache zu tun? Ich brauchte einfach Deine Verbindung zu Horst als Einstieg.
Zufrieden oder immer noch leise verärgert?
Kuss
Margrit

Meine liebe Margrit

Es ist paradox. Jetzt, da ich weniger denn je Zeit habe, Briefe zu schreiben, schreibe ich dauernd Briefe. Weil ich, doch, Liebe, immer noch leise verärgert bin, leiser, aber noch knapp hörbar. Ich finde, dass Du, Dolch hin oder her, auch meine Verbindung zu Horst nicht hättest schwenken sollen. Allein schon weil Verbindung ein zu großes Wort ist, wie auch Du weißt. Wir haben uns insgesamt zweimal getroffen. Ich habe im Grund nichts gegen zweckmäßige Ausschmückungen, aber es stört mich ein wenig, in Deine Geschichte mit V. Lamm hineingezogen zu werden. Und nach wie vor stört mich, dass Du Dinge, die ich nur Dir erzähle, weiterreichst. Aber lassen wir das jetzt.
Die interessantere Frage ist doch, wer also Frau Lamm vom verlorenen Dolch erzählt hat. Horst selbst? So viel, wie der redet, könnte es sein. Und doch glaube ich es nicht. Er würde es nicht ausposaunen, weil er Schiss hat. In jener Augustnacht kroch er durchaus verzweifelt auf dem Waldboden herum, der wusste wahrscheinlich schon, dass der Verlust des Dolchs Unglück bringt. Auf dem Heimweg hat er fast die ganze Zeit geheult und sich nur damit beruhigen lassen, dass wir ja am nächsten Tag wiederkommen würden.
Liebe, ich merke gerade, dass ich das alles gar nicht mehr so ungehemmt schreibe, hoffe aber doch, dass Du aufhörst, Dich mit Mitteilungen dieser Art bei Frau Lamm zu empfehlen (um nicht das hässliche Wort anbiedern zu verwenden).

Sei sehr herzlich gegrüßt von
Deinem Marius

Marius!

Ich biedere mich bei niemandem an! Nicht einmal bei Dir! Wenn Du mir diese Geschichten nicht erzählen willst, dann erzähl sie eben nicht mehr. Und schreib auch nicht, Du seist leise verärgert, wenn Du wütend bist. Du bist wütend, ich spüre es! Vielleicht war es nicht richtig, Viktoria Lamm von Dir und ihrem Neffen zu schreiben, und ich entschuldige mich dafür. Aber ich verstehe nicht, warum das so ein großes Problem sein soll. Vom Dolch habe ich nichts geschrieben, der Rest könnte Dir doch gleich sein. Dir ist doch sonst auch so vieles gleich. Als ich Dir sagte, dass mein Vater gesagt hat, er traue Dir nicht, hast Du gelacht und gesagt: Ich mir auch nicht. Warum ist jetzt plötzlich mein Brief an Viktoria Lamm ein so großes Problem? Ist Dir dieser Horst so wichtig? Überleg Dir das mal.

Gruß
Margrit

Meine liebe Margrit

Früh übt sich. Im Verdrehen von Sachverhalten bist Du als angehende Juristin schon ganz gut. Muss ich Dir jetzt sagen, dass es nicht um Horst geht, oder nur am Rand, sondern vielmehr darum, dass Du aus meinen Briefen nichts weiterreichen sollst. Ich wiederhole mich ungern und füge nur hinzu, dass mir diese Art, Schriftstellern nachzulaufen, auf die Nerven geht. Wenn ich einmal ganz offen sein darf. Was willst Du überhaupt von dieser neu-

rotischen Person? Siehst Du nicht, dass sie Dir höchstens das Vergnügen an ihren Büchern verderben würde. Lass es sein.
Aber Du willst jetzt bestimmt keine Ratschläge von mir, und ich meinerseits mag von dieser Geschichte nichts mehr hören. Ich muss bis Weihnachten einen Berg Druckfahnen durchsehen, was mich doch bis zu einem gewissen Grad nervös macht. Es ist ja schon Dezember. Wir werden den Rank finden müssen, wie Du Dich bei unserem letztjährigen Zerwürfnis ausdrücktest.

Bis dahin sei sehr herzlich gegrüßt von
Deinem Marius

Tatsächlich, schon Dezember. Wie anders könnte es sein, die Post braucht ihre Zeit. Sogar erstaunlich, dass Sankt Nikolaus noch nicht lange vorbei ist. Sankt Nikolaus ohne Lebkuchen mit dem aufgeklebten, schlecht vom Teig abkratzbaren Bild, obwohl schon alles vorbereitet war, schon am dreißigsten November wollte Margrit das Päckchen zur Post bringen, damit es rechtzeitig in Rom sei und Marius an den 6. Dezember 1979, Forch, erinnere. Aber nicht, wenn er ihr auf die Art kommt. Päckchen wieder ausgepackt, Lebkuchen gleich selber gegessen. So endete der lange Monat November. Nebeltage, im Garten blühte eine lila Aster.

Dezember. Vel saß am Berghang in der Sonne, unter dem Wald mit der Lichtung, schöne Aussicht, in der Entfernung siehst du das Meer, über den rostig aussehenden Mischwald hinweg, blassbraun angetrocknetes Eichenlaub und an den Buchen letzte gelblich braune Blätter. Mittagssonne, schön warm. Vel horchte in Richtung des Walds, ja, mit bis in die Spitzen aufgestellten Ohren. Da kam jemand. Nicht einer der Typen mit den panini, pomodoro e mozzarella, bresaola e rucola, sondern jemand mit schweren Schritten und einem Hund. Ein Jäger. Weg hier, den Hang hinauf. So kam Vel am ersten Dezember wieder auf die Lichtung, die Lichtung vom August, als alle noch am Leben waren. Da war die Eiche, mit gelbem Laub, braun gewordene Blätter um sie herum auf der Erde verstreut. Da war das Loch, östlich der Nord-Süd-Achse, gegraben hauptsächlich von ihm, Vel, mithilfe der beiden. Und noch ein Loch, auf gleicher Höhe mit dem ersten, westlich der Achse. Vel schnüffelte daran, es roch seltsam. Der Geruch lag auf allem, der feuchten Erde, den Engerlingen, den keimenden Eicheln und Distelsamen. Klar, der Luca spritzt sich morgens mit Men's Club voll. Mist, der Luca, der war da. Wenn Horst das wüsste. Zum Glück weiß er es nicht, er sitzt ja in seinem Schleifheim. Vel grub mit einer Pfote vorsichtig am Loch weiter, bereit zurückzuschnellen, falls sich der unangenehme Geruch zu einem Wesen materialisieren sollte, wer weiß, einer Viper, einem Skorpion, einem Gesicht ohne Kopf. Aber doch weiterscharren, es sind auch schon süße Malvenwurzeln zum Vorschein gekommen.

Dezember, bei uns hier in der Siedlung lief auch nicht mehr viel, sie waren gekommen und hatten das dumme Mädchen mitgenommen, Thesatei Spurinna, die Hühner im Haus drin gehalten, aber immer wieder vergessen hatte, die Tür richtig zu verriegeln. Die Hühner hatten sie auch mitgenommen.

So ein erster Dezember war das. Die Tageslänge betrug neun Stunden neunzehn Minuten. Vel zog sich früh in sein Höhlengrab zurück, nachdem er noch eine Weile an der Stelle gelegen hatte, wo im August das Mozzarellastück aus dem panino gefallen war. Um halb fünf erschien der Halbmond über den Eschen am Ostrand der Lichtung.

Und jetzt ist es der neunte, immer noch schönes Wetter, nur gestern, zu Mariä Empfängnis, war es bedeckt. Aber kein Regen. In Zürich schon, an allen diesen Tagen, der Nebel siebt diesen Nieselregen aus sich heraus. In Schleifheim ist es unter null, Scheiße, mit dieser Lederjacke komm ich nirgendshin. Horst liegt auf Trixis Sofa, raucht und will bis Weihnachten abgehauen sein. Jetzt, wo Trixi eh schon im Krankenhaus ist, kann ja eigentlich nicht mehr viel passieren, außer mir selbst, dem Verlierer des Dolchs, aber ich bin soweit, dass mir das egal ist. Weihnachten in Kathmandu. Marius könnte mitkommen, ich mache Zwischenhalt in Rom, aber er kommt nicht, muss nach Zürich, wo ihm die Verlobte Weihnachtsplätzchen bäckt. Nicht mit mir, Verlobte und Plätzchen. Bis dann bin ich über alle Berge, die Alpen, den Appennin, den Annapurna. Und dann fahren wir weiter durch Asien. Wer wir, Horst? Maddalena und ich. Aber du hast doch seit Monaten nichts mehr von ihr gehört. Ich werde hören, hoffe es jedenfalls. Zwischenhalt in Rom, ich werde auf der Lauer liegen, bis sie rauskommt aus dem Haus im Tuscolano-Viertel. Sie soll mir sagen, was sie hatte auf dem Platz mit den Pinien, Piniennadeln. Wird sie nicht tun, Horst. Wer sagt das, ich kenne sie besser, ich, Oreste, der schöne blonde Tramp. Der schöne blonde Tramp? Na ja, ich selbst finde das nicht, aber Alfred hat das gesagt, der arme Alfred, ihr, damit sie zum Brunnen auf dem Platz kam, Santa Maria dei Monti.

Im August war das, alle noch am Leben, drei junge Leute sitzen auf den Brunnenstufen, das Mädchen fragt den einen Jungen, den blonden, ist es wahr, dass du keine Familie hast? Habe ich nicht gesagt, sagt der andere, dunkelhaarige Junge, ich habe gesagt, dass er mit denen nichts mehr zu tun haben will. Auch gut, sagt das Mädchen lachend. Maddalena.

Horst weint im Dezember auf Trixis Sofa, es läuft nie etwas so, wie es laufen sollte. Jetzt ist es draußen noch grauer geworden, oder gelblich, so ein gelblich graues Schmuddellicht. Hat die Trixi nicht irgendwo eine Kerze, könnte doch irgendwo eine Kerze haben, sie hat ja auch einen Adventskranz gemacht, mit vier dicken Joints, den ersten am ersten Adventssonntag zusammen geraucht, den zweiten halt jetzt allein, war ja gestern auch der zweite Adventssonntag, Trixi im Krankenhaus. Aus der Traum von der Tänzerin, Modern Dance, Flashdance, Breakdance, doppelter Oberschenkelbruch, das Arschloch hatte achtzig drauf. Rechte Schulter und rechtes Handgelenk auch gebrochen, aber Sie hatten noch Glück, Fräulein, nur werden wir Sie über Neujahr hinaus hierbehalten müssen.

Wie fern ist das? Ah, fern, würde Professor Berardino sagen. Nicht fern für Trixi. Ist denn heute nicht schon Heiligabend mit diesem schmutzigen Wolkenlicht? Es spiegelt sich im polierten Bettgestell. Am Abend werden wir, jeder mit einer sprühenden Wunderkerze, im Kreis auf dem Boden sitzen, der Weihnachtsjoint macht die Runde, wir singen Zu Bethlehem geboren. Fräulein, es sind noch zwei Wochen bis Weihnachten, heute ist der Neunte. Weiß Trixi, aber was heißt das schon. Die Dinge sind nicht mehr an ihrem Ort, ihre Knochen nicht, die Daten nicht. Neunter Dezember, Heiligabend, Horst soll mit dem Joint und der Sülze kommen, feiern wir eben im Krankenhaus. Es raschelt auf dem Gang, Kinder schlurfen vorüber. Gleich, wenn es dunkel wird, singen sie Zu Bethlehem geboren. Und dann ist bald Neujahr, vielleicht am elften oder zwölften. Komisch, statt dass es Feuerwerk gibt, spielt nur einer so ein Blasinstrument, Okarina heißt es, glaube ich, aber egal, bald schicken sie mich nach Hause, vielleicht zum Dreikönigstag am fünfzehnten. Dann das Leben neu anfangen, mit zwanzig, mit Physiotherapie, mit was für einer Aussicht? So ein Mist, Trixi weiß es nicht, Tänzerin, das wär's gewesen, wüsste sonst nicht was. Aber man kann die nächsten Jahrzehnte nicht nichts tun. Heiraten? Kinder? Nein, danke, werde irgendwas erfinden müssen. Abendschule? Ab mit Horst nach Kathmandu? Mich aufrappeln zur Gymnastiklehrerin? Für Zwerge. Wieso für Zwerge? Wann kommt Horst mit dem Joint? Ach, Scheiße, ich will nicht Verkäuferin von Aerobic-Klamotten bleiben, war nur als vorläufiges Jobben gedacht. Dann doch lieber Abendschule und dann Reiseleiterin und dann abspringen in New York, bin ja dann auch erst zweiundzwanzig, lerne die richtigen Typen kennen, wer weiß, was daraus werden kann, aber nicht hartes Zeug, mach ich nicht, irgendwas wird aus mir werden, vielleicht doch Tänzerin, mit unglaublicher Zähigkeit hat sie sich nach einem schweren Unfall emporgearbeitet, Interviews im Fernsehen. Nein, so geht es meistens nicht. Muss mir was einfallen lassen, werde mir was einfallen lassen. Nach dem Dreikönigstag. Fräulein, weinen Sie nicht, das tut Ihnen nicht gut. Ich weine nicht, ich brauch einen Joint, wo bleibt Horst, es ist doch Heiligabend, man sieht es dem Gewächshaus der Gärtnerei Ströwel an, da unten hinter dem Krankenhaus-Parkplatz, so wie das Glas beschlagen ist und was Grünes durchscheint. Nach dem Dreikönigstag geh ich gleich in Therapie, ist nicht überhaupt schon Januar? Weiß jetzt gerade nicht, wie wir Silvester gefeiert haben, in einer Runde mit einem Joint und Knallfröschen? Weiß es jetzt gerade nicht, aber bestimmt ist schon Januar, Weihnachten ist ja so schnell vorbei, sagt Mama immer, ist jetzt bestimmt schon wieder in ihrem Studio, das Licht draußen ist ja auch nicht mehr gelb, nur einfach so grau, so Januar.

Dezember, der neunte, zwei Uhr, sie holen Trixi zu einer zusätzlichen Untersuchung, mal sehen, was wir mit diesen Knochen machen können, Sie wollen doch Tänzerin werden, Fräulein, haben Sie uns am Unfalltag gleich als Erstes gesagt. Na, wäre doch ein tolles Weihnachtsgeschenk, wenn Professor Pérez fände, dass er etwas machen kann, was, Fräulein? So jung, wie Sie noch sind.

Dezember.

Lieber Robert

Du fragst nach misslungenen Momenten. Ich kann Dir von einem ganzen misslungenen Monat berichten, Dezember.

Er begann damit, dass ich mit allen Frauen verkracht war, Margrit, Loredana, Maddalena. Ja, da war auch eine Maddalena. Was sie betrifft, ist verkracht nicht das richtige Wort. Es war fertig, bevor es richtig angefangen hatte. Nicht ich hatte angefangen, was ich nicht zu meiner Rechtfertigung sage.

Ich stehe an einem sonnigen, milden Dezembertag im Bahnhof Termini, der reine Wahnsinn. Zwei Wochen bis Weihnachten, ich hatte noch einen Berg Druckfahnen vor mir, Prof. Berardinos ungeschlachtes Buch über die Angst, dass Gott abwesend ist, die übliche Begriffsgymnastik auf enorm vielen Seiten. Obendrein wurde in der Pension nicht geheizt, mit Berufung aufs milde Wetter. Ich brauchte eine Pause. Also Bahnhof Termini. Und was mache ich da?

Die Frage musste ich mir auch selbst stellen, denn ich hatte einen Blödsinn vor. Vom Deutschen, Horst, mit dem Etruskerfimmel und seinem verlorenen Dolch habe ich dir erzählt. Ich wollte zu dem Ort zurückfahren, wo dieser Horst den Dolch verloren hatte. Ich war im November schon einmal da gewesen und hatte mich idiotischerweise verirrt, sogar so, dass ich heute noch nicht weiß, wie ich aus dem Wald hinausgefunden habe. Dann noch einmal ein Anlauf, abgebrochen, weil ich am falschen Ort aus dem Zug stieg. Da hatte ich mir gesagt, nie mehr. Und jetzt stand ich mit meinem Stock, von Dir Druidenstab genannt, doch wieder im Bahnhof, um hinzufahren und Horsts Dolch zu suchen, da er ohne ihn in der Scheiße war, wie er schrieb. Er hatte mich dringendst gebeten, den Dolch zu finden. Nicht, dass ich eine Schwäche für Mordinstrumente habe, und ich habe auch keine besondere Schwäche für Horst, umso mehr hatte ich das Gefühl, ich müsse ihm helfen.
Ich stehe am Anfang des Bahnsteigs und schaue zur Tafel hoch, ob das wirklich der Zug nach Civitavecchia ist. Von hinten kommt ein sehr hübsches Mädchen, schwarze Haare, leicht gebogene Nase, und sagt, jetzt sei es das dritte Mal, jetzt müsse sie mich ansprechen. Sie habe mich schon zweimal gesehen, immer und nicht zufällig in der Nähe dieses Zugs, den sie regelmäßig nimmt, um zu einer Ausgrabung zu fahren, da in der Gegend von Tolfa. Eine Archäologie-Studentin. Dinge dämmern einem nur, wenn man sie dämmern lassen will, und ich wollte nicht. Dieses Mädchen, Maddalena, war zu hübsch dafür. Ohne viel Hin und Her beschließen wir, den Zug fahren zu lassen, machen eine Runde im centro storico, fahren zu ihr nach Hause. Sie wohnt bei ihren Eltern im Tusco-

lano-Viertel. Niemand zu Hause, Mutter auf Sardinien bei Vorbereitungen für die Familienweihnacht, Vater auf Geschäftsreise, Bruder bei einer Tante. Drei mehr oder weniger rauschende Tage. Also doch nicht misslungen? Doch, warte. (Und staune ruhig über meine Ausführlichkeit.) An jedem der Tage ging etwas schief.
Am ersten Tag liegen wir (danach) in Maddalenas Bett in ihrem nicht speziell gemütlich zu nennenden Zimmer (dunkel, trotz schönen Wetters draußen). Das Telefon klingelt. Ihr Vater, sagt Maddalena, er kontrolliere sie dauernd, sie gehe nicht dran, sie wäre ja sowieso bei der Ausgrabung. Der Vater lässt nicht locker, das Telefon klingelt immer wieder, auch das ist nicht sehr gemütlich. Ausstecken geht nicht, damit würde sich Maddalena verraten. Da sage ich Esel, Scheiße, wie mein Freund Oreste sagen würde. Ich sagte Oreste, weil Horst, das hätte sie bestimmt nicht verstanden. Natürlich stellt sich heraus, was ich die ganze Zeit schon wusste, eben, Maddalena und Horst, seine Geschichte, die er bei unserem Ausflug zur angeblichen etruskischen Totenstadt heftig beweinte. Warum die Sache aufgehört hat, weiß ich nicht, Maddalena wollte nicht von Oreste sprechen. Sie habe gedacht, wir, Oreste und ich, seien keine Freunde, da sie mich von den drei Malen zweimal ohne ihn gesehen habe, und nur deshalb habe sie mich angesprochen. Na schön. Es ging mir aber doch leise auf die Nerven. Wer will schon angesprochen werden, weil er kein Freund von einem Ex-Freund ist. Sie merkte es und versuchte es auszubügeln, nein, sie habe mich angesprochen, weil sie mich eben das dritte Mal sah und weil ich einen lituus dabeihatte. Mein Stock, kein Druidenstab, wie Du sagst, sondern der Stab der etruskischen Auguren. Es hatte mich schon einmal

jemand auf ihn angesprochen, ein weit weniger attraktiver Typ als Maddalena, aber wahrscheinlich ihr Kollege. Er hatte mir im immer gleichen Zug von einer Ausgrabung erzählt. Ich hatte aber da im Bett mit Maddalena keine Lust nachzufragen. Überhaupt, die Lust. Sie begann mir abhandenzukommen. Nicht wegen dieses vermutlichen Kollegen, sondern wegen der Horstgeschichte. Es tat mir fast zu sehr leid, ihn zu hintergehen, allein schon, weil ich gar nicht hinterging. Ich hätte gern gewusst, warum sie ihn hatte sitzen lassen, aber nachfragen wollte ich nicht. Jedenfalls hatte ich keine rechte Lust mehr auf eine zweite Runde, und die ging dann auch schief.
Bescheidener Beitrag zu Deiner Materialsammlung, aber warte, es geht weiter mit dem Misslingen.
In Maddalenas Zimmer war es gegen drei Uhr schon so dunkel, dass man sich die Sonne, die auf der anderen Seite des Hauses schien, nicht mehr vorstellen konnte. Dazu das elende Telefon, das immer wieder klingelte und das ich dann doch ausstecken ging. Irgendwo in einem Zimmer klingelte es weiter. Und am nächsten Morgen (ja, ich war immer noch da) wieder das verdammte Telefon. Dein Vater ist ein rompicoglioni, sage ich. Kleiner Streit, ich soll trotz allem nicht so von ihrem Vater reden. Dann geh doch dran und so weiter. Wir legen den Streit auf die übliche Art bei. Danach Kaffee in der Küche, draußen große dunkle tiefe Meerwolken, und es regnet schon. Ein dunkler Tag. Maddalena beschließt, nirgendshin zu gehen, ausgegraben wird sowieso nicht. Der Beschluss ist eine Aufforderung an mich. Ich bleibe also, der reine Wahnsinn, wie schon gesagt. Weihnachten ist noch fern, sagt Maddalena. Das Gleiche hat der ungeschlachte

Prof. B. gesagt. Sie wenigstens ist attraktiv, wie sie vor dem Flurspiegel Yogaübungen macht. Unnötig zu sagen, dass wieder das Telefon klingelt, wenn auch nur kurz. Dann klingelt es an der Tür, Maddalena geht öffnen, ein kleiner, leicht zottiger Hund stürzt herein. Name Giorgetto. Hinter ihm seine padrona, eine gewisse signora Annamaria. Maddalena stellt mich ihr ohne zu zögern vor. Die signora Annamaria ist gekommen, um zu sagen, Luca habe angerufen. Ecco, unser gemeinsamer Luca, mein Gesprächspartner im Zug, Maddalenas Kollege und natürlich kurz auch einmal mehr. Während des Mehr telefonieren die beiden, wenn Maddalenas Vater zu Hause ist, über die signora. Jetzt hat Luca immer wieder versucht anzurufen, dann die signora gebeten auszurichten, dass sie, Luca und das Team, einen Fund gemacht haben. Ich zucke zusammen, seltsamerweise. Was haben die gefunden? Horsts Verscherbelbares? Es würde mich ehrlich ärgern, wenn die Sachen Luca in die Hände fielen. In jedem Fall Katastrophe, Maddalena stürzt ans Telefon, um Luca anzurufen, signora Annamaria und Giorgetto sitzen in der Küche, ich gehe mich anziehen. Als ich aus dem Bad komme, erzählt Maddalena aufgelöst der signora, ihr Team habe gestern einen halben aulos gefunden, also die eine Hälfte einer etruskischen Doppelflöte. Gerade das hätte nicht passieren dürfen. Maddalena hätte unbedingt dabeisein und die Sache dokumentieren müssen, sie arbeitete ja über Ausgrabungstechniken. Warum ihr Luca das so dringend unter die Nase reiben musste, ist klar. Er will sie ja heute noch treffen, um ihr das Ausgrabungsprotokoll zu geben und sonst noch einiges. Maddalena will nichts davon hören. Signora Annamaria und ihr Hund ziehen ab, ich muss Maddalena auf alle Arten trösten. Am späteren Vormittag hört es zu regnen auf, wir gehen hinaus, ich bei ihr eingehängt, sie mit meinem Stock, Druidenstab, lituus. Er werde uns an den richtigen Ort führen, sagt sie. So kenne ich Maddalena gar nicht, aber ich kenne sie ja gar nicht. Ich frage, ob sie an solche Dinge glaube, und sie sagt, es sei keine Glaubensfrage.

Auf dem Sims des Treppenhausfensters steht in einem Topf ein Zierspargel, der mir am Vortag nicht aufgefallen ist. Hätte aber sollen. Als meine Mutter im Sterben lag, kam unsere Tante Felicitas mit so einem Zierspargel, angeblich demselben, den sie und meine Mutter als junge Mädchen in ihrem Zimmer gehabt hatten. Er stand dann auf dem Sims unseres Wohnzimmerfensters gegen den See, als eine Art Bestandteil der Wasserwelt. Das ist alles. Eine Klammer.

Draußen war es nasskalt. Maddalena beziehungsweise der Stock führte uns nicht zur nächsten Bar, wie ich gehofft hatte, sondern auf eine komplizierte Reise, mit Metro und Überlandbus nach Frascati. Ich nahm es dem Stock einigermaßen übel. Da oben war es noch kälter, und statt der Aussicht auf die Ebene und die Stadt in der Entfernung (an guten Tagen sieht man die Kuppel von Sankt Peter), war da eine Waschküche von dunklen, tiefen Wolken. Es hatte aber keinen Sinn, zu protestieren, ich ersparte mir auch die Frage, wie eigentlich die Kommunikation zwischen dem Stock und Maddalena ablief. Im Gegenteil, ich war froh, dass sie keine Gespürigkeiten zum Besten gab, sondern schweigend und entschlossen einem Ziel zustrebte.

Es stellte sich heraus, dass es mit Frascati, wo ich in der Belvedere-Bar doch einen Kaffee trinken durfte, nicht getan war. Wir mussten bei Kälte und wieder Regen die Straße Richtung Tusculum hochsteigen, eine halbe Stunde mindestens, mühsam, eingehängt, ich mit dem Schirm in einer Hand. Der perfekte Moment, da hochzukraxeln. Trotzdem, gerade er war nicht misslungen. Einer der wenigen gelungenen Momente in dem misslungenen Monat.

Wir standen vor einem Baum, einer Eiche, riesig und uralt, mit baumstammdicken, von Backsteinsäulen gestützten unteren Ästen.

Maddalena reicht mir den Stock, lässt sich trotz Nässe auf alle viere hinunter, setzt sich auf die Fersen und berührt mit der Stirn den Boden. Muss das sein, frage ich, als sie aufsteht. Ihre Hosenbeine sind nass. Für mich schon, sagt sie. Hätte sie von mir verlangt, mich auch zu verbeugen, hätte ich mich geweigert, aber sie nahm mir nur schweigend den Stock wieder aus der Hand.

Du kennst mich. Als ich mit der Stirn den nassen Boden berühre, geht mir auf, dass das wirklich sein muss. Diesen Baum muss und kann man nur so grüßen, weil es ihm vollkommen gleichgültig ist, ob man ihn grüßt. Du magst Paradoxe nicht, aber das ist halt eins. Und es wiederholte und bestätigte etwas, das ich schon einmal erlebt hatte. Meine Verwandlung vom Paulus zum Saulus.

Ich hoffe, dass Du aufgehört hast zu lesen. Ich muss wieder von meiner toten Mutter sprechen. Die lag in unserem Wohnzimmer aufgebahrt, vor dem Fenster mit Zierspargel und Blick auf den See. In einer Ecke der Weihnachtsbaum, Stefanstag. Die Szene, offener Sarg, Spargel, Fenster, See, spiegelt sich verzogen in mehreren roten Kugeln. Das gefällt mir mit meinen sieben Jahren. In der Kugel wirkt das Ganze nicht mehr so monströs,

wie es mir beim Betreten des Zimmers geschienen hatte. Die anderen stehen aufgereiht am Sarg, ich sehe sie in der Kugel im Halbkreis. Für einmal lassen sie mich in Ruhe, der Arme hat ja gerade seine Mutter verloren. Sie lassen mich sogar allein im Zimmer zurück, bei offener Tür, soll er ruhig den Weihnachtsbaum betrachten, wenn ihm das guttut. Es tat mir gut. Ich hörte auf, an Gott zu glauben. Bis dahin hatte ich darum gebetet, dass Gott sich mir auf irgendeine Art manifestiere. Die Weihnachtsbaumkugel hätte sich dafür ganz gut geeignet, aber was ich sah, war das Gegenteil. Eine Welt, die in ihrer Verzogenheit nur auf sich selbst bezogen war, vollkommen gleichgültig mir gegenüber und fabelhaft selbstverständlich. Alles stimmte zusammen, Sarg, tote Mutter, Pflanze, Fenster, See. Wenn es da etwas nicht brauchte, so war es Gott. Es war sehr überzeugend, und ich hätte klassischerweise zu Boden fallen sollen, aber das hätte meiner Hüfte nicht gutgetan. Ich setzte mich auf einen Stuhl. Auch sitzend war mir auf einmal klar, dass es eine mit der Menschheit Verstecken spielende Entität nicht geben kann, da alles so ist wie in der Kugel, selbstverständlich aufeinander bezogen, und jenseits davon ist nichts. Meine wunderbare Bekehrung vom Paulus zum Saulus.
Ich stehe vom Stuhl auf, trete zum Sarg und verspreche der Königin der selbstverständlichen Welt, meiner toten Mutter, diese Erkenntnis nie zu vergessen. In diesem Augenblick erscheint Antonia hinter dem Spargel. Sie ist im Garten und drückt ihr verweintes Gesicht ans Fenster, um ins Zimmer zu sehen. Wahrscheinlich will sie nachsehen, was ich mache. Sie streift mich mit einem Blick, dann schaut auch sie auf den offenen Sarg. So stehen wir ziemlich lange. Zuerst geht mir das auf die Nerven, schon

wieder Antonia, aber dann geht mir auf, dass auch sie die vollkommene Welt sehen muss, Pflanze, Sarg, Kind, Weihnachtsbaum. Das ist so, wenn man von draußen in ein Zimmer blickt, noch der bizarrste Anblick ist selbstverständlich. Ob Antonia das wirklich so sah und sich dann zu irgendetwas bekehrte, weiß ich nicht, gläubig war sie sowieso nicht. Es war mir auch gleichgültig, für mich waren ihre platt gedrückte Nase und Stirn an der Scheibe die Bestätigung, dass die verzogene Welt die Welt ist. Doch dann ging mir Antonia gleich wieder auf die Nerven. Sie tauchte hinter dem Spargel ab, was den Blick auf den bleigrauen See freigab, dann tauchte sie von hinten im Zimmer auf, mit einem Strauß Gänseblümchen, die in dem warmen Dezember an der Hausmauer blühten. Ich solle sie unserer Mutter in den Sarg legen, Blumen aus ihrem geliebten Garten. Unter anderem hat mir Antonia bis heute nicht verziehen, dass ich den Strauß nahm und in die Luft warf.

Genug von meiner Bekehrung. Ich habe sie aufgeschrieben, weil bei der alten Eiche gewissermaßen meine Konfirmation als Atheist stattfand. Ein weiterer gelungener Moment. Aber dann konnte ich nicht aufstehen. War mir noch nie passiert, nicht einmal als Kind. Maddalena musste mir aufhelfen. Leider konnte ich in dem Augenblick ihre Gedanken lesen. War mir schon einmal passiert, an dem erwähnten Stefanstag. Wir stehen am Nachmittag alle beim Sarg, bevor er geschlossen wird, und ich höre, was meine Schwester Julia denkt. Die Temperatur ist gefallen, es hat zu schneien angefangen, und sie denkt weinend, toll, doch noch eine weiße Weihnacht. Maddalena ihrerseits dachte an Horst, dass sie dem nicht hatte aufhelfen müssen. Offenbar war sie mit ihm auch da gewesen. Wie bei meiner Schwester Julia hatte der Gedanke etwas Harziges, weil beide nicht denken wollten, was sie dachten. Aber sie dachten eben, Julia an den Schnee, Maddalena an Horst, und ich fragte mich, ob sie an Horst litt und dieser Ausflug zur Eiche eine Ersatzhandlung war, für etwas, das sie mit ihm schöner, beweglicher, wärmer erlebt hatte. Eifersucht ist nicht meine Sache, aber für Horst einspringen, das wollte ich doch nicht. Die Stimmung sank auf dem Weg hinunter nach Frascati, die heiße Schokolade in der Bar war wässerig, im Überlandbus nach Rom stritt eine Frau mit dem Fahrer. Maddalena und ich hätten es dabei bewenden lassen sollen. Aber wahrscheinlich musste es noch ganz schiefgehen. Maddalena tat mir auch leid. Sie war bedrückt wegen dieser Ausgrabungsgeschichte. Ich begleitete sie nach Hause, obwohl ich am Abend weiterarbeiten wollte, ich war schon neunzig Seiten im Rückstand. Und dann blieb ich wieder die ganze Nacht. Man arbeitet ja gern und oft gegen sich. Am nächsten Tag kam ich auch noch auf die unglückliche Idee, Maddalena in Santa Prassede das Mosaik mit dem Thron des verborgenen Gottes zu zeigen, vielleicht um wenigstens auf die Art dem Thema näher zu sein, wenn ich schon den dritten Tag nichts tat. Loredanas Laden, nebenbei, ist ganz in der Nähe von Santa Prassede. Aber nein, die beiden Frauen begegneten sich nicht, keinerlei Eifersuchtsszene. Wenn es nur das gewesen wäre.

Es fing damit an, dass die Gasse bei der Kirche voller Autos und Leute war, eine Hochzeit. Wir drücken uns durch in die Seitenkapelle. Bald darauf Orgelklänge, die Braut zieht ein, in einem gar nicht einmal geschmacklosen Kleid, mit einem Strauß roter Rosen, Gesicht kaum sichtbar unter dem Schleier, idiotische Lockenpracht. Maddalena sagt, o Dio, Carmen Penna. Eine Kommilitonin und vermeintliche Freundin, die ihr von alledem nichts gesagt hat. Maddalena kann es nicht glauben, Carmen, überzeugte Feministin, mit Maddalena einig, dass Heirat nicht infrage kommt. Klar, dass sie ihr nichts gesagt hatte. Maddalena läuft in der Kapelle umher, die Hochzeitsgäste werden schon aufmerksam. Es wäre gut gewesen, wenn man uns hinausgeworfen hätte. Denn Maddalena bleibt stehen, unter Gottes leerem Thron, und sagt, ich solle ihr sagen, warum Carmen das getan hat. Ich sage, die flaue Antwort wäre, aus Liebe, und die noch flauere Antwort wäre, dass sie sich etwas beweisen musste. Sagen wir doch, dass Carmen in ihrer eigenen Welt lebt, die roten Rosen deuten darauf hin. Was geschieht? Maddalena fällt mir um den Hals (und ich beinahe um). Ti amo, sagt sie, sei così empatico. Wenn sie jemanden heiraten würde, dann mich. Nur eben. Aber wir könnten von jetzt an ein Paar sein, zusammen wohnen, nach Amerika reisen. Leider kann ich nicht lügen. Manchmal sollte man es können. Ich sage, ich sei mit einem Mädchen in der Schweiz verlobt, Margrit, unnötigerweise nenne ich auch noch ihren Namen. Geht ein Geschrei los, sprengt Maddalena Carmens Hochzeit? Nein, sie wird bleich und sagt ganz ruhig, ich solle verschwinden. Ich verstehe und sage, gut, ich gehe, gib mir meinen Stock. Den hatte immer noch sie, wir waren eingehängt von der Metrostation piazza Vittorio hergekommen. Peinlicherweise musste ich ihn ihr fast entreißen, sie wollte ihn zuerst nicht hergeben. Dann war ich draußen und meine Geschichte mit Maddalena zu Ende.

Um die Ausführlichkeit zu rechtfertigen: Ich hatte schon länger vor, das alles aufzuschreiben. Auch dass der Dezember erst jetzt so richtig zu misslingen begann. Die dumme Idee, gleich bei Loredana vorbeizugehen. Wir sind das schwache Geschlecht, ich brauchte Trost. Sie auch. Es war im Laden eingebrochen worden. Mir war das zu viel, ich ging, sie warf mir einen Gegenstand nach (eine Seife, glaube ich).
Am Abend, es musste ja an dem Abend sein, Anruf von Horst, eine gewisse Trixi sei gestorben. Geheul und auch Geschrei, weil ich nicht wusste, was für eine Trixi. Er habe mir doch von ihr geschrieben. Kann sein. Jedenfalls große Tragödie, weil er schuld sei. Und ich indirekt auch. Ich hätte den Dolch suchen und finden müssen. Ich war drauf und dran zu sagen, dass mich seine Maddalena daran gehindert hatte, noch einmal hinzufahren. Ich lüge zwar nie, aber direkt sadistisch bin ich auch nicht. Ich hörte mir also das Geheul eine Weile an und sagte am Ende, dann solle er eben kommen, und wir fahren hin und gehen am doppelten Stamm der Eiche vorbei den Dolch suchen. Der doppelte Stamm beruhigte ihn, wie ich vermutet hatte. Mich nicht, an den folgenden Tagen fürchtete ich, dass er wirklich kommen könnte. Ich war 120 Seiten im Verzug, und dann hatte ich die allerdümmste Idee. Du wirst es nicht glauben, ich selbst glaubte es auch nicht. Wo stehe ich am Tag nach Santa Prassede/Loredana/Anruf von Horst? Richtig, wieder im Bahnhof Termini. Dolch holen, Express an Horst, ein für allemal Schluss mit dieser Geschichte. Ich war sicher, dass ich ihn finden würde, bin es jetzt noch. Aber wen sehe ich, schon als ich die Schalterhalle betrete? Ja, Maddalena. Zusammen mit Luca. Déjà-vu von der Sorte,

die einen wieder aus dem Bahnhof hinaustreibt. Daraufhin Tag und Nacht gearbeitet und mich erkältet, nachts keine Heizung.
Abgesehen davon wunderbare Dezembernächte. Es kann, wie gesagt, nicht immer alles nur schieflaufen. Wieder die wunderbare Gleichgültigkeit. Die Nacht war die Nacht, mich brauchte es nicht dazu (von Gott gar nicht zu reden). Ich kam, in die Bettdecke gewickelt, auch ganz gut voran. Bis ich bei Berardino auf den Satz stieß: »Mit seiner Verborgenheit verfolgt Gott die Absicht, uns Menschen auf die Leerstelle in unserem Leben hin zu wecken und uns gewahr werden zu lassen, dass es eine volle Leere ist.«
Übung abgebrochen, am nächsten Tag die Druckfahnen dem Prof. Berardino hingeschmissen, soll er selber sehen, wie er mit seinem Stumpfsinn fertigwird.
Riesentheater, der Mann bringt es fertig, mich noch vor Weihnachten von der Uni weisen zu lassen.
Und das war immer noch nicht alles.
Ich schrieb zwar erleichtert an meinem eigenen Text weiter, aber es stand ja eben Weihnachten vor der Tür. Julias Formulierung, bei mir stand signora Domitilla vor der Tür und wollte mehr Geld fürs Zimmer, da ich kein Student der Gregoriana mehr sei. Wir klärten das, und ich wäre über die Feiertage gern dageblieben. Aber für Julia und Antonia war es selbstverständlich, dass ich nach Hause kam, traditionelle Weihnacht im traditionellen Gedenken an unsere Mutter. Was konnte ich machen. Hätte fast der Höhepunkt des misslungenen Monats werden können: Bei meiner Ankunft im Hauptbahnhof Zürich entreißt mir einer die Mappe mit der Dissertation. Ich habe nicht einmal eine Fotokopie. Ich werfe ihm den

Stock zwischen die Beine. Er stolpert und lässt die Mappe fallen.
Der Rest kleinere Missgeschicke, ich liste sie in Margrits Manier und der Vollständigkeit halber auf.
23. 12. Es kocht Antonia (Du weißt, wovon ich rede).
24. 12. Föhnsturm. Paukenschläge in der Nacht. Ein gekentertes Boot schlägt immer wieder gegen unsere Gartenmauer.
Nachmittag: Der jährliche Streit mit meinen Schwestern (am Abend den letzten Brief unserer Mutter vorlesen oder nicht).
Immer noch Sturm. Boot wird von der Seepolizei abgeschleppt, bei dem Manöver geht eine Stufe unserer Treppe zum Wasser kaputt. Merke es zu spät und falle in den See.
Abend: Kein traditioneller Anruf von Margrit vor der Bescherung. Auch keine Bescherung, wie seit dem Tod unserer Mutter abgemacht. Das jährliche Missgeschick, dass sie mir doch etwas schenken. Kein Rollbraten (Julia ist Vegetarierin geworden). Keine Tante Felicitas, kein Onkel Karl usw. Bäume liegen auf den Straßen, sie kommen nicht durch. Keine Ersatzkerzen für den Weihnachtsbaum. Kein zweiter Anruf von Margrit mit der Liste der Geschenke. Kein Kartenspiel. Das Dach von Mutters kleinem Gewächshaus im Garten klappert, wir müssen es festmachen.
Nacht: Das Dach rutscht scheppernd ab und zerbricht eine Scheibe.
25. 12. Tag sowieso dem Missgeschick geweiht. Dem unserer Mutter, ausgerechnet am Weihnachtstag zu sterben. Friedhofsbesuch. Alle da, Bäume weggeräumt.
27. 12. Erster Streit des Lebens mit meinem Vater (die

Uni-Geschichte). Streit mit meinen Schwestern, sie wollen mich nicht im Boot auf den See hinauslassen. Wunderbare Stille, es schneit leicht.
30. 12. Endlich Margrit. Wir treffen uns in der Altstadt. Sie fragt, ob ich sie in letzter Zeit betrogen habe. Ich sage Ja. Kein Hotel Strohmayer, keine Rauhnacht.
31. 12. Keine Silvesterparty bei Frau Maier-Trueb. Doppelt nicht. Margrit wäre mit Hanggi hingegangen, aber die Party findet nicht statt. Um Mitternacht stehe ich allein im Garten am See und ziehe das Taschentuch aus der Manteltasche, eine Eichel (von einer Steineiche) fällt in den See.
So enden Jahr und misslungener Dezember.
Sei herzlich gegrüßt von
Deinem Freund Marius

Schrieb Marius später. Jetzt ist ja erst der Vierzehnte, Nelly Maier-Trueb lässt sich in der Boutique von Julia den Schal für ihre Schwester Sabine geschenkverpacken, in mit Tannenzweigen und Hagebutten bedrucktes Papier. Nachher holt sie bei Fürler die Papierlaternen ab, sechzig Stück, für die Silvesterparty. So ein Dezember. Zuerst steigt bei Maier-Truebs ja auch die große Weihnacht, Familie, Freunde, achtundzwanzig Personen.

So viele stehen an diesem Vierzehnten auf dem fast unsichtbaren blauen Planeten abseits der Mitte dieser Galaxie nicht um Trixis Grab. Mutter, Großmütter, Schwester, ein Onkel, eine Tante, zwei Cousinen, Vater, der Besitzer des Aerobic-Klamotten-Geschäfts, die Arbeitskollegin, fünf Freunde. Horst. In Tränen aufgelöst? Nein. Den einen Arm vorgestreckt, die Hand erhoben, die andere Hand auf den Kopf gelegt? Nein. Innerlich aber schon, Mann. Es geht auch so. Wir dürfen zwar nicht extrapolieren, aber wir spüren die Raum schaffende, Zeit überwindende Kraft dieser Haltung. Innerlich so stehen, schweigend. Da drüben sind zwei Tannen mit herabhängenden Zweigen. Die stehen auch so.

Dezember, nicht mehr alle am Leben, zum Beispiel Trixi da unten im offenen Grab, bei diesem bedeckten Wetter. Etwas Weißliches in der Grabwand. Ein Stein? Ein Zahn? Nicht hinschauen. Geradeaus schauen in Richtung der Tannen. Mit blicklosem Blick. Sie blicken blicklos zurück. So steht man beidseits der Öffnung für die Tote. Trixi Thanchvil Alethnei Schröder. Helga Schröder, Trixis Mutter, weint auch nicht. Die Trauerriten haben schon stattgefunden. Eine in Halbtönen modulierte Klage singend und sich mit der Faust gegen die Brust schlagend haben neun Frauen Trixis Leiche auf dem Krankenhausbett umkreist. Das ist vielleicht extrapoliert, aber trotzdem, hätte ja sein können. Jedenfalls hat Schwester Maren weinend gesagt, wie schön das Fräulein aussieht. Jetzt nur noch Schweigen, wir stehen schweigend, der Priester redet zwar etwas, aber in diesem weiten Raum hören wir es zum Glück nicht.

Trixi Thanchvil Alethnei, es ist Zeit, dich Vanth vorzustellen. Vanth steht dort unter den Tannen, mal siehst du sie, mal siehst du sie nicht, wie Marius sagen würde. Und fragen würde, wer ist diese Vanth schon wieder? Die Todesdämonin, Mann. Sie lächelt. Die zu vielen zu spitzen Zähne siehst du auch auf die Distanz, sogar wenn du Vanth selbst mal gerade nicht siehst. Das ist nicht zu vermeiden, Trixi, niemand hat gesagt, dass der Übergang dorthin angenehm ist. Wohin dorthin, Horst? Weiß ich nicht, das wäre ja die Mutter aller Extrapolationen, wenn ich das wüsste. Was hat Marius im August auf der Lichtung, Trixi noch am Leben, gesagt? Du extrapolierst doch dauernd dem Teufel ein Ohr ab, das hat er gesagt. Aber die Kindergräber hat er geträumt, Marius, um ein Uhr, als zwischen Schleifheim und Körzberg Trixi gerade in der Mittagspause im Schwimmbad Peil war, auch dort schönes Sommerwetter. Und Alfred, den hat auch er geträumt, der kam zwischen den Gräbern getorkelt, noch nicht so tot wie Trixi, aber auch er auf dem Absprung dorthin. Ach, Alfred. Die Zikaden sägten so laut. Und? Nichts und, sie sägten so laut, ich dachte, wir würden am nächsten Tag wiederkommen, mit Handschaufeln und einem Extrapanino für den Hund. Wollte es gerade kaufen, als Alfred in die Bar kam. Nie, verstehst du, nie würde der vor zehn Uhr aufstehen, etwas mit seiner Kindheit.

Etwas mit einem Unwohlsein in seiner Kindheit, dem war irgendwie unwohl, wenn er zu früh aufstehen musste, sodass der Unterricht erst um elf beginnen konnte, privat bei Herrn Theodor. Genossin Arvaidas, Großmutter, Parteibonzin, wird ihn doch nicht auf die staatliche Schule schicken. Ach, Alfred, dann die Qualen im Schweizer Internat, wärst du nicht so ein Überflieger gewesen, hätte man dich hinausgeworfen, immer zu spät, manchmal die ganze erste Stunde verschlafen. Alfred, die Specht sagt, wenn du in fünf Minuten nicht da bist, gibt sie dir ein Ungenügend im Zeugnis. Ihm, dem Besten. Mann, wenn du schon der Beste bist, kannst du mir nicht ein paar Nachhilfestunden geben? Doch, aber nur zweimal, dann hatte Alfred keine Zeit mehr, fuhr nach der Schule nach C. hinunter. Hatte als erster Batik-Hemden, einen weißen indischen Pyjama, ein oranges outfit mit Glitzerfäden. Ja, der stammt noch aus C., aus dem Abiturjahr, als Alfred und Horst im feuchten, schattigen Garten hinter dem Pförtnerhaus unter einer Lärche kifften und er wie immer nicht viel redete. Warum redest du eigentlich so wenig, Alfred? Auch etwas mit seiner Kindheit, er bindet es Horst nicht auf die Nase. Was er an einem Tag im frühen Winter gesehen hat, in Litauen, mit fünf.

Alfred steht am Fenster und schaut den Schneeflocken zu, die hin und wieder aufwärtsfliegen. Im falschen Land. Das da draußen ist das falsche Land, zwar ist da dieser kahle Baum, der Bäckerladen mit der violetten Aufschrift kepykla, Alfred kann schon lesen, die verschneite Straße, die Kurve vor einem verlassenen Gelände, vertrocknete Halme ragen da aus dem Schnee, und Krähen suchen etwas. Unsere Straße. Meine Straße aber führt zu einem Platz mit einem Springbrunnen, wo ich in der heißen Sommernacht Kühlung finde. Echt, würde Horst fragen, habt ihr so was in Litauen? Nein, eben nicht, es ist das falsche Land. Und die falschen Leute. In der Winterdämmerung kommen sie die Straße herauf, redend, gestikulierend. Ein Mann und eine Frau. Sie gehören zur falschen Straße und können deshalb nicht seine Eltern sein. Fredulchen, gibst du deiner Mutter keinen Kuss? Nein, keinen Kuss, keine Antwort auf ihre Fragen, keine Lust, weiterhin mit ihnen in dieser Wohnung zu wohnen. Fredulchen lebt jetzt bei meiner Mutter, hier ist es ja so eng, sie hingegen konnte die alte Wohnung behalten. Und die Villa in Palanga. Dort spielt er Tennis mit Herrn Theodor.

Das wäre doch alles ganz interessant, aber Horst weiß ja nichts davon und kommt in dieser ganzen Scheißsituation eh nie dazu, den Bestseller zu schreiben. Die Geschichte von Alfred. Deine Geschichte, Mann, du wartest ja schon die ganze Zeit, dass Arturo aufschlägt, zum drei zu drei oder vier zu zwei. Zu lange wartest du. Abspringen nach

Rom. Dort fertig schreiben, es ist der richtige Ort, hast du mir geschrieben. Hallo Horst, schriebst du, mach hier Halt auf dem Weg nach Kathmandu. Ich komme, schrieb ich, sobald ich die Kohle organisieren kann, ich hab ja keine Großmutter, die mich sponsert. Dann später doch noch eingetroffen in Termini, im August, alle noch am Leben, so etwa Alfred, den Horst mit dem ganzen Backpack auf dem Rücken im ganzen Scheißbahnhof suchen muss. Scheiße, Mann, ich habe dir doch meine Ankunftszeit geschrieben. Ach, Alfred, statt einer Antwort oder gar einer Entschuldigung dein geheimnisvolles Lächeln, ja, geheimnisvoll, man muss es so sagen. Wohin gehen wir? In die via Baccina. Zu Fuß in dieser Affenhitze? Wegen der Affenhitze, ich stopfe mich in keine Straßenbahn hinein. Meinetwegen, und wer ist der Typ, der da ein Bett vermietet? Felipe. Felipe, Spanier, Langweiler, gehört nicht in die Geschichte, den künftigen Bestseller, wenn Horst sowieso schon Mühe hat, mit Alfred voranzukommen, verschießt er sein Pulver nicht für eine solche Figur. Hat die Viktoria im Fernsehen gesagt. Frau Lamm, warum schreiben Sie nie über die weißen Inselbewohner? Man muss wissen, für welche Figuren man sein Pulver verschießt.

Ach, Alfred, für dich. Ich werde deine Geschichte schreiben, sobald ich dazu komme, in Rom am besten, es ist ja auch dort, dass du mit den verstreuten Sandalen auf der Tuscolana liegst, überfahren (Wagen? Motorrad?), tot. Oder vielleicht noch nicht ganz, vielleicht noch kurz am Leben, und du sagst noch etwas zu mir. Was? Weiß ich noch nicht, kann mich jetzt hier an Trixis Grab nicht darauf konzentrieren, muss die Trauerhaltung innerlich durchziehen, den einen Arm vorgestreckt, die Hand erhoben, die andere Hand auf den Kopf gelegt. Zum Glück dauert es nicht lange, sie schaufeln schon schwere nasse Erde auf Trixi, die vor einer Woche in Leggings, langem hellblauem Flauschpullover und weißen Wollsocken im Schneidersitz auf dem Sofa saß und den Joint herüberreichte. Jetzt hat es angefangen zu regnen.

Dezember. Der deine, Horst, wird nicht weniger misslungen sein als der von Marius. Ist er ja schon, Mann. Trixi in dieses Loch hinuntergestiegen, von den Tannen in Trauerhaltung tropft es, für Weihnachten ist die Verlobung mit Ellie geplant.

Nicht mehr viele Tage, jeder mit Abhauplänen gefüllt, alle zum Scheitern verurteilt, wie denn nicht, wenn das Geld für die verscherbelten verbliebenen Adventskranzjoints nur gerade reicht, um was zu essen zu kaufen. Aus Trixis Bude ist Horst verschwunden, bevor sie ihn hinausschmeißen konnten, in Edys Bude in Werdenburg kann er nicht zurück, die Viktoria zahlt ja nicht mehr, und sowieso ist Edy bald für Weihnachten da, was kann ich machen, schlaf ich eben, wo's geht, zweimal bei Maria-Thessy, aber die liegt einem auch gleich in den Ohren, dann mal in der Station Schleifheim, mal bei der Lindesmühle. Bei der Lindesmühle steht eine Trauerweide, da und dort hängen noch die lanzettförmigen gelben Blätter an den langen, elastischen Zweigen, im Schneefall. Der Regen vom Tag von Trixis Beerdigung ist in Schnee übergegangen. Hoffentlich bleibt er, hoffentlich wird es eine weiße Weihnacht geben. Wer das sagt, hat nicht Horsts Sorgen.

Hallo, ich schreib dir, weil ich in Trixis Küchenschublade eine Briefmarke gefunden habe. Ich bin in der Station Schleifheim, die haben einen Ölofen und ein

WC. Papier und Umschlag sind auch von Trixi. Du hast wahrscheinlich wieder vergessen, wer das ist. Egal. Ich habe schon geschnallt, dass du den Dolch nicht suchen gehst, und trage die Konsequenzen. Ich schreib dir aber, weil ich nach Zürich fahre. Ein Bekannter nimmt mich bis Basel mit, und dann schlage ich mich durch. Du bist ja bestimmt da über Weihnacht für Verlobte u. Plätzchen. Hoffentlich erreicht dich das noch in Rom, deine Anschrift in Zürich kenn ich ja nicht. Ich gehe am 25.12. und am 26.12. um 10 zur Brücke da über den See und erwarte dich auf der Seite, wo die Straßenbahnen sind. War als Kind und zur Schulzeit mehrmals dort, habe aber jetzt vergessen, wie es da heißt, aber du weißt schon, was ich meine. Komm unbedingt. Ich bin in der Scheiße, aber ich will kein Geld von dir. Du kannst mir höchstens helfen, eine Unterkunft zu finden, aber wenn nicht, ist's auch egal. Bin obdachlos und kann es auch bleiben. Alles besser als die Verlobung mit Ellie. Hast du bestimmt auch vergessen, wer das ist. Das Mädchen, das sie mich zwingen wollen zu heiraten. Die hat mich schwer reingelegt mit dem Dolch. Ich werde sie aber nicht heiraten. Ich bin erst 22 1/2. Ich werde versuchen, in Zürich Geld zu organisieren, und geh dann mal für ein paar Jahre nach Kathmandu. Kannst ja mitkommen, aber du kommst schon nicht. Maddalena ja auch nicht. Das weißt du auch nicht mehr, wer das ist, was, Mann? Die Etruskerstudentin, mit der ich im August kurz was hatte. Jedenfalls will ich bis 30 so leben. Unterwegs in Asien. In Nepal haben sie Berge wie nicht von dieser Welt, in Indien auch, und du kannst mit fünf Rupien leben, in Thailand haben Leute aus Fröttstedt auf Phuket eine Hüttenkolonie gebaut, ich will auch Angkor Wat sehen, Vientiane, und

in Kuala Lumpur gibts auch Deutsche, von denen ich einen kenne. Dann will ich nach Borneo, verstehst du, ich kann nicht in Werdenburg leben und Ellie heiraten. Sie ist auch älter, 24 vorbei. Ich werde über meine Reisen schreiben, aber besser als meine Tante V. Lamm. Die ist ja jetzt auch gegen mich und zwingt mich mit, Ellie zu heiraten. Werde ich aber nicht tun. Sie werden meinen Pflichtteil streichen, und mein Bruder wird alles kriegen, aber wahrscheinlich ist gar nichts da. Sie tun nur so. Es sind totale Spießer, denen geht's nur darum, was die Leute sagen. Als Kind sagten sie mir dauernd, wen ich wie grüßen soll. Aber sie können mich am Arsch lecken. Ich haue ab. Soll mein Bruder die Leute grüßen. Das ist das größte Arschloch, 26. Der war auch mal mit Ellie verlobt, aber dann hatte er genug von ihr. Kannst dir den Megastunk vorstellen, sie haben versprechen müssen, dass ich die Ellie nehme. Aber ich will nicht. Die steht neben den Schuhen. Eins achtzig groß und immer mal Pickel und sagt immer das Falsche. Als mein Bruder mit ihr verlobt war, sagte meine Tante V. Lamm, Ellie ist eine Witzfigur. Sagt sie jetzt nicht mehr, weil sie jetzt auch will, dass ich sie heirate. Ich will aber von zwanzig bis dreißig nicht mit einer Witzfigur verheiratet sein, nachher auch nicht, aber jetzt wäre es viel zu früh. Mann, wir könnten nach den Feiertagen zusammen von Zürich runterfahren nach Rom und dann rausfahren, wenn die Sonne scheint. Vielleicht finden wir was, auch den Dolch, den ich der Ellie express zurückschicke. Schreib mir nicht, ich bin ja obdachlos, aber komm am 25.12. oder 26.12. unbedingt zur Brücke.
Mach's gut mal
Horst

Dezember, nasse Schneeklumpen rutschen von den Zweigen der beiden Tannen in der Nähe von Trixis Grab. Auf der aufgeworfenen nackten Erde liegt der Kranz aus jetzt verrostet aussehenden, vor ein paar Tagen bei der Beerdigung noch rosa Rosen. Unserer lieben Beatrix zum Geleit. Horst steht da, den einen Arm nicht vorgestreckt, die Hand nicht erhoben, die andere Hand nicht auf den Kopf gelegt, dafür mit dem schmutzigen Batisttaschentuch mit Monogramm. Er schneuzt sich. Er weint. Geleit, Trixi, man geleitet dich jetzt dorthin. Bist ja wahrscheinlich noch unterwegs, in diesem Nieseln, auf schwerer nasser Erde, auf der wir kaum vorwärtskommen würden, klebt sich ja alles an die Sohlen. Aber wir dürfen nicht extrapolieren, du und Vanth könnt leicht laufen, wahrscheinlich über so einen riesigen gepflügten Acker. Oder ist das auch extrapoliert? Egal, irgendwie muss man dorthinkommen. Hauptsache, Vanth ist da. Die ist da, das ist garantiert, die haben die Etrusker nicht einfach so erfunden. Warum meinst du das, Horst? Weil es die Toten gibt, deshalb gibt es auch Vanth. Ja, richtig, etwas Ähnliches hast du schon einmal gesagt, im August am Montag auf der Lichtung, Gott, da ging es um Gott, sei in allem, aber es gebe ihn erst, wenn es die Sache gibt, nicht wahr? Ja. Und Vanth gibt es, weil sie verehrt wird, und nicht von irgendwem, sondern von den Tyrsenoi, den Tusci, den Rasenna, 𐌀𐌍𐌍𐌄𐌔𐌀𐌓. Na schön. Da gehen also Trixi und Vanth über diesen riesigen schweren Acker in diesem nieselnden Dezember, es schneit ja schon wieder nicht mehr, weiße Weihnacht kann man wahrscheinlich vergessen. Aber kalt, feucht, dringt durch diese Scheißjacke. Zurück in den Wartesaal der Station Schleifheim, zum Ölofen.

Aber eben, ein Dezember, in dem die Dinge schiefgehen.

Marius zum Beispiel steht in diesem Moment, wie er dann Robert schreiben wird, in Rom im wenigstens sonnigen Büro des Rektors und muss sich sagen lassen, dass seine Haltung mit jener der Universität unvereinbar sei.

Horst seinerseits sieht im Wartesaal Ellie sitzen, während er auf die Station zugeht. Krumm auf der Holzbank, über sich die fleischig hellgrünen Ranken einer hängenden, mit einer Silbergirlande verzierten Efeutute. Porcaccia la miseria, wie man in Rom sagt. Abhauen geht nicht, sie hat ihn auch gesehen. So ein Dezembertag in den Achtzigerjahren des vorigen Jahrhunderts, Horst und Ellie sehen sich durch ein Fenster. Dann noch mehr Tränen an diesem Tag, das Batisttaschentuch mit Monogramm muss wieder her, auch Horst weint. Ellie zuerst, weil Horst wütend ist, wie hat sie ihn gefunden. Ellie schwört unter Tränen, dass nur sie weiß, wo er sich versteckt. Ich versteck mich nicht, Ellie, ich bin obdachlos, und jetzt lass mich in Ruhe, bitte. Nur Ellie, wirklich nur Ellie, bringt es fertig zu fragen, aber zur Verlobung an Weihnachten kommst du doch? Mit einem schüchternen Lächeln unter den Tränen. Ellie, siehst du nicht, dass auch er unter der Efeutute sitzt und schluchzt. Mann, wird er später sagen, es war eine der beschissensten Situationen meines Lebens, sie tat mir ja auch leid. Sie dachte, sie sei mit mir verlobt, nur deswegen hatte sie gewagt zu kommen. Und dann musste ich sie nach Hause begleiten, vier Kilometer zu Fuß auf der Landstraße, bei der Nieselkälte und sie die ganze Zeit heulend. Auf einer großen Pfütze auf dem Feld neben der Straße war eine Ente, aber die sah sie gar nicht. Es dunkelte, als wir in Werdenburg ankamen, und dann musste ich die ganzen vier Kilometer wieder nach Schleifheim zurück, die Landstraße unbeleuchtet. Ein Stress, Mann. Stockdunkel, und jetzt begann das Nieselzeug auch anzufrieren. So ein Dezember, dauernd dieser Wechsel von Nieselnässe und Frost, die Timberlands hatten total verbrauchte Sohlen, ich dachte, besser auf dem Feld laufen, da war es noch nicht gefroren, dafür trat ich gleich in eine Pfütze. Wenn ich mich erkältet hätte, hätte ich nicht mal das Geld für ein Aspirin gehabt. Das war aber noch nicht das Schlimmste.

Das Schlimmste ist das Flackerlicht oder Irrlicht oder wie soll man es nennen, das ihm da auf dem dunklen Feld entlang der dunklen, gefrierenden Straße entgegenkommt. Dezember und Horst auch fast nicht mehr am Leben, ich bin vor Angst fast gestorben, wenn ich ehrlich sein will. Vanth kommt da, mit Trixi im Schlepptau. Mit was für unwirsch verzogenen, die spitzen Eckzähne freilegenden Lippen wird sie ihn heißen, die Trauerhaltung einzunehmen, einen Arm vorgestreckt, die Hand erhoben, die andere Hand auf den Kopf gelegt, und dann ihr und der unsichtbaren Trixi zu folgen. Oder so etwas, ich will ja nicht extrapolieren, wer weiß, was Vanth für eine ist, aber ich hatte das Gefühl, dass ich aufs Ende meines Lebens zuging. Ich stieg wieder auf die glitschige Straße hinauf, Vanth natürlich auch gleich, ihr und Trixi war ja sowieso egal, was für eine Unterlage. Horst seinerseits kann nur kleine Schritte machen, mit diesen Scheißsohlen, das ganze Profil praktisch weg, weil wir im Internat mit den Schuhen Ski gelaufen sind, war so ein gag, stehend die vereisten Sträßchen runter, wir machten sogar Schwünge. Ging nicht immer gut, Alfred ist mal einem heraufkommenden Geländefahrzeug direkt vor die Räder gefallen. Bleib bei der Sache, Horst, du bist dabei, auf der dunklen, unbefahrenen Straße Vanth entgegenzugehen. Ja, und am Schlimmsten war es, wenn Vanth gerade mal nicht flackerte, dann hatte ich das Gefühl, sie seien schon da, um mich herum, das ganze Dunkel sei sie. Und es roch nach Naphtalin. Das Dunkel roch nach Naphtalin? Ja, Vanths Parfüm, es roch auf eine Art verführerisch. Horst begann unter dem Norwegerpullover, den er in Trixis Schrank gefunden hatte, zu schwitzen. Das Irrlicht ist schon nah, fünfzehn Meter, zehn Meter, fünf Meter. Auf zwei Meter Distanz sieht man ein Gesicht. Franz Krüper. Es müsste eine Erleichterung sein. Franz, vom Weihnachtslunch mit Kollegen im Blauen Schuh in Schleifheim nach Hause unterwegs, empört, weil ihn der Kollege, der ihn hätte mitnehmen sollen, sitzen lassen hat, und jetzt bei dieser Witterung mit diesem nicht mehr lange funktionierenden Feuerzeug, bei dieser Dunkelheit auf dieser vereisenden Straße nach Werdenburg unterwegs. Aber. Aber es ist keine Erleichterung. Horst hat das Gefühl, dass sich die Szene von vorhin nicht einfach so löschen lässt, Vanth und Trixi sind noch da, das Dunkel riecht auch immer noch nach Naphtalin, und wer da die Landstraße entlangkommt, Franz oder Hinz oder Kunz, gehört zu ihnen. Etrusker, Mann, die lassen sich nicht so leicht aushebeln. Franz, mit dem Arschloch von Bruder zur Schule gegangen, gehört jetzt zu Vanths Leuten. Und wer von denen läuft irrlichternd und angetrunken durch die dunkle Welt? Ja, der phersu. In Franz Krüpers Maske und Windjacke, für das T-Shirt mit dem Propellermuster wäre es zu kalt. Und was er redet, beweist gleich noch einmal, dass er der phersu ist, der Grausame. Habe von der baldigen Verlobung gehört, sagt er, gratuliere. Franz, hast du nicht zufällig auch einen Hund, einen Molosser, an einer langen Leine, damit er mich bei lebendigem Leibe zerfleischt? Horst steht wie angefroren, woher weißt du von der Verlobung, Mann? Von Ellie. Ach so, ja, klar, dass sie sich mit dem phersu zusammentut, schüchterne Menschen werden leicht ruchlos. Ellie erzählt es in Werdenburg herum und schickt den phersu aus, es in Schleifheim zu erzählen und dann auch mir in diesem nach Naphtalin riechenden Urdunkel des Weltraums, um ein fait accompli zu schaffen, oder wie das heißt. Doch, richtig, fait accompli. So ein Dezemberabend.

Jetzt ist Franz mit dem noch knapp funktionierenden Feuerzeug weiter unterwegs in Richtung Werdenburg und Horst weiter nach Schleifheim, mit vorsichtigen Schritten, nicht nur wegen des Eises, sondern auch, um nicht mit dem Molosser zusammenzustoßen. Wer weiß, wie lang dem seine Leine ist hinter Franz her.

Am nächsten Tag immer noch Frost, Rauhreif auf dem vetrockneten Zierschilf im Gärtchen der Station, kleine Eiswimpel die Halme entlang. Bald Heiligabend, auch das könnte eine weiße Version sein. Dann feiert nur mal schön in eurem Frost, heute haue ich ab, bevor mir Ellie den phersu hier in den Wartesaal schickt oder den Vater oder das Arschloch von Bruder, alles phersu, nur schon, weil es Personen sind, Person kommt von phersu, hat Maddalena gesagt. In jenem August, als alle noch am Leben waren. Zikaden in den Pinien, so wie vier Tage später in den Bäumen am Rand der Lichtung. So ein dunkler Dezembertag, als man sich unter Tränen daran erinnert und nicht weiß, wohin. Die Fahrt nach Basel ist am Dreiundzwanzigsten, heute ist der Einundzwanzigste.

Sonnenwendtag. Der Hund, Vel, sitzt seit neun Uhr auf der Felsnase, das erste Mal wieder seit Oktober. Er blinzelt in der Sonne, er ist gekommen, um sich aufzuwärmen. Die letzten Tage waren bedeckt und kalt, sieben, acht Grad. Eine kleine Wolfsspinne ist aus der Winterstarre aufgewacht und zwischen den Steinbrocken herausgekrochen. Sie bewegt sich langsam in der Nähe von Vels rechter Vorderpfote. Er bemerkt sie nicht.

In Schleifheim steht Horst vor der Station, sieht seinen eigenen Atem und zieht die Fäustlinge an, die er bei Trixi gefunden hat, ebenfalls mit Norwegermuster und ganz gut passend, obwohl Trixi kleine Hände hatte, war ja auch nur einsdreiundsechzig groß. Da kommt ein phersu mit einem Brief.

Lieber A.O.T.L. Horst

Verzeih mir, ich bitte Dich so sehr. Ich habe Jakob gebeten, Dir diesen Brief zu bringen, aber ich schwöre Dir, dass sonst niemand weiß, wo Du bist.
Ich bitte Dich, komm zur Verlobung. Was könntest Du gegen meine Familie haben? Du gehörst ja zu ihr, seit ich Dir den Dolch meines Ururgroßvaters geschenkt habe. Bitte komm. Ich weiß, dass Du Probleme mit mir hast, weil ich schlecht Konversation mache. Du hast mich im September deswegen auf der Straße stehen lassen. Als zweitgeborenes Mädchen hatte ich zwei Möglichkeiten: sehr vorlaut oder sehr schüchtern zu werden. Kannst Du dafür nicht Verständnis aufbringen? Beim Kinderhilfswerk, wo ich jetzt dreimal die Woche die eingegangenen Kleider sortiere, plaudere ich mit der Verantwortlichen, Frau Alten. Ich kann es, ich weiß es, ich werde es Dir beweisen, wenn wir verheiratet sind. Ablehnung ist das

Schlimmste, sie lähmt mich. Deswegen habe ich als Kind auf dem Aussichtsturm oft geweint. Du warst oft so abweisend. Aber wir haben ja auch gelacht, zum Beispiel als Du von oben auf Herrn Hack hinuntergepinkelt hast. Erinnere Dich bitte an unsere gemeinsame Kindheit, und komm zur Verlobung. Der Saal ist schon fast fertig hergerichet. Frau Schröder hat die Wände rot streichen lassen. Sie arbeitet ja jetzt wieder. An den Wänden entlang stehen lauter kleine Tannenbäume im Topf, und morgen kommt der große Weihnachtsbaum. Das sieht sehr schön aus. Komm bitte. Ich lese gerade ein Buch über Madame de Montespan, die Geliebte Ludwigs XIV., und möchte nicht wie sie sitzen gelassen werden, und das schon zum zweiten Mal. Dein Vater hat meinem Vater versprochen, dass die Verlobung stattfinden wird.
E.A.H.S. Ellie

Jetzt ist es schon wieder dunkel, an diesen kürzesten Tagen des Jahres beträgt die Tageslänge nur etwas über sieben Stunden. So ein Heiligabend. Einer der verrücktesten, wird Nelly Maier-Trueb später sagen.

Bei Imbodens nicht. Hier einfach ein gemütlicher Heiligabend, noch mit den Großeltern Imboden und dem Anruf der anderen Großmutter am Nachmittag. Aber war da nicht ein Sturm? Marius hat doch dem Robert von einem Sturm geschrieben, Bäume auf der Straße, Tanten und Onkel kommen nicht durch. Margrit wird sich aber an keinen Sturm erinnern, die Großeltern Imboden sind schließlich auch da. Und was ist eigentlich mit Marius? Nein, dieses Jahr ruft sie ihn nicht an, nicht vor der Bescherung und dann auch nicht noch einmal mit der Liste der Geschenke. Er ist zwar da, gestern aus Rom gekommen, aber das mit dem Anbiedern ging zu weit, Margrit biedert sich bei niemandem an, schon gar nicht bei Viktoria Lamm und noch weniger bei Marius. Überhaupt, der Ton seiner letzten Briefe. Soll er zuerst anrufen. Abgesehen davon, ein normaler Heiligabend, Margrit hat die Weihnachtssuppe gekocht.

50 g zarte Spitzen von Weißtannenzweigen
Salz
Schwarzer Pfeffer
1 Chilischote
Pro Person 1 Ei

Die Tannenspitzen waschen, ½ Stunde in 1 l Wasser auskochen. Herausnehmen, Wasser mit Salz u. Pfeffer würzen, aufkochen, die Eier aufschlagen und in die Suppe geben, verquirlen. Mit der zu feinen Ringen geschnittenen Chilischote anrichten.

Danach Schinken im Brotteig zu Ehren von Großmutter Imboden. Bei ihnen in Neudorf war das die Weihnachtstradition. Dann auch noch Roastbeef mit Rotkohl oder Rosenkohl oder war es nur Salat, jedenfalls möglichst nichts Schweres nach dem Schinken, hat der Vater gesagt, auch keine von Mutters Häppchen, letztes Jahr haben wir noch am Stefanstag an denen gegessen.

So wie die Hallers heuer am Rollbraten, viel zu viel Rollbraten mit Erbsen, Karotten, Kartoffelpüree, falls es doch so ist, dass die Tanten und Onkel nicht durchkommen wegen der Bäume auf den Straßen. Andererseits vielleicht gar kein Rollbraten, so wie es Marius dem Robert schrieb, Julia ist ja in diesen letzten Jahren ihres Lebens Vegetarierin, aber es könnte trotzdem sein, dass sie es noch nicht ist und Marius die Sache dramatisiert hat, den misslungenen

Dezember, Weihnacht ohne den früher auf Wunsch der ganzen Familie von der Mutter zubereiteten Rollbraten. Und tatsächlich auch ohne Weihnachtsplätzchen, die in der Schweiz nicht so heißen, aber egal, Margrit hat zwar vom dritten Adventssonntag an gebacken, aber das ist so ein Jahr, Marius kann die Plätzchen vergessen.

Schon im Morgendunkel dieses Heiligabends war Nelly Maier-Trueb unterwegs, war es auch gestern und vorgestern und vorvorgestern, ist ja keine Kleinigkeit, eine Weihnacht für achtundzwanzig Personen zu organisieren, letztes Jahr waren wir sogar einunddreißig, dieses Jahr kommen Hill und Freundin und Peter Glaser nicht. Vielleicht kommen aber Sachsers doch noch, je nachdem, wie sie sich fühlt, dann wären wir doch wieder dreißig. Hoffentlich findet Irma Sachser bis zum regnerischen Nachmittag heraus, wie es ihr geht, sonst wird es mühsam. Aber verrückt ist der Heiligabend nicht deswegen, verrückt ist anders. Sachsers sagen ja auch ab, gegen halb fünf, als sich endlich Dunklheit über diesen zu milden, zu schönen Tag legt. Es war nämlich, wird Nelly sagen, nicht der Regenheiligabend, sondern der, der schon verrückt anfing, mit Amselpfeifen am frühen Morgen und dann Leuten im T-Shirt am See in der Sonne. Du denkst an Ostern, wird Arnold Maier-Trueb sagen. Nein, ich erinnere mich genau. Also gut, er will nicht diskutieren, aber auch er erinnert sich, wie besorgt er war, die Kiste könnte wegen des Regens Schaden nehmen. Sie lag im Unterstand neben dem Barbecuegrill, seit dem Morgendunkel, als sie geliefert worden war. So eine Weihnacht.

Fünfundzwanzig Personen im Entree zusammengepfercht, Arnold und Hübi hinter geschlossener Doppeltür im Salon. Jetzt klingelt es an der Haustür, Tante Monika, wie immer verspätet, schüttelt umständlich den Schnee von ihrem Schirm. Es war nämlich die weiße Weihnacht, die einzige in vielen Jahren. Nein, die Regenweihnacht, aber spielt keine Rolle, jetzt sind sowieso alle da, im wirren Licht des discokugelgeschmückten Entrees. Was machen die drinnen so lange? Und wie konnte Arnold auf eine so verrückte Idee kommen? Nicht die Idee war verrückt, wird Lisa Hunziker sagen, ich fand sie toll, Arnold hat ja die Mittel für so etwas, und Nelly liebt das Ausgefallene. Verrückt war, dass ausgerechnet Willy Gerwig mit der Sache anfing. Willy, achtundvierzig, Physiker. An diesem Heiligabend. Die Doppeltür zum Salon geht endlich auf, vor dem Lichterbaum eine Person, eine junge Frau mit einem matt schimmernden Kranz auf dem Kopf, sich zu einer dünnen, leicht verstimmten Version von O du fröhliche in einem eckigen Tanz bewegend. Einige sagten dann, sie hätten gleich gemerkt, dass es eine Puppe war, andere sagten, sie hätten zuerst an eine kostümierte Darstellerin gedacht, es habe doch sehr echt ausgesehen, wie sie sich an einer Fauteuillehne abstützte, als sie ein wenig aus dem Gleichgewicht geriet, wieder andere sagten, sie hätten geschwankt und seien vor allem wegen des verstimmten Weihnachtslieds hinter den Trick gekommen. Alle die Kommentare aber später, von der klaren Ochsenschwanzsuppe an bis zur Schneeballtorte. Jetzt stehen sie noch im Halbdunkel in der Nähe der Doppeltür, stumm auf das Wunderwerk starrend, achtzehntes Jahrhundert, Schultz&Söhne mechanische Puppen&Thiere, erstanden von Arnold im September bei einer Auktion in Deutschland, von den schönen, warmen ersten Oktobertagen an in Arbeit bei der Firma Ender und Valentin, Restaurierung von antiken Automaten. Sorgfältig und detailtreu, Frau Valentin hat für Karoline sogar Haar aus dem richtigen Jahrhundert gefunden. Als Arnold sie kaufte, hatte sie eine moderne Perücke. Kann man sich vorstellen, was das Ganze gekostet hat, und genau das Haar war Willys Problem. Beim Filet sagt er, so könne er nicht weiteressen. Was ist, Willy, stimmt etwas nicht mit dem Fleisch? Nein, mit der Blickrichtung. Er hat Karoline im Blick. Sie sitzt während des Essens auf einem Sofa, den Kopf vornübergeneigt, die Arme in Menuetthaltung, den einen Unterarm vor dem Oberkörper, den anderen weggewinkelt, was Willy gar nicht sieht, es ist von der Sofalehne verdeckt. Er sieht den Hinterkopf mit dem stumpf dunkelblonden, verfilzt wirkenden, im Nacken abstehenden Haar. Auf diesem von dem unbedeutenden Stern abgewandten, dem Dunkel des Weltalls zugewandten Teil eines fast unsichtbaren Planeten sitzen um einen von Kerzen beleuchteten Tisch achtundzwanzig Personen, von denen eine, Willy, die Realität in die Zone kippen sieht, wo man nicht mehr sagen kann, was wirklich ist und was nicht. Ist das nicht das typische Haar einer Toten, so nicht mehr zum Kopf gehörig, so ungelenk, so peinlich überflüssig. So wie bei Tante Jeanne, Willys Gotte, mit ihrem blonden Haar, plötzlich tot zusammengesunken bei der Feier zu seinem achten Geburtstag, sie neunundzwanzig. Macht Licht, das Kerzengeflacker bekommt dem Willy nicht gut. Nelly zündet den Art-Déco-Leuchter an, mit den in alle Richtungen von einer Kugel wegragenden, in farbige Metallschirme mündenden Armen. Mehr Licht an diesem dunklen Punkt des Weltalls und Umstellungen. Willy tauscht den Platz mit Gregor Meier-Sieber. Auf die Art hat er die alte Frau Hegertschwiler im Blick und hinter ihr Nellys neustes Bild, auf rotbraun-ockerfarbener, im oberen Bilddrittel graugrüner Grundierung neun leicht gekrümmte, Baumstämmen ähnliche, den oberen Bildrand anschneidende dunkelbraune Striche, rechts von ihrem unteren Ansatz ein gelbliches Oval und in unregelmäßigen Abständen vier ungleich große, dicke hellblaue Striche mit einem Fleck über sich und auf den Flecken ein Strichmännchengesicht. Mardi gras der Titel. Es ist schon gefragt worden, ob denn noch Weihnacht sei oder schon Fastnacht und ob man das Bild kaufen könne. Anita Della Torre hat das gefragt. Ihr gefällt's. Dem Willy nicht so, aber es ist schon recht, solange er die tote Puppe mit dem toten Haar nicht zu sehen braucht. Beim Zitronensorbet löscht Nelly den Art-Déco-Leuchter wieder, wieder achtundzwanzig Personen in der Milchstraße im Kerzenflackerlicht dem dunklen Weltraum zugewandt, und wieder stößt jemandem die Puppe auf. Nicht dem Gregor, der an Willys Stelle den Hinterkopf im Blick hat, sondern Nellys Schwester Sabine. So typisch für Nelly und Arnold, schreit sie auf einmal, was die beiden nicht stört, kann nicht störend sein, anstatt dass sie die Puppe wegbringen. Die sitzt da und verdirbt allen den Appetit. Das ist nicht wahr, nicht nur die alte Frau Hegertschwiler, auch manche andere essen mit Genuss. Es entstehen zwei Parteien, einen so lauten Heiligabend hat noch keiner von ihnen erlebt.

Bei den Ehrenstrob-Haunzells geht es ruhiger zu. Da ist ein kleiner Weihnachtsbaum auf einem runden Tisch, mit brennenden Kerzen und golden und silbern bemalten Nüssen und Gebäck, Kringeln, Sternen. Auf dem Tisch rote Äpfel, eine Trompete, ein gefaltetes großes Stück feiner Stramin, drei Spulen Seidenfaden, hellgrün, dunkelgrün, rosa, winziges Küchengerät, Schöpflöffel, Töpfe, Pfannen aus Zinn. Drei Kinder, zwei Mädchen und ein Junge und ein Hund, ein schwarz-grau-weiß gefleckter Turnspit Dog, sitzen aufgereiht auf einem Sofa. Die Kinder reden lachend auf ihren Vater ein, der mitten im Raum steht, die Arme im Rücken verschränkt. Wir wissen, worum es geht, aber wir können ihre Reden nicht hören. Alles kann man nicht haben. Es ist das Jahr 1797, und wir dürfen an diesem Heiligabend zufrieden sein, da wir immerhin sehen, dass alle noch am Leben sind, Vater Ehrenstrob-Haunzell und die Kinder, ihre Namen müsste man recherchieren, aber dafür ist keine Zeit, wir sehen sie heute Abend nur kurz. Vom Hund wissen wir, dass er Julian heißt. Die Mutter kommt herein, mit einem Säugling auf dem Arm, der offenbar schreit. Seien wir froh, dass wir nichts hören. Wie gesagt, wir wissen, worum es geht. Der Herr Papa möge Menuett tanzen mit Karoline, der mechanischen Puppe, so wie jedes Jahr, seit sie sich erinnern können. Wie jedes Jahr lässt sich der Herr Papa bitten, er wisse nicht, ob Fräulein Karoline disponiert sei, wir sehen, dass er lacht und die Kinder klatschen. Die Frau Mama klatscht auch, sie hat den Säugling jemandem abgegeben, im Halbdunkel an der Wand entlang sitzen noch Leute. Der Herr Papa muss Menuett tanzen, solange die Kerzen noch brennen, dann schimmert der Goldflitter in Karolines Haar so schön. Die Flügeltür zum kleinen Salon geht auf, Karoline tanzt herein, der Goldflitter auf einer hochgetürmten, unten in waagrechte Rollen gelegten weißen Perücke, wie sie Frau Valentin nicht auftreiben konnte. Der Herr Papa verneigt sich, Karoline deutet mit ruckartigen Bewegungen eine Verneigung an.

Und mit etwas Glück sehen wir bei Ehrenstrob-Haunzells noch einen Heiligabend, später. Der Baum ist größer und steht auf dem Boden und ist zusätzlich zu den goldenen und silbernen Nüssen und dem Gebäck, den Kringeln, Sternen, mit Glaskugeln geschmückt. Ein weißer Terrier liegt davor und schaut zu, wie der Säugling von damals, der auf dem Arm seiner Mutter, mit Karoline Menuett tanzt. Die Kinder des Säuglings, zwei Mädchen in weißen Kleidern, sitzen links und rechts vom Sofa je auf einem Stuhl. Das eine heißt Henriette, so viel wissen wir. Es ist die Weihnacht 1840. Auf dem Sofa ein Onkel und ein junger Dichter, der das Ganze als Mumpitz empfindet. In der Küche liegt ein zahmes Wiesel im weißen Winterfell auf dem Fensterbord. Nur heute Abend zu sehen. Auch dieser Abend endet nicht in einem Krawall wie bei Maier-Truebs. An diesem verrückten Heiligabend, an dem Arnold nicht dazu kommt, mit Karoline Menuett zu tanzen, allein schon, weil er von der Tradition nichts weiß. Die Puppe kam mit zwei Expertisen, einer technischen Beschreibung und einem kurzen historischen Abriss. Hergestellt um 1770 von Schultz& Söhnen für Gustav Ehrenstrob-Haunzell, 1853 von Henriette Ehrenstrob-Haunzell an den Amerikaner James Owen verkauft, bis 1901 in Pittsburgh und Chicago, ab 1905 im Besitz von Jérôme Maître in Rouen, 1919 zurückgekauft von Heinrich-Johannes Ehrenstrob-Haunzell, bis 1979 im Besitz der Familie. Heute, nach Weiterverkauf durch Arnold Maier-Trueb, im Automatenmuseum von Zersia. Das machen wir nicht noch einmal, hat Arnold am Weihnachtstag gesagt, als Karoline schon wieder verpackt in ihrer Kiste lag, im Schrankraum mit den Sommerkleidern.

Dezember halt.

Nasse Schneeflocken, die auf dem Boden einen durchsichtigen Matsch hinterlassen, weiße Weihnacht, ein guter Witz. Die Katze, die gern unter Maier-Truebs Hecke entlangstreicht, liegt zwei Häuser weiter weg mit eingeschlagenen Pfoten auf der Heizung im Kinderzimmer. Niemand auf der Straße, auch im Zentrum kaum, bei der Seebrücke treibt der Wind vom See her die nassen Schneeflocken fast waagrecht in Richtung Altstadt, du siehst am anderen Ende der Brücke den Bürkliplatz nicht, aber auch kaum das Bellevue auf dieser Seite. Da kommt gerade Tram Nummer vier vom Hauptbahnhof her gefahren, sieben Personen steigen aus. Keine von ihnen ist Horst. Er steht auch nicht bei der Auffahrt zur Brücke, dort steht niemand. Schon gar nicht Marius. Fällt ihm doch nicht ein, bei diesem Wetter in der Gegend herumzustehen, außerdem hat er Horsts Brief nicht erhalten, naiv von Horst zu meinen, dass ein Brief kurz vor den Festtagen noch in Rom ankommt. Außerdem wäre ja auch Friedhofsbesuch, heuer zwar wegen des Wetters auf den Nachmittag verschoben, aber doch ein Grund mehr, nirgends herumzustehen. Wenn das der misslungene Dezember ist, so ist das einer seiner Aspekte, dass Marius nicht wie sonst vor dem Gang zum Friedhof auf den See hinausrudern kann, um stehend dem Anschwappen der Dezemberwellen zuzuhören. Wenigstens kocht heute nicht Antonia, sondern der Vater, die schlesische Weihnachtsgans. Julia ist noch nicht Vegetarierin, oder dann isst sie halt einfach von den Beilagen. Marius blickt von mitten im Wohnzimmer über den Zierspargel hinweg zum Fenster hinaus, aufs Wasser im waagrechten Schneefall, über der Oberfläche tänzeln Flammen. Doch eine Manifestation des verborgenen Gottes? Nein, es ist der Widerschein der Christbaumkerzen auf der Scheibe, Julia hat sie angezündet, wenn wir schon nicht auf dem Friedhof sind. Aber ihr geht doch am Nachmittag hin, warum die Kerzen verbrauchen, wenn keine Ersatzkerzen da sind, und morgen ist immer noch alles zu.

So eine Weihnacht. Am Nachmittag kommen sie mit nassen Füßen vom Friedhof zurück, außer Marius in seinen urtümlichen Galoschen. Wieso bist du auf die so fixiert, Marius? Stellen mir eure nassen Füße die Frage? Tee neben dem dunklen, wenigstens mit den Kugeln glänzenden Baum, wenig Gebäck, da uns die liebe Margrit diesmal nicht beliefert hat. Wir wissen nicht, warum nicht, frag ja nicht bei Marius nach. Folgt die Geschichte vom Besenstiel, erzählt unter Tränen von Tante Felicitas. Weihnacht sechsundvierzig, der Kältewinter, es hapert mit Brennstoff, Lebensmitteln, Christbäumen, aber ich wollte unbedingt einen haben, da geht eure Mutter in Bergschuhen auf die Forch. Es war auch schon der Üetliberg, sagt Marius. Das habe ich nie gesagt, auf die Forch, um Tannenzweige zu holen, die sie dann an einen Besenstiel band, das war unser Christbaum sechsundvierzig. Und das mit dem Duft? Ja, diese aus der Eiseskälte kommenden Zweige verströmten in der Wärme einen so weihnachtlich wie nur möglichen Duft. Also gut, das hätten wir. Marius quält sich wieder in die Galoschen hinein, wohin gehst du? Lass ihn, am Weihnachtstag trifft er meistens noch die Margrit. Nein, wir wissen, er wird sie erst am Dreißigsten kurz treffen, hat er doch Robert so geschrieben, falls es das Jahr mit dem misslungenen Dezember ist. Könnte sein, es passt doch, wie er in den Galoschen und mit dem Stock in der Hand an diesem dunklen frühen Winterabend auf der Straße im Schneematsch steht und keine Ahnung hat wohin. Später wird er sagen, er habe sich plötzlich auf dem Kreuzplatz wiedergefunden, vor dem Haus, in dem Flora Hostättler wohnt, obwohl er meinte, zur Seebrücke unterwegs zu sein, um sich von dort in die Limmat zu werfen. Was wollte er? Sich in die Limmat werfen. Aber was ist das, was war das, das gleicht dir doch gar nicht. Man kann nicht immer in der Rolle bleiben. Aber was war das, Marius, was für ein plötzliches Dunkel in dir, doch sicher nicht wegen Margrit, doch sicher nicht wegen des Rauswurfs aus der Uni, in dem Dezember. Natürlich nicht. Mit Margrit wird man sich versöhnen, die Karriere wird umso glänzender sein, nach dem Wechsel an die erste Universität des Landes, La Sapienza, Rom. Hattest du schon länger vor, was, vielleicht schon vom Herbst an. Vom August an, um genau zu sein, als Saulus muss man die Augen offen halten. Also, warum? Warum was? Warum wolltest du dich in die Limmat werfen? Woher soll ich das wissen. Was redest du, Marius, war es also nicht ernst gemeint? Doch. Denn das Ganze hat ja eigentlich keinen Sinn, vollkommen beliebig, wie es ist, diese Straße, dieses Haus, diese Familie. Emil Haller, Vater, sitzt beim dunklen Christbaum und zitiert Horaz, vides ut alta stet nive candidum Soracte, und könnte der Vater von beliebig jemandem sein. Und wer sind diese anderen Leute, dieser Onkel Marty, diese Tante Felicitas, im Zentrum der Welt, während sich die restlichen vier Milliarden auch als Zentrum der Welt fühlen. Nur wenn du nicht daran denkst, kannst du da beim Christbaum sitzen, Tee trinken und Tante Lydias Ersatzgebäck essen, mit dem Zierspargel als Horizont. Aber sich deswegen gleich in die Limmat werfen? Deswegen, das habe ich nicht gesagt, wegen eines Deswegen bringt man sich nicht um. Nicht? Nein, die Idee muss sich von selbst präsentieren, und das tat sie, während ich da vor dem Haus im Schneematsch stand. Dezember, eben, der misslungene. Aber davon hast du Robert nichts geschrieben. Nein. Mehr sagt Marius nicht, aber es ist auch wahr, was sollte er sagen, was sollte er schreiben? Misslungener Abend, weil ich mich, statt mich von der Seebrücke in die Limmat zu werfen, auf dem Kreuzplatz wiederfand? Weil ich nicht wusste, nicht weiß, nie wissen werde, wie ich dahin gekommen bin? Zu Fuß? Mit dem Tram, mit dem Bus, mit dem Taxi? An Gerüche erinnerst du dich auch nicht? Gerüche, nein. Eine Bewegung, etwas, das neben dir herläuft? Nein. Was war das Erste, das du sahst? Eine Hand um einen krummen Stock, eine Messingtafel mit Klingelknöpfen und Namen. Zweiter von oben F. Hostättler. Flora Hostättler, auch eine alte Flamme, was? Na und, da waren viele Leute, Floras Kollegen vom Theater, sogar der alte Fritz Gubler mit einem bunt glänzenden spitzen Papphütchen auf dem Kopf. Papphütchen? An der Weihnacht? Silvester. Es war Silvester, Floras Silvesterparty. Aber, Marius, du bist doch am frühen Abend des Weihnachtstags losgezogen, im Haus saß deine Familie und aß maßvoll Tante Lydias Weihnachtsgebäck, und noch bevor du deinen Stock in den Schneematsch stachst, um den ersten Schritt zu machen, ging über der Eingangstür der von Antonia aufgehängte Leuchtstern an, wie immer automatisch an der Weihnacht. Kann schon sein, aber da auf dem Kreuzplatz war Silvester, Leute mit Bierflaschen standen herum, und noch bevor Flora oder sonst jemand da oben auf den Türöffner drücken konnte, grölte einer herüber, was bist denn du für ein später Weihnachtsmann. Der Stock, nicht wahr, wahrscheinlich auch die Galoschen und sicher der gebraucht in Rom gekaufte überlange Lodenmantel. Zum Glück geht die Haustür auf, bevor man sonst noch belästigt wird. Marius steigt langsam die Treppe hoch. Vier Stockwerke, schon im zweiten lautes Reden und Lachen und Musik hinter einer Tür, und an der Tür Luftschlangen. Silvester, tatsächlich. Aber standest du an Silvester nicht in eurem Garten am See und eine Eichel (von einer Steineiche) fiel aus deiner

Tasche ins Wasser, als du dein Taschentuch herauszogst? Hast du doch Robert so geschrieben. Oder ist das doch ein anderes Jahr? Nein, dasselbe Jahr. Marius hat recht, es muss dieses Jahr sein, dieser misslungene Dezember, kein Gebäck, keine Kerzen, keine Margrit, kein Silvester bei Maier-Truebs, keine Rauhnacht im Hotel Strohmayer. Die Corinna Stenzer fragt ja auch gleich, als sie im vierten Stock die Tür öffnet, wo hast du das hübsche Girl gelassen? Trauerumwölkt, sagen zwei weitere Kollegen von Flora zueinander, steht der schöne Jüngling da, auf seinen Hirtenstab gestützt wie Adonis. Nicht Adonis, Pan, patzt du jetzt auch schon in Mythologie, dann lass dich besser nicht auf die Äste hinaus. Was reden diese beiden? Ach, Leute vom Bau, und diese hier auch nicht mehr die Jüngsten, der eine, Kurt Kessler, macht noch einmal den Lear, und dann ist Schluss. Wie, sagtest du, dass der schöne junge Grieche heißt? Marius Haller, die Mutter hat mal bei uns angefangen, dann hat sie nicht mehr angefangen, sondern einen Haller geheiratet, Professor für irgendwas. Und der schöne Jüngling auch schon auf dieser Schiene? Ein kluges Kerlchen, wird seinen Alten überflügeln. Aber trauerumwölkt. So wie du es nicht hinkriegst, nicht mal als Valerio. Kenn ich, ist nur Neid, wer ist denn die Mutter? Astrid Leiner, war. War? Lebt nicht mehr. Ach so, deshalb die Trauerumwölktheit. Dann reden sie nicht mehr von Marius, jemand umarmt den Kurt Kessler von hinten und sagt, ich bin das alte Jahr, komm, Kurt, lass uns auf mich trinken.

Altes Jahr, ja, aber nur noch für zwei Stunden.

Flora fotografiert Marius mit seinem Stock in der Hand, Polaroid, das bräunlich gewordene Bild wird sie noch lange haben. Noch jemand ist drauf, eine junge Frau, die Flora nicht kennt. Es war eben den ganzen Abend ein Gelaufe, auch Unbekannte kamen herein und tranken mir meinen Schämpis. Silvester eben, Flora wird sich gern daran erinnern. Und Marius? Klar, erinnert er sich. Man geht doch nicht auf Flora Hostättlers Silvesterfete und vergisst sie. Aber du hast doch auch vergessen, wie du dahin gekommen bist. An alles kann man sich nicht erinnern. Die fällige Antwort, was, Marius, aber höre, es war Weihnacht, du warst zur Seebrücke unterwegs, in einem hohl sausenden Dunkel, das wir uns nicht vorstellen wollen, um dann am Geländer zu stehen, unten die Limmat, deine glanzvolle Karriere, die dir als wegtreibende leuchtende Eisscholle erscheint. Vielleicht. Wir können es nicht wissen, du kannst es nicht wissen, du bist ja auf einmal am Silvester bei Flora, dem Silvester, den du mit einem krummen, aber oben und unten auf derselben Achse befindlichen Stock in der Hand verbringst. Der schöne Jüngling hinkt ja, und ich dachte, der Stab sei nur ein Requisit für den Auftritt als was schon wieder? Pan. Richtig, Pan. Dann reden sie nicht mehr von Marius, Licht aus, drei Minuten vor zwölf, habt ihr alle ein Glas? Bald beginnt ein tolles Jahr, Marius wird sich mit Margrit versöhnen und den richtigen Schritt tun, in Richtung eines nicht nur vielseitigen, sondern auch lustigen Berufslebens. Wann soll man denn optimistisch sein, wenn nicht an Silvester, jetzt, drei, nein, zwei Minuten vor zwölf. Schon recht, nur ist erst Weihnacht, im Haus mit dem Leuchtstern an der Tür tragen sie Reste auf, von der schlesischen Gans und auch vom Rollbraten vom gestrigen Heiligabend, auch wenn niemand recht essen mag, nach Tee und Gebäck und Marius' Verschwinden. Ohne ihn ist es irgendwie fad, er ist das Salz eines jeden Beisammenseins. Seht ihr das so? Ja, wir sehen das so. Antonia weint sogar ein wenig. Wo ist Marius, wo bleibt er so lange? Er ist mit Margrit zusammen, wissen wir doch. Ist er nicht, wissen wir auch, aber woher sollen es die Schwestern wissen. Sie wissen nur, wie er einmal an einem Weihnachtstag lange im Boot auf dem dunklen Wasser stand, unweit der Gartenmauer. Was machst du da, Marius? Das einzig Richtige. Was ist das einzig Richtige? Das. In einem Boot stehen. Er hatte seine Windjacke an, die Schwestern fragten nichts mehr, gingen ins Haus zurück, wo in dem Jahr auf dem Christbaum die Ersatzkerzen brannten.

Ja, Weihnacht, im Gewächshaus mit der zerbrochenen Scheibe stehen die Töpfe mit Christrosen bereit, die ihr heute, Stefanstag, der Mutter aufs Grab bringen wollt, nur ihr drei, du, Julia und Antonia, ohne die ganze Verwandtschaft. Es regnet auf den gestrigen Schneematsch. Sie lassen Marius ausschlafen, gehen wir halt auch heute erst am Nachmittag zu Mutter, er ist ja erst um halb drei nach Hause gekommen. Wo warst du, Marius, frag ihn das bloß nicht. Auch nicht, warum er dann am Nachmittag nicht mitkommt. Wenn man nicht fragt, sagt er es vielleicht. Ja, er sagt, er müsse einen Brief schreiben. So dringend? Wenn es nicht dringend wäre, würde ich ihn nicht jetzt schreiben. Das ist der Brief, der verloren gehen wird, nicht auf der Post, zu Hause. Marius wird ihn bis Neujahr noch suchen, sich dann sagen, dass er zum alten Jahr gehört, vergangen, verjährt.

Lieber Horst

Ich schreibe Dir aus Zürich, wo ich für die Feiertage bin. Gestern habe ich einen Nachtspaziergang gemacht. Es war zwar erst sechs Uhr, aber Nacht ist Nacht, außerdem hatte ein Sturm die Leitungen lahmgelegt, etliche Straßen sind noch heute ohne Beleuchtung. Ich habe einen Stock, notabene bei den Etruskern gefunden, und kam ganz gut über die Runden, wenn auch nicht dort an, wo ich gedacht hatte.

Kurz und gut, ich kam heute früh gegen drei Uhr nach Hause. Wo ich so lange gewesen war, spielt keine Rolle, auf einer Party in einer Wohnung, wo in der Küche die ganze Zeit der Geschirrspüler lief, was ich als Symphonie mit Chor hörte. Ich hatte es noch im Ohr, als ich im Dunkeln nach Hause ging, so sehr im Dunkeln, dass ich nicht recht weiß, wie ich nach Hause gefunden habe. Dunkel hinten und vorn. Ich machte im Haus kein Licht, um niemanden zu wecken. Und auf einmal sehe ich im Dunkeln uns. Dich und mich auf der Lichtung da bei den Etruskern. Der Hund war auch da. Einmal sehe ich das Bild deutlich, einmal sehe ich es nicht, wenn ich zu scharf hinblicke. Was wir da machen? Das, was wir im August machten, wobei ich nicht sagen kann, ob wir gerade nach dem sogenannten Verscherbelbaren suchen oder panini essen oder schlafen. Es ist alles gleichzeitig, eine Art Zusammenfassung. Dann sehe ich es nicht mehr und gehe zu Bett. Man kann selbstverständlich Einwände machen. Auf der Party hatte ich einiges getrunken, in meinem Kopf spielte ein Geschirrspülerorchester, und ich wollte nach Rom zurück. Klar, dass mein Hirn den Sommertag im Latium in dieses unangenehme Dunkel projiziert.

Ich wollte fragen, bist Du vielleicht dort? Du wolltest doch wieder hinfahren, auch wegen Deines Dolchs. Wobei Du, nebenbei gesagt, dem Ding viel zu viel Gewicht gibst. Dass Du wegen des Dolchs bzw. der

Tatsache, dass Du ihn verloren hast, Dich am Tod einer Freundin schuldig fühlst, ist Unsinn. Mich indirekt auch noch zum Täter zu machen, weil ich den Dolch nicht suchen ging (ging ich aber, dass Du das weißt), ist geradezu Schwachsinn. Deshalb meine Reaktion, als Du heulend anriefst. Sie, die Reaktion (das Mädchen auch), tut mir leid. Ich gehe manchmal zu weit, ich weiß. Gestorben wird immer, mir ist wichtiger, dass ich mich nicht erkälte (das Telefon stand im zugigen Gang der Pension), so etwas sagt man nicht. Verzeih. Ich hoffe, dass Du Dich inzwischen aufgefangen hast. Wenn es Dich tröstet, kann ich Dir sagen, dass ich mich auch angeschlagen fühle, seit ich vom Tod des Mädchens weiß. Vielleicht fällt mir ihr Name noch ein. Jeder Tod, von dem man erfährt, geht einen hundertprozentig an. Jeder Tote ist unser Toter, gerade weil die Unseren beliebige Leute sind. Auch die Mutter. Man hat sie sich ja nicht ausgesucht. Sie hat Eigenschaften und Charakterzüge, daran erkennt man sie, aber wenn sie tot ist, ist sie auf die gleiche Art tot wie alle, und man erkennt sie nicht mehr. Das macht sie alle interessant. Sie sind alle gleich, und wenn man in Trauer sein will oder muss, kann man sich beliebig jemanden wählen. Brauchst mir nicht zu folgen, ich wollte nur sagen, dass ich gerade um das Mädchen, Trixi, jetzt habe ich's wieder, in Trauer bin. Es bricht mir das Herz, um mich pathetisch auszudrücken. Du hast von einem Arschloch gesprochen, der sie überfahren hat, mehr war in deinem Geheul nicht zu verstehen. Macht nichts, mir reicht das.
Als Kind habe ich das geschrieben: »Meine Mutter ist am Sterben. Sie liegt im Bügelzimmer im Spitalbett. Vielleicht stirbt sie heute. Dann ist das ihr letzter Morgen.

Was sieht sie? Die Sonne scheint, aber das sieht sie sicher anders als wir. Am letzten Morgen sieht man anders. Die ganze Welt ist anders. Aber nicht schlecht. Schöner, weil wir sie nie so gesehen haben. Wir sehen immer das Gleiche. Jetzt kann ich fast sehen, was meine Mutter sieht. Es ist schön. Der Baum vor dem Fenster vom Bügelzimmer könnte auch verschwinden, aber er steht, weil er sehr nett ist. Er ist nicht wegen meiner Mutter sehr nett, er ist immer sehr nett. Das sieht meine Mutter jetzt. Sie hat auch nicht nötig, dass der Baum zu ihr nett ist. Es ist für sie viel schöner, dass er einfach so nett ist. Sie kann nicht mehr sprechen, sonst würde ich sie fragen, ob sie auch den Vogel auf dem Ast sieht. Ich habe gesagt, sie sollen sie in den Garten schieben. Es ist ganz warm an der Sonne, fast wie an Ostern, nicht wie Weihnacht. Aber Frau Gwerder und Tante Felicitas wollen nicht. Ich freue mich für meine Mutter, dass sie die Welt so anders sehen kann. Was nachher ist, weiß ich nicht, aber ich habe keine Angst. Ich möchte im Boot hinausfahren, wenn sie gestorben ist, vielleicht am Nachmittag, aber ich weiß nicht, ob Papa mitkommt. Es wird schön sein für sie. Für mich nicht, sie wird mir sehr fehlen, aber das ist nicht so wichtig.«

Der Genauigkeit halber füge ich hinzu, dass meine Mutter erst zwei Tage später starb, am Morgen des Weihnachtstags. Ich hatte also noch einmal Gelegenheit, bei ihr im Zimmer zu sitzen und die Welt zu sehen, wie sie sie sah. Beim zweiten Mal war es noch schöner. Deshalb dann meine große Trauer, nicht mehr mit ihr zusammen in diesem Zustand zu sein. Dem Letzten-Morgen-Zustand, nennen wir ihn so. Deine Trixi war zwar gesund und munter, als sie aus dem Haus ging, bevor das Arsch-

loch sie überfuhr, aber es war doch ein letzter Morgen. Und die sind für sich so, wie ich geschrieben habe. Dazu brauchst du gar nicht zu wissen oder zu ahnen, dass du sterben wirst. So weit also meine Trauer um Trixi, die Dich vielleicht tröstet. Für mich war die ins Dunkel projizierte Lichtung ein gewisser Trost. Ich fahre am 5. Januar wieder nach Rom. Wenn Du willst, können wir am nächsten Tag hinausfahren, falls Du in Rom bist, wie ich vermute. Ruf mich in der Pension an. Ich kann es kaum erwarten, wieder in Rom zu sein. Ich bin lieber an Orten, wo die geologischen Vorgänge noch nicht abgeschlossen sind, sondern wo es bröckelt und rutscht und man über vulkanisches Gestein läuft. Ich würde am liebsten gleich den Zug nehmen, aber das wäre doch ein starkes Stück. Meine Schwestern sind bei der erwähnten toten Mutter auf dem Friedhof.
Also, auf bald. Hoffentlich können wir bei angenehmen Temperaturen da draußen sitzen und meinetwegen auch nach irgendwelchen Doppelhirschen graben. Dann sind auch diese dummen Rauhnächte vorbei, die hier gar nicht stattfinden, in dieser Stadt, wo sich nichts in nichts verfängt.
Sei herzlich gegrüßt von
Marius

Aber es ist immer noch Dezember, Maier-Truebs fahren ins Engadin, wer hat nach dem Flop mit Karoline Lust auf eine Silvesterparty, die sechzig Papierlaternen können ja an der Fastnacht dienen. Werden sie. Und eine Minute vor zwölf an Silvester werden Maier-Truebs im Festsaal des Hotels stehen, Champagnerglas in der Hand, unter dicht von der Decke hängenden riesigen goldenen Glückskleeblättern.

Nelly wird sagen, ich bin froh, dass dieses Jahr vorbei ist. Sind viele. Es soll ein besseres Jahr werden. Tagen wird es um halb acht. Ein breiter Streifen des blauen Planeten ist an diesem Silvesterabend schon beleuchtet, während der West-Ost-Rotation um seine in einem Winkel von dreiundzwanzigeinhalb Grad geneigte Achse fällt das Licht vom Fixstern auf Ostasien und die Inseln im Pazifik, die haben schon Januar.

Hier im Engadin auf dem europäischen Teil des eurasischen Kontinents ist es Dezember, und hier ist es kalt. Nelly und Arnold sind nicht mit den anderen Gästen auf die Hotelterrasse hinausgetreten, um an Mitternacht das Feuerwerk über Sankt Moritz zu sehen. Nelly darf das nicht wagen, sie hat sich im November eine schwere Bronchitis geholt, in der Nacht nach der Party, der Party zum Martinstag, weil sie das Gefühl hatte, da laufe immer noch jemand im Garten herum. Ging einfach so im Pyjama, nur Morgenrock darüber, nachsehen. Der frühe Schnee drang in ihre Pantoffeln ein. Arnold kann man ja nicht hinausschicken. Arnold hat Angst im Dunkeln. Nelly nur wenig, sie hat auch eine Taschenlampe. Wir sollten einen Hund haben, aber Arnold hat auch Angst vor Hunden. Die alte Hexe, Frau Oberstleutnant Maier-Stüby, hat ihn übel zugerichtet. Hat ihn als Kind in den Keller gesperrt und vernachlässigt. Für sie zählten nur die beiden Töchter, auf den Sohn könnte ich verzichten, sagte sie am Telefon. Mein armer Noldi, dir kann ich doch nicht zumuten, im dunklen Garten mit dem Lichtkegel der Taschenlampe über die Hecke zu fahren, bis in die hinterste Ecke mit dem Steintisch, dann über die zertrampelte leichte Schneedecke. Umhergelaufen, weiß Gott, das ist man hier. Das war sicher die ganze Blase, die irgendwann hinausgestürzt ist. Die sangen da und schrien. Nelly läuft durch den Garten, Schnee dringt in ihre Tigerpantoffeln ein. Ein Geschenk von Arnold, die Pantoffeln, meiner lieben Großkatze. Toll, hat Nelly gesagt, hatte ich schon als Kleinkatze, solche Tigerfinkli. Fürs Umherlaufen im Schnee total ungeeignet, trotzdem bestand Nelly darauf, noch eine Weile den Garten auszuleuchten, Thujahecke, Buchsbaumboskett, in weiße Plastikbahnen verpackte Hortensiensträucher und die ebenso verpackte Bananenstaude, die drei Birken, den Mirabellenbaum und die Zierkirsche, auch den Unterstand mit dem Barbecuegrill, wo an Heiligabend Karoline liegen wird, und immer wieder den zertrampelten Schnee. Da waren auch Abdrücke von Katzenpfoten, von den fünf Ballen an der Pfotenunterseite. Hugeli. Das war bestimmt Hugeli, der war da an der Hecke entlanggelaufen, dann quer hinüber unter die andere Hecke, dann wieder zurück. Nelly folgte der Spur und kam zum Unterstand mit dem Barbecuegrill. Leuchtete hinein, nichts, nur eben der Grill und die gegen die Wand gestapelten, in Plastik verpackten Liegestühle, zwei Klafter Buchenscheite, die drei Gießkannen und der zusammengerollte Gartenschlauch, und jemand hat eine halb volle Bierflasche stehen lassen, Feldschlösschen, 5 cl. November. Mehr nicht, dafür wird Nelly vier Tage lang Fieber haben. Warum hast du nicht wenigstens Schuhe angezogen, bevor du hinaus bist. Arnold, denk bitte logisch, wenn du ein Geräusch hörst, hast du keine Zeit für Schuhe, du läufst hinaus. Was für ein Geräusch eigentlich? Wenn wir schon von Logik sprechen. Wo hätte Nelly Schritte hören sollen, höchstens auf den Kiesbetonplatten ums Haus herum, aber so nah waren die nicht, das Geräusch kam aus dem Garten, und wie willst du da Geräusche machen, auf dem Rasen, auf einer leichten Schneedecke, die von Knirschen weit entfernt ist. Aber doch Schritte, eindeutig, Nelly beharrte noch darauf, als sie kein Fieber mehr hatte. Schritte. Also gut, dann war es vielleicht einer, der im Dunkeln Streiche spielt, mit spitzem Hut und bärtiger Maske, seit elf Uhr elf ist ja Karneval. Nein, Mann, nicht Karneval, wissen wir doch, das ist der phersu. Und wenn nicht der phersu, dann eine, die keine Streiche spielt, sondern wartet. Die Lippen verzogen, mit zu vielen zu spitzen Zähnen im Mund. Möglich. Allerdings wird Nelly von der Nachbarin erfahren, dass es Monika Birrer war. Nelly, jetzt, da es dir besser geht, muss ich dir sagen, dass die Monika Birrer praktisch die ganze Nacht in eurem Garten umherlief. Monika Birrer, dreizehn. Es war ihre Neurose des Moments, dass ihr der Hugeli abhandenkommen könnte, dauernd eine neue fixe Idee. Jetzt gerade sucht sie im Telefonbuch nach zwei Freunden, sie weiß nicht, wie sie heißen, sie weiß nicht, wo sie wohnen, das Telefonbuch der Stadt Zürich hat sie schon fast durchgekämmt.

Nur um zu sagen, warum Nelly und Arnold jetzt, fast schon zwölf, aber immer noch Dezember, nicht auf die Terrasse in die Kälte hinaustreten, um das Feuerwerk über Sankt Moritz zu sehen.

Eine Minute vor zwölf. Zeit für den Jahresrückblick.

Ein erfolgreiches Jahr. Der blaue Planet hat die neunhundertvierzig Millionen Kilometer um seinen Stern herum hinter sich gebracht.

Als unsere Hälfte des Planeten dem Stern zugeneigt war, saßen wir zu dritt zwischen Ameisen auf stacheligem Gras und hatten Pläne. Einer von uns plante, ein Stück panino zu erwischen, bresaola e rucola oder pomodoro e mozzarella. Einer plante, jeden Tag wiederzukommen, bis er das Geschenk des Lebens gefunden hätte, hiergelassen für ihn vor einer langen, aber auch kaum quantifizierbar kurzen Zeit. Einer plante, mit seinen Studenten hierher zurückzukommen, wenn er dann Professor wäre, damit sie das beredte Schweigen hören, lauter als Zikadengesäge. Es waren heiße Tage, wir trafen uns in Bars, am liebsten in solchen mit Ventilator und grattachecca, dem Sirup auf geschabtem Eis. Ein Sänger aus der DDR trank Weißwein und sagte, die Hitze setze ihm zu. Wir suchten Kühlung in Frascati, dreihundertzwanzig Meter über Meer. Wir hatten manchmal Streit in diesen Tagen, häufig wegen läppischer Beträge, sechshundert für eine Cola, tausendfünfhundert für ein Busticket. Den Tausender mit dem geschminkten Marco Polo tragen wir im Portemonnaie als Glücksbringer ins neue Jahr hinüber.

Wegen der Schieflage der Achse dieses Planeten wurden die Tage auf der Südhalbkugel länger, auf der Nordhalbkugel kürzer. Wir waren auf dem eurasischen Kontinent verstreut und suchten uns. Eine lief heulend am Ufer der Werde entlang, wo wir als Kinder gespielt hatten. Einer versuchte dem Geheul nachzugehen, das er von einer bröckeligen Felsnase aus gehört hatte. Im Schaufenster der Bäckerei Hänsler lagen Apfeltaschen, aber wir mussten uns mit den Äpfeln begnügen, die von Steibels Baum auf den Gehsteig fielen. Warm war es nicht mehr, fast alle lebten wir von oder in der Erinnerung. Wir schrieben Briefe, wir schrieben, dass wir uns in der Bar nach einander erkundigt hatten. Das war an einem noch heißen Tag in Rom gewesen, auf der piazza Santa Maria dei Monti.

Wir fanden uns dann auch, wir sind ja nicht blöd, eine von uns saß zu Hause und aß Quarkschnitten von Hänsler, die Hortensia am Vortag bestellt hatte. Beim Gang zu Hänsler hatte Hortensia einen schottisch karierten Regenschirm. Das Klima dieses Planeten ist ab dem siebenundvierzigsten Breitengrad wechselhaft. Auf dem einundvierzigsten konnten wir noch in der Sonne stehen und ein grünes Ding auf einer Distel betrachten, das vielleicht, vielleicht nicht, ein Lebewesen war. Wissen wir heute noch nicht. Aber sonst war alles o.k., wir konnten machen, was wir wollten, gingen auch nicht immer ans Telefon, wenn der Vater aus Orosei anrief. Wegen dieser Schieflage der Planetenachse schien jetzt die Sonne in den Flur. Wir fanden, dass das gut zum Sonnengruß passte, auch wenn man den besser am Morgen macht. Es war Nachmittag, der Fixstern befand sich auf dem absteigenden Teil seiner scheinbaren Bahn. Aus einem Stockwerk weiter oben sah man noch besser, wie er sich den Pinienkronen auf einem nahe gelegenen kleinen runden Platz näherte. Einer von uns bellte, weil eine von uns einen Stock weiter unten auf den Küchenbalkon hinaustrat. Mit einem Glas Wasser in der Hand. Nach dem Yoga müssen wir trinken. Siebzig Prozent der Oberfläche des Planeten sind von Wasser bedeckt, manche bewohnte Inseln befinden sich weit draußen auf dem Meer. Auf so einer hörte man das Hufaufsetzen zweier hin- und hertretenden Pferde, im Oktober war das. Jetzt ist es Dezember, er dauert noch eine Sekunde, weiter im Rückblick.

Wir hatten ja so vieles vor. Einiges haben wir nicht realisieren können, aber wozu sind neue Jahre da. Den dummen Dolch können wir immer noch finden, wenn dann die Erdachse wieder in einem besseren Winkel zum Fixstern steht. Dann werden wir auch nicht wie ein Esel im plötzlichen Dunkel umherirren und überzeugt sein, dass wir aus diesem Kastanienwald nie mehr herauskommen werden. Haben wir zwar in einem Brief nicht so geschrieben, wir haben geschrieben, dass wir uns vornahmen hinauszugelangen, koste es, was es wolle, aber das eine schließt das andere nicht aus. Fürs Vornehmen ist das sowieso der richtigere Moment, jetzt, in der letzten halben Sekunde des alten Jahrs. Wir wollen den Vorsatz fassen, auf die Großmutter zu hören. Sie hat geschrieben, sie habe Weihrauch verbrannt, und so wie der Rauch aufgestiegen sei, bedeute es Versöhnung. Wir können das also ins Auge fassen fürs neue Jahr, auch wenn wir gerade Streit haben. Denn mit diesem Hanggi, mit dem wir uns durch den Silvester quälen, ist es ja nichts, der sitzt da und redet langweiliges Zeug in diesem langweiligen Restaurant. Vielleicht wäre sein Langweilertum nicht so aufgefallen, wäre die Silvesterparty bei Maier-Truebs gestiegen. Nächstes Jahr warten wir nicht, bis Maier-Truebs plötzlich die Laune haben, ins Engadin zu fahren, wir machen selber eine Party. Mit dem Richtigen zusammen. Wir wissen ja schon, wer der Richtige ist. Aber bleiben wir beim Rückblick. Die Zeit war lang in den immer kürzeren Tagen. Wir erfanden Rezepte, wir standen am Gartentor, und apropos Garten, da war ein Gefühl, die Bäume seien dabei, wegzugehen, oder vielleicht lösten sie sich auch in einem Klirren auf. Ein kleiner Hund, eine Art Pinscher, pinkelte auf einen Haufen gelber Lindenblätter. Wir schrieben weiter Briefe, wann, wenn nicht jetzt, von Besen, nein, wie war das, von einem, der im Durchgang zu Loredanas Laden bei den Besen stand und zuvor nicht da gewesen war. Aber wir sind nicht so sicher, wie soll man denn wissen, ob man gesehen hat, was man nicht gesehen hat, besonders wenn man nachher in der immer noch wärmenden Sonne Santa Maria Maggiore gegenüber vor einer Bar sitzt und den Brief eigentlich nur schreibt, um den von Loredana geschenkten Schreibblock, Cartiere Paolo Pigna, dal 1839, auszuprobieren. Wir sollten uns weder über unsere Motivationen noch über unsere Wahrnehmungen Illusionen machen. Wir sind ja auch am falschen Ort aus dem Zug gestiegen, Santa Severa war das, war einer der Fehlgriffe dieses Jahrs, aber so jung wir sind, haben wir doch kapiert, dass es ohne Fehler nicht geht. Dafür konnten wir in Santa Severa Thefarie Velianas sein. Ob wir das wussten oder nicht, spielt keine Rolle, das Meer im scirocco war schön. So viel Wind, eine Schote vom Johannisbrotbaum vor signora Biancas Fenster in der via Carlo Alberto in Rom löste sich vom Ast und fiel einer Passantin vor die Füße. Sie las die Schote auf und steckte sie in ihre Einkaufstüte. Am Ende der Straße, auf der piazza Vittorio, stand einer in einem komischen outfit an die Umzäunung des Parks gelehnt, rote Pluderhosen, darüber ein dunkelgrüner kurta, der Platz ist ja voller schräger Typen. Im Dunkeln, es war ja wieder einmal plötzlich dunkel, hätten wir Loredana traurig vorübergehen sehen können, denn es ist schon so, wir vernachlässigen sie. Da war halt dieser durchzusehende idiotische Text des Professors B. Und noch etwas. Wir wollen uns fürs neue Jahr natürlich auch wieder Loredana vornehmen, wenn wir wieder in Rom sind, wenn wir nur endlich wieder in Rom wären. Unter dem steiler werdenden Winkel des Fixsterns werden die Dinge anders aussehen. Jetzt, in dieser flachen, dunklen Angelegenheit, ist einiges Missvergnügen, wir sind ja noch immer nicht sicher, ob nicht eine von uns die Sache mit dem Dolch der Viktoria Lamm, Inselromanschriftstellerin, ausgeplaudert hat. Aber wir wollen noch sagen, dass einer von uns in den Nächten, so wie auch jetzt, zusammengerollt in einem leeren Höhlengrab lag. So ein Jahr war das. Einer kam mit uns zur tausendjährigen Eiche hinauf, und bald wussten wir nicht, wozu und warum, denn das ist ja auch einer, der lügt. Dunkle Tage, am Tag des längsten Dunkels wurde eine Schwester von uns programmgemäß traurig und blieb es bis zum Friedhofsbesuch am Weihnachtstag. Kennen wir, nicht so schlimm. Schlimm war, was wir nicht verstanden, zum Beispiel das mit Trixi und dieser Hirnblutung, Mann, hat doch die Großtante Rike auch gehabt und läuft jetzt wieder rum, und nicht über so ein scheißdunkles Feld mit der anfrierenden Nässe hinter Vanth her, die den Mund besser nicht auftut, von wegen zum Vorschein kommender zu vieler zu spitzer Zähne. Ja, wir verstanden einiges nicht, etwa, ob die Limmat am Kreuzplatz vorbeifließt, und wenn nicht, warum wir da standen, mit diesem komischen Stock in der Hand. Und wie konnte uns die Eichel von einer Steineiche ins Wasser fallen. Diese Fragen werden aber sehr bald alte Fragen sein, die Fragen eines vergangenen Jahrs. Jetzt können wir nur noch die Glockenschläge zählen, hundertvier, hundertfünf, hundertsechs, hundertsieben, hundertacht. Es ist Mitternacht.

Januar. Viele noch am Leben, die zwei zum Beispiel, die nördlich von Rom in den Ruinen einer etruskischen Siedlung nach Objekten graben, mit und ohne Genehmigung. Zwar haben beide ein Recht, hier zu sein, die eine, weil sie zum Team gehört, das hier Grabungen macht, der andere, weil er ein Hund ist, was aber auch heißt, dass er nie eine Genehmigung erhalten würde, und die andere dürfte nicht auf eigene Faust graben. Aber wer kommt schon am Tag der Befana, 6. Januar, in diesem entlegenen Winkel Etruriens vorbei. Die Ruinen sehen auch nicht nach Ruinen aus, eher nach Felsbrocken, nur wer den Ort kennt, findet hierher. Und wer kennte den Ort besser als der Hund, Promenadenmischung, mittelgroß, gelbes Fell, lang gezogene Schnauze, aufgerichtete, an der Spitze geknickte Ohren, mit Namen Enrico. Eigentlich Heinrich, aber das spricht dir kein Italiener aus. Heinrich wie Schliemann. Weil Enrico immer wieder graben hilft, auch hier.

Januar, man hört die Meisen und Finken, sie haben zu schlagen begonnen, ja, in der Neujahrsnacht sang eine Amsel, noch bevor das Feuerwerk in Santa Severa vorbei war. Man hörte es nicht, man sah es nur im Westen blitzen. Seit gestern, 5. Januar, schläft Enrico hier in der Ruinensiedlung in einer Nische, eines Hauses? eines Heiligtums?, nicht einmal Professor Castaldi kann es sagen. Aber ein guter Ort zum Schlafen und Warten, bis dieses Mädchen,

Sesamriegel und gedörrte Feigen, kommt. Heute kommt sie zum dritten Mal, mit Hundebiskuits, Giorgetto lässt dich grüßen.

Januar, es wird ein besseres Jahr werden. Noch ist es kalt in der Nacht, aber die ungefähr viereckige Lichtung da oben liegt immer länger in der Sonne. Man wird dorthin zurückgehen, in der Hoffnung, dass das grüne, vielleicht lebendige, vielleicht nicht lebendige Ding an der Distel nicht mehr da ist. Aber es hat Zeit, es eilt nicht, es ist erst der Tag der Befana. Ja, Januar, ein schöner Monat. Ein bisschen mehr fetthaltige Nahrung, ein panino mit Speck, eine Parmigiano-Rinde, wäre nicht schlecht, aber es wird schon gehen, hier zwischen den Ruinen erwischt man auch hin und wieder eine Maus.

Die Tage sind kurz, von ihrer Verlängerung um fünfzehn Minuten ist kaum etwas zu merken, dieses Mädchen, Hundebiskuits, packt um vier ihre Sachen, Kelle, Handschaufel, Pinsel, und macht sich unter blassbraunen Eichen auf, zwischen Mäusedornsträuchern, rote Beeren an der Unterseite der Blätter, Stechpalmen und Stechwinden, die ihr fast einen Dreiangel, wie man in der Schweiz sagen würde, in die Jacke reißen. Zum Glück aus diesem neuen Material, die Jacke, Gore-Tex, und redet mir nicht von der Schweiz. Dieser Schweizer, dieser verlogene Marius, dieses Hindernis. Hindernis? Na klar, seinetwegen war doch Maddalena nicht dabei, als das Team jene halbe Laute fand. So ärgerlich. Jetzt ist der Luca eine Nasenlänge voraus, und überhaupt ist das Freilegen eines Gegenstands, der anderen Hälfte der Laute, einer Öllampe aus Bronze, einer Bucchero-Trinkschale, eines Antennenschwertknaufs, eines Gorgonenhaupt-Antefixes, das Schönste, mit so präzisen Handgriffen, dass sie das Ding, das in der Erde liegt, zu einem kurzen Leben erwecken, bevor es dann wieder tot ist, gereinigt, restauriert, katalogisiert, beschrieben, ausgestellt. Nur leider heute nichts gefunden, und morgen beginnt das Seminar bei Castaldi. Demnächst kommen sie wieder her und werden nichts merken, Maddalena weiß, wie man die Spuren von Geländeinterventionen verwischt. Anderes weiß sie nicht, zum Beispiel, dass sie ihren kleinen Spaten hat liegen lassen, an dem Enrico morgen länger schnüffeln wird. Jetzt läuft er zwischen dem stacheligen Gesträuch vorsichtig hinter dieser her zur Bar weiter vorn an der Landstraße.

Da ist er, der Prisco, ecco il Prisco, sagen die in der Bar. Sie sitzen an kleinen Tischen beim Kamin, der einzigen Heizung, und trinken Rotwein. Befana, letzter Tag der Weihnachtszeit. Eine auf dem Besen reitende Hexe hängt vom blinkenden Weihnachtsbaum, Prisco steht daneben und schaut zu Giulio hinter dem Tresen hinauf. Warte einen Augenblick, ich hol dir etwas, wenn die heiße Schokolade für die signorina fertig ist. Januar, draußen dunkel und kalt, Giulio fährt die signorina nach Santa Severa, er kann sie doch nicht durch die Nacht zur Bushaltestelle laufen und dort warten lassen, bis der Bus kommt, und die sind ja nie pünktlich. Anubis Vel Enrico Prisco geht zur Ruinensiedlung zurück. Die Ohren bis in die Spitzen aufgestellt, er muss hören, wo sie sind. Die Wildschweine, die dabei sind, den Boden nach Wurzeln, Knollen und keimenden Eicheln zu durchwühlen.

Januar, jetzt wird alles besser. Es kommt ein wunderbares Jahr. Es kommen wunderbare Jahre. Wir werden am Ufer der Werde entlangspazieren, wenn der Weg nicht mehr so schlammig ist, vielleicht Ende März schon, und es werden keine Worte nötig sein. Spätestens Anfang April werden wir da entlangspazieren. Wenn es nur schon Mai wäre. Aber Januar ist auch gut, vielleicht besser, wir haben das Wunderbare noch vor uns. Ich werde journalistisch tätig sein, kann man auch als Ehefrau. Ich werde mich in diesen Kreisen locker bewegen, am Rand eines Swimmingpools mit einem grünen Getränk in der Hand. Ellie, es ist Januar. Der Nebel hat sich verdichtet und ist gelblich grau geworden. Es riecht nach Rauch, die Leute verbrennen ihre Weihnachtsbäume. Dreikönigstag, Ellie. Sie hört es nicht, sie hört Do You Really Want to Hurt Me, tanzt dazu, versucht mitzusingen. Ach je, ihr schlechtes Gehör, aber macht nichts, niemand sieht's, niemand hört's, und bald blüht sie ja auf. Journalistin des Jahres auf dem Podium, mit dem perfekten Gehör fürs richtige Wort zur richtigen Zeit. Januar, Ellie, es blüht nichts, hattest du nicht vor, mit dem Vergrößerungsglas Schneekristalle anzuschauen und sie abzuzeichnen? Das war letztes Jahr und war so ein Januar, dass die Dinge rasch keinen Sinn hatten, einen Kristall, der einer sechsblätterigen Blüte glich, angeschaut und gleich wieder aufgehört, weil er schmolz, weil man für mehr nicht die Energie hatte, weil man darauf wartete, dass einer anrief, von dem man wusste, dass er nicht anrufen würde. Und jetzt bist du mit diesem Horst verlobt, gratuliere. Ja, jetzt kommen wunderbare Zeiten, wir werden an der Werde entlangspazieren und uns auf dem Aussichtsturm umarmen, und verschiedene Waldspaziergänger werden das von verschiedenen Seiten sehen. Sie werden sagen, jetzt hat sie ihren Steinbach doch noch gekriegt, diesmal den jüngeren, der bei aller Verrücktheit vielleicht der bessere ist, die Ellie jedenfalls ist wie verwandelt. Die beredte Ellie mit dem grünen Getränk in der Hand. Ellie, es ist Januar, bei Gromnbuchs ist der Swimmingpool mit einer schwarzen Plane bedeckt, bei Mülders mit Holzplanken. Aber es ist ein schöner Monat, wir haben noch alles vor uns, und was hinter uns ist, sehen wir auch, zum Beispiel die Jahre als Hilfskraft im Zirkus Bogen. Was machtest du da, Ellie? Die Sommer waren nass und kalt. Was machtest du da, Ellie? Bei den Pferden und den Kamelen helfen, manchmal beim Aufstellen der Gerüste. Was hattest du da verloren? Weiß ich jetzt nicht mehr. Weiß Ellie jetzt nicht mehr, an solchen Wintertagen dringt der Nebel in die Ställe ein, das ist jetzt nichts mehr, nichts mehr für Ellie. Jetzt kommen fantastische Zeiten. Mit siebenundzwanzig schon Journalistin des Jahres, kein Wunder bei dieser Beredtheit, die Feier vom Fernsehen übertragen, und so auch Angebote vom Film, mit diesen grünen Augen, diesem kastanienbraunen Haar. Januar, Ellie, alles ist weiß, in der Nacht hat es geschneit, der Winter ist lang. Eine Amsel sitzt aufgeplustert auf einem Drahtzaun. Weiß ich, kenne die Amsel von anderen Januaren her, war auch mal ihre Cousine. Was warst du? Nein, nichts, jetzt wird ja alles anders, ich schreibe meinen Lebenslauf, es ist Zeit anzufangen, nur noch drei Jahre bis siebenundzwanzig. Elisabeth Vorstert, geboren und Volksschule in Werdenburg, zweitbestes Abitur in Aunklamm, verlobt mit Horst Steinbach, Hochzeit im Mai dieses Jahres. Noch dreieinhalb Monate, lange Zeit, wenn sie nur schon käme. Und was ist mit dem Lebenslauf? Schon geschrieben, das ist er, der Lebenslauf. Stell die Musik ab, dann zeige ich dir, wie man einen Lebenslauf schreibt. Nein, nicht jetzt, das Telefon klingelt, das ist mein Verlobter, mein zukünftiger Mann, ab Mai. Ende Mai werden wir in Italien sein, ab Juni spazieren wir an der Werde entlang. Die Werde ist den Ufern nach gefroren, Ellie, in der Mitte treibt ein Weihnachtsbaum, Lametta hängt noch an den Zweigen. Wir werden mit den Kindern Weihnacht feiern, du wirst als Engel verkleidet sein, ich werde es ihnen erklären. Ellie. Januar. Jemand sagte doch, wie rasch die Feiertage vorbei sind. Ja, bald ist Februar und dann März, April, wenn es nur schon Mai wäre. Ellie, die Kinder haben auf dem Schulhof eine Eisbahn gemacht, sie nehmen Anlauf und gleiten darüber.

Tat Ellie als Schülerin auch. Einer der wenigen guten Momente einer verpfuschten Kindheit. Sagt sie. Zu mir. Zu mir sagt sie solche Dinge. Sie benutzt mich als Klagemauer, in eine Therapie würde sie nicht gehen. Wir kennen uns seit dem Kindergarten. Sie sagt, komm, Perlchen, wir machen einen Spaziergang an der Werde entlang. Im Winter ist die Werde dem Ufer nach gefroren. Ellie sagt, ihr Vater sei nie zu Hause gewesen, er habe etwas mit Frau Klessig gehabt. Sagt sie jedes Mal. Auch ich glaube, dass ihre Kindheit verpfuscht war. Aber jetzt ist sie glücklich. Jetzt hat sie doch noch ihren Steinbach gekriegt, wenn auch nicht den besseren, würde ich sagen. Horst ist zu depressiv und geizig. Bernhard ist viel offener und netter. Er ist schon Landrat. Aber wenn Ellie mit Horst glücklich wird, ist es auch recht. Ellie redete viel, als wir an der Werde entlangspazierten, lange, ich habe heute Muskelkater, auch in den Schultern. Ich habe Musikpädagogin abgeschlossen und möchte einige Jahre arbeiten, bevor ich heirate. Nächste Woche fahre ich zur Weiterbildung nach Wien. Ellie wird mir fehlen.

Januar. Hochnebel liegt über dem Land, den kleinen Stern abseits der Mitte dieser Galaxie haben wir seit gut zwei

Wochen nicht gesehen. Der Abwart hat die Eisbahn auf dem Schulhof mit der Kante einer Schaufel zerhackt, diese Rutscherei ist gefährlich. Trotzdem, Januar ist nicht der gefährlichste Monat. Das ist der August, wie wir wissen. Da lag doch Alfred mit den ganzen verstreuten Sandalen auf der via Tuscolana.

Ach, Alfred. Das Land ist öd und leer und riecht nach Sidol. Sie putzen das Weihnachtssilber. Ich bin zu Hause, sie haben mich eingefangen. Das ist das letzte Mal, dass ich über dich schreibe. Den Bestseller muss ich vergessen. Ich hätte zwar bis Mai Zeit. Die Viktoria hat mal ein Buch in weniger als zwei Monaten geschrieben. Es hat sich auch gut verkauft. Aber ich habe keine Lust mehr, das ist die Wahrheit. Ich weiß nicht mehr, wer das nächste Game gewinnen wird, du (4:2) oder Arturo (3:3). Es ist mir egal, das ist das Schlimme. Ich hätte nie gedacht, dass es mit mir so weit kommt. Die beste Zeit war in Z., würde ich sagen. Ich weit weg von dieser Arschfamilie, du weit weg von deiner Großmutter, Parteibonzin. Die ist ja jetzt auch tot. Es tut mir so leid, Alfred, dass wir uns in Frascati gestritten haben, und es war doch der Tag, als du mir das sagtest von der toten Großmutter und dass du Pilot bei der Alitalia werden willst. Pilot, Mann. Hattest du damals in Z. nie gesagt. Du wolltest doch Astronom werden. Studiertest diese Astronomiebücher auf Litauisch. Hattet ihr ja trotz Sozialismus, Astronomie. Die Sonne scheint für alle Leut. Scheißsatz, die Viktoria würde sagen, typischer Spießerspruch, aber für was Besseres habe ich keine Kraft mehr. Skilaufen war ja was vom Wenigen, das du nicht konntest, außer wenn wir auf den Sohlen die Wege runterrutschten. Wo du dem Geländewagen vor die Räder fielst. Zum Glück fuhr der langsam. Auch da war es Januar, minus fünfzehn Grad, wir froren uns den Arsch ab. Du spendiertest uns Grog in der Chesa R. Es tut mir so leid, dass wir uns in Frascati oben wegen einer Cola stritten. Und dass ich dich zwingen wollte, den geschminkten Marco Polo auszugeben. Tut mir echt leid, zum Glück hast du dich geweigert. Ich war eben völlig pleite, bin es auch jetzt in jeder Hinsicht. Lassen wir das. Der ganze Nebel ist heute von oben runtergekommen. Solange er oben war, sahst du unten wenigstens was. Jetzt siehst du nichts mehr. Es ist alles öd und leer. Wenn ich an den Frühling denken wollen würde, will ich aber nicht, könnte ich das gar nicht. Man kann nicht so extrapolieren. Das ganze leere Weiß da draußen, das wird nie was anderes sein als das leere Weiß. Das wird nicht Wiese mit Blumen drin und nicht blühender Birnbaum. Seine schwarzen Äste habe ich vorhin noch gesehen, aber jetzt sehe ich die auch nicht mehr. Die Scheißwerde zieht den Nebel an. Da oben in Z. war nie Nebel, weißt du noch, Mann? Arschkalt so im Januar, aber trotzdem viel Sonne. Wir konnten an der Außenwand der Höhi-Hütte sitzen, auf der Bank. Das Holz der Wand war warm. Du sagtest, im Sonnenkern sind es 15 Millionen Grad. Ich sagte, granatheiß, deswegen hat Marie Claire Granatohrringe an. Nicht sehr geistreich, aber ich wollte auch mal was sagen, damit sie mich wahrnimmt. Sie himmelte dich bei der Höhi-Hütte an. Ich glaube, die Granatohrringe hast du ihr geschenkt. Habt ihr nie zugegeben, aber ich sah schon, wie du gleich darauf schautest, als sie die Mütze auszog. Die Ohrringe waren rot und durchsichtig in der Sonne. Hast du vielleicht aus Litauen mitgebracht, Leute aus dem Sozialismus schmuggeln gern Familienschmuck raus. Die haben vielleicht deiner Großmutter gehört, die ist damit auf den Ball vor dem Sozialismus. Die funkelten im Kerzenlicht. Ich weiß nicht, warum ich das schreibe. Doch, ich weiß es. Man muss ehrlich sein, sagt Viktoria. Die Fakten müssen nicht immer stimmen, aber man muss ehrlich sein. Ich schreibe es, weil ich dich bei der Höhi-Hütte zum Teufel wünschte. Geh doch zu deiner Großmutter zurück, das dachte ich. Tut mir so leid, Alfred, Mann. Aber ich hätte die Marie Claire auch gern gehabt. Aber leider hätte ich den Schläger nicht gehoben, um sie zu grüßen, und Arturo lässt schon den Ball zum zweiten Aufschlag hüpfen. Auf dich musste sie fliegen, ganz klar. Wär ich auch an ihrer Stelle. Wollte das alles schreiben für den Bestseller. Damit anfangen, wie du im August mit verstreuten Sandalen auf der Tuscolana liegst, und dann Flashback. Aber ich habe nicht die Kraft. Die Marie Claire ist dann eh wieder weg, sie war ja nur ein Jahr da. Und dank dir habe ich dann Maddalena kennengelernt. Ich dachte, sie wäre die Frau meines Lebens. Denke es vielleicht immer noch. Aber lassen wir das, die Sache hat ja dann nur drei Wochen gedauert. Aber es war nicht schlecht in Rom zusammen, ich meine, du und ich. Ich verstehe zwar bis heute nicht, was mit dir los war. Schon in den letzten zwei Jahren in Z. war was los mit dir, als du immer mal nach C. runterfuhrst und diese Klamotten kauftest. Die durftest du nicht tragen in der Klasse, und in deiner normalen Kluft warst du ja auch immer der Tolle Turidis. Ich weiß gar nicht mehr, wer dir den Namen gab, die Specht oder der Danuser. Die Specht wahrscheinlich. Und dann zogst du dich um, und wir kifften im hohen Schnee hinter dem Pförtnerhaus. Weißt du noch, wie du dich mal rückwärts fallen ließt und ich dich rausziehen musste, weil du nicht mehr hochkamst. Da hattest du den weißen indischen Pyjama unter der Daunenjacke an. Weiß ich noch, weil du sagtest, schade habe ich die Jacke nicht ausgezogen, ich hätte verschwinden können, du (ich) hättest mich nicht gefunden, weiß in weiß. Da hast du noch immer mal geredet. In Rom dann fast nicht mehr. Was war los mit dir, Alfred? Mit nach Kathmandu wolltest du auch nicht. Wir saßen auf deiner Bude in der via in Selci, und auch da sagtest du, du willst verschwinden. Das war alles, sonst sagtest du nichts. Ich würde auch gern verschwinden. Ich wollte ja vor Weihnachten abhauen nach Zürich, aber es hat nicht funktioniert. Wenn du mal nicht zum Treffpunkt auf dem Platz kamst, klapperte ich die ganzen Bars von Monti ab. Ich hatte Angst, ich würde dich nie wiedersehen. Dann standest du wieder in der Bar im Pyjama, und ich Knallkopf heulte los. Da schriebst du auf eine Serviette, Weinen ist immer rückbezüglich. Habe die Serviette noch. Und du redetest auch, du sagtest, es ist ein guter Tag zum Sterben. Da war ich ganz erleichtert, das war ja unser Spruch in Z. oben gewesen, hinter dem Pförtnerhaus, als der Himmel so knallblau war und davor ein Strauch mit orangen Beeren, da sagten wir das. Weißt du noch, Alfred? Hier seh ich nicht mal mehr den Birnbaum, und der steht keine 8 m vor meinem Fenster. Bin eingesperrt. Ich habe als Kind mal versucht, ein Seil zu spannen zwischen meinem Fenster und dem Baum. Alfred, weißt du noch, wie wir die via Cavour überquerten und du sagtest, warum du nach Rom gekommen bist. Weil hier alle etwas verloren haben, sagtest du. Ja, stimmt, ich habe da auch viel mehr verloren als in diesem Scheißnest, wo ich geboren bin und wo du nicht mal die Hand vor den Augen siehst. Danke, dass du mir geschrieben hast, ich soll doch auch kommen, du seist schon da. Danke, Mann. Und du machtest mich dann sogar mit Maddalena bekannt, was immer daraus wurde, aber trotzdem. Damals studiertest du noch Astronomie, so eine Art Fernstudium zwischen Rom und Litauen. Dann sagst du in Frascati oben plötzlich, du willst Pilot werden bei der Alitalia. Das hat mich umgehauen. Ich weiß, wann Leute beginnen, komisches Zeug zu reden. Die einzige sympathische Person in meiner Familie, abgesehen von der Viktoria, aber die ist jetzt auch gegen mich und wie, war mein Großvater Grefearp, und der ist mit 66 gestorben. Egal, ich wollte nur sagen, wie leid es mir tut, dass wir uns in der Bar von Frascati und auf dem Heimweg stritten, das tut mir so leid, Mann, ich versteh's selber nicht. Ich werde mir eine drehen müssen und hinausgehen in den Scheißnebel, weil sie's hier drinnen gleich riechen. Weißt du noch, wie es in Z. oben auch mal Stunk gab, als der Huber den Spuren im Schnee folgte und plötzlich hinters Pförtnerhaus gewatet kam. Und Arturo und sechs andere sagten dann, sie kiffen auch, und ob sie jetzt uns alle von der Schule schmeißen wollen. Konnten sie nicht machen, und es war dank dir, dass sie alle mit uns solidarisch waren. Weil du der Tolle Turidis warst, und auch wegen deines Charmes. Die Specht flog ja auf dich wegen deines Charmes. Auf mich flog keiner, aber das störte mich nicht, ich versteh's ja, mit meiner ungeschlachten Art, wie der Huber sagte. Von dir sagte die Specht, Turidis könnte auch zum Film oder in die Politik, wenn er für beides nicht zu schade wäre. Wir wollten ja alle irgendwas werden, sogar ich, Grafiker, aber auch dazu habe ich keine Lust mehr. Zu Kahlmann geh ich nicht zurück. Es wird immer dunkler, wirklich, ich versteh's nicht, es ist erst drei Uhr, und der Nebel wird immer dunkler. Würde dir auch nicht gefallen. Ich weiß noch, wie du mal sagtest, komm, wir gehen runter zum Forum statt gleich auf die piazza in Monti, weil du da auf einer Bank sitzen wolltest, mit Blick auf die Ruinen. Wir saßen so da, du im weißen Pyjama, aber irgendwas glitzerte an dir, ein Schal mit Glitzer drin oder so was, ich weiß es nicht mehr. Wir schauten zu den beiden hohen Palmen rüber. Ach, Alfred, warum sind wir nicht mehr dort. So mit 22½ könnten wir noch dort sein, aber dann bist du auf der Tuscolana plötzlich ausgestiegen, und es war aus. Alfred, ich werde ewig nicht aufhören zu bereuen, was ich dir nachgerufen habe. Geh zum Teufel. Du musst mir auch nicht verzeihen, ich habe meine Strafe verdient. Ich muss mir eine rollen, zum Teufel mit meiner Arschfamilie, die wirklich gern zum Teufel gehen kann, die Viktoria voran. Zuerst sagt sie, die Ellie ist eine Witzfigur, dann legt sie mich mit dem fiesesten aller Tricks rein. Lassen wir das. Ich sollte hier raus, das Zeug ist stark, das ganze Zimmer riecht schon, aber was soll ich in dem dunklen Nebel. Wir haben ja nicht mal mehr einen Hund, weil der Brownie die Teppiche kaputt machte. Die Teppiche, kannst du dir das vorstellen. Seither wollen diese Spießer keinen Hund mehr. Weißt du, warum ich nicht abhauen kann? Nein, lassen wir das. Alfred, dir oder von dir will ich schreiben. Weißt du noch, wie wir am Abend auf den Gianicolo gestiegen sind, und der Himmel war weit oben. Man sah auch die Berge, und ich sagte, die sind nicht von dieser Welt. Du sagtest, red nicht wie Jim, das hast du (ich) von Jim. Jim ist ja in Kathmandu mit Arturo. Leider haben wir auch da gestritten, weißt du noch, weil du sagtest, fahr nicht hin, da hättest du zu viel verloren. War ja so deine Idee, von wegen etwas verloren haben. Hab ich schon geschrieben, glaube ich. Ich sagte, und du in deiner Hippiekluft? War falsch, weiß ich ja, Mann, man durfte nie was sagen, du bist ja deswegen mal rausgelaufen aus der Chesa

R., und wir mussten den Grog selber bezahlen. Und auf dem Gianicolo stiegst du plötzlich in den Bus, und ich konnte sehen, wo ich bleibe. Sehen, wo ich bleibe. War ja nicht leicht, Mann. Ist nicht leicht. Wart mal, wo bin ich, wo war ich. Moment. Hab das fenster aufgemacht zum lüften u der ganze scheißnebel kommt rein u ist kalt u riecht kalt. ich werde mir was holen hoffentlich mann. adjö horst, adjö alfred. wollte ja spätestens im frühling wieder runter nach rom will sagen februar haben sie ja schon frühling mit diesen ganzen bäumen und hier dieser ganze kalte nebel und der wird nicht weggehen. ich seh ja nicht mal den birnbaum und blühen wird der auch nicht ich kann nicht abhauen aus diesem scheißnebelland. mann das zeug ist stark u ich werde hier zu nebel erfrieren kann fast nicht mehr schreiben mit kalter hand januar mann ewig. hast ja du mal gesagt du mal weißt du noch der ewige januar weil die erde vor millionen jahren weiß jetzt nicht mehr wie viele weiß war. schnee und eis der weiße Planet. hast du gesagt weil du wusstest das alles aber nicht so ein klugscheißer wie der marius kennst du nicht egal mann ich muss aufhören ich meine die tüte ist zu stark u mache das fenster zu weil mir ist es ja egal aber das will ich noch aufschreiben.

Da bin ich wieder, halbwegs wieder beisammen. Es ist ganz dunkel geworden. Die Lehrer drehten ja wegen dir fast durch, Toller Turidis und das alles, aber fast kein Tag, wo nicht einer scheißwütend wurde, weil du zu spät kamst oder während des Unterrichts Tagesformen schriebst, weißt du noch. Schriebst jedem auf, wie er sich an dem Tag fühlte. Stimmte fast immer. Habe alle noch. Junger Elefant, kann gut durch den Wald hüpfen, er weiß aber nicht, wie er aussieht. Oder: Fisch unter 2 m Schnee. Ach, Alfred, so fühle ich mich auch jetzt und werde mich wahrscheinlich immer fühlen. Diese Tagesform werde ich nicht verlieren. Der Fisch unter dem Schnee. Wäre vielleicht ein Bestsellertitel, aber da wird ja nichts draus. Ich hätte vielleicht in kurzer Zeit (bis Mai) schreiben können, wie mich die Viktoria reingelegt hat. Zieht meistens und hätte sogar gestimmt. Ich hätte es für dich geschrieben. Für Alfred, das wäre die Widmung gewesen. Mann, vier Uhr, das Licht von meiner Lampe beleuchtet draußen eine weiße Wand. Grauenhaft. Ich weiß schon, wer da draußen steht und lacht. Unter der Maske, er lacht unter der Maske und heißt phersu, aber das braucht dich nicht zu kümmern, hinter mir ist der her. So wie die Viktoria, meine Tante. Ich hätte gar nichts erfinden müssen, das sind die besten Bestseller, nur vielleicht die Namen ändern. Und dann schreiben, wie die Viktoria (Name wäre geändert) im Dezember bei der Station Schleifheim vorgefahren kommt in ihrem Mini. Ist auch so ein Scheißtag, Schneeregen. Und ich sitze da drin im Wartesaal, weil es da schön warm ist, Ölofen. Und es riecht auch gut, weil ich nass reingekommen bin und mich an den Ofen gestellt habe und dazu eine Semmel gegessen. Und die ganzen Brösel fallen durchs Gitter oben in den Ofen rein, und es riecht nach geröstetem Brot. Alfred, du weißt gar nicht, wie nett das ist, wenn du da allein in der Station von Schleifheim hockst. Du hast mal die Teller vertauscht, weißt du noch, ganz rasch dem Raoul neben dir deinen Teller untergeschoben, und der hat nichts gemerkt und war doch so heikel. Hat nichts mit dem Ganzen zu tun, aber das ist ja noch nicht der Bestseller (wird es wahrscheinlich nie sein, weiß ich schon), da kann ich auch mal so was aufschreiben. Also, ich saß da im Wartesaal, und die Viktoria kommt rein und sagt, wonach riecht es hier. Das fand ich ganz schwach, erkennt nicht mal geröstetes Brot als Schriftstellerin. Und ich denke noch, die kommt, um mir zu helfen. Sie hat zwar auch schon Druck gemacht, ich solle nach Hause und das alles. Aber ich hätte nie gedacht, dass sie mich so verarscht. Kommt rein, setzt sich auf die Sitzbank und zündet sich eine Muratti an (Rauchverbot, aber das ist ihr egal). Die saß da und rauchte und sagte zuerst mal nichts. Ich müsste darauf eingehen, wie sie früher bei uns (Arschbruder und mir) im Kinderzimmer saß und rauchte und was alles abging zwischen ihr und meiner Mutter. Aber ich muss es bleiben lassen, ich habe nicht die Kraft für den richtigen Bestseller. Ich kann nur sagen, wie sie da in Schleifheim im Wartesaal saß und nach der ersten Muratti gleich eine zweite anzündete und sagte, sie müsse sich erst mal beruhigen. Dann sagte sie, ich sei der Einzige, mit dem man alles in allem reden kann. Sagte sie, und ich dachte noch, na, der tut es leid, dass sie Druck gemacht hat und mir auch die Miete für die Bude von Edy Schwarz nicht mehr zahlt. Aber dann redete sie von diesem clash, den sie in der Frühstückssendung im TV-Studio Herfrinn gehabt hat, mit Publikum. Mann, die Viktoria hat sich da mit einer angelegt. Die sagte, Frau Lamm scheint aber nicht so glücklich über Fragen aus dem Publikum. Und die Viktoria sagte, ja, genau, Fragen aus dem Publikum machen sie unglücklich, sie wisse dann gar nicht mehr, für wen sie schreibe. Vor laufender Kamera. Die mussten die Sendung abbrechen, so ein Geschrei wurde daraus. Viktoria rauchte eine Muratti nach der anderen, im Wartesaal, meine ich. Sie war total k.o. Sie kann sich in Deutschland ihre Karriere abschminken. Zum Glück sind ihre Bücher in andere Sprachen übersetzt, aber in Deutschland ist es aus. Ich rauchte auch eine von ihren Murattis und fragte, warum sie dann solchen Stuss rede. Sie sagte, es ist kein Stuss, es ist die Wahrheit. Mann, war die außer sich. Sie stand auf und glotzte in den Schneeregen hinaus, zwei volle Muratti lang. Zum Glück halten in Schleifheim fast keine Züge, es kam niemand rein. Was konnte ich tun, was hättest du getan? Ach, Alfred, weißt du noch, wie du die Marie Claire in den großen Schal wickeltest. Da oben bei der Höhi-Hütte, es war nicht so schönes Wetter wie an dem Tag mit dem Granat. Du hattest noch nicht deine outfits, und die Marie Claire war noch da. Klar musste sie auf dich fliegen, auch wenn es mein Schal war, aber das zählte nicht, so wie du sie da reinwickeltest. So wie du sie grüßtest zwischen dem 1. und dem 2. Aufschlag. Ich wollte ja eigentlich davon schreiben, habe ich schon gesagt. Ich habe nicht die Kraft dazu. Denn weißt du, was passierte im Wartesaal. Es passierte, dass ich sagte, weil mir sonst nichts anderes einfiel, dann schreib eben nicht mehr, wenn die Karriere geplatzt ist. Ich bereute es gleich und dachte, jetzt geht ein Geschrei los. An ihrer Stelle hätte ich wahrscheinlich rumgeschrien, du weißt ja, Mann, ach, es tut mir ja so leid wegen der Szene im Bus von Frascati. Das letzte Mal, dass ich dich sah. Sitze jetzt in dieser Scheißdunkelheit und sehe draußen nur das Licht von meiner Lampe auf dem Nebel. Nicht mal den Birnbaum, nicht mal den Ast, der auf mein Fenster zukommt. Kein Ast kommt durch den Nebel. Wäre auch kein schlechter Titel, aber lassen wir das. Weißt du, was sie machte? Nichts, sie machte nichts. Sie rauchte ihre Muratti weiter. Sie sagte, richtig, das werde ich tun. Aufhören zu schreiben. Ich dachte, ich spinne. Viktoria Lamm. Im September kriegte sie noch diesen dicken Preis, 20000 DM, und jetzt sagt sie, sie hört auf zu schreiben. Ich hatte es nicht ernst gemeint.

Sie schon. Sie wollte wirklich aufhören da im Wartesaal von Schleifheim. Paar Tage vor der Scheißweihnacht. Ich konnte nichts mehr sagen, ich konnte nicht sagen, doch, schreib weiter. Ich habe ja ihre Bücher nicht gelesen, nur ganz wenig davon, du kannst so was nicht sagen, wenn du die Bücher nicht gelesen hast. Haben mich nie interesssiert. Reisen auf ferne Inseln und die Hälfte erfunden. Entweder ganz erfunden oder gar nicht, würde ich sagen. Ich hätte es ja gern selbst probiert. Das ist der Punkt. Plötzlich sagt sie zum Fenster, wenn du (ich) schriftstellerische Ambitionen hast, kannst du ja mein neues Buch fertig schreiben. Die war wirklich total außer sich. Du kennst ja die Geschichte eh besser. Ich meine, das sagte sie zu mir. Was für eine Geschichte, ich schnallte nichts mehr. Ich kann dir jetzt nicht alles erklären, Mann, aber sie meinte die Geschichte von dem Dolch, den ich verloren habe, mein Scheißpech. Davon hat sie schon mal in der Zeitung geschrieben. Und jetzt machte sie ein Buch daraus. Der verlorene Dolch. Gefällt mir nicht, der Titel, aber das war nicht das Problem. Weißt du noch, wie wir zusammen mit Arif Alle Lieben von Bord lasen. Toller Titel, kein Wunder war's mal ein Bestseller. Die Viktoria und ich rauchten die ganzen Muratti, und dann sagte sie, komm mit. Nach Kirnher, wo sie wohnt, nahe bei Werdenburg. Es hätte mir ja schon was dämmern sollen. Ich hätte im Wartesaal mit Ölofen und Bröselgeruch bleiben sollen. Aber nein, raus in den Schneeregen, und ich seh gleich, dass der Mini Sommerreifen hat. Klar, dass es uns auf der Landstraße zwischen S. und W. aufs Feld rausschleuderte, so wie die Gas gibt. Damit könnte die Geschichte auch aufhören, so wie du auf der Tuscolana würden wir auf dem Feld liegen, die Viktoria und ich, und alles wäre im Flashback aus dem Jenseits erzählt, bestsellerverdächtig. Na ja, ich musste ihr helfen, den Mini aus dem Schlamm zu schieben, d.h. ich schob, sie gab Gas. Wenigstens kochte sie Spaghetti, als wir in Kirnher waren, Rotwein, wir drehten uns auch eine, um mich leichter reinzulegen. Der verlorene Dolch. Davon hätte sie gar nichts wissen sollen, ich habe hier niemandem gesagt, dass ich ihn verloren habe, aber sie wusste es und wollte nicht sagen woher. Also, ich solle alles erzählen, und sie wird die Geschichte ghostwriten, und das Buch erscheint unter meinem Namen, weil sie hat genug. Dabei ist sie erst 42. Hat aber schon 17 Bücher geschrieben, 8 davon Bestseller. Mann, wenn ich denke, dass ich wirklich anfing zu erzählen. Ich bin ja so was von blöd, der Marius hat recht. Erzähle ihr und ihrem Scheißrekorder. Nach nur einer halben Stunde sagt sie, mein Lieber, ich weiß, Erpressung ist Scheiße, aber ich kann nicht anders. Jetzt käme der tolle Stoff, wenn ich ihn schreiben würde. Mann, die ist heimlich mit T. Vorstert verlobt, der ist Onkel von jemandem, ist jetzt egal von wem. Wenn ich diese jemand nicht heirate, platzt ihre Verlobung, und jetzt, wo ihre Karriere geplatzt ist, kann sie sich das nicht leisten. Der T. Vorstert ist eh schon stinksauer wegen dem ganzen Hin und Her mit uns Steinbachs (müsste ich dir erklären, aber lassen wir das). Jetzt also sagt sie, sie muss mich leider erpressen mit der Aufnahme. Wer den Dolch verloren hat, muss dem, der ihn gegeben hat, den Unterhalt bezahlen oder ihn je nachdem heiraten. Sonst hat die Familie des Gebers das Recht, den Dolchverlierer kaltzumachen. Mann, so ein mittelalterlicher Quatsch. Sagte ich ihr auch, und sie war einverstanden. Aber der alte Vorstert (Großvater) ist fähig dazu, sagte sie. Kein Wort stimmt, das habe ich inzwischen rausgefunden. Niemand will jemanden kaltmachen (Titel?), sie hatte nur Schiss, dass ihr der T. Vorstert davonschwimmt mit seinem Geld (Kugellager), weil der ist wirklich stinksauer. Die Viktoria hat ja eigentlich selber genug Kohle von ihren Büchern, aber du hast doch mal in der Chesa R. ringsum an den Rand eines Bierdeckels geschrieben: Geld ist eine Kernspaltungsreaktion. Hab ich, den Deckel. Du sagtest, das ist eine Kettenreaktion von einem Geld zum andern. Wenn man welches hat, kann man nicht anders, als noch mehr wollen, physikalisches Gesetz. Und ich sitze hier in diesem Scheißjanuarnebel und null physikalisches Gesetz. Diese Spießer geben mir nichts, damit ich nicht abhauen kann. Wenn ich denke, dass ich in Kathmandu sein könnte. Ich muss mit denen essen, zweimal am Tag. Du kannst dir gar nicht vorstellen, wie öd das ist. Entweder sie hecheln andere Leute durch und meine Mutter ist immer mal beleidigt, weil jemand was Falsches gesagt oder sie nicht gegrüßt hat, oder sie schauen fern, völlig verdepperte Sendungen mit Promis oder Rätselraten. Mein Arschbruder nicht, der ist in Schörbin Landrat. Der ist fein raus, und ich verdanke den ganzen Scheiß ihm. Und kann nicht abhauen, weil ich null Geld habe. Du weißt ja, wie das ist, du hattest ja auch keins mehr, weil deine Großmutter tot war. Ach, Mann, das tut mir so leid, dass wir uns wegen ein paar dämlicher Lire gestritten haben. Ich hatte halt auch nichts. Kein Geld ist vielleicht auch eine Kettenreaktion. Ich weiß es nicht, und es ist auch egal, so wie ich hier in diesem Nebel sitze, weil mich die Viktoria verarscht hat. Die ist teuflisch, Mann, schlimmer als der phersu. Ich versteh auch nicht, wie ich auf den Quatsch vom Kaltmachen reinfallen konnte. Dass sie den Vorsterts die Aufnahme gibt und mich dann der alte Vorstert kaltmacht. Kaltmachen, was ist das für ein Blödsinn, sagte der, als ich ihn bei einem Anlass darauf ansprach. Lassen wir den Anlass. Jedenfalls wurde ich höllisch wütend, war es eh schon, und obendrein waren die Wände rot. Wie hatte ich so reinfallen können. Ich könnte heulen und werde es wahrscheinlich auch. Der Steinbach ist so empfindsam, sagte doch der Danuser, als wir dieses Gedicht lasen von einer, die im Morgenrot umkommt, und ich weinte und ihr lachtet. Aber wenn man sich so verarschen lässt, ist das wirklich zum Heulen. Da war ja auch die Trixi, die wirklich umgekommen ist bzw. gestorben am 10. Dezember. Eine Freundin von mir. Ich war auch deswegen nicht auf der Höhe (meine Höhe, na ja, ich weiß schon). So wie die plötzlich von einem Tag auf den andern nicht mehr da war. Sie wollten sie ja noch einmal operieren, damit sie wieder richtig laufen und vielleicht auch tanzen konnte. Am 9. bringe ich ihr den hellblauen Flauschpullover ins Krankenhaus, den sie haben will, und nie hätte ich gedacht, dass Vanth neben mir herläuft. Vanth, Todesdämonin. Die steht ja schon neben dir an der Grundlinie und wartet mit dir auf Arturos Aufschlag. Und dann steht sie auch auf der Tuscolana zwischen deinen verstreuten Sandalen. Damit wollte ich anfangen, aber schreiben werde ich wahrscheinlich nie mehr. Ich weiß nicht, was aus mir wird. Ich wollte ja bis 30 rumreisen. Wir sprachen davon in der Chesa R., weißt du noch? An dem Nachmittag, als du dem Geländewagen vor die Räder rutschtest. Warum es schade wäre, jetzt schon zu sterben. Wir tranken Calanda Bräu, und jeder sagte warum. Wir waren ja auch viel jünger, 18. Jim sagte, er geht zunächst mal nach Kathmandu, schreibt da Reportagen. Da ist er ja auch hin. Flösch sagte, mit 28 übernimmt er das Hotel von seinem Vater, die ganzen Jahre bis dann reist er durch Amerika und arbeitet auch ein paar Jahre als

Praktikant im Hotel seines Onkels in Quito. Weißt du noch? Du sagtest, du studierst Astrophysik in Zürich und ab 24 am MIT in Massachusetts. Da warst du noch voll im Schwung und nicht so ein Halbstudent in komischer Kluft in der via in Selci. Mann, wenn ich wüsste, was da mit dir los war. Ich sagte in der Chesa R., ich weiß nicht, was wird, aber nach Werdenburg geh ich nicht zurück, das ist sicher. Ich kann ja fürs Erste Tellerwäscher werden oder Praktikant im Hotel vom Vater von Flösch. Da war ich ja dann auch, Türsteher in Edelklamotten, bis sie mich wieder mal reinlegten. Angeblich Auszahlung von einem Teil des Erbes, aber dann brauchte mein Vater das Geld selbst, weil was krummgelaufen war. Bin dann bei Gelegenheit abgehauen nach Rom. Dank Viktoria, da half sie mir noch. Und dank dir. Ich wollte ja dann weiter nach Kathmandu zu Jim, Arturo war auch schon da. Ach, Mann, so ein Riesenscheiß. Ich weiß nicht weiter. Aber bevor ich mich in die Werde werfe oder so etwas, haue ich vielleicht doch noch ab. Drei Schritte vom Haus weg, und ich bin unsichtbar in diesem Nebel. Auch zu Fuß auf der Landstraße unsichtbar. Wir haben oft Nebel im Januar. Da komm ich vielleicht ganz schön weit, bin im Februar vielleicht schon an der Schweizer Grenze.

Ja, aber noch ist es Januar. Ein Spätjanuarnachmittag, die Sonne scheint, die Tageslänge beträgt jetzt achteinhalb Stunden. Du gehst durch die Karlheinz-Hirmer-Straße und denkst nicht an den Frühling, denn das wäre zu wenig gesagt. Du fühlst seine Präsenz voraus, bewegst dich in seiner Vorauspräsenz. Warm ist es nicht, unter null, Schnee knirscht unter deinen Moonboots. In Alckers Garten hängt immer noch der Baumschmuck an der verschneiten kleinen Tanne. Aber das Licht, rötlich violett, weitet sich nach oben aus. Die Welt wird sich verändern, du fühlst es. Der Schnee wird schmelzen, und Alckers werden endlich den Baumschmuck abnehmen, und die ganze Welt, ja, vielleicht das ganze Universum, wird der Ort sein, für den du geboren bist. Der Frühling wird der Name dafür sein, dass du dich mit einer bisher nur geahnten Vertrautheit durch die Gegend bewegst, die ihrerseits mit dir schon immer vertraut war, wie du jetzt merkst. Sie weiß, wer du bist und wo du bist, und du weißt, wie sie ist und wo sie ist. Der Forsythienstrauch neben Schöbings Zimmerei zum Beispiel wird auch im interstellaren Raum neben dem blauen Planeten stehen und blühen. Er wird von den verschiedensten Punkten dieser Galaxie aus sichtbar sein, wahrscheinlich auch von anderen Galaxien aus. Gilt auch für die Amsel auf einer der Ulmen in dieser Karlheinz-Hirmer-Straße. Sie wird zwar nicht sichtbar sein, aber hörbar im ganzen intergalaktischen Raum. Du bist da zu Hause. Unter zahlreichen Sonnen wirst du deinen Frühlingsspaziergang an der Werde entlang machen, bis Alpha Centauri, wo immer dieser cluster von Schlüsselblumen ist. Peter Röder wird auf seinem Moped an dir vorbeifahren, obwohl man auf diesem Fußweg nicht Moped fahren darf, aber er wird rasch an den bekannten Sternbildern vorbei sein und da vorn weiterfahren, hinter dem sich ausdehnenden Rand des Universums her, in seinem von den Sonnen durchwärmten hellblauen Hemd. Beim Vorbeifahren wird er dir zuwinken, und du wirst ohne die geringste Verlegenheit zurückwinken. So werden die Dinge sein, und so werden sie bleiben, weil sie immer so sind. Klar, dass du dich darauf freust an diesem Spätjanuarnachmittag unter dem sich rötlich violett nach oben weitenden Himmel.

Januar, Flösch hat den Computer, Apple III, 128 kB, den er zu Weihnachten bekommen hat, schon voll im Griff. Große Sache, kannst einen Brief schreiben und sechzehnmal drucken. Einen Drucker hat Flösch nicht, das Ding war schon so teuer genug, aber er kennt jemanden, der einen hat.

Hallo, das ist ein Rundbrief an alle von der 6B!

Wir müssen feiern! 5 von uns haben die Ausbildung abgeschlossen: Tenny das Soziologiestudium, Meinrad und Hanshans den Sekundarlehrer, Claude die Uhrmacherlehre und ich die Hotelfachschule! Bevor viele von uns vor dem Einstieg ins Berufsleben zu Reisen aufbrechen, müssen wir uns sehen! Wie in alter Zeit!
Ich schlage vor: im Februar in den Sportferien in der Schule oben, wo wir in den alten Zimmern übernachten können. Das habe ich mit Herrn Brunetti schon abgeklärt. Er wäre einverstanden, dass wir am Wochenende 12.–14. Februar dort übernachten. Wir müssen einfach Schlafsack und Handtücher mitbringen, weil er uns keine Wäsche zur Verfügung stellen kann.
Kommt möglichst alle! Wer die Skiausrüstung nicht mitbringen kann/will, kann sie bei Caduff mieten für einen reduzierten Preis. Das habe ich auch schon abgeklärt.
Wir könnten ein tolles Skiwochenende mit genauso tollem Après-Ski machen. Thierry, Alfred und Dobi, die nicht Ski fahren, können zur Höhi-Hütte hinauf, wo die rote Piste vorbeikommt. Da können wir uns schon zu einem 1. Apéro treffen.
Für einige von euch ist die Anreise weit, aber es lohnt

sich! Es wäre ganz toll, wenn wir alle 17 dabeisein könnten, aber leider sind Jim und Arturo in Kathmandu. Wir werden auf sie anstoßen!
Ich werde auch Danuser, die Fischer und die Specht anschreiben, ob sie am Samstagabend mitkommen zum Fondue.
Bitte Anmeldungen per Brief oder Telefon an mich bis zum 1. Februar.
Euer Flösch

Ende Januar. Es regnet. Ellie ist erkältet. Sie kann nur mit offenem Mund atmen, alles voller Schleim, ekelhaft, im Bett muss sie auf einer Seite liegen und warten, bis der Schleim in die untere Nasenhöhle geflossen ist. Wenn sie sich auf die andere Seite dreht, fängt es wieder von vorn an. Und dieser Druck im Kopf. Lesen geht nicht. Sie liegt da und starrt in den grauen Himmel und fühlt sich klaustrophobisch, weil es nicht vorwärtsgeht. Wie viele Sekunden, Stunden, Tage noch vergehen müssen bis Mai. Ellie ringt nach Luft. Jeder Atemzug tut weh, ihr ist kalt. Und immer noch Winter. Der alte Winter. Er liegt zwischen kahlen Buchen am Berghang und gibt Töne von sich. Wie meinst du das, Ellie? Ja, Töne, ein Lied. Er spielt das Lied von sich selbst, das Lied vom alten Winter. Dazu wird getanzt. Eine große Tigerkatze steht auf den Hinterbeinen und tanzt mit einer Dame mit Smaragden im Haar. Die Katze verneigt sich vor der Dame. Ellie, du hast Fieber, nimm ein Aspirin ein. Ja, aber da ist keins, niemand hat etwas gebracht. Wo ist Hortensia, wo sind alle? Sie sind nicht da. Oder, denkt Ellie, ich bin nicht da. Es ist ein Januarabend vor meiner Geburt. Der Abend ist so wie die letzten Abende vor meiner Geburt. Deshalb ist es der alte Winter. Ein alter Abend.

Die alten Abende waren schöner, weil ich nicht da war. Es war ja vielleicht keine gute Idee, geboren zu werden. Alles ist keine gute Idee. Alles Falten, die man mit zwei Fingern in eine ausgelegte schwarze Brokatdecke macht. Zieht man an der Decke, sind die Falten gleich weg. So ist das Leben, so ist mein Leben.

Januar. Zwei Vögel stehen auf der Straße, beide von derselben Art, beide mit dunkelgrauem, lila und grün irisierendem Halsgefieder, aber verschieden gemustert. Der eine hat zwei schwarze Querstreifen an den hellgrauen Flügeln, die Flügelspitzen und die Schwanzfedern sind dunkelgrau, die Enden der Schwanzfedern fast schwarz. Der andere hat dunkelgrau und hellgrau gesprenkelte Flügel, die Flügelspitzen sind anthrazitgrau. An den Schwanzfedern ein schwarzer Streifen, die äußersten Spitzen hellgrau. Diese Vögel scheinen auf etwas zu warten. Vielleicht darauf, dass dieser kalte Monat vorbeigeht.

Und jetzt ist der Monat tatsächlich zu Ende. Es ist sein letzter Tag. Marius drückt auf den Halteknopf und steigt aus dem Bus. Sieht er den blühenden Mimosenbaum bei der Haltestelle? Nein. Er ist wütend. Hat man ihm denn nicht vor der Salumeria Vanni, wo er sich ein panino, prosciutto crudo e carciofini sott'olio, machen ließ, den Stock, den mit der doppelten Krümmung, aber mit den beiden Enden auf derselben Achse, den lituus, oder wie immer man ihn nennen mag, gestohlen. Gestohlen. Und ich Idiot lasse ihn da draußen stehen, an die Hauswand gelehnt. Aber wer käme schon auf die Idee, dass jemand so etwas stiehlt. Schleppe ihn von hier nach Zürich und von Zürich wieder hierher, auf dem Rückweg sogar mit Umsteigen in Arth-Goldau, außer Fahrplan, weil mit dem Zürcher Zug etwas nicht stimmt, und nach alledem lasse ich ihn mir stehlen. Ich könnte, ja, müsste mich ohrfeigen. Ich hätte ihn doch auch gegen die Ladentheke lehnen können, während ich im Portemonnaie nach den dreitausend Lire suchte.

Und jetzt muss sich Marius nach einem Ersatz umsehen. Hier in Testaccio soll es einen Laden geben, der noch altmodische Wanderstöcke verkauft. So einen wie den im Wald, unter dem vorjährigen Kastanienlaub, zusammen mit der bestimmt schon halb vermoderten Tasche mit den bestimmt schon ganz vermoderten Notizen darin.

Am besten wär's ja, gleich da hinauszufahren und einen Stock zu suchen, einen doppelt gekrümmten, mit den beiden Enden auf derselben Achse.

So einer muss es sein?

Ja.

Das ist nicht realistisch. Der Weg in den Wald ist ein einziger Sumpf, das vom Wegbord abfließende Wasser hat sich hier gesammelt, im Wald selbst ein Matsch von nassen Blättern, das hat keinen Sinn, Marius. Hätte schon, denkt Marius, aber um den richtigen zu suchen, braucht es zuerst den falschen Stock. Ah, der richtige Stock. Hat nicht sein neuer Professor, Carlo Vede, Sapienza, Rom, als Erstes gesagt, ecco, Nanten mit seinem Stock, auf den Besuch eines Zen-Mönchs warte ich schon lange. Ja, hat er gesagt, und ein Mädchen mit schönen Augenbrauen, fragte eines Abends auf der piazza Repubblica, ob das ein Hirtenstab und wo die Herde sei, als Marius dastand. Warum er dastand? Man wird, nicht wahr, noch auf der piazza Repubblica stehen dürfen. Das Mädchen hieß Antonella. Meine

Schwester heißt fast gleich, Antonia. Würde mir gefallen, ich habe es nur zum Diminutiv gebracht. Soll man jetzt sagen, ich liebe Diminutive? Nein, Marius lügt nie, wie wir wissen. Wie gut, sagt das Mädchen, dass du nicht sagst, du liebst Diminutive, ich hasse die Rituale der Verführung. Du mit deinem Hirtenstab bist wahrscheinlich anders. Und du, Antonella? Ich auch, alle sagen es. Dann komm mit.

Mit Antonellas Lambretta über die via Nazionale und die via 4 Novembre hinunter bis zur piazza Venezia, rechts über die piazza SS. Apostoli bis zur Pensione Santa Marta. Die Zeit ist kurz, um neun öffnet das Schuhgeschäft auf der Casilina, wo Antonella arbeitet, und sie fährt nicht im Morgenverkehr da hinaus, wenn sie schon nur einen Häuserblock vom Geschäft entfernt wohnt, aber immerhin, der Januarabend mit Antonella und dem Stock. Ach, der Stock.

Es hätte ein schöner Vorfrühling werden können, der Stock und Marius hätten Antonella ausfindig gemacht, Casilina, Schuhgeschäft, Häuserblock, sie hätten sie schon gefunden. Finde mich, dann geht es weiter, hat Antonella um zwei Uhr gesagt, als sie den Motor anließ. Gib mir noch einen Hinweis, die Casilina ist lang. Frag deinen Stock.

Und heute, letzter Januartag, steht Marius mit einer Krücke auf der piazza Venezia. Von Testaccio zurück. Mit einer Krücke, verdammt noch mal. Das ist alles, was sie im Laden in Testaccio hatten. Gehen wir halt damit nach Monti hinauf. Nicht in die Bar mit dem lausigen Kaffee, sondern zu Bianconi, pizza al taglio, supplì, arancini, calzoni, crocchette. Eine Schnitte pizza alla marinara an einem Stehtisch in angenehmer Wärme. Bianconi behauptet, er habe hinten einen richtigen Ofen, mit Holz, mit Feuer. Ja, Januar, aber denken wir jetzt keinen Unsinn, er hat den

Stock bestimmt nicht gestohlen, um ihn zu verfeuern. Das wäre so ein Wintermärchen, von Zauberstöcken, die den ganzen Winter brennen, erfunden vor Zeiten, um den Leuten Hoffnung zu machen, während die Luft nach Ruß riecht, und sie, wer?, der Feind natürlich, das Vieh weggetrieben, die Frauen mitgenommen haben und nichts mehr da ist und Leute steifgefroren auf den Feldern liegen und im März die Krähen am Feldrand vergebens auf die Aussaat warten werden.

Aber bis März geht es noch lange, denkt Marius am Stehtisch, wo er seine Schnitte pizza Margherita isst, mit dem ganzen Februar vor sich, der ja jetzt kein vielversprechender Vorfrühling mehr sein wird, so ohne den richtigen Stock, mögen auch meinetwegen die Mandelbäume blühen, sondern ein dummes Spießrutenlaufen. Spießrutenlaufen? Na gut, nicht Spießrutenlaufen, aber wer spricht schon einen mit Krücke an. Und ich werde nicht dazu kommen hinauszufahren, um einen neuen Stock zu holen, nicht im Februar, wie schon gesagt.

Was heißt, wie schon gesagt? Marius hat nichts davon gesagt, jedenfalls nicht uns. Vielleicht in einem anderen Leben? Ja genau, in einem parallelen Leben, das man von entfernteren Punkten des Weltalls sehen kann, zum Beispiel vom vierhundert Lichtjahre entfernten GQ Lupi. Aus der Nähe, sagen wir, vom Mond aus, sieht man nur diesen Marius, wie er auf dem blauen Planeten auf seiner sich allmählich der Sonne zuneigenden Nordhalbkugel in Bianconis Laden zur Pizzaschnitte ein Bier aus dem Kühler holt.

Februar. Zwei Buchenäste reiben sich knirschend aneinander, Vanth streift ahnungsvoll das Land, aber doch sind die meisten noch am Leben. Vel mit den vielen, aber nicht zu vielen, zweiundvierzig, spitzen Zähnen, knurrt. Aber nicht wegen Vanth, die ist da weiter nordöstlich im Wald oben. Jemand ist von der Landstraße abgebogen und kommt durch den Wald auf die Ruinensiedlung zu. Könnte einer der Jäger sein. Pippo Ceci mit Argo oder Nando Pediconi. Vels Wintermissvergnügen, diese drei, fast immer sie, nur einmal war es Saturno Allegrotti, der hier eine Blechschachtel liegen ließ. Nach Käse riechend, aber leer. Wer immer es ist, der Pippo mit Argo, der Nando, der Saturno, weg hier. Nein, lauf nicht weg, Vel Anubis Prisco Enrico. Doch, er läuft weg. Den Hang hinauf, in die Deckung dichter kahler Ginsterbüsche.

Februar, für uns Etrusker der letzte Monat. Februus, sein Gott, ist auch da oben im Wald und sucht Vanth. Sie soll etwas für ihn tun in diesem Monat des Todes und der Läuterung, wir Etrusker müssen zusammenarbeiten. Aber Vanth denkt nicht daran, sich ihrem Gott zu präsentieren. Schief lächelnd betrachtet sie den Dolch, den sie aus dem Eichenstamm gezogen hat, in den ihn der phersu vor Zeiten gesteckt hat. Ihr soll er nicht mit solchen Zeichen kommen, sie weiß selber, wer wann wo. Auch der phersu ist da, selbstverständlich, mit dem Molosser an der langen Leine, die sich in keine Stechwinde, keine Brombeerranke, keinen Mäusedornstrauch verheddert. Der Molosser folgt den Spuren von Waldmäusen kreuz und quer und ungehindert. Er muss nur sehen, dass er sich selbst nicht in der Leine verfängt, aber er steigt erstaunlich geschickt immer wieder darüber. Geh da jetzt nicht hinauf, Vel, selbst wenn du dich hier unten vor den Jägern fürchtest. Die sind nichts gegen die Götter da oben, bleib hier, unter diesen Ginsterbüschen.

Februar, da oben ist jetzt auch Tuchulcha, bei dessen Anblick sogar Vanth das Lächeln gefriert. Und Feronia, gegen die man nicht viel sagen kann, außer dass sie überall ist, auf der Flucht vor Sethlans, der sie sucht und dauernd findet. Fufluns sucht Culsu und ist im Gegensatz zum geschickten Molosser über die Leine gestolpert und hingeknallt wie Horst, wenn auch ohne dabei etwas zu verlieren. Halt dich fern, Vel, sein Gelächter würde dich täuschen, er ist sehr sauer, und diesem phersu und diesem Molosser will er's noch heimzahlen. Halt dich fern, bleib unter den Ginsterbüschen, oder geh zurück zur Ruinensiedlung, du wirst gleich sehen, wer da kommt. Aber Vel rührt sich nicht, liegt auf dem Bauch, den dreieckigen Kopf auf den ausgestreckten Vorderläufen, die Ohren aufgestellt, wenn auch nicht bis in die Spitzen. Erwartungshaltung, nicht Fluchtbereitschaft, der scheint zu ahnen, wer da kommt. Warum gehst du dann nicht hinunter, Vel? Aber so ein Hund ist nicht unfehlbar, man soll nicht meinen, jeder Geruch bringe völlige Gewissheit, sondern bedenken, was sich alles in die Luftströmungen mischt, der Geruch der nachts von den Wildschweinen aufgewühlten Erde, der zerrissenen Wurzeln, der zertretenen Mäusedornbeeren, und die Strömungen drehen auch dauernd und bringen seltsame Dinge mit, den Geruch von erhitzten, parfümierten Flügeln und den Geruch von einer um einen Arm gewundenen Schlange und vom Schweiß an diesem Arm unter dem Schlangenkörper. Also besser abwarten. Die Ohren bewegen, einmal synchron, einmal im Gegentakt. Die trockenen dünnen Zweige des Ginsters rasseln im leichten Wind.

Februar, der zweite Monat im Land, wir müssen ja nicht die Zeitrechnung von denen da oben übernehmen. Der zweite Tag dieses zweiten Monats, in dem Marius nicht herkommen kann. Hat er gesagt. Hat gemeint, wir wüssten warum nicht. Tun wir nicht, aber das wissen wir, dass er nicht herkommen kann. Wenn er doch kommt, müssten wir wieder die parallelen Leben bemühen. So wie er in seinem parallelen Leben schon gesagt hat, warum er im Februar nicht kommen kann, so kommt er jetzt in diesem Leben, der Parallele der Parallele, doch. Kompliziert, und man könnte einfach sagen, dass sich auch Marius nicht immer an seine Vorhaben hält. Außerdem muss es gar nicht Marius sein, der da kommt, viel plausibler wäre, dass es Maddalena ist, die ihren im Januar hier zwischen den Ruinen liegen gelassenen Spaten holen kommt, bevor das Team wieder da ist und sie auffliegt. Das im Stiel eingeritzte M.M. Castaldi versteht in solchen Dingen keinen Spaß, non scherza. Ja, vielleicht Maddalena, Rosinen, Sesamriegel, Hundebiskuits. Vel stemmt sich auf die Vorderläufe hoch, sitzt mit zitterndem, ansatzweise wedelndem Schwanz. Wenn nur dieser schauderhafte Galgant-Styrax-Baldriangeruch nicht wäre, mit dem sich da oben jemand die Flügel bestrichen hat, heute, am zweiten Februar, dem Tag der Tage. Tag der Tage, wer sagt das?

Niemand, aber so wie die da oben kreuz und quer durch den Wald laufen, ist es dieser Tag. Mantu und Mania sind auch da, sind herbeigeeilt, um Fufluns aufzuhelfen, der wieder über die Leine gestolpert ist. Er brüllt, dass sie ihn nicht berühren sollen. Den Dolch hat jetzt Northia. Vanth hat ihn verächtlich lächelnd auf die Stelle geworfen, wohin er in der Augustnacht aus Horsts Umhängetasche geflogen war. Auch Northia wird ihn wieder wegwerfen, wieder auf dieselbe Stelle. So ein Tag ist das.

Verlass die Deckung des Ginsters, Vel, geh hinunter zwischen die Ruinen, da bist du sicherer. Nein, Vel steht mit angespanntem Körper wie angenagelt. Nur das ansatzweise Wedeln. Rosinen, Sesamriegel, Hundebiskuits. Das wäre Maddalena, vielleicht zusammen mit Davide. Was für einem Davide? Ihrem neuen Freund. Davide hat heute Zeit, ab morgen sind sie auf Tour in der Provinz Rieti, er könnte mitkommen und den Hund holen. Den Hund? Ja, den Enrico Prisco. Was will er mit dem Hund? Nach Monterotondo bringen, zu einer Familie. Davide ist Tierschützer? Ja. Na schön, aber von Anubis Vel Enrico Prisco, dem König des weiten Landes, in das man von der Felsnase hinaussieht, soll er die Finger lassen. Der kommt höchstens mit nach Werdenburg. Mann, wenn ich den Dolch da finde, nehm ich auch Vel mit, der soll mitkommen und Zeuge sein, wie ich den Dolch der Ellie zurückgebe, und dann Adjö, dann trampen wir, Vel und ich, wieder nach Rom, diesmal für immer, und vielleicht sogar nach Kathmandu.

Aber jetzt ist erst der zweite Februar, und jemand kommt da des Wegs. Jemand, dem Vel zögernd entgegenwedelt. Er steht über der Felswand, unten die Gesteinsbrocken, die Ruinen der einstmals so praktisch an die Wand angebauten Häuser. Jetzt tritt jemand aus dem Wald. Ecco, der bresaola e rucola. Der sagt, verdammt noch mal. Er hat einen Dreiangel in der Hose, von einer waagrecht und versteckt zwischen zwei Wacholdersträuchern hängenden Stechwindenranke. Er sagt, das wäre nicht nötig gewesen, das mit dem Dreiangel hatten wir schon. Marius. Er sagt, Anubis, was machst du da oben? Anubis wedelt einmal mit dem Schwanz. Geh doch hinunter, Anubis, was hält dich ab? Der hat ja vielleicht wirklich ein panino in der dummen, von Julia gehäkelten Umhängetasche. Schon, aber er hat auch diesen Stock, doppelt gekrümmt, wenn auch mit den beiden Enden auf derselben Achse. Ja, hat er, aber jetzt lehnt er ihn gegen die Reste der Westwand eines der Häuser und schaut sich den Dreiangel in seiner dunkelbraunen Cordhose an. War idiotisch, den langen Lodenmantel für den Gang durchs stachelige Gesträuch auszuziehen, der Mantel hätte die Hose geschützt.

Ach, Marius.

Marius in dem Februar, in dem er nicht hierherkommen kann. Was heißt hierherkommen, überhaupt nirgendshin, weder kommen noch gehen, am besten nirgends sein. Was heißt, am besten nirgends sein? Man wird doch einmal auch nirgends sein dürfen, statt immer irgendwo. Die Sprüche kannst du nicht lassen, was, Marius. Jedenfalls bist du da. Er ist da. Wie hat er hierhergefunden und warum? Es hat keinen Sinn, ihn zu fragen, er würde nur sagen, gefunden ist nicht das richtige Wort. Also hat ihm jemand den Weg beschrieben. Aber sicher nicht Maddalena, diesen verlogenen Schweizer will sie ja nie mehr sehen. Und wir wollten doch alles versuchen, um sie wiederzusehen, wird es später heißen, du kannst doch nicht zweiundzwanzig oder vierundzwanzig oder sechsundzwanzig sein und denken, dass du jemanden nie mehr sehen wirst, nicht in den nächsten fünfzig, sechzig, siebzig Jahren. Maddalena. Sie hätte doch, sagen wir, Marius hierherschicken können, damit er, sagen wir, den Spaten holt, bevor sie deswegen auffliegt. Aber es ist nicht Maddalena, die Marius hierhergeschickt hat. Es ist Domenico, der Fahrer des Überlandbusses. Domenico plauderte im Zehn-Uhr-Dreißiger, in dem Marius vorhin noch saß, mit einem, den wir auch kennen, dem Sektenbruder, dem phersu vom August, vom Tag nach dem letzten Abend mit Maddalena, als Horst nach der Entdeckung der Lichtung schwitzend in Richtung Santa Marinella fuhr. Kein seltsamer Zufall, dass dieser phersu wieder im Bus sitzt, der fährt täglich mehrmals hin und her. Heute in Windjacke, Jeans und Bergschuhen.

So ein phersu, so ein Monat, Februar. Der Fahrer musste beim Sprechen den Motorenlärm des Busses Baujahr 1974 übertönen, eine verrückte Geschichte, sagte er, una storia pazzesca. Da kommt doch um die Befana herum dieses Mädchen täglich und steigt da vorn bei der nächsten Haltestelle aus, wo ich ja sonst nie halte, weil niemand aussteigt, niemand einsteigt. Niemand. Ich weiß nicht, warum sie da eine Haltestelle gemacht haben, sie haben sie gemacht, weil sie die Gegend nicht kennen, weil sie in Rom in einem Büro sitzen. Hier ist nichts. Also, sage ich mir, ist ganz klar, was die hier sucht, die sucht hier ohne Genehmigung nach Altertümern, die gehört wahrscheinlich zum Forscherteam dieses Professors. Die haben die Genehmigung, aber sie nicht, allein nicht, ganz bestimmt will sie sich da was hinter dem Rücken des Professors holen. Ein schönes Mädchen mit langen dunklen Haaren. Ich fahre jeden Tag langsam an, schaue im Rückspiegel, was sie macht. Sie geht über die Straße und so zwanzig Meter, una ventina di metri, weiter und dann hinein in den Wald. Anzeigen will ich sie nicht, gefällt mir nicht, aber es ist nicht recht, wenn unsere Antiquitäten irgendwo verschwinden. Die Universität hat mit der Gemeinde einen Vertrag, dass sie hier alles ausstellen, was sie finden. Aber die will sich etwas holen und unter der Hand verkaufen. Wer weiß, wozu sie das Geld braucht. Will ich gar nicht wissen. Noch einer. Noch einer, das bezog sich auf Marius, er stieg aus, an dieser Haltestelle, wo nichts ist. Bitte, das wollten wir doch, das Nichts. Wenn auch nicht hier, wir wollten, Marius wollte nach Tolfa hinauf und dann auf diese dumme Lichtung, Eiche mit dem doppelten Stamm und von Blitz getroffene Eiche und irgendwelche Steineichen, das wäre doch gelacht. Da hinauf wolltest du, auf die Lichtung vom August im Februar? Ja. Weitere Fragen zu stellen hat keinen Sinn, Marius ist in seiner überheblichsten Laune, die Antwort wäre doch nur, man wird wohl noch zu einer Lichtung gehen dürfen. Na gut. Das Seltsame ist ja auch weniger das mit der Lichtung, seltsam ist eher der Stock, auf den er sich stützt, dieser Stock mit der doppelten Krümmung, mit den beiden Enden auf derselben Achse, eine Art lituus, eine Art Druidenstab, eine Art Hirtenstab. Der Stock. Ja, der Stock, er hat ihn wieder. Gestohlen am letzten Januartag vor der Salumeria Vanni, wiedergefunden am ersten Februar, angelehnt neben der Eingangstür der Pensione Santa Marta. Das wäre also schon ein zweiter Grund, nicht herzukommen, wenn doch die Suche nach einem Stock wegfällt, zusätzlich zum ersten Grund, den wir nicht kennen, den es aber gibt und der ihn genauso wenig abhält wie der erste. Er ist da, denn da ist dieser Brief gekommen.

Lieber Marius

Du betrügst mich in Rom
Du hast es gesagt, als ich Dich fragte, weil Du nicht lügen kannst
Du hast auch gesagt, ich biedere mich bei V. Lamm an
Du glaubst mir nicht, dass ich das mit dem Dolch nicht verraten habe
Du betrügst mich bestimmt auch jetzt in Rom
Ich habe genug
Ich habe seit Silvester einen neuen Freund
Ich bin schwanger von ihm
Ich bin nicht mehr deine Freundin
Ich brauche Distanz, schreib mir nicht
Grüße
Margrit
P.S. Das Speilnisfpe behalte ich zur Erinnerung.

So ein Februaranfang. Im intensiven Schweigen auf der Lichtung oben hätte Marius nichts gehört, kein Zikadengesäge, keine Stimmen toter Etruskerkinder, kein Gerede von Verscherbelbarem. Nichts. So ein Schweigen, intensiv, weil da einmal Töne waren, die nicht mehr sind. Höchstens der Ruf des Falken weit oben. Ein guter Ort, um Briefe dieser Art zu verdauen. Nur mussten dann dieser Buschauffeur von dieser Ausgrabungsstätte und Maddalena herumschreien. Marius, sag nicht, dass auch du hinter dem Verscherbelbaren her bist. Warum nicht, ein Räderhirsch mit zwei Köpfen bringt auf dem Schwarzmarkt sicher eine nette Summe. Ist das dein Ernst, Marius? Natürlich nicht, er zitiert nur diesen depperten Deutschen, wie in aller Welt würde er so einen Hirsch mit Doppelgeweih zum Schwarzmarkt transportieren, wo immer der stattfindet, und dann das ganze Hin und Her mit schummerigen Typen, einen so aufwendigen Blödsinn überlassen wir dem Horst. Februar, kein Monat für Quatsch, auch wenn der stachelige Wald vielleicht nicht die beste Idee war, eben, die tückisch hängende Stechwindenranke, der Dreiangel in der Cordhose. Man müsste etwas gegen das Gebüsch haben, Machete, Schwert, Dolch, selbst wenn der ein Familienstück ist, aber wozu mit Dolchen durch die Gegend rennen und sie nicht gebrauchen, um sie gleich darauf zu verlieren. Mit dem Stock auf die Ranken einschlagen nützt nichts, tut man auch nicht mit einem, der freundlicherweise zurückgekommen ist. Gestohlen und am nächsten Tag zurückgekommen.

Februar der freundlichen Wesen, zum Beispiel die signora Domitilla von der Pensione Santa Marta, die den Dreiangel zunähen wird, obwohl Marius nicht mehr Student der Gregoriana ist, sondern an der Sapienza weiß Gott was für Götter studiert. Was für Götter studieren Sie da, Marius? Pizzagötter, Waldgötter, Straßenbahngötter, Stockgötter, Asphaltgötter, Vogelgötter. Vergessen, die Stachelgötter zu erwähnen, hier herrschen die vor, auch dieses dumme, wenn auch hübsche Gesträuch mit den roten Beeren hat Blätter, die unnötigerweise in Stacheln enden. Mäusedorn, Marius. Mäusedorn, meinetwegen, der Mäusedorngott, der es auf den einsamen Spaziergänger abgesehen hat. Das ist kein Ort für Spaziergänge, Marius, warum bist du gekommen? Was für eine Frage, was würdest du machen, wenn man dir so einen Brief geschrieben hätte? Na ja, da hast du vielleicht recht. Schöne Stille, auch der Hund da über der kleinen Felswand steht still. Anubis, was machst du da oben? Der steht da über diesem durcheinanderliegenden Gestein, oder sind es Ruinen, ja, Ruinen, deswegen forschen diese Forscher hier, hoffentlich kommen sie nicht noch getrampelt. Nein, wahrscheinlich nicht, am Nachmittag soll es wieder regnen, Februar. Seit Marius aus dem Wald getreten ist, hat der Nordostpassat die Wolken verdichtet, aber er treibt sie auch weiter, da ist Bewegung. Nur dieser Hund steht so still. Anubis, komm her. Marius greift in seine Manteltasche. Anubis läuft und schlittert neben der Felswand hinunter, Steinchen geraten ins Rollen. Das ist der Februartag, an dem Marius mit einer Tüte Yakgwa in der Tasche durchs Herzland Etruriens läuft und sie auf einer kleinen Lichtung mit den Ruinen einer Siedlung hervorholt. Sein Proviant, oder was wollte er mit den Yakgwa, sie doch nicht etwa in der Gegend verstreuen, weil Margrit sie gebacken und kommentarlos dem Brief nachgeschickt hat, wieso, ist unklar. Marius will nicht annehmen, dass sie so naiv ist, ihm zum Trost Süßigkeiten zu schicken. Oder es ist eine Provokation, und die Yakgwa verdienten wirklich, verstreut zu werden, aber ich bin doch nicht blöd. Auch für Pathos nicht zu haben, wer schmeißt schon mit Gebäck um sich, nur weil Margrit Imboden beschlossen hat, sich von jemand anderem schwängern zu lassen. Ja, nicht wahr, Marius. Und der Hund ist froh um diese Yakgwa. Dass er sich freut, wäre zu viel gesagt, das Honiggebäck klebt an den Zähnen, er kaut lange mit hochgezogenen Lefzen daran und legt dabei alle zweiundvierzig Zähne frei. Ist aber nicht Vanth, Mann, Vanth hat noch mehr und kleinere, gleichmäßiger spitze Zähne, würde Horst sagen, aber Horst ist nicht da in diesem braunen und ockerfarbenen Februarland. Zum Glück. Der hätte sich gleich ans Graben gemacht. Er hätte geredet. Statt hier auf einem Ruinenbrocken zu sitzen und dem Hund wortlos die leere Yakgwatüte zu zeigen. Der versteht und bleibt da sitzen und schnüffelt in die Luft hinaus. Riecht er Veilchenduft oder sugo di pecora von der Bar weiter vorn an der Straße oder wieder den Schweißgeruch des von der Schlange umwundenen Arms oder den Duft von Mandelblüten oder von den keimenden Eicheln in der Erde. Margrit würde bestimmt eine Liste machen. Margrit. Wie überaus ärgerlich, dass sie uns zuvorgekommen ist, wir hatten ihr doch, Marius hatte ihr doch gerade schreiben wollen.

Meine liebe Margrit

Verlange bitte keine zusammenhängenden Gedanken von mir. Ich weiß, das ist als Briefanfang etwas seltsam. Es ist 6 Uhr in der Frühe, ich habe schlecht geschlafen. Es ist der 1. Februar. Ich bin verzweifelt. Man hat mir den Stock gestohlen. Du erinnerst Dich, den etruskischen Stock mit der doppelten Krümmung. Keine Ahnung, warum ich so verzweifelt bin, gleicht mir gar nicht. Aber was weiß man schon, was einem gleicht. C. Vede, mein neuer Professor, findet, ich nehme die Nichtexistenz Gottes zu ernst, ich solle die Dissertation jenseits von Saulus neu aufrollen. Ich stehe schön da. Es ist Februar, ich wollte Ende Monat fertig sein. Nirgends hingehen, nirgends sein, nicht sein, Tag und Nacht arbeiten. Ich habe Dir ja gesagt, dass ich nicht zum Fastnachtsball bei Maier-Truebs komme. Ich möchte den Stock wiederhaben. Ich habe seit gestern eine hässliche Krücke. Jenseits von Saulus läuft man so herum. Bis zu meinem Geburtstag will ich mit dem Neuaufrollen fertig sein. Du fehlst mir, auch wenn ich dabei bleibe, dass Du Dich mit dieser

Dolchgeschichte bei dieser Schriftstellerin anbiedern wollest.
Ich bin eingeschlafen, klassisch, mit dem Kopf auf dem Brief. Wir könnten doch

Das schrieb er gestern, 1. Februar. Es klopfte an der Tür, signora Domitilla mit der Post. Margrits Brief, siehe oben.

An demselben 1. Februar stand der Stock an die Hauswand gelehnt, trotzdem fuhr Marius am nächsten Tag ins Etruskerland hinaus, wie wir wissen. Jetzt wissen wir auch warum.

Anubis liegt auf dem Bauch und schaut zu diesem jungen Mann auf, der auf einem verwitterten Stück der Westwand unseres Hauses sitzt. Im Monat des Februus lagen unsere Hunde auch so und hoben manchmal den Kopf, als hörten sie etwas. Eben, da im Wald oben sind die alle, der phersu und die Vanth, um die Schlimmsten nicht zu nennen, besser nicht. Dieser Marius hat Glück, dass er bei uns gelandet ist. Er sagt gerade, schade, sind die Yakgwa alle, was? Februar, Margrit bäckt auch Fastnachtskuchen, die Fastnacht ist früh in diesem Jahr. Aber besser nicht an Margrit denken, einfach hier auf dieser Ruine sitzen und vielleicht hören, was die Stille sagt. Ob sie sagt, dass sie Schweigen ist, das Schweigen der Leute, die wahrscheinlich hier gewesen sind, falls man dieses Gebröckel als Ruinen betrachten soll. Ja, soll man, und also einfach sitzen und warten, bis man es schweigen hört. Und vielleicht hört man auch, wenn man unbedingt will, das Rauschen, mit dem dieser blaue, sich mit der Nordhalbkugel allmählich seinem Stern zuneigende Planet seine täglichen zweieinhalb Millionen Kilometer hinter sich bringt.

Wir schossen auf den Sommer zu, wovon Marius an dem Februartag nichts merkte, es wurde kalt, trotz langem Loden. Anubis Vel legte sich an eine besonnte Stelle, als der Stern zwischen den Wolken erschien, der angekündigte Regen blieb aus. In der blauen Stunde waren die beiden immer noch da, der jetzt wolkenlose Himmel indigofarben. Da gingen sie in die Bar weiter vorn an der Landstraße. Il medico della peste, sagte die signora Angela, als sie Marius im langen Loden und mit dem Stock kommen sah, fehlt nur die Schnabelmaske. Dann machte sie diesem durchfrorenen jungen Mann einen Teller rigatoni con sugo di pecora, Giulio warf dem Prisco von hinter dem Bartresen ein noch im Januar hergestelltes paniertes Schnitzel zu, soll er essen, siamo a Carnevale. Aber was die beiden alle die Stunden dort zwischen den Ruinen taten, ist damit noch nicht geklärt. Ach, würde Marius sagen, es gibt doch keinen Ort, wo nicht etwas dazwischenkommt. Was ist dazwischengekommen? Mann, würde Horst sagen, ist doch klar, was dazwischengekommen ist, der phersu ist dazwischengekommen, der läuft da dauernd rum, der kommt immer mal dazwischen. Er hätte recht. Das Absurde ist ja nicht unbedingt das Falsche. Der phersu ist dazwischengekommen. Der Februarphersu, der in mehreren Varianten vorkommt, er ist ja auch da oben im Wald und versucht gerade, den Molosser auf Fufluns zu hetzen, aber der Molosser will nicht. Er hat Angst vor Fufluns. Er ist zurückgewichen, soweit es die Leine zulässt. Das kommt nicht gut, wenn Fufluns noch einmal darüberstolpert. Also, auch da oben ist der phersu. Und auch hier unten in der Ruinensiedlung, etwa ab halb zwei. Er musste ja erst in Tolfa ankommen, in der Bar einen Kaffee trinken und dann den ganzen Weg zurückgehen. Den Bus konnte er nicht wieder nehmen und sich hier absetzen lassen, nach dem, was Domenico gesagt hatte. Das schöne Mädchen würde der nicht anzeigen, aber ihn, den phersu, schon. Langer Weg, fast eine Stunde, und mühsam, er muss durch den Wald, zwischen Steineichen und blassbraunen Sommereichen und kahlen Buchen und dem ganzen stacheligen Unterholz, da ist auch ein Ginsterbusch, der sticht und trocken rattert, als er ihn streift. Die Landstraße entlang kann er nicht, da sieht ihn jeder. Um halb zwei knurrt Anubis, während sich der phersu durch das letzte Stück mit den Mäusedornsträuchern hindurchkämpft. Porca miseria. Dann steht er da, in Windjacke, Jeans und Bergschuhen, mit seinem schwarzen Bart. Wer um Gottes willen ist das? Den Hund auf ihn hetzen? Ach nein, denkt Marius, ich bin doch kein Gangsterboss. Aber was ist das für ein Typ? Was lächelt der so bös? Nein, sagt sich Marius, als der phersu näher kommt, der lächelt gar nicht bös, der hat eine Lächelmaske. Und Angst vor dem Hund. Aber er kommt näher, weil er näher kommen muss, weil er die Botschaft bringen muss, und das geht am besten bei Leuten auf freier Flur, auf freier Flur sind die Leute schon in der richtigen Verfassung, der unebene Grund unter ihren Füßen, der weite Himmel über ihnen, das vom Sonnenstand bestimmte Licht.

Und die Freude, sagt dieser phersu Ludovico zu Marius, die Freude, hier zu sein auf dieser Erde, als Mensch, als Mensch, so kostbar. Der Hund da hatte weniger Glück, aber auch er, auch er, und jetzt, da du sagst, dass er nicht beißt, bin ich ja auch beruhigt, bin als Kind zweimal gebissen worden, zweimal, komm her, wie heißt du? Anubis? Das ist ein schöner Name, der Beschützer der Toten, aber jetzt ist Leben, um so mehr Leben. Wenn ihr wüsstet, wie lange wir tot sind und wie kurz das Leben ist, wärt ihr einfach nur glücklich, glücklich über jeden Atemzug, jeden. Fühlt ihr, wie die Luft in eure Lungen eintritt und aus ihnen austritt, ein, aus, wo kann man das noch haben, nur in diesem Leben, nur in diesem Leben gibt es das. Denkt nicht ans nächste, ans nächste denken bringt nichts. Einem Mann steckt ein Dolch im Rücken. Denkt er, wie wird es morgen sein, wird mir auch morgen ein Dolch im Rücken stecken? Nein, das denkt er nicht. Er denkt, dass er den Dolch so schnell wie möglich loswerden muss, das denkt er. Denkt auch ihr, dass ihr euren Dolch so schnell wie möglich loswerden müsst, das ist eure Aufgabe in diesem Leben. Glücklich zu sein, das ist eure Aufgabe in diesem Leben. Mehr braucht ihr in diesem Leben nicht zu wissen. Darf ich doch kurz dazwischenfragen, sagt Marius an dem Nachmittag im Februar, welchen Gott Sie bedienen? He? sagt der phersu. Gott, sagt Marius, welcher Gott steckt hinter Ihrer Religion? Mit dem phersu ist, wie schon gesagt, nicht gut Kirschen essen. Der im Wald oben zum Beispiel ist dabei, Fufluns zu würgen, was den Molosser doch auf den Plan ruft, zwei gegen einen. Der hier unten zwischen den Ruinen der Siedlung sagt Gott und spuckt aus.

Der Februarnachmittag, an dem zwei Menschen und ein Hund auf Ruinen sitzen und reden und diesem Marius aufgeht, dass man, um Saulus hinter sich zu lassen, vor Saulus zurückgehen muss. Diesseits von Saulus. Saulus, Paulus, alles Quatsch, um es schlicht zu sagen, denkt Marius, der da, dieser Ludovico, bewegt sich auf dem richtigen Terrain. Gott, sagt der, wenn ich das nur schon höre, du höre, erwähne den nicht mehr, oder erwähne ihn, und sei unglücklich, mir ist das egal. Sagt der phersu Ludovico an diesem fortschreitenden Nachmittag, die Sonne ist hinter den Baumkronen verschwunden, es ist feuchtkalt, man sollte weg hier. Aber das will Marius dem phersu doch noch sagen, dass er einverstanden ist, nur keine Aufregung, er wäre fürs Glück schon zu haben. Vielleicht sogar auch ohne Margrit. So kam es, dass Marius in dem Februar seine Dissertation ein zweites Mal von vorn begann.

Der Nachmittag wurde dunkler. Lass uns hier weggehen, sagte Marius, bevor es ganz dunkel wird, ich kenne das, keine speziell angenehme Situation. Und bevor die Wildschweine kommen, sagte Ludovico, aber ich muss dir noch etwas erklären. Denn es ist nicht so, dass er durch die Gegend läuft und vom Glück plärrt, dafür hätte er neben seiner Arbeit auf der Post von Santa Marinella auch keine Zeit, nur an freien Tagen wie heute. Er läuft also selten durch die Gegend, und nie plärrt er einfach vom Glück, sondern erklärt den Weg dazu in vier Schritten. Nicht so wie andere Holzköpfe, die auf das Glück in der Distanz zeigen, aber nicht sagen, wie man dahin kommt. Richtig, sagt Marius, aber weiter vorn an der Landstraße ist eine Bar, erklär mir die vier Schritte dort. Nein, das will der phersu nicht, die in der Bar sind komische Typen, er wird Marius die Schritte unterwegs durch den stacheligen Wald erklären und dann sehen, dass er den Vier-Uhr-Siebzehner erwischt. Dann gehen wir aber gleich, sagt Marius. Das kostbare Leben ist nicht dein kostbares Leben, sagt der phersu im Wald zwischen Stechwinden und Mäusedornsträuchern, es ist sein eigenes kostbares Leben, du bist ein Teil davon, deine Teile sind Teil davon, das werden sie immer sein, aber du wirst nicht immer sein, du wirst in deine Teile zerfallen, deine Teile werden auseinanderfallen und sich mit neuen Teilen verbinden, so einen Marius, wie du jetzt ein Marius bist, wird es nicht mehr geben, gibt es ja schon jetzt nicht, schon jetzt nicht, ciao, ich muss laufen, Domenico kommt in drei Minuten. Und dann ist es fast schon dunkel, als Anubis Prisco und Marius in der Bar, paniertes Schnitzel, rigatoni al sugo di pecora, ankommen.

Dunkel. In der Ruinensiedlung graben die Wildschweine, im Wald oben ist Stille. Aber lass dich nicht täuschen, sie sind alle da. Alle in verwandelter Gestalt. Fufluns ist jetzt der phersu, der phersu hat versucht, sich in Tuchulcha zu verwandeln, aber der ist eine Nummer zu groß, so ist er jetzt Feronia und flieht vor Sethlans, der Culsu war. Der Molosser hat sich in Vanth verwandelt, verwendet aber weiterhin sein eigenes Gebiss, die zweiundvierzig Hundezähne, mit denen Vanths schiefes Lächeln nicht ganz überzeugend gelingt. Macht nichts, am Karneval darf man's so genau nicht nehmen, jeder lacht, wie er kann, wie sie kann, Vanth, die jetzt die Eiche mit dem doppelten Stamm ist, lächelt mit ihren knospenbesetzten Zweigen ein besseres Lächeln als sonst. Und das ist erst der erste Karnevalsabend, morgen Abend wird es noch toller zugehen, wovon du allerdings nichts hören, nichts sehen würdest. Aber sei auf keinen Fall da. Wirklich, auf den Berg, da gehe ich nicht hinauf, und wenn man mich bezahlt, sagt Nando. Ich auch nicht, sagen gleichzeitig Giulio, der Barbesitzer, und Johnny Boldini, der seine spremuta trinkt. Sie haben recht. Jeder weiß, dass man jetzt da nicht hinaufgehen soll. Im Februar. An diesen dunklen Tagen mit Sturmwolken über dem Meer in Santa Severa, die es dann gegen die Berge von Tolfa treibt, wo sie sich an den Vormittagen in einem Platzregen leeren, so heftig, dass er da oben den jetzt müde, aber unausgesetzt weitergehenden Karneval vorübergehend auslöscht.

Auch in Werdenburg regnet es, auf den Kinderumzug, der Ellies Idee war. Was, Ellie hatte die Idee für einen Kinderumzug? Ja, so ein Februar war das, es geschahen die unglaublichsten Dinge, aber wenn man so glücklich ist wie Ellie, ist man bereit, sich in eine zu verwandeln, die Perlchens Schwester anruft, die Kindergärtnerin, und ohne sich zu verhaspeln vorschlägt, mit den Kindern am Morgen des Faschingsdienstags durch die Straßen zu ziehen oder zumindest Runden zu drehen auf dem Schradmer-Platz. Ellie. Ellie in diesem Februar. Im Mai wird sie heiraten, den Horst Steinbach, ja, den Horst, nicht den Bernhard, der hat sie ja sitzen lassen, aber jetzt kriegt sie ihren Steinbach doch noch, wer weiß, dank welcher Manöver, die sind ja hüben wie drüben nicht zimperlich. Was ist denn eigentlich mit dieser Elisabeth Vorstert los, mit dieser Ellie oder was. Ja, Ellie. Hat die ein Problem oder was? Die hat das Problem, dass sie eingebildet und aufgeblasen ist. Die ganzen Vorsterts sind so, nicht wahr? Außer der alte Vorstert, der Großvater, aber die Ellie, ja, die ist so. Stimmt, mich grüßt sie auf der Straße auch nie, die schaut an mir vorbei. Das ist noch das Wenigste, ihr Vater, der Fritzi Vorstert, wollte mal den Jagdaufseher Schorle erschießen, als der ihn beim Jagen außerhalb des Reviers erwischte. Der Fritzi sagte, er lasse sich prinzipiell nicht zurechtweisen, und Leute, die Schorle heißen, knalle er ohne Federlesens ab. Die Ellie ist auch so. Mehr oder weniger, und die andere, die ältere, die Gerbi, ist noch schlimmer, die kommt auf dich zu und tut zuckersüß, aber du merkst gleich, das ist ein Gnadenbeweis, das ist die Queen, die gnädig mit einem Untertanen spricht. Hab ich auch schon erlebt, ja, die ist schlimm, die Ellie ist doch fast sympathischer, wie sie sich jetzt mit diesen Regencapes abmüht. Ellie müht sich mit den Regencapes ab, es regnet an diesem Februarvormittag auf den Kinderumzug. Soll sie versuchen, den Indianerfederschmuck, den Clownshut, die Katzenohren unter die Kapuzen zu stopfen oder auf den Kapuzen zu befestigen, aber wie, die rutschen ab, und keine will, dass man ihr die unbedingt zum Indianergefühl oder Clowngefühl oder Katzengefühl gehörende Kopfbedeckung abnimmt. Mit heulenden Kindern kann's Ellie nicht, sie kann's auch sonst nicht mit Kindern, aber nach drei Jahren ungetrübten Glücks mit A.O.T.L. Horst werden Kinder kommen, es ist Zeit, schon mal ein bisschen zu üben. Deswegen hattest du die Idee mit dem Umzug, Ellie? Ja, ja, ja, Ellie ist jetzt voller Ideen, jetzt kommen ja die Jahre, in denen sich alles wendet, sie beim Pool mit dem grünen Getränk in der Hand, sie an Faschingsumzügen, bei denen sie als Kind nicht mitmachen durfte, jetzt mit dabei. Im Mai ist Hochzeit. Frau Schröder hat schon die Stelle im Park bestimmt, wo Ellie am Arm ihres Vaters, Fritzi Vorstert, aus dem Gebüsch treten und auf den mit Maiglöckchen und weißem Flieder geschmückten Altar zuschreiten wird. Ellie, es ist Februar, da und dort sind ein paar Schneeglöckchen herausgekommen, aber sie haben sich noch nicht einmal geöffnet, die Knospen hängen als schmale weiße Tropfen über dem nassen vorjährigen Laub. Von Schlüsselblümchencluster an der Werde erst recht keine Spur, du würdest nicht einmal die Stelle erkennen, so wie das jetzt da aussieht, angespülte Äste und kurzes braunes Gras. Macht nichts, jetzt ist schon Fastenzeit, es geht auf Ostern zu, zwar wird es noch stürmische Februartage geben, auch Schneetreiben, vielleicht auch noch im März, aber dann wird sich alles wenden, Mama wird einsehen, dass Vater recht hat, der Park ist die gute Lösung, da haben mehr Leute Platz als in der Cäcilienkapelle, es wird ein flatternd strahlender Maitag sein, Horst wird Ellie zwischen den zu Kugeln gestutzten Buchsbaumsträuchern heraustreten sehen und im Cutaway hoch aufgerichtet und mit frisch geschnittenem blondem Haar schweigend zuschauen, wie sie über den mit Gänseblümchen bestreuten Rasen näher kommt, und Mama wird einsehen, dass das der bessere Steinbach ist.

Lieber A.O.T.L. Horst

Ich bin aufgewühlt, ich muss Dir schreiben, auch wenn Du ja nie antwortest, aber es geht uns beide an. Ich habe mit Perlchens Schwester Ria einen Kinderumzug organisiert, und ich hoffte, dass Du ihn sehen würdest, wir waren praktisch die ganze Zeit auf dem Schradmer-Platz, aber dann hat es ja leider geregnet. Die Kinder hatten Regenschutz, aber eins bekam einen Asthma-Anfall. Deshalb waren wir nicht mehr da, als Du vielleicht kamst. Ich freue mich so auf unser Leben. Du kannst Grafiker werden, das wolltest Du ja immer. Ich hole das Studium nach und werde Journalistin. Wir werden reisen. Glaube aber nicht, dass ich mir Illusionen mache. Ich weiß, dass Du mich nicht magst und mich nicht heiraten würdest, wenn Du nicht müsstest. Ich bin sehr traurig deswegen. Als zweitgeborene Tochter hatte ich die Wahl, sehr aufdringlich oder sehr schüchtern zu werden. Ich bin sehr schüchtern, wie Du weißt. Aber glaube mir, dass ich mir Mühe gebe. Ich sage mir jetzt auf der Straße immer:

Du bist nicht Beobachterin, du bist Teil von dem allem. Es funktioniert, ich sprach auch kurz mit der Mutter des asthmakranken Kindes. Wir sind ja noch jung, wir können und müssen noch sehr viel lernen.
Ich bitte Dich, antworte für einmal, ohne Dich bin ich in einem dunklen Loch.
In Liebe
Deine E.A.H.S. Ellie

Lieber Flösch

Sorry, dass ich erst jetzt auf die Einladung antworte, kam vorher einfach nicht dazu. Wie war das Klassentreffen? Mann, wär ich gern dabei gewesen. Aber ich bin in der größten Scheiße, null Kohle und niemand gibt mir welche. Erst ab Mai, wenn ich geheiratet habe. Ich will ja gar nicht heiraten, ich will zu Jim und Arturo nach Kathmandu. Die waren ja auch nicht am Treffen. Wer war da? Ich wär wirklich gern dabei gewesen. Aber sie zwingen mich, hier zu bleiben und eine zu heiraten, Ellie, in die ich nicht verliebt bin. Wir kennen uns auch zu lange, seit der Kindheit. Wer sie zum ersten Mal sieht, denkt vielleicht wow, die sieht toll aus, das könnte was sein, aber nur so lange, bis sie was sagt. Sie weiß nicht, wie reden, sagt immer das Falsche. Wenn du sie fragst, wie gehts, fragt sie, wer geht. Sie denkt, das sei lustig. Oder ich weiß nicht, was sie denkt. Sie ist eine liebe Person, und es tut mir leid, dass sie zu Hause sitzt und heult, weil sie schon weiß, dass das nicht gut wird. Sie ist nicht dumm. Hat zwar nach dem Abitur nichts mehr studiert, aber ich ja auch nicht. Insofern würden wir zusammenpassen. Zwei, die nach der Scheißhochzeit den Rucksack nehmen und abhauen nach Kathmandu. In ihrer Familie sind sie die noch größeren Spießer als in meiner, falls das möglich ist. Ich staune manchmal sogar, dass Ellie nicht mal so spießig ist, mit dieser Familie. Aber ich weiß nicht, ob sie nach Kathmandu mitkommen würde. Sie braucht die Werde, unseren Fluss, und ihre Blümchen da. Ich möchte sie auch nicht entjungfern, Mann, um ganz ehrlich zu sein. Sie ist schon 24 und ganz bestimmt noch Jungfrau. Das möchte ich nicht. Wenn ich da an die Marie Claire denke. Aber lassen wir das. Sorry für was ich alles zusammenschreibe, ich musste den Mist mal loswerden. Du hast es gut, Mann. Wirst in eurem Luxuskasten arbeiten und zuerst mal rumreisen. Hör mal, könnte ich nicht raufkommen und wieder den Türsteher machen? Dein Vater war doch ganz zufrieden mit mir. Echt, Mann, frag ihn doch. Ich kann auch was anderes machen, Chauffeur, fahre die Gäste mit der Limousine zum Skilift. Wirklich, stellt mich doch wieder ein. Diesmal laufe ich nicht davon, ich schwör's. War ja das letzte Mal bloß, weil mich diese heimtückischen Spießer reinlegten mit dem Erbe. Erbe, mein Arsch, keinen Pfennig habe ich gesehen. Flösch, Mann, könntest du mir nicht das Reisegeld vorstrecken? Das wäre ganz groß. Ihr könnt es mir dann vom Lohn abziehen. Von Ellie will ich kein Geld annehmen, die würde mitkommen wollen, da käme sie schon mit, Luxushotel in den Schweizer Bergen. Oder wart mal, vielleicht wäre das was. Sie sieht wirklich gut aus, ca. eins achtzig groß und grüne Augen, das wär doch was am Empfang oder im Saalservice. Sie lernt auch schnell, hat das zweitbeste Abitur gemacht. Sie will ja jetzt endlich auch was studieren, aber wenn sie schon

so lange rumgesessen hat, kann sie noch was arbeiten und verdienen. Und da oben unter euren Gästen fliegt bestimmt jemand auf sie, so wie sie aussieht. Statt dass sie zu Hause sitzt in ihrem Zimmer. Echt Mann, das ist die Idee. Wir kommen. Schick mir trotzdem das Reisegeld bitte, von Ellie will ich nichts annehmen. Vielleicht hat sie ja auch keins. Am besten kommen wir jetzt gleich in der Skisaison, da braucht ihr doch immer Leute. Lass hören, Mann, am besten per Telegramm. Wir können in ein paar Tagen da sein.
Herzliche Grüße
Horst

Bis März ging es nicht mehr lange, um fünf Uhr noch hell, die Tageslänge hatte auf über zehn Stunden zugenommen. Aber doch noch Februar, doch noch Winter mit starkem Schneefall und böigem Wind, zwei Tage lang.

Bei Maier-Truebs stieg der Fastnachtsball, zwar ist schon Fastenzeit, aber was kümmern uns die Katholiken, Februar ist Februar. Es schneit. Die an Silvester nicht verwendeten Papierlaternen, sechzig Stück, hängen unter dem Vordach, im Entree und im großen Salon mit den an die Wände geschobenen Möbeln, das eine Sofa dadurch in einer so guten Position, dass die alte Frau Hegertschwiler den ganzen Abend den ganzen Raum überblicken kann. Was für eine Liste das gegeben hätte, von goldgeschminkten Gesichtern und von schwarzem Tüll und rotem Tüll und von einem Hut mit Straußenfedern und blinkenden Lämpchen und von einem Pierrette-Kostüm aus weißer Seide und von Nelly Maier-Trueb als Rotkäppchen und von Hanggi, ja, dem, als Dompteur mit einem Stofftiger, aber Margrit war nicht da. Ein Februar, in dem niemand vom Fastnachtsball bei Maier-Truebs berichten kann. Marius war ja auch nicht da und Julia auch nicht, es ging ihr nicht gut in dem Februar, und Antonia mag keine Bälle. Und Margrit war schwanger. Wirklich? Schwanger? Ja. Sie lag in der Badewanne und sang Arirang go gae rul num u gan da. Sie hörte den böigen Wind, der die Schneeflocken hochwirbelte. Es würde alles gut werden. Ihre Mutter war wie verwandelt, seit Margrit schwanger war. Natürlich musst du das Kind behalten, Gritli, und wenn du diesen Hanggi nicht heiraten willst, ziehen wir es hier gemeinsam auf. Ja, gut, hier gemeinsam, wer will schon diesen Hanggi heiraten, er hat ja getan, was er sollte. Was sollte der? Die Margrit schwängern? Ja. Wozu, um Gottes willen? Ach, die Margrit konnte ganz schön kühl kalkulieren, ein Kind mit dreiundzwanzig, da kann man immer noch rechtzeitig ins Berufsleben einsteigen, sie saß ja schon an der Lizenzarbeit, das ging alles auf. Na ja, wenn man die richtigen Eltern hat. Imboden als ehemaliger Achtundsechziger konnte nicht anders als mitmachen, bei der Mutter wundert es mich ein wenig, die war doch so traditionalistisch, aber offenbar zu glücklich über das Kind. Es würde alles gut werden. Margrit ist aus dem Bad gestiegen und sitzt in einem roten Hanbok an ihrem Schreibtisch über einem Fachbuch. Es wird alles gut kommen. Walter Dae-Hyun wird geboren werden, wird in einer späteren Märzsonne zusammen mit Margrit und Margrits Mutter um den Tisch herumtanzen. Noch ist es Februar, dieser Februar, aber in jedem Fall kommt Licht auf uns zu, über der Nordhalbkugel des blauen Planeten ist der noch mindestens fünf Milliarden Jahre leuchtende Stern bereits zehn Stunden lang sichtbar. Veilchen träumen schon. Na ja, das noch nicht, auch hier erst vereinzelt die schmalen weißen Tropfen der Schneeglöckchenknospen, unglaublich, wie die dem Schneetreiben standhalten. Standhalten, ja, Walter Dae-Hyun, halt stand, wir werden dir auch einen Vater beschaffen, sicher nicht den Hanggi, aber kommt schon, eilt nicht, wir sind alle noch jung, sogar die Eltern, Vater neunundvierzig, Mutter dreiundvierzig und so verwandelt in diesem Februar. So fröhlich, dass Margrit eine Liste ihrer Scherze macht.

Mutter hinter der Küchentür mit einer Kaksi-Maske
Hinter der Küchentür mit einer Pune-Maske
Im Wohnzimmer mit einer Imae-Maske
Legt sich den Dolbok, an dem sie näht, auf den Kopf

So ein Februar. Die Amsel singt abends auf der Eibe, übrigens auch in Etrurien, nicht auf einer Eibe, aber jeden Abend auf dem Dach von Giulios Bar, während Giulio die spremuta vor Johnny hinstellt und sagt, da kommt keiner mehr, letzte Woche hat der Professor, der Castaldi, das Gelände durch die Polizei absperren lassen. Da kommt jetzt nur noch das Team rein. Und der Hund, der Prisco, der ist verschwunden. Schade, Giulio hätte für ihn tagliatelle alla lepre bereit, hat ihm sogar eine Schale hingestellt. Der Himmel ist bewölkt, es geht nur langsam auf den Frühling zu. Februar.

Wenn es dann wieder auf den Herbst zugeht, Gritli, mein Schatz, wird deine kleine Schwester oder dein kleiner Bruder da sein. Mutter, jetzt gehst du aber zu weit, das ist mein Kind, auch wenn du gern noch mehr Kinder gehabt hättest, das ist mein Kind, und ich werde ihm einen Vater beschaffen. Natürlich nicht den langweiligen Hanggi. Wir brauchen jemanden, der

sexy
geistreich
ironisch
scharfzüngig
langbeinig
unaufgeregt (elegant)
dunkelhaarig
bisschen schräg
mitfühlend
ist.

Das klingt nach Marius, Margrit. Nein, nicht Marius, den nicht. Auf meiner Wunschliste steht ja nicht

überheblich
anmaßend
respektlos
untreu
eingebildet
egozentrisch
mit Stock

Was ist das mit dem Stock? Du schämst dich doch nicht etwa für ihn? Nein, nein. Was ist dann mit dem Stock? Ach, dass er ihn überallhin mitnahm, auch wenn er sich bei Margrit einhängen konnte. Warum lässt du den nicht da, Marius? Ich trenne mich so ungern von ihm, und wahrscheinlich trennt auch er sich ungern von mir, in diesem unwirtlichen nordischen Land. Mich in diesem unwirtlichen nordischen Land alleinzulassen, damit hast du hingegen keine Mühe. Habe ich, Liebe, aber was kann ich machen, Gott ist in Rom so verborgen wie nirgends sonst, ich muss an Ort und Stelle sein, Feldforschung. Das war noch im November, Marius noch nicht diesseits von Saulus angekommen, wo Gott oder nicht Gott, verborgen oder nicht verborgen keine Bedeutung hat. Das wird erst im Februar sein, in diesem Februar, in dem der phersu Ludovico einen unter dem grauen Himmel stehenden und nachdenklich mit beiden Händen einen krummen Stock umfassenden Typ auf den richtigen Weg bringt.

Und jetzt gehen wir ja schon auf den März zu.

Was für ein Sprung, was für eine Wende. Margrit will Marius nicht mehr, etwas ist zwischen sie gekommen, ein Stock, ein Kind, ein Hanggi. Nein, Hanggi nicht, der ist ja ein Langweiler. Aber in diesem Jahr stimmt etwas nicht mehr. In Toblers Vorgarten singt eine Amsel ins Schneegestöber hinein. Es sind die letzten Tage des Winters, noch läuft der Fastnachtsball bei Maier-Truebs auf Hochtouren, die alte Frau Hegertschwiler mit ihrem silberfrüchtebesteckten Hut sitzt selig auf dem Sofa, aber bald wird auch hier die Fastnacht vorbei sein, die Papierlaternen werden vom waagrecht einfallenden Schnee zerfetzt unter dem Vordach hängen, im Garten rote, blaue und grüne Papierkügelchen, die den Schnee verfärben, überall Fußspuren, beim Steintisch hinten eine Pfütze Erbrochenes.

Alles geht den Bach runter, sagt Horst in Werdenburg, dieser Flösch ist ein Scheißkerl, schreibt nicht, antwortet nicht, will mich nicht in ihrem Hotel haben, bin denen nicht gut genug. Und am Nachmittag war die Ellie an der Werde, habe sie aus der Distanz gesehen, war auch an der Werde, kannst ja nicht immer nur im Zimmer sitzen und Frank Zappa hören, hab nicht mal mehr das Geld für ein paar Gramm und kann jetzt nicht mal mehr an die Werde, weil Ellie da rumspukt. Und schon fast Frühling, in zwei Monaten Mai, und ich weiß nicht mal, wen ich für eine Briefmarke anpumpen kann, die Trixi ist ja auch tot. Will noch eine Verzweiflungstat begehen, den allerletzten Brief, die Marke klauen wir dann eben.

Lieber Marius

Ich hoffe, dass du wieder in deiner Pension bist in Rom, ist ja die einzige Anschrift, die ich von dir habe. Höre, Mann, ich mach keinen langen Eiertanz (hat meine Tante V. Lamm so gesagt, weil jemand im Fernsehen sie fragte, warum sie in so kurzen direkten Sätzen schreibt. Jetzt tritt sie nicht mehr im Fernsehen auf).
Schick mir Geld. Eine Fahrkarte Rom einfach kostet DM 190. Mehr will ich nicht und werde es dir zurückzahlen. Ich such mir da unten eine Arbeit, irgendwas. Ich muss weg hier. Bitte glaub mir das. Ich sag nicht, es geht um Leben und Tod, weil man das nicht einfach so sagen soll, aber fast. Vielleicht finde ich ja auch noch was zum Verscherbeln. Kannst mitkommen oder nicht, in jedem Fall werde ich den Erlös mit dir teilen. Mit Maddalena, dem Mädchen, von dem ich dir erzählt habe, ist ja schon lange Schluss, aber du könntest vielleicht das Ding direkt ihr verkaufen. Die war ja so scharf auf etruskische Fundstücke. Und wenn's nur eine Scherbe mit was Aufgemaltem ist. Schick mir die Fahrtkosten. Bitte, Mann.
Herzl. Grüße
Horst

Erst in der zweiten Märzwoche wird der Brief in Rom ankommen, und jetzt ist noch Februar, der letzte Tag im Februar, der achtundzwanzigste. Wir sehen den Monat alles in allem doch ungern gehen. Wir sehen den Winter ungern gehen. Jetzt auf einmal, ja, denken wir, dass wir in der Dunkelheit nicht alles gesehen haben, was wir hätten sehen können, dunklen Unsinn, der uns hätte ahnen lassen, wer wir sind, woher wir kommen, wohin wir gehen. Aber nun, es ist der letzte Tag des Winters.

März. Loredana hat Schmerzen in den Schultern, bei dieser feuchten Kälte. Den Laden kann man nicht richtig heizen, es regnet seit Tagen. Nicht einmal signora Bianca würde vorbeikommen, und sie kam doch jeden Vormittag. Ein Bedürfnis ist umso ermüdender, je stärker es ist. Kann es sein, dass ich schon wieder zu Loredana unterwegs bin, fragte sich jeweils signora Bianca, wenn sie mit langsamen Schritten von der via Carlo Alberto her in die via Merulana einbog. Jetzt ist sie tot. März, nicht mehr alle am Leben, und Anubis Vel Enrico Prisco ist verschwunden. Die Dinge liegen kalt, nass und öd unter dem Regen, die Ruinensiedlung, die Lichtung oben, das Tuffsteinband mit den Höhlengräbern, die überlaufende Kuhle, natürlich? künstlich?, weiter oben im Wald, die Felsnase, von der aus niemand ins regengraue Land hinausschaut, schon gar nicht bis Santa Severa in diesem Regendunst. Loredana hat einen Ständer mit Schirmen in den Durchgang gestellt, zehntausend Lire das Stück. Dieses Herrensöhnchen kommt auch nicht mehr, dieser Schweizer, dieser Marius. Die sind so, die holen sich immer nur, was ihnen gerade passt, und dann hörst du von ihnen nicht wieder. Ja, Loré, die sind so, sagt Franca. Hilfst du mir, sagt Loredana, die Weihnachtsdekoration abmontieren, der Wind hat sie mir schon zur Hälfte abgerissen. Franca hält die Leiter, Loredana montiert die Glitzergirlande ab, jetzt, da es gerade nicht regnet. Dafür dieser Wind vom Meer her, diese bewegten weißlichen Wolken mit ausgefransten Rändern unter der grauen Wolkendecke. Von den Platanen weiter vorn an der Straße wischt es dauernd braune Blätter hierher. Und das soll Frühling sein. Nicht verzweifeln, ragazze, es ist erst Anfang März, sagt Professor Sarti mit dem Ende der Girlande in der Hand. Leider ist er einundachtzig und kann nicht auf Leitern steigen, sonst hätte er den ragazze die Arbeit abgenommen, statt nur dazustehen und zuzuschauen. Ragazze, schön wär's, wir sind alte Schachteln, professore, uns will keiner mehr. Ihr seid es, die nicht wollt, da bin ich sicher, wenn ihr wolltet, würden sie euch schon finden.

Aber es ist März, es regnet wieder in Strömen, niemand sucht, niemand findet. Jetzt schon sechs Uhr und immer noch hell, aber wozu. Die Dunkelheit schrumpft täglich und legt Dinge frei, die wir gar nicht sehen wollen, die tote Taube in der via di San Martino ai Monti, den im Februar umgekippten Stamm einer Eiche da draußen bei Tolfa, die Scharte am Bootsheck in Zürich, wo im Weihnachtssturm das Boot gegen die Gartenmauer schlug, den von Mopedspuren durchzogenen Schlamm entlang der Werde, den nassen Sand auf dem Strand von Palanga. Es war tatsächlich besser, als das Dunkel alle Winkel und Ritzen füllte und sogar über den Rand hinaushing, ins Dunkel des Weltalls hinaus. Wer sagt solche Dinge? Ach, einer von den Ehrenstrob-Haunzells redete so, ich glaube, der Ehrenstrob-Haunzell, der dafür bekannt war, dass er an Weihnachten mit einer Puppe Menuett tanzte. Lange her.

Ja, lange her, die Weihnacht, jetzt ist schon Frühling oder sollte es sein. Wie ungeduldig ihr doch seid, die bröckeligen, klobigen Mauern des Winters stehen noch überall herum, und nur mühevoll trägt er sich selbst ab. Aber lassen wir die Metaphern, überhaupt ist ja heute im südlichen Teil Europas das Wetter schön, auch im nördlichen nicht so schlecht, bewölkt und zwischendurch etwas Sonne, wenn auch nicht warm. Im Süden kannst du auf einmal die Jacke zu Hause lassen und im T-Shirt unter einer zartrosa blühenden japanischen Zierpflaume stehen und eine rauchen. Mann, das ist doch Horst. Ja, und die Straße ist die via Gregorio VII in Rom, die auf ihrer ganzen Länge beidseits mit Zierpflaumen bepflanzt ist. Und Horst? Wie kommt der in diese rosarote Märzstraße? Ganz einfach, Mann.

Lieber Horst

Da, bitte sehr, hundertfünfzig Franken. Den Rest musst du selber zusammenkratzen. Ich möchte aber nicht, dass der Schuss nach hinten losgeht, will sagen, ich habe absolut keine Zeit für dich. Für niemanden. Ich muss meine Diss. neu aufrollen und im August fertig sein. Ich kann Dich nicht treffen, geschweige denn irgendwo nach Verscherbelbarem suchen. Deine Gegenleistung fürs Geld wird sein, dass du mich in Ruhe lässt. Ich habe auch keine Zeit zu erklären, warum ich Dir das Geld schicke.

Sei gegrüßt, all the best
Marius

März, viele noch am Leben, viele draußen an dieser wärmenden Sonne, Horst unterwegs zum Petersplatz. Das ist wenigstens auch was, wenn das Geld schon für nichts anderes reicht. Für kein Busticket, für keine Cola, von panini gar nicht zu reden, alles geht für die Matratze auf dem Boden drauf, die sich dieser tranige Felipe in der via Baccina bezahlen lässt. Wenigstens war er noch da und hat sogar nach Alfred gefragt, wo ist eigentlich Alfred? Ach, Alfred, wo bist du? Aber ich kann jetzt nicht dem Vergangenen nachweinen, es geht ums Überleben von dem wenigen Geld. Wie wenig ist es denn? Och, so hunderttausend Lire. So viel kann doch von Marius' Geld nicht übrig geblieben sein. Nein. Also? Also nichts, Horst denkt nicht gern daran, von wem er es hat. Von Ellie, nicht wahr? Ja, von Ellie. Marius würde sagen, je mehr man beteuert, etwas nicht tun zu wollen, umso sicherer wird man es tun. Hat also dieser Horst doch Geld von Ellie angenommen. Und sie hat es ihm gegeben, an einem milden Tag im Vorfrühling an der Werde, blassblauer Himmel, nur ein paar Wolken, das Piepsen der Meisen in der Luft, da hat Ellie, in Gummistiefeln, den Umschlag aus der Tasche ihres alten Kamelhaarmantels gezogen. Den Mantel konnte man offen tragen. Wir waren aus dem Winter heraus. Horst sagte, Ellie, das werde ich dir nie vergessen, Ellie sagte weinend, aber mich wirst du vergessen, geh jetzt. Auf einmal sagte sie das Richtige und hob auch mit der richtigen Geste die Hand zum Gruß und ging allein weiter an der Werde entlang, in Richtung Alpha Centauri. Noch immer mit dem gefalteten Zettel in der Tasche, den ihr am Vortag Hortensia gebracht hatte, von Horst.

Ellie, bitte verzeih mir, ich kann dich nicht heiraten, ich muss weg hier. Bitte gib mir das Reisegeld (190 DM). Ich weiß, das ist viel verlangt, bitte verzeih mir. Morgen um 15 an der Werde, ja? Bitte verzeih mir.
Horst

So stieg Horst am übernächsten Tag in den Zug ein, es trieb wieder waagrechten Schnee durch die Lüfte, März, Mann. Bis auf den Bahnsteig herein trieb es die Flocken, die schlitterten da rum. Wenn dieser Scheißzug nur endlich abfahren würde. Ist ja trotz allem nicht so leicht zu denken, dass du diesen Bahnhof nie mehr sehen wirst, dieses ganze Werdenburg nie mehr, zum Glück auch diese ganzen Spießer nicht mehr, die Viktoria nicht ausgenommen, leider auch Edy Schwarz nicht und Trixi gleich doppelt nicht, den phersu Franz Krüper nicht, Ellie nicht. Eins achtzig groß und grüne Augen und immer mal Pickel und weiß nicht, wie reden, aber trotzdem. Der Zug fuhr an. Schneetreiben bis zur österreichischen Grenze, von da bis zum Brenner Schneeregen, dann Regen bis zum Appennindurchgang. Sonne auf der anderen Seite, nur ein paar weiße Wolken, und so knallgelbe Bäume in dem ganzen grünen Grün. Die letzten Mimosen, Horst, hier in der oberen Toskana blühen sie noch, in Rom sind sie vorbei, dafür gibt es hier diese rosa Bäume, diese ganze lange ansteigende Straße mit diesen ganzen rosa Bäumen, das würde Ellie gefallen. So ein März. Auf dem Petersplatz musstest du das untere Ende des T-Shirts aus der Hose ziehen, so warm war es. Toll wäre ja auch, auf die Kuppel zu steigen, und da die ganze Aussicht über die Stadt hinweg bis zu den Bergen, die nicht von dieser Welt sind. Aussicht bis zum Himalaya. Aber wie sollten wir es nach Kathmandu schaffen, wenn das Geld nicht einmal für die Besteigung von Sankt Peter reicht. Haben ja nur hunderttausend Lire, für weiß Gott wie lange, so lange, bis man eine Arbeit oder noch lieber gleich das Verscherbelbare findet. Es ist März, Horst, die Lichtung da draußen ist aufgeweicht, im dichten, schweren Gras eine Menge Eichensämlinge, und das Loch, das ihr zusammen mit Vel gegraben habt, voller Wasser. Und Vel nirgends. Es ist zwar nicht so, dass ohne ihn nichts läuft, aber vielleicht ist es doch so, dass ohne ihn nichts läuft. Was weiß ich, Mann, kann mir die Fahrt da raus sowieso nicht leisten. Und sowieso wäre es besser, der Schweizer käme mit, der Marius. So ein März, in dem Horst immer mal auf der piazza S.S. Apostoli und in den Gassen da umherstreicht, großräumig um die Pensione Santa Marta herum, wo dieser Streber bis August sitzt und an dieser Diss. schreibt. August, was für ein August, ich kann doch nicht bis August warten, bis August reicht das Geld garantiert nicht. Ja, eben, erst März, heute ein windiger Tag, die rosa Anemonen, die auf der Lichtung wachsen, biegen sich zusammen mit dem langen Gras. Musst wieder die Jacke anziehen, überall Durchzug und Wind, trittst du aus den Gassen auf die S.S. Apostoli hinaus, trifft er dich voll. Da kommt eine, eine Kleine, höchstens einsfünfundsechzig, die scheint ihrem Schal hinterherzulaufen. Auch ihre Haare flattern nach vorn, siehst gar nicht, wie sie aussieht. Hübsch sieht sie aus, Horst, schöne Augenbrauen, braune Augen, guter Blick, Nase ein bisschen groß, schön gezeichnete Lippen. Antonella, wir kennen sie. Ich nicht, Mann, was für eine Antonella? Die Antonella vom Abend auf der piazza Repubblica, aber stimmt, du kennst sie nicht, weißt nicht, dass sie zu Marius unterwegs ist. Ja, in dem März kam Antonella an ihrem freien Tag zu Marius, der Mensch lebt ja nicht von Diss. allein. Die wusste aber auch über das Gebiet diesseits von Saulus Bescheid. Erzähl, Antonella, warum du an Winterabenden auf der piazza Repubblica stehst. Weil meine Schwester früh ins Bett geht und schnarcht, weil ich auch anderswo sein will als auf der Casilina, weil auch ich anders bin, weil ich neu anfangen will. Und wo willst du enden? Am Anfang. Sieh einer an, dachte Marius, könnte von mir sein. Diesseits von Saulus ist alles am Anfang, ist alles ein Anfang, und erst mit der unnötigen Erfindung Gottes beginnt man zu meinen, dass der Anfang ein Ende haben müsse. Märznachmittag, Antonella geht punkt sechs nach Hause. Sechs Uhr und noch fast eine Stunde lang hell, die maximale Sonnenhöhe über der Nordhalbkugel dieses Planeten beträgt jetzt zweiundfünfzig Grad.

Ja, März, Mann, und schon der Fünfzehnte, die Iden des März, weiß ich noch, Alfred hat darüber mal einen Vortrag gehalten. Ach, Alfred. Wir könnten in der via in Selci sitzen und eine rauchen, wenn wir uns zusammentäten, würde das Geld für ein paar Gramm reichen. Und dann die via Cavour hinunter bis zum Forum und dort auf der Bank sitzen. Du müsstest was Warmes anziehen über den weißen Pyjama oder was Komisches du sonst anhättest. Ach, Mann, was war mit dir los? Warum liefst du so rum, und null Studium in Zürich, nur so eine Art Fernstudium. Aber sagt nicht, ich sei schuld. Die Specht und der Huber und der Bobo sagten das. Weißt du noch, wie uns der Huber im bauchhohen Schnee hinter dem Pförtnerhaus beim Rauchen erwischte und sagte, wir wissen schon, Steinbach, dass Sie der Mephisto von Turidis sind. Goethe, den lasen wir beim Danuser ja gerade. Alfred, ich war nicht dein

Verführer, den Glitzerklamottenladen in C. kannte ich nicht mal. Trage heute die gleichen Jeans wie damals, und Nichtreden ist auch nicht meine Sache, weißt du ja, und wegen ein paar Joints hättest du nicht gleich auszusteigen brauchen. Tat ich auch nicht und taten die anderen auch nicht, Jim und Arturo und Flösch und alle nicht. War auch anständiges Zeug, ich hatte eine zuverlässige Quelle, was kann ich dafür, dass es bei dir einschlug, gleich schon beim ersten Mal. Weißt du noch. Du sagtest, jetzt stellt sich heraus, dass ich nicht Alfred bin, was ich schon seit Längerem ahne. Dann kotztest du in den Schnee hinter der Höhi-Hütte. Wir hätten ja vielleicht nicht gleich da oben beginnen sollen, auf zweitausenddreihundert Metern. Hattet ihr in Litauen ja alles nicht, nur Sozialismus und den Strand von Palanga. Ich würde sagen, der Sozialismus ist schuld, dass du gleich ausflipptest. Im Unterricht warst du immer noch der Beste, aber die Glitzerklamotten und was du alles auf Zettel und Zigarettenpäckchen und Bierdeckel schriebst und die Tagesformen. Auch das wäre meine Schuld, dass du im Unterricht die Tagesformen machtest, ein Franken das Stück. Mann, wir brauchten doch das Geld, wir rauchten doch zu zweit meine Vorräte, und die waren für eine Person berechnet. Wir mussten zu den Mädchen expandieren, die waren ja auch die bessere Kundschaft. Weißt du noch, Mann, wie sie hinter dem Busch mit den orangen Beeren für die Tagesformen Schlange standen, sogar noch im Schnee, noch im Schnee im Frühling. Aber deswegen bin ich nicht dein Mephisto. Ich kann nichts dafür, dass wir nur noch bei der Höhi-Hütte rauchen konnten und dass es dich anstrengte da rauf. Du sagtest, nicht ich sagte, du sagtest, das könnte der endgültige Joint sein. War es dann gar nicht, wir sind ja wieder runtergestiegen, im Dunkeln. Weißt du noch, wie sie uns schon suchten. Hattest am nächsten Tag in der Lateinprüfung trotzdem eine sechs. Von meiner Note wollen wir nicht reden. Sagt also nicht, ich bin schuld, dass der Turidis auf Abwege geriet. Das waren deine Abwege, Mann. Ich habe dir nicht gesagt, dass du nach Rom fahren sollst. Ich habe nur gesagt, sobald ich Geld zusammenkriege, fahre ich mit Jim und Arturo nach Kathmandu. Du sagtest, Kathmandu, ja, warum nicht. Dann hörte ich nichts mehr, arbeitete im Hotel von Flösch als Türsteher und dachte, du wärst an der ETH in Zürich. Dann war ich wieder in Werdenburg, weil mich die Spießer reingelegt hatten, und da kriegte ich von dir den Brief.

Lieber Mephisto

Nein, ich bin nicht in Kathmandu, sondern in Rom. Und weißt du, warum? Wegen einer Postkarte. Ich habe letztes Jahr in Palanga eine Postkarte aus Rom gesehen, mit dem gleichen Platz und dem gleichen Brunnen, die ich mir als Kind in Vilnius vorstellte. Ich stellte mir vor, dass ich am falschen Ort geboren sei und dass ich an einen Ort gehöre, wo es solche Plätze und Brunnen gibt. Das ist Rom. Es ist großartig hier. Ich brauche nicht einmal zu rauchen. Im Boden sind noch eine Menge antike Dinge, und die spüre ich auf Schritt und Tritt. Ich bin aber nicht auf dem mystischen Trip wie Jim. Strahlung ist real, alles setzt Strahlung frei, und es gibt Leute, die sie spüren. Ich will hierbleiben. Ich lerne Italienisch und bin in der Stadt zu Hause. Für den Moment habe ich ein Zimmer in einem zentralen Viertel, in der via in Selci.

Später will ich eine richtige Wohnung mieten. Ich lerne immer wieder Leute kennen, auch Mädchen, was dich interessieren wird. Komm doch. Du kannst auch von hier nach Kathmandu weiterreisen, vielleicht sogar billiger. Hier kostet alles weniger. Im Moment ist es zwar sehr heiß, aber wir haben in Z. oben genug gefroren. Ich weiß nicht, was du jetzt gerade machst, aber wenn du kannst, komm. Hier sind wir frei, niemand ist hinter uns her wie damals, als du die Idee hattest, dass wir uns nach C. absetzen sollen. Also, überlege es dir.
Ciao
Alfred

Wer also ist der Mephisto, frage ich. Wer hat mich nach Rom verlockt und raucht mir dort das meiste weg, obwohl ich es zum Überleben brauche, zehntausend das Gramm. Wer hat mich mit Maddalena bekannt gemacht und sagt, das ist die Frau deines Lebens, und nach drei Wochen will sie mich nicht mehr, und du kannst mir auch nicht sagen warum nicht. Sie saß auf einer Bank auf so einem kleinen Platz und war wie ein weiblicher phersu. Du weißt nicht, was das ist, aber lass dir gesagt sein, Mann, ein phersu ist böse. Deshalb wolltest du sie nicht, hab ich schon kapiert. Mich lässt du reinlaufen. Ach, Alfred, ich könnte wütend sein auf dich, aber wie könnte ich. Du und deine ganzen verstreuten Sandalen auf der Tuscolana. Weißt du noch, wie wir auf deiner Bude saßen und du sagtest, die kleinsten Teilchen sind die bedeutungsvollsten, die Position eines r macht alles aus, Streben interessiere dich nicht mehr, viel interessanter ist Sterben. Aber das ist nicht meine Schuld, Alfred, dass du solche Dinge sagtest, niemand redete so, wenn er bekifft war, der Flösch lachte nur, und Arturo dachte, er wird ein Superstar von Künstler. Nur du, Mann. Aber deswegen bin ich nicht dein Mephisto. Hat auch Maddalena gesagt, Alfred mit seiner östlichen Schwermut. Ich stamme von deutschen Spießern ab und habe es selber schwer. Es ist ja schon zweite Märzhälfte, und ich hab nur noch sechzigtausend Lire. Musste mal ein paar Gramm kaufen, es ging nicht anders. Wenn du jetzt auf diesem rosa Gehsteig gelaufen kämst, könnten wir zusammen auf den Gianicolo rauf wie früher und auf die Stadt runterschauen und rüber zu den Hügeln von Frascati. Es ist ein schöner Tag, mit ein bisschen Wind, aber sonst warm. Alfred, es ist alles meine Schuld, ach Scheiße, Mann, das Ende zählt, sagte meine Tante Viktoria, und Frascati war meine Idee, ich hab dich da raufgeschleppt in der größten Hitze, und dann der Streit wegen ein paar Lire, und dann rufe ich dir nach, im Bus, ich mag's gar nicht wiederholen. Aber es ist meine Schuld, ich nehm die Verantwortung fürs Ende auf mich, und wenn ich das tue, nehme ich die ganze Verantwortung auf mich. Alfred, wenn du willst, bin ich dein Mephisto, wenn du nur hier wärst.

März. Alfred ist nicht hier. Schon gar nicht in diesem Tunnel, durch den Horst jetzt läuft, durch die ganzen Abgase, und auf der anderen Seite hinaus, hinauf auf dem kurzen, steilen, gehsteiglosen Stück, allein auf den Gianicolo. So ein März war das, auf den Winter und den Sommer ausgerichtet, die letzten Kamelien blühten wie seit Dezember schon, aber Horst hörte da oben auch den ersten von diesen Vögeln, die mit diesem dünnen, schrillen Geschrei wie wild rumfliegen. Mauersegler, Horst, eine Schwalbenart. Ja, eben, der Sommer. Wie sollte sich Horst bis dahin durchschlagen, bis August, wenn der Schweizer endlich mit seiner Arbeit fertig ist, oder auch nur bis

April. Da kam ein April auf ihn zu, mit Entbehrungen, ja, Entbehrungen. Der Schweizer will ja kein Geld mehr lockermachen. Verdammt noch mal, Horst, sagte der, als Horst nicht anders konnte, als bei der Pensione doch zu klingeln, du störst mich beim Arbeiten und willst dafür auch noch Geld, für wie blöd hältst du mich. Und im April wird es schon so schöne Tage geben, dass man zum Meer hinausfahren muss, schwarz, mit dem ganzen Stress, was das bedeutet.

Aber noch war es März.

Oben im Norden steht Ellie starr an der Werde, die auch so starr aussieht, als würde sie gar nicht fließen. Feucht ist es und immer noch der Schlamm mit den Mopedspuren, und sonst nichts, keine Blumen, keine Blätter, nur diese bräunliche Erde. Der Frühling kommt langsam. Aber was sollte Ellie mit dem Frühling. Kein April, kein Mai, aber auch keine Energie, sich in die Werde zu werfen. Nur so starr dastehen wie in einem schalldichten Raum und verfälscht und verzerrt die eigene Stimme hören, die immer wieder sagt, der Fehler meines Lebens. Der Fehler meines Lebens. Ja, der März, in dem Ellie mit allen Fasern ihrer Seele bereut, Horst das Geld gegeben zu haben. Und gesagt zu haben, geh jetzt. Ach, Ellie, wie schade. Wie schade, dass du es bereust, es war doch eine elegante Geste. Elegant, mag sein, aber Ellie kann nur starr stehen und weinen, weil es so sehr schiefgelaufen ist. Wie hätte es denn laufen sollen? Auch er hätte sehen sollen, dass es elegant ist, und mich dafür lieben und bleiben. Ach, Ellie. Ich möchte, dass er mich liebt. Ach, Ellie, dann steh eben starr und weine, wir gehen jetzt weiter in Richtung Alpha Centauri, in Gummistiefeln wie du, und wenn wir zurückblicken, sehen wir, wie du ein zerknülltes Papiertaschentuch aus der Tasche deines alten Kamelhaarmantels ziehst, und wir sehen auch, dass es zwei Taschentücher sind, eins fällt auf den Boden, was du nicht bemerkst. Du stehst in diesem stillen, starren Land neben einem weißen Fleck auf der nassen braunen Erde.

März. Gegen Abend ist Europa auf den Teil des Weltraums ausgerichtet, auf den acht Stunden zuvor Australien ausgerichtet war. Märzabenddämmerung, sogar hier in Rom verblasst der Tag einfach, die Sonne geht hinter Wolkenschleiern unter, kein spektakulärer Sonnenuntergang, obwohl der hier stattfinden sollte, auf der Westseite des Gianicolo. Aber nichts, Mann. Nur diese weiße Scheibe und jetzt diese auf einmal kalte Dämmerung und Horst ohne Jacke, so wie er an dem Märzmittag aus dem Haus gegangen war.

Auch Ellie friert. Sie steht in der Dämmerung vor Hänslers Schaufenster, künstliche Forsythienzweige zwischen Kranzkuchen und Schokoladehasen. Ostern ist nicht mehr weit, aber wir wollen dich jetzt nicht daran erinnern, wie du dich auf Ostern freutest, Ostern und dann bald Mai. Nein, kein Mai, kein April, kein März und auch kein Schaufenster, Ellie sieht es nicht, sieht nichts, keine Kranzkuchen, keine Schokoladehasen. Starrt blind in eine nicht mehr vorhandene Zukunft. Es wird nichts mehr sein. Horst wird nicht wiederkommen. Kann man damit leben? Nein. Kann man damit sterben? Nein. Ja. Nein. Man kann nur halb tot, halb lebendig sein. Die lebendige Hälfte ist der weggegangene Horst, die tote Hälfte ist Ellie, und so wird es für den langen Rest des Lebens bleiben. Geh jetzt, habe ich gesagt. Er ist gegangen. Und also geht nichts mehr.

Aber doch, der März ging weiter. Auf dem Dach der Pensione Santa Marta saßen drei in der Sonne, ein Theologiestudent, der François hieß, und Horst und Marius, jeder in einer Ecke. Es war fast schon zu heiß da oben. Mann, ich muss das Shirt ausziehen, und wenn es den Theologieheini da stört. Den Marius stört es nicht, den stört nichts, der lässt sich nicht stören. Nur einmal, damals, von den Zikaden. Es ist März, jetzt sollten wir da rausfahren. Aber vergiss es, hier oben darfst du nicht reden, während Marius über die grundlegende Idiotie der Frage nach Gott schreibt. Hat er selbst so gesagt, als Horst ihn letzte Woche an einem grauen Tag fragte, worüber schreibst du, Mann? Über die grundlegende Idiotie der Frage nach Gott, und jetzt verschwinde, bitte. Horst zog mit den letzten, du hörst mich richtig, mehr gebe ich garantiert nicht, den letzten zwanzigtausend ab. Dann nur noch diese schönen Märztage auf der Terrasse des Schweigens, meinetwegen kannst du da sitzen, wenn du den Mund hältst. Nichts zu essen, nicht mal ein panino, und nur ein Fläschchen mit Brunnenwasser. Zum Glück gibt es diese Gusseisenbrunnen.

März ist ein Wassermonat. Um die Kuhle, natürlich? künstlich?, ist ein Tümpel, braune Eichenblätter und schwarze Knollen liegen darin. Niemand da. Niemand auf der Felsnase oben. Niemand bei der archäologischen Ausgrabungsstätte, Erde zu nass, Castaldi hat die Ausgrabungen auf Ende Monat verschoben. Aber es ist ja auch schon der Zwanzigste. Kurz nach Mitternacht wird Tagundnachtgleiche sein, auf dem ganzen Planeten der Tag gleich lang wie die Nacht. Frühling. Wir gehen auf heiße Sandstrände, flatternde Kleider, gelbe Sonnenschirme zu, außer dass wir dieses Jahr auf viel mehr zugehen, auf unbekannte, sonnenstrahlende Weiten, in Amerika, mit Davide. Wir werden mit einem für dreihundert Dollar gekauften Auto von der Ostküste an die Westküste fahren und von dort hinauf nach Kanada und von dort hinunter nach Mexiko. So wird dieser Sommer sein, der Sommer des Lebens, nach dem das Jahr des Lebens kommt, Stipendium an der Northern Arizona University, zwei Semester Heritage Management.

Amore mio

Ich bin so glücklich, dich zu kennen, du weißt gar nicht wie sehr. Ich liebe dich. Bald ist Sommer, wir werden beim Grand Canyon stehen und im Atlantik schwimmen und im Pazifik schwimmen. Wenn ich da an die Familienferien bei nonna Maria Grazia denke. Und an meine Cousine Letizia, die nicht mehr mit mir redet, weil ich sie an ihrer Hochzeit sitzen lassen habe. Viva la libertà! Mit dir würde ich auch nach Grönland fahren, aber doch lieber nach Amerika. Sommer wird es sein! Mein Vater will mir Geld geben, aber ich weiß noch nicht, ob ich es annehme. Fürs Studienjahr haben wir ja das Geld, und was ich in der Pizzeria verdiene, wird vielleicht für die Reisen reichen. Bis zum Sommer ist noch Zeit.

Ich liebe dich, ich umarme dich
Madda

So war das in dem März, und es war auch so, dass Horst an einem dieser luftigen Tage beim Umherstreichen im Tuscolano-Viertel an der Pizzeria Da Bruno vorbeilief, wo Maddalena jobbte. Nie wird davon die Rede sein, weil

Horst es nicht wusste, nicht merkte, wie sie ihm von hinter der großen Scheibe nachblickte. O Dio mio, was macht denn der da, der verlogene Deutsche, Oreste. Was er da machte, daran wird er sich dann auch nicht gern erinnern, ach, manchmal brauchst du eben eine Umgebung, wo es mal nett war. Hier ungefähr sind Alfred und ich durchgelaufen, an dem Dienstag im August, als er noch am Leben war, ja, hier, hier ist diese Bar, wo wir diese panini aßen, mozzarella e rucola, mozzarella e melanzane, und der am Tresen erzählte uns von diesem Sänger aus der DDR. Ob der noch da ist oder wieder da ist, oder wie soll man sagen. März, vor der Bar sitzen an Tischchen drei Leute, aber keiner der drei ist der Sänger (Titel für Bestseller?). Klar, warum sollte der da sein. Er ist aber da. Er sitzt drinnen an seinem Tisch bei einem Glas Weißwein. Mann, das ist er tatsächlich. Ob er sich noch an Alfred erinnert? Nein, klar nicht, wir redeten ja nicht mit ihm. Ach, Alfred, wir zogen nach Frascati weiter, auch ich zieh jetzt mal nach Frascati weiter, bis Anagnina fahre ich schwarz und leg dann halt das Geld für den Überlandbus aus.

Der Märztag, an dem Horst auf der Aussichtspromenade von Frascati auf der Bank saß und in die ähnlich wie im August dunstige Luft über der Ebene hinausschaute, die Kuppel von Sankt Peter ein winziger Punkt, siehst du mal, mal siehst du's nicht. Horst weinte. Eine Frau mit einem Kind im Kinderwagen sah es, aber sonst niemand. Werktag im März. Spatzen tschilpten. Es roch nach Wasser, keine Ahnung woher, da ist kein Wasser weit und breit, du als Astronom könntest vielleicht sagen, wie so was zustande kommt. Aber hier wolltest du ja nicht mehr Astronom werden, sondern Pilot bei der Alitalia, Mann, ich versteh's nicht, werde es nie verstehen. Horst weinte an dem

Märznachmittag auf der Promenade so lange, bis jemand auftauchte, der aussah wie Marius, lang, dünn, mit Stock. Nicht so ein komischer Stock, wie Marius einen hat, sogar auf dem Dach der Pensione Santa Marta, sondern ein gerades Schilfrohr, na ja, auch ein bisschen komisch, und der hier hinkt nicht mal. Dafür schlägt er mit dem Rohr auf die Brüstung, zweimal hintereinander, dann nach einer kurzen Pause noch einmal, immer in diesem Takt. Signale, der sendet Signale, wem, wohin, wie weit reicht so ein Ton, Alfred könnte es sagen. Hüpfen die Töne von der Brüstung in Frascati durch den Märzdunst hindurch ins reine Blau der Ozonsphäre hinauf, dann weiter in die Stratosphäre, bis zur Grenze, wo das Blau in Schwarz übergeht, und dann ungehindert bis zu den nächsten Sternen, als Teil der Sphärenmusik. Blödsinn, würde Alfred sagen. Aber was soll's denn sonst, warum geht der da hin und her, immer in diesem Takt mit dem Rohr auf der Brüstung. Ein Nervtöter vom Dienst, einer, der schon gesehen hat, dass du heulst, und dich gerade deshalb verfolgt. Ein Grausamer. Ein phersu. Klar, ein phersu, fehlt nur noch der Molosser. Der wird diesen ganzen Märznachmittag fehlen, Horst wird nur eine Art Setter und einen Pudel sehen. Und er wird frieren. Gegen Ende März ist die maximale Sonnenhöhe ja erst zweiundfünfzig Grad. Gehen wir nach Hause. Geh nach Hause, hat auch Marius gesagt und Werdenburg gemeint.

So kam es in dem März, dass Horst bis Bologna im Zug saß, lange im Zug saß, das Geld, das ihm Marius durch ein ebenerdiges Fenster der Pensione Santa Marta hindurchgereicht hatte, genügte nur für diesen Scheißregionalzug, der im Schneckentempo durch die Landschaft fuhr, in der die ersten Kirschbäume blühten. Horst sah sie nicht. Er weinte. Nicht die ganze Zeit, wir wollen nicht übertreiben, aber er weinte doch von Roma Termini bis ungefähr Arezzo auf dem dreiundvierzigsten Breitengrad. Ab Arezzo aß Horst das panino, mozzarella e pomodori secchi, und trank die Cola, wofür ihm der Schweizer extra Geld gegeben hatte, hier, noch zehntausend, gib das nur fürs Essen aus, gute Reise. Mann, das werde ich dir nie vergessen, ich weiß gar nicht, warum du das tust. Ja, warum? Wir wissen es auch nicht, wir wissen nur, dass Marius keine Zeit für Erklärungen hat. Keine Zeit für diesen Deutschen, den hat er ja wieder nach Hause geschickt. Und ihm dafür Geld gegeben. Das dann nur bis Bologna reichte, diese Schweizer sind knausrig, Mann. Horst musste wieder hochtrampen bis Werdenburg, bei schlechterem Wetter als damals im September. Regen bis zum Brenner, dann Schnee, Schnee, die ganze Zeit bis nach Hause, aber lassen wir das, Horst mag nicht an diese Rückkehr denken. Überhaupt, was für ein Scheißmonat das war, der März da, und obendrein schon April, als er wieder in Werdenburg ankam.

Aber noch ist es März für ein paar Tage, und hier in Rom sind die Johannisbrotbäume in der via Carlo Alberto schon grünlich, auch die Platanen in der via Merulana. Loredana schreibt auf einen Schreibblock, Pignastyl, Cartiere Paolo Pigna, gegründet 1839.

Caro Marius

Ich weiß nicht, wohin du verschwunden bist. Wir haben uns schon lange nicht mehr gesehen, du kommst nie mehr vorbei. Das macht mich wütend, aber es tut mir auch leid, mit dir war es am schönsten, wenn ich das sagen darf. Aber ich verstehe, ich bin zu alt für dich, ich bin zu alt für alle. Trotzdem muss ich dir schreiben. Gestern bin ich in Santa Prassede eingetreten, um das Mosaik zu sehen, von dem du mir erzählt hattest. Es ist eine Schande, dass ich es bis gestern nie gesehen hatte, fünfzig Meter vom Laden entfernt. Wir sind eben Kommunisten und gehen nicht in die Kirche. Gestern machte ich Inventar, und danach ging ich hinüber. Die Kapelle mit dem Mosaik ist die gleich links, nicht wahr? Aber den leeren Thron des verborgenen Gottes fand ich nicht. Da war ein Thron auf dem Mosaik über dem Eingang der Kapelle, aber darauf saß Gott. Ich nehme jedenfalls an, dass es Gott war, mit weißem Gewand und weißem Haar und ausgebreiteten Armen. Ein sehr schönes Mosaik, aber ich wollte dich fragen, ob ich das richtige gesehen habe, oder, wenn du erlaubst, ob du das richtige gesehen hast.

Con un saluto affettuoso
Loredana

Liebe Julia

Ich danke Dir für Deinen Brief, kann aber nur wiederholen (wobei ich mich frage, warum ich es wiederholen muss), dass man mich nur in Notfällen stören soll. Der Bericht vom Frühlingsskilauf mit Maier-Truebs scheint mir dieses Kriterium nicht zu erfüllen. Ich freue mich, dass Ihr es nett hattet, aber mehr kann ich dazu nicht sagen. Bitte versteh's. Und nein, ich komme an Ostern nicht nach Hause, wie ich ebenfalls schon sagte. Ihr werdet auch ohne mich über die Runden kommen.

Sei gegrüßt
Dein Dich liebender Bruder
Marius

So ein März war das. Wahrscheinlich der März mit dem letzten Skiausflug Julias. Aber fast alle noch am Leben und zwischendurch richtig warme Sonne, du konntest ohne Skijacke vor dem Bergrestaurant Alpenrose sitzen und zuschauen, wie sich der Schnee in Sulz verwandelte. Bei der Abfahrt musstest du sehen, dass du nicht verkantest, und weiter unten, wo die Bäume begannen, hörtest du Bergfinken, Tannenmeisen, Alpenbraunellen. Das einzig Betrübliche war, dass dein Bruder nicht mehr schrieb und dass der Vater auf diesen Bruder wütend war.

Mein lieber Marius

Ich gebe mir gern Mühe, Dich bei deiner dringenden Arbeit nicht zu stören, aber ultra posse nemo obligatur. Zu meiner größten Empörung – anders kann ich es nicht sagen – habe ich heute vernommen – von wem, spielt keine Rolle, aus verlässlicher Quelle –, dass Deine Freundin Margrit schwanger ist. Darf ich fragen, wie Ihr Euch das vorgestellt habt? Ich erspare es mir aufzuzählen, was alles dagegen spricht, dass Ihr jetzt schon eine Familie gründet. Du weißt das selbst gut genug. Und bitte komm mir nicht damit, dass auch Deine Mutter schwanger war, bevor wir heirateten. Wie Du weißt, war ich da schon

Lehrer am Untergymnasium. Die Vorwegnahme war ein Fauxpas, mehr nicht. Bei Dir hingegen ist es mehr oder weniger ein Skandal, dass Du mit Deinem noch unfertigen Leben so kopflos handelst und obendrein das arme Mädchen sitzen lässt. Es soll völlig verzweifelt sein, wie ich höre.
Was also gedenkst du zu tun? Ich erwarte von Dir umgehend eine Antwort.
Dein Vater

Mit März hat das nichts mehr zu tun. Dieser Brief kam erst im April in Rom an, mit einem verschneiten Châlet auf der Briefmarke, die signora Domitilla für ihren Neffen haben wollte. Der Neffe, Girolamo, einunddreißig, zuckerkrank, verbrachte seine Tage am Küchentisch mit den ausgelegten Marken. Obwohl, sagte signora Domitilla, er hätte Priester werden wollen, und jetzt geben sie das Geld für die Behandlungen aus. Zum Glück kommt die schöne Jahreszeit, la bella stagione, da sparen sie wenigstens das Geld für die Heizung. Scheint eine liebe Gewohnheit zu sein, das Geldsparen für die Heizung, wollte Marius sagen. Er sagte es nicht. Auch er war froh, dass die schöne Jahreszeit kam.

Das war noch im März, in seinen letzten Tagen, als es wieder regnete. Herrgott noch mal, kommen wir denn nie aus dem Winter heraus. Jetzt, da wir uns daran gewöhnt haben, dass das Dunkel weggeschrumpft ist und mit ihm die Winterfeste, eins der letzten bei einer gewissen Lisbeth Wegener, die lange mit der weinenden, sich erbrechenden Margrit Imboden im Badezimmer saß.

Aber eben, da war es noch Winter, und wir denken doch schon seit längerer Zeit an den April, der auf uns zukommt. Da kommt ein April auf uns zu, so sagen wir es.

April. Ausrufezeichen. Von fern ein leiser Harfenton, Vanth sitzt unter der zartgrünen Eiche auf der Lichtung und greift in die Saiten. Frühling soll es sein. Sie hat ihre Flügel angelegt, seit dem letzten Sommer zum ersten Mal wieder. Die leichte Brise stellt die Daumenfedern über den Handschwingen-Deckfedern auf. Aber es ist nicht zu früh für die Flügel, es ist April. Wenn es dann gegen Abend kühler wird, kommt der phersu, auch er schon im Propellershirt, und bringt Vanths Harfe in einer der Tuffsteinhöhlen unter. Vanth wird die Flügel enger schnallen, auf der Lichtung Anlauf nehmen, ohne die rosa Anemonen zu zertreten, und davonfliegen, dorthin, woher sie gekommen ist, die Insel Lemnos oder Perusna in Umbrien, das wissen wir nicht so genau.

Macht nichts, denn das alles, abgesehen vom Ausrufezeichen, ist ja nur ein Scherz. Habt ihr wirklich geglaubt, dass Vanth die Harfe spielt und dann auf immer davonfliegt? Magari. Schön wär's. Nein, Vanth steht neben der Bar an der Landstraße und schaut schief lächelnd zu, wie signor Giulio, der Barbesitzer, auf einer Bahre in eine Ambulanz geschoben wird. In einer Umzäunung hinter ihr bellt ein mittelgroßer gelber Hund, einem Dingo nicht unähnlich, mit aufgestellten, an den Spitzen geknickten Ohren. Sanchuna, sagt Vanth zu ihm. Der Hund lässt sich mit den Vorderpfoten gegen die mit Draht verschlossene Gittertür der Umzäunung fallen. Die Tür geht auf. Giulio wollte doch schon die ganze Zeit einen richtigen Riegelhaken dranmachen, aber wann soll er dazu kommen in dem ganzen Gehetze, wo doch dieses Archäologenteam jeden Tag zum Essen kommt, sechs Leute. Die Hecktüren der Ambulanz werden zugemacht, der Wagen fährt an und biegt auf die Landstraße hinaus, ohne Blaulicht. Der Küchengehilfe Fabrizio, Giulios Mutter, signora Rosa, Johnny Boldini, Saturno Allegretti und die sechs von Castaldis Team, so auch Maddalena Mereu und Luca, schauen ihr nach, Giulios Frau, die signora Angela, ist mitgefahren. Niemand beachtet den unschlüssig vor seiner Umzäunung sitzenden Hund. Geh doch, Anubis Vel Enrico Prisco Sanchuna, es ist April, der Große. An den Waldrändern wachsen Frühlingszyklamen, weiße und lila Anemonen, Primeln und Leberblumen, eine Lerche singt, von der Felsnase aus sieht man im Wald unten lilarosa Flecken, blühende Judasbäume, die den ganzen Sommer Grün in Grün nicht auffielen. Schon klar, gegen Giulios Essensreste kommt das alles nicht an, aber Giulio wird vermutlich nicht wiederkommen, so wie die Vanth lächelt. Geh also, nach dem fetten März bei Giulio in den April, der auch nicht mager sein wird, du wirst sehen. Am Ostermontag wird eine Familie beim Picknick auf der Lichtung sitzen, ja, auf der Lichtung. Wie die hierhergefunden haben, ist schleierhaft, halt vielleicht so wie dazumal Horst, zufällig, auch wenn man mit zwei kleinen Kindern gewöhnlich nicht ziellos durch den Wald läuft. Aber egal, Vel, die werden eine Menge Brot und grillierte Lammrippen und Pizzaschnitten haben, und du wirst ihnen gefallen mit deinen aufgerichteten, an den Spitzen geknickten Ohren.

April. Ausrufezeichen. Vel trabt unter zartgrünen Hagebuchen die Landstraße entlang und wird, wie könnte es anders sein, vom phersu Ludovico gesehen, der im Sechzehndreißiger sitzt. Da ist ja dieser Hund, der gehörte doch dem Schweizer, dem da im Februar bei der Ausgrabungsstätte, der vielleicht etwas klauen wollte, obwohl er sympathisch war, obwohl er dauernd von Gott redete. Beinahe hätte der phersu an diesem Aprilnachmittag wieder ausgespuckt, hier im Bus, aber das geht ja doch nicht. Vel bog nach zwanzig Metern in den stacheligen Wald ab, was Ludovico auch noch sah. Aha, die beiden lassen nicht locker, die sind wieder da und holen sich etwas aus der Erde. Zum Aussteigen war es zu spät, aber Ludovico beschloss, den Schweizer anzuzeigen, bei aller Sympathie, aber was ist Sympathie, fürs wahre Glück darf man sich nicht von Emotionen leiten lassen. Vel erschien bald wieder auf der Landstraße, was Ludovico nicht mehr sah. Im stacheligen Wald stand eine Muttersau mit fünf gestreiften Frischlingen. So ein Aprilnachmittag. Vel trabte den ganzen langen Weg bis Tolfa auf der Straße hoch, von dort auf dem Weg den Wald entlang und bei der Eiche mit dem doppelten Stamm hinauf durchs Unterholz zwischen weißen Anemonen, vorbei an der vom Blitz getroffenen Eiche auf die Lichtung. Vor Sonnenuntergang stand er auf der Felsnase und horchte ins Land hinaus, in die Luft voller Vogelgezwitscher, Amseln, Meisen, Zaunkönige, die erste Nachtigall. Geheul gar keins.

Es war eben so, damals, als wir da waren, dass sie die Hunde und Hühner und das dumme Mädchen, Thesatei Spurinna, mitgenommen hatten. Ihr Haus stand leer. Auch Larthia Satis wusste nichts weiter. Sie hatte im ersten Monat den Weizen zwischen ihrem Haus und unserem Haus ausgesät, im Monat apire stand er schon zwei Handbreit. Sie war dabei, den Eschenzaun zwischen dem Weizen und dem Schaf zu reparieren. Wir wollten ihr helfen, weil sie den lahmen Arm hatte, aber sie wollte nicht. Sie lehnte sich beim Arbeiten an die Felswand. Wir hatten ja diese vertikale kleine Felswand hinter den Häusern, Larthia und wir. Bei uns schlich sich keiner von hinten an, kein Falisker, kein Römer. Wir waren nur noch siebzehn Personen, seit die Spurinnas weggegangen waren, dafür lebten wir nicht mehr im Hundegeheul. Unsere Hunde bellten nur gegen Abend, wenn die Wildschweine näher kamen.

Vel auf der Felsnase hört vom Tal her Gebell. An diesem Apriltag geht die Sonne kurz vor zwanzig Uhr unter, die Vogelgezwitscherdämmerung dauert bis halb zehn. Wenn sie schweigen, ist Vel nicht mehr auf der Felsnase oben. Er liegt zusammengerollt in seinem Höhlengrab im Tuffsteinband und wird um fünf Uhr in der Frühe beim einsetzenden Vogelgesang aufwachen, aufstehen und sich strecken. Seine Schultergelenke werden knacken. Es ist feucht in dem Grab. Er wird zur Kuhle, natürlich?, künstlich?, hinaufsteigen und trinken, dann über die Lichtung und durch den Anemonenwald, vorbei an der vom Blitz getroffenen Eiche und der Eiche mit dem doppelten Stamm absteigen auf den Weg, der von Tolfa kommt und um die lichtgrüne Bergkuppe herumführt. Hier wird Vel bei Sonnenaufgang Richtung Osten traben, von Tolfa weg.

Hast du den Hund wieder gesehen, wird später am Morgen Kommissar Andrea Petruzzi den phersu Ludovico fragen. Heute nicht, gestern schon, so wie ich es euch gemeldet habe. Du hast aber auch gesagt, dass du nicht sicher bist, ob der Hund dem Schweizer gehört, sagt Petruzzi. Was ändert das? Es ändert, dass wir im negativen Fall den Hund aus der Ermittlung weglassen, sagt Petruzzi und geht zu seinem Dienstwagen, mit dem er kurz von Tolfa nach Santa Marinella heruntergekommen ist, wo er zufällig wieder Ludovico traf, der gerade aus dem Achtdreißiger gestiegen war.

Das alles wird morgen sein, jetzt ist es noch die Aprilnacht, in der Vel aufspringt, weil ein Stachelschwein an seiner Höhle vorbeizieht. Eine Amsel beginnt zu pfeifen, es ist noch völlig dunkel.

Ellie hört sie auch. Natürlich nicht dieselbe Amsel, aber auch eine, die im Dunkeln singt, auf der Kastanie vor Ströbings Metzgerei, trotz Nieselregen. Mann, was für ein Scheißwetter, hat Horst vor drei Tagen gesagt, als er aus dem Zug stieg. Horst ist wieder da. Ellie wird noch lange Zeit die Gewohnheit haben, vor Freude außer sich zu geraten, zwei Stufen auf einmal zu nehmen, schon vom Flurende her den Namen ihrer Schwester Gerbi zu rufen, Gerbis Zimmertür heftig aufzustoßen, Gerbi das Buch, das sie gerade liest, aus den Händen zu reißen und zu rufen, Gerbi, ich habe das Abitur mit dem zweitbesten Resultat bestanden, oder, Gerbi, ich bin mit Bernhard Steinbach verlobt, oder, Gerbi, man will mich als Model engagieren, oder eben, Gerbi, Horst ist wieder da. Raus hier, verschwinde, schreit Gerbi, der Idiot ist bestimmt nicht deinetwegen zurückgekommen, die Hochzeit kannst du vergessen, die bleibt abgesagt.

Ja, die Hochzeit ist und bleibt abgesagt. Wir haben diese Aprilmorgenfrühe mit Nieselregen und Amsel, und auch heute wird niemand kommen und sagen, der Mai ist nicht mehr weit, wir müssen uns beeilen, die vier Brautjungfernkleider sind ja auch noch nicht fertig. Und jetzt kann man die Brautjungfern vergessen, so auch die fahrbare Orgel im Park, so auch den Aperitiv mit maigrünen Getränken, und doch singt die Amsel auf der Kastanie davon, dass alles gut wird. Horst ist wieder da. Er muss sich erst mal ein paar Tage akklimatisieren, er kommt ja von blühenden Akazienhainen oder Orangenhainen oder so etwas her. Na ja. Was alles jenseits der Abschrankungen von Autobahnzufahrten blühte, hatte Horst nicht gesehen, beim Autostop achtest du auf anderes. Und doch ist er wieder da, Horst ist wieder da, in Edy Schwarz' Bude, Edy studiert ja in Brüssel Entwicklungszusammenarbeit. Ich weiß nicht, wie ich da wieder reingekommen bin, wird Horst später sagen, ich glaube, Edy war für Ostern da, und ich hab ihm vorgeweint, dass mir sonst nur die Station von Schleifheim bleiben würde.

So ein April war das.

Mit frühen Ostern, glaube ich. Nein, mit Ostern ganz normal, so um den Neunten. Aber war der Karneval nicht früh gewesen, davon hängt's doch ab? Alles hängt vom ersten Frühlingsvollmond ab, und der war nicht vor dem fünften April. Am fünften April machte Margrit eine Liste.

April!
Vollmond
Leichte Geburt
Kein Blick zurück
Kein Bedauern
Keine schlechte Erinnerung
Keine Songaxi
Keine Dokkaebi

Leichte Kindheit
Keine Angst
Keine Toblers
Keine Frage ohne Antwort
Kein Regensommer
Leichte Jugend
Keine Angst
Keine Zweifel
Kein Streit mit der Mutter
Großmutter
Großvater
Vater
Kein Absprung
Keine Schmerzen
Keine Sehnsucht
Keine falsche Entscheidung

Was für eine falsche Entscheidung? Doch die Sache mit dem Kind? Oder die Sache mit Marius? Die Trennung? Auch das wissen wir nicht. Irgendeine Entscheidung war falsch oder wird es sein, wer weiß schon, wie sich die Zeit um diesen April herumgruppiert. Um diesen Morgen im Garten beim blühenden Magnolienbaum, von wo aus Margrit das Gartentor sieht. Und was sieht sie da? Nichts. Nichts Besonderes. Die Linden auf der Straße mit den hellgrünen, eben erst aus den Knospen herausgeschlüpften Blättern mit dem fransigen Rand und der gebogenen Spitze. Den alten Herrn Völlmy, der mit dem Hund zum Coop unterwegs ist, den blühenden Feuerbusch in Toblers Vorgarten. Das ist alles, aber es ist auch ein Déjà-vu. Eins, das aus der Zukunft kommt. Ja, Margrit hat das Gefühl, dass diese Szene dann einmal stattfinden wird, und es macht nichts, wenn man an so etwas nicht glaubt, das ist nicht verpflichtend. Oder wie ist das, wie sagte Marius? Was man nicht glaubt, ist nicht verpflichtet, nicht zu sein. Ja, so sagte er.

Marius. Der ist nicht da, natürlich nicht, der ist an diesem Morgen in Rom und schreibt, dass es umgekehrt erst recht gilt. Je mehr Leute etwas glauben, umso weniger wird es so sein, der feste Glaube an etwas lässt dem Geglaubten keinen Raum. Schreibt er, macht den Notizblock zu, nimmt ihn, nimmt den Stock, ein Fläschchen San Gemini und steigt aufs Dach, um auf der Höhe dieses Frühlingsmorgens zu sein.

So war das in Rom an dem warmen Apriltag, der in Zürich kalt und schön und mit einem Déjà-vu begonnen hatte, das Gartentor, die Linden, Herr Völlmy, der Hund, der Feuerbusch, alles aus der Zukunft. So wird es an einem Apriltag der kommenden Jahre sein, genau so, dann aber mit einem konkret begründbaren Glücksgefühl. Ach ja? Wie konkret, Margrit? Konkret wird Walter Dae-Hyun da sein, und vielleicht auch Marius. Marius? Was sagst du da? Ach, ja, nein, es ist halt Ostern, die Nachbarskatze lauert auf einem Gänseblümchenteppich den Meisen auf und könnte bei ihrer Fähigkeit zur Beschleunigung eine schlechtenfalls auch erwischen, wie Marius sagen würde. Ach, Marius, wo bist du, wir könnten heute Abend zusammen an die Party, nein, nicht bei Maier-Truebs, die sind immer noch im Berner Oberland, es ist ja ganz sicher das Jahr, in dem sie im Berner Oberland sind, das Jahr mit dem warmen Bergfrühling, man konnte die Piste nicht mehr ganz hinunterfahren, im untersten Teil lag der Schnee nur noch in Flecken auf dem platt gedrückten braunen Gras, Rinnsale flossen aus ihnen, man stapfte mit schweren steifen Schuhen und weichen Knien über die plötzlich federnde Unterlage, die Ski geschultert. Also, eben, die Party nicht bei Maier-Truebs, sondern im Schlattis, Studenten-Partykeller, da gehen alle, da will ich hin, schlecht wird mir auch nicht mehr, dank dem tollen Rezept.

Eine Cervelat, in Scheiben geschnitten
Hagebuttenkonfitüre
Konfitüre in einem Holzschälchen anrichten
Cervelat mit Essstäbchen hineintunken

So eine Party im Schlattis war das, mit DJ Bobby Mühlemann, der toll auflegte, und mit der tanzenden Margrit, tanzen schadet nicht, es muss sowieso alles gut werden, Mutter hat schon zwei Hanbok genäht, Großmutter hat ein Paket mit Hangwa auf die Post gegeben, Vater lässt das Mansardenzimmer erneuern, alles muss gut werden, alles wird gut werden, so viele schöne Tage, schöne Jahre, fehlt nur noch ein Mann, aber den finden wir auch noch. Hast du getrunken, Margrit? Keine Spur, mir wird nur schon vom Gedanken an Alkohol schlecht. Was ist dann mit dir los, fragt Antonia. Ja, Antonia ist auch auf der Party, obwohl Partys nicht ihr Ding sind, aber das war der April, in dem sie mit Frank Haber ging, Ende Mai dann schon nicht mehr, aber jetzt ist April, Anti, komm, wir gehen heute Abend ins Schlattis, wenn es dir nicht gefällt, begleite ich dich nach Hause. Was Antonia nicht gefiel, war Margrits Benehmen, mit wem ist die überhaupt da, doch nicht etwa mit dem Hanggi, wenn Marius das wüsste.

Lieber Marius

Quod licet Iovi und so weiter, aber wenn Papa Dir schreiben darf, dann darf ich das auch. Ich weiß, dass Du keine Briefe willst, und Du brauchst nicht zu antworten, aber bitte lies diesen Brief wenigstens.
Papa ist böse auf Dich, weil Du Margrit in ihrem Zustand sitzen lässt. Er sagt, sie sei verzweifelt, aber diesen Eindruck hatte ich gestern auf einer Party im Schlattis nicht. Sie war total ausgelassen und tanzte wie wild mit allen. Vielleicht weil sie das Kind loswerden will? Ich glaube, sie war mit Hanggi gekommen.
Ich wollte nur sagen: Pass auf. Komm doch kurz, wenn Du kannst. Wir haben aufgehört, Margrit einzuladen, weil sie nie antwortet. Wenn zwischen Euch Streit war, dann macht doch bitte Frieden. Ich weiß, dass Du keine Zeit hast, aber das ist wichtiger.
Ich wollte Dir auch sagen, dass ich sehr gern die Gotte des Kindes sein möchte. Bitte überlege es dir.
Mit den herzlichsten Grüßen
Deine Schwester Antonia

Margrit dabei, den Kopf zu verlieren u. vielleicht auch Kind. Stop. Gib Zeit an wann ich dich über Ostern per Tel. erreiche. Stop. Papa

Aber noch sind es die vorösterlichen Tage, oder schon, sie gehen ja so schnell vorbei, schon bald wird der Vater anrufen, trotz ausgebliebener Antwort auf das Telegramm, sodass wir uns durch signora Domitilla werden verleugnen lassen müssen, il signor Marius non c'è. Das ist aber gar nicht nett, Marius. Nein, aber wir werden wirklich kaum zu

Hause sein, wir werden von Kirche zu Kirche ziehen. Von Kirche zu Kirche? Und wer wir? Ich, denkt Marius, man wird doch noch den Pluralis Majestatis verwenden dürfen. Na gut, und was ist mit den Kirchen, du als Vorsaulus?

Ach, einmal an den Tagen vor Ostern stand Marius im Garten am See, zwischen von der Mutter gepflanzten Tulpen, Hyazinthen, Osterglocken, und fragte sich, ob man gleich ertrinkt, wenn man sich von der Gartenmauer ins Wasser wirft. Denn die Mutter wird sterben, wie sie seit vorgestern wissen, sterben an Weihnachten, wie wir wissen und sie noch nicht. Und nicht nur wird sie sterben, sondern Marius ist schuld daran, die Besorgnis um seine Behinderung hat sie krank gemacht. Wie kommt er darauf? Hat ihm das jemand gesagt? Wer sagt so etwas zu einem sechsjährigen Kind? Niemand. Oder doch? Julia in der ersten Verzweiflung? Tante Felicitas, die dieses Kind nie wirklich mochte, zu vorlaut, zu altklug? Die Haushaltshilfe? Die unangenehmen Wahrheiten erfährt man meistens von der Haushaltshilfe. Ach nein, das ist ein Klischee, Rosmarie Gwerder war eine diskrete Person, an dem Aprilmorgen mit dem Sechsuhrzug von Schwyz gekommen, wo sie die eigene kranke Mutter besucht hatte, und überhaupt war sie es, die den Jungen so nah am Gartenbord stehen sah und ihn zurückrief und ihn am Nachmittag in die Kirche mitnahm. Da hatte das Wetter umgeschlagen, der Himmel war dunkel, und Gott schwebte über den schwach schimmernden goldenen Verzierungen und sang auf Lateinisch vom Anfang der Zeiten, vom Anfang der Zeiten her, er war auch dort, er war auch hier, der Anfang der Zeiten war hier in dieser Kirche. Willst du morgen Abend wieder mitkommen in die Kirche? Werden sie auch singen? Ja, und ein Feuer machen. Marius sagte, Feuer muss nicht sein, Hauptsache, es gibt Gold, und sie singen. Und dann sagte er, als er in der nächsten Nacht beim Feuer stand, er sei davon doch hingerissen. Wie gesagt, er redete schon als Kind so. Ich bin doch hingerissen, sagte er, von Gott, der jetzt in den Funken sprühte. Pfarrhelfer Äschlimann hatte das Tannenholz in Grafenort der Witwe seines Bruders abgekauft, es war schön trocken. Komm, Marius, wir gehen jetzt in die Kirche hinein, da ist es dunkel und still, du wirst das Feuer knistern hören, im Gold siehst du den Widerschein der Funken. So anders als in allen anderen Nächten, so überaus einnehmend. Schon, aber da warst du sechsjährig, Marius, aber dann bist du doch Saulus geworden und jetzt sogar Vorsaulus. Sag nicht, man wird sich noch einnehmen lassen dürfen. Nein, ich sage, denkt Marius, dass der Schimmergott und der Funkengott die richtigen sind, die Absolution dafür zu erteilen, dass Mutter an einem gestorben ist. Und deswegen stehst du auch an diesem Aprilabend im Dunkeln vor Santa Prassede? Vor der Kirche mit dem abwesenden und dann gleich gar nicht mehr vorhandenen Gott? Das ist noch nicht gesagt. Was ist nicht gesagt? Dass er nicht doch plötzlich auf dem Mosaikthron sitzt, wie Loredana schrieb. Ach, so ist das, und wenn er dasäße, würdest du dich zurückbekehren, vom Vorsaulus zum Saulus zum Paulus? Ach woher, es wäre einfach ein lustiger Scherz, besonders von jemandem, den es nicht gibt. April eben. Gehört auch zu seinen Scherzen, dass in dieser Nacht, in der es da und dort, so etwa in der via Barberini, nach Orangenblüten duftet, Loredana an der Mündung der auf Santa Prassede zulaufenden via S. Giovanni Gualberto erscheint. Wenn Scherz, dann ein schlechter, Loredana hat mir gerade noch gefehlt. Wieso sagst du das, Marius? Was für eine Frage, habe ich denn

Zeit für Frauen? Nein, hat er tatsächlich nicht, er hat ja auch Antonella zu ihren Schuhen zurückgeschickt. Echt mein Pech, proprio la mia sfiga, sagte Antonella, als sie an einem Regentag durchnässt bei Marius ankam und bald wieder vor der Tür stand, da finde ich einen, der für einmal kein Quatschkopf ist, und dann hat er nur noch Augen für die Leere, wo Gott einmal war. Antonella hat das so gesagt? Ja, Antonella hat das so gesagt. Und jetzt kreuzt Loredana auf, wie denn auch nicht, wenn sie auf dem Nachhauseweg da vor Santa Prassede jemanden stehen sieht, der an Marius erinnert, das Licht ist schlecht, aber der da, das könnte Marius sein, irgendwie auf einen Stock gestützt, den einen Fuß über dem anderen gekreuzt. Marius.

Wenn du schon da bist, sagt Marius zu Loredana, komm mit in die Kirche und zeig mir das Mosaik mit Gott auf dem Thron. Nicht zu finden. Non capisco, sagt Loredana. Da ist nur das Mosaik mit dem leeren Thron über dem Eingang der Seitenkapelle, Beleuchtung fünfzig Lire, zum Ärger der im dunklen Kirchenraum auf den Einzug des Lichts wartenden Leute. Non capisco, sagt Loredana, hier saß doch Gott auf dem Thron, im weißen Gewand und mit ausgebreiteten Armen. Und mit weißem Bart, nehme ich an. Marius, du vergisst, dass wir Kommunisten sind, wir sind von allen himmlischen und irdischen Göttern emanzipiert und brauchen uns keinen bärtigen Gott vorzustellen. Na gut, sagte Marius, aber was du da gesehen hast, war ja trotzdem Gott und nicht zum Beispiel Friedrich Engels. Auch das zu laut gesagt, zum wachsenden Ärger der silenzio zischenden Leute. Komm, sagte Marius, gehen wir, gehen wir zu dir nach Hause.

April der Absolution. Ganz sicher ist es in diesem April, dass Marius die Absolution für den Tod seiner Mutter erhält, denn nachher sagt Loredana in ihrem leider nur eins zwanzig breiten Bett, amore mio, bald kommt der Sommer, da wäre es schön, nach Ostia zu fahren, ja, es wäre jetzt schon schön, papà ist mit uns im April auch immer einmal ans Meer gefahren, weil es so schön ist, wie Sommer, alles schon aufgestapelt, die Liegestühle, die Sonnenschirme, und doch noch nicht Sommer, der Sand brennt noch nicht, du kannst barfuß darübergehen, das gefiel ihm, uns gefiel es auch. Und jetzt sollte ich mit dir da hinausfahren, sagte Marius, aber ich kann nicht. Ich weiß, sagte Loredana. Tut mir leid, sagte Marius. Nein, sagte Loredana, es tut dir nicht leid, aber das macht nichts, du bist so, und ich bin so, dass ich dir verzeihe, alles verzeihe, deine früheren und jetzigen und zukünftigen Sünden. Da bitte. Schwebt Marius dann auf dem Heimweg befreit und erleichtert durch die Osternacht? So kann man es nicht sagen. Die Hüfte tut ihm weh, in diesem dummen engen Bett machtest du dauernd die falschen Bewegungen, er stützt sich schwer auf den Stock. Den Stock mit der doppelten Krümmung, aber mit den beiden Enden auf derselben Achse. Den Stock, von dem Loredana sagte, jetzt ist er doch wieder da in diesem Zimmer. Marius hätte nachfragen sollen, wie meinst du das, er sagte aber nur, ach so. Hatte gleich begriffen, dass Loredana den Stock am letzten Januartag vor der Salumeria Vanni in der via Merulana hatte stehen sehen und ihn nach Hause mitgenommen und am nächsten Tag an die Wand der Pensione Santa Marta gelehnt hatte.

Falls wir uns noch an diese Tage Ende Januar, Anfang Februar erinnern. Lange her. Viele waren noch am Leben, so auch Giulio, der von hinter dem Tresen dem Prisco grünlich angelaufene Kalbsbratenschnitten zuwarf und zum spremuta trinkenden Johnny Boldini sagte, so ein Hund würde mir gefallen. Behalt ihn doch, sagte Johnny. Und jetzt im April ist Johnny bedrückt, keine spremuta, kein Osterschmaus in der Bar, kein Barbecue hinter der Bar am Ostermontag, kein Giulio. Gestorben in der Karwoche. Una bella morte, aber was nützt einem das. Und der Hund ist auch weg, den hat jemand aus seiner Umzäunung gelassen. Schade, in Erinnerung an Giulio hätte Johnny ihn zu sich genommen, hat ja auch einen kleinen Garten, müsste nur mal den verrosteten, ausgeweideten Seicento da wegbringen, wäre die Gelegenheit gewesen, ein bisschen aufzuräumen.

Loredana ihrerseits strahlt an Ostern. So schön, amore, sagt sie, dass du mich hierherbegleitest. Hierher, ins quartiere Testaccio. Da ist das Haus, wo die Großeltern wohnten, da kamen wir an Ostern zum pranzo. Und auch, sagt Marius, an Weihnachten und Ferragosto, aber sag mir lieber, wie diese dekorativen Bäume heißen. Alberi di Giuda. Ja, auch hier Judasbäume, die via Nicola Zabaglia schwebt in einer lilarosa Wolke, aber wenn es weiterhin so warm ist, werden hellgrüne runde Blätter die Wolke trüben, und es wird Blütenblätter regnen, und signor Marcantonio wird seine Maremmenhündin fotografieren, wie sie weiß auf dem lilarosa Blütenteppich steht. Aber noch stecken die Blüten an den dunklen kahlen Ästen, manche auch direkt an den Stämmen. Ostern. Welche Freude hier am Fuß des hellgrünen Monte Testaccio, vierundfünfzig Meter über Meer, da oben auf dem Berg aus römischen Scherben wäre eine schöne Aussicht, aber, meine Liebe, jetzt ist meine Zeit um. So war das an dem Ostertag, noch vor zwölf Uhr fuhren sie mit dem Bus zur piazza Venezia zurück. Dort sagte Marius, an Blumen fehlt es im Revier, es gibt diese bunten Däninnen dafür. Wie schön du das sagst, amore, auch mein Vater machte immer Reime. So ein April, in dem Marius Loredana auf der piazza Venezia an der Bushaltestelle küsst und dann mit einem Stock, aber doch erstaunlich leichtfüßig über den Platz geht, zurück zur Pensione Santa Marta.

Lieber Robert

Da Du Verständnis hattest und wohl noch hast für meine Situation, wirst Du mir nicht böse sein, dass ich deinen Brief vom März erst jetzt beantworte. Du hättest, schriebst Du, ihn auch nicht geschrieben, wenn es nicht um etwas so Wichtiges ginge. Um ehrlich zu sein, ich hätte trotzdem auf ihn verzichtet. Wie Du Dir vorstellen kannst, sind solche Dinge nicht gerade konzentrationsfördernd. Aber ich verstehe, Margrit hat Euch alle durcheinandergebracht. Mich ja auch. Zuerst dachte ich, dass sich nur meine Familie einbildet, ihr Kind sei von mir, aber dann schreibst du, sie habe Dir das selbst gesagt. Wisse, dass sie mir geschrieben hat, sie sei von jemand anderem schwanger. Ich weiß nicht, was Margrit für ein Spiel spielt, aber in jedem Fall enttäuscht es mich. Sie hat ja mit mir gebrochen, auch das scheint niemandem klar zu sein.
Wie auch immer, von Margrit möchte ich nichts mehr hören. Ich sage das nicht leichten Herzens, glaube mir. Gar nicht leichten Herzens. Mit ihrer gemischten Herkunft hat sie es schwer. Nur möchte ich nicht mehr in ihre Komplikationen involviert sein. Du weißt, dass ich

über beide Ohren beschäftigt bin, und heute schreibe ich Dir auch nur, weil mein Zimmer wegen eines idiotischen Rohrbruchs mehr oder weniger unter Wasser steht. Auf dem Dach kann ich auch nicht arbeiten, weil es jetzt an Ostern dort von den Verwandten, bestehend zu einem großen Teil aus Nonnen, der frommen Studenten wimmelt.
Also, auf die Zeit nach dem August, habe Verständnis, es ist schon April.
Herzlich
Dein Marius

Schon April, schon Ostermontag. Kann man sich vorstellen, dass inzwischen das Wasser abgesaugt, das Rohr geflickt ist? Nein, das kann man sich nicht vorstellen. Marius steht also mit Loredana an der Brüstung der Strandpromenade von Santa Severa. Loredana darf nicht sagen, dass es der schönste Ostermontag, la più bella Pasquetta, seit vielen Jahren ist, ich bitte dich, Loredana, lassen wir das. Und so sind zwei in der schon warmen Strahlung des jetzt zur Achse der Nordhalbkugel in einem Winkel von fünfundfünfzig Grad stehenden Sterns schweigend an die Brüstung gelehnt und halten das Gesicht in den leichten Wind. Si sta bene, so viel darf Loredana sagen. Da sind doch wahrhaftig Leute im Wasser. Wo? Loredana sieht nichts. Das Licht des Sterns bricht sich in den Wellen, es brauchte eine Sonnenbrille, aber im April denkst du noch nicht daran, sie einzustecken. Du stehst mit der Hand über den Augen und blickst auf die kleinen Wellen dieses Meers und fragst dich, ob es im November nicht schöner war. Sturm und Wellen und Thefarie Velianas. Das mit Thefarie Velianas wissen allerdings nur wir und die in der Bar da hinten, falls sie sich noch erinnern, dass sie diesen dünnen jungen Mann mit diesem komischen Stock nach dem etruskischen Herrn über Santa Severa nannten, falls sie ihn jetzt überhaupt wiedererkennen, was nicht wahrscheinlich ist in dem Ostermontagstrubel. Die Bar kann man vergessen, da stehen die Leute sogar Schlange. Komm, Marius, laufen wir barfuß über den Sand.

April. Ausrufezeichen.

Jetzt ist das Wasser abgesaugt, das Rohr geflickt, wir haben nicht mehr Ostermontag. Und haben von Marius nichts anderes mehr zu sagen, als dass er an der Vorsaulusarbeit sitzt, einmal im Schatten einer Brandmauer auf dem Dach, einmal in seinem Zimmer, sôse bênrenki, sôse lidirenki. Wie bitte? Ach nichts, es ist April, es fallen einem alte Sprüche ein, der Ellie ein, nicht dem Marius, der hat keine Zeit für Sprüche, auch wenn ihm dieser nützlich sein könnte, ist ja ein Heilspruch. Hat er sich denn nicht prompt die Hüfte verrenkt, als er und Loredana über umgekippte Zementplatten auf den Sandstrand hinunterstiegen, weil er ihr blöderweise den Stock gegeben hatte, damit sie ihm angeblich sicherer hinunterhelfen konnte. Stock Frauen nicht geben, geht immer schief.

Aber auch Ellie hat einen Stock. Buche, kaum Abweichungen von der Zentralachse. Schau, Perlchen, was für ein schöner gerader Stock. Wir wollen mit ihm bis Alpha Centauri wandern. Nein, das sagt Ellie nicht, sie weiß nichts von Alpha Centauri, sie weiß nur, dass der Schlüsselblümchencluster da vorn an der Werde verblüht und im wachsenden Gras verschwunden ist, dafür blühen die gelben Sumpfdotterblumen am Ufer entlang, ach, Perlchen, ist das schön, lass uns hier an der Sonne sitzen, es hat seit Ostermontag nicht mehr geregnet, der Boden ist trocken. Aprilvormittag, die Sonne ist warm, der Himmel von einem fast wolkenlosen, durch einen unsichtbaren Schleier abgetönten, unaufdringlichen Blau, Frühling, Frühling soll es sein. Ist doch schon, sagt Perlchen. Aber Ellie ist nicht zu bremsen. Sie sitzt im Gras zwischen Perlchen und dem Stock und sagt das ganze Gedicht auf, allerdings das falsche, sie merkt erst bei Frühling, ja du bist's! Dich hab ich vernommen!, dass hier der sein sollende Frühling nicht vorkommt, aber macht nichts, auch das ist ein schönes Gedicht, und die Ausrufezeichen könnten nicht passender sein. Warum bist du so aufgekratzt, fragt Perlchen, macht es dir nichts aus, dass die Hochzeit abgesagt ist? Ja, wirklich, macht das der Ellie nichts aus? Ist es ein Moment, in dem das Herbeigesehnte auf einmal seinen Sinn verloren hat? Warum? Zum Beispiel weil Horst dir von der anderen Straßenseite her nur gerade zerstreut zunickt und dir plötzlich aufgeht, dass das nicht der Mann deines Lebens ist, Steinbach hin oder her, nicht sein kann mit seiner flüchtigen Art, ja, flüchtig ist das Wort, der wird es in keiner Ehe lange aushalten. Deswegen? Wegen dieser Einsicht? Oder weil du dich auf langen, gedankenvollen Spaziergängen und beim Sitzen am Fenster überzeugt hast, dass die Dinge nur gut werden, wenn man sie nicht dazu zwingt. Horst sein lassen, alles sein lassen und glücklich sein. Ist es das? Nein, das ist es nicht. Sowohl die eine wie die andere Einsicht wäre zu viel verlangt von Ellie. Sie ist fünfundzwanzig, es ist April, sie kann von diesem Steinbach, der eigentlich der attraktivere und liebevollere ist, nicht lassen. Der liebevollere? Ja, Horst stand gestern weinend vor Hänslers Bäckerei, das Schaufenster immer noch mit künstlichen

Forsythienzweigen dekoriert, aber nicht mehr mit Schokoladehasen, sondern mit rot glänzenden Pralinenschachteln in Herzform mit Schleife, schon im Hinblick auf den Mai. Bald Mai, ihr Götter, was weint er, doch nicht etwa wegen der abgesagten Hochzeit? Horst, hallo, verzeih, ich bin dir nicht nachgelaufen, ich komme jeden Tag zu Hänsler, warum weinst du? Das nie mehr vorgesehene Unglaubliche geschieht. Ach, Ellie, sagt Horst und umarmt sie und legt das Gesicht an ihre Schulter, schluchzend. Was ist, Horst, was hast du? Frag nichts, sagt Horst. Ja, Ellie, frag nichts, obwohl dir das schwerfällt, man muss doch miteinander reden. Nein, muss man nicht immer, lass die Plastiktüte mit den Gummistiefeln fallen, die waren sowieso nicht nötig, die Aprilsonne hat den Weg an der Werde entlang getrocknet, nur da und dort die feuchte Stelle ehemaliger Pfützen, bald kommt der Mai, also, lass die Stiefel fallen und umarme auch du den Horst, schieb unter seinen Armen deine Arme hindurch, die Hände auf seinem Rücken, auf seiner ewigen braunen, ganz glatt gewordenen Lederjacke, du musst dich halt ein bisschen anstrengen, damit du nicht abrutschst. Komm, du hast doch das auch schon gemacht, einmal mit Bernhard, wenn auch im falschen Augenblick, als du mit ihm in Aunklamm den Frischen Fritz betratst, die beste Gaststätte am Platz, und er sagte, Ellie, ich bitte dich, das ist hier nicht angebracht. Aber du brauchst nicht gleich ein Trauma zu haben, nur weil er deine Arme von seinem Körper löste und du dann das ganze Mittagessen lang weintest. Komm, jetzt weint Horst, umarm ihn. Sie brachte es nur halb fertig, mit der Tüte mit den Gummistiefeln in der Hand, die vom Schwung, zuviel Schwung, für eine Umarmung braucht man nicht so weit auszuholen, vom Schwung gegen seinen Hintern schlugen. Aber es machte nichts, weil sie wenigstens nichts mehr fragte und ihm dann bei Hänsler zwei Wurstrollen, zwei Käseschnitten und zwei Stück der ebenfalls im Hinblick auf den Mai neu ins Sortiment aufgenommenen Erdbeerschaumtorte kaufte. Er musste unter Tränen lachen, das ist zu viel, Ellie, behalt auch was für dich. Nein, das ist für dich, behalt es, es ist für dich, wirst du dich wieder melden? Ja, Ellie, ich versprech's. Verstehst du jetzt, Perlchen? Hochzeit, was soll schon Hochzeit, Horst wird sich wieder melden, das steht da in der linden Luft über dem Fluss geschrieben, wir werden zusammen fliehen, unsere Familien sind ja jetzt auf ewig verfeindet, Großvater hat gesagt, wäre er nicht so gutmütig, würde er beginnen, diese Steinbachs zu dezimieren, wir werden zusammen nach Rom fliehen. Quatsch, sagt Perlchen. Wieso, sagt Ellie, wieso sagst du das, meinst du, er will nicht? Du willst nicht, sagt Perlchen. Warum sagst du das?

Aprilvormittag, Perlchen und Ellie sitzen an der Sonne, Perlchen erklärt Ellie, dass sie für eine Flucht zu ängstlich ist, dass sie nur in vertrauter Umgebung leben kann, sofern das ein Leben ist. Perlchen, wie redest du mit mir? Perlchen redet, wie eine Freundin reden soll, ehrlich. Sie sagt, du lebst hier auf Sparflamme, machst seit dem Abitur nichts mehr. Das stimmt nicht, ich habe beim Zirkus Bogen bei den Pferden und Kamelen geholfen und beim Kinderhilfswerk die eingegangenen Kleider sortiert und an Fasching einen Kinderumzug organisiert, ich weiß mehr vom Leben als du in deinem Wien. Streit an diesem schönen Aprilvormittag an der Werde? Nein, auch Perlchen ist gutmütig, sie umarmt Ellie im Sitzen, komm, Ellie, du kriegst das schon hin, du bist ja noch jung. Aber warum musst du mir die Freude verderben? Ach, Ellie, sagt Perlchen, erst himmelhoch jauchzend, ich dachte, das hält hin, wenn ich mal die Wahrheit sage, aber jetzt habe ich dir die Freude verdorben, das tut mir leid, wenn du willst, gehe ich. Nein, Perlchen, bleib bei mir, tröste mich, sag mir, dass sich Horst melden wird. Bestimmt wird er das, aber weißt du auch, warum er weinte? Nein, weißt du es, warum sagst du mir nichts, wenn du es weißt? Ich weiß es nicht, Ellie. Warum fragst du dann so? Wie frage ich? So wie wenn du es wüsstest. Woher sollte ich es wissen, Ellie, ich habe mit Horst keinen Kontakt, sei doch vernünftig. Aber warum sagst du, bestimmt wird er sich melden, und dann fragst du gleich, warum er weinte. Ist mir einfach eingefallen. Weil du nicht wirklich glaubst, dass er sich melden wird. Ellie, hör bitte auf, er wird sich melden, Punkt, warum er weinte, ist letztlich egal. Ja, meinst du das wirklich? Und so weiter an diesem sonnenwarmen Vormittag im April, an dem einmal auch Peter Röder auf seinem Moped, obwohl das Befahren des Uferwegs untersagt ist, gefahren kommt und abbremst, hallo, ihr Schönen. Wie lästig, dass der stören muss, jetzt war es doch wieder so nett mit Perlchen hier an der Werde, die leicht bewegte Luft, der leichte Wassergeruch, die leichten Meisen und Perlchen, die sagt, dass sich Horst wieder melden wird. Den Peter Röder können wir nicht gebrauchen. Hallo, Ellie, warum sagst du nichts, fragt Peter. Lass sie, sagt Perlchen, sie ist gerade seelisch beschäftigt. Ach so, na dann, sagt Peter und gibt Gas und fährt weiter in Richtung Alpha Centauri. So sehen die Fehler des Lebens aus, unscheinbar und unbeachtet. Hätte Ellie mit dem Röder ein bisschen geplaudert, hätte sich herausgestellt, was sich hätte herausstellen sollen, bevor es zu spät war und der Skandal ausbrach. Er brach aus, am nächsten Tag. Der junge Steinbach hat gestohlen. Was? Ja, zweihundert Mark aus Kahlmanns Kasse. Tag, Herr Kahlmann, wollte nur mal kurz vorbeischauen. Na, dass man dich auch wieder mal sieht, Horst, einen Job habe ich aber keinen auf Lager. Macht nichts, Herr Kahlmann, auf ein andermal, tschüss. So weit ist es mit ihm, mit mir, Horst Steinbach, gekommen, dachte Horst bald darauf weinend vor Hänslers forsythiengeschmückten, jetzt erschwinglichen Wurstrollen, und dann kommt die Ellie und schenkt sie ihm auch noch. Gestern. Und heute hätte sie auch kommen sollen, aufspringen von dem schönen Platz an der Werde, losrennen, wenn auch mit schlechter Technik, mit seitwärts bewegten Armen und also nicht sehr schnell, trotz ihrer langen Beine, aber doch geradewegs zu Kahlmann rennen und dort keuchend das Geld in Aussicht stellen, Herr Kahlmann, ich erstatte alles zurück, bitte sagen Sie niemandem etwas. Wäre Kahlmann schon recht gewesen, gerade davon hätte Peter Röder ja berichtet, dass Kahlmann, sein Onkel, noch bis morgen warten wird, bevor er den jungen Steinbach anzeigt. Mir reicht's, hatte Kahlmann gesagt, wenn ich das Geld wieder kriege, der junge Steinbach ist schon gestraft genug. Aber so ein Apriltag ist das, solche letzten Apriltage. Kahlmann muss leider Anzeige erstatten. Horst ist noch auf freiem Fuß, gegen eine von Viktoria Lamm gezahlte Kaution, komm mir aber nicht mehr unter die Augen. Nur, wohin soll er den freien Fuß setzen, wenn ganz Werdenburg hinter ihm herstarrt, ganz Werdenburg, Mann. Und es schneit wieder, letzter Apriltag, und es schneit, es schneit auf den blühenden Birnbaum und auf den blühenden Apfelbaum in Steibels Garten und auf Brunners Kirschgarten unter dem Burghügel an der Landstraße nach Schleifheim, auf der bestimmt wieder Franz Krüper und der Molosser unterwegs sind, das ist Wetter für die beiden, das ist ein phersu-Tag aus dem Vollen. Mann, hat der mich erwischt, der phersu, der war ja immer darauf aus, mich zu erwischen, jetzt hat er's geschafft, er hat mich erwischt. Lass dich nicht erwischen, sagte doch Maddalena, meinte zwar, beim Extrapolieren nicht erwischen, aber egal, es gilt auch für den phersu, der hat mich erwischt. Ach, Scheiße, die Trixi hat's gut.

Nicht zu reden von Maddalena. Wie gut, wie gut, morgen ist Mai, amore mio, wir fliegen aus, wir fliegen nach Amerika. Sie und Davide sitzen auf dem kleinen runden Platz mit den Pinien und den nicht mehr knisternd glitschigen, weil von den Winterregen und den Regen im März aufgeweichten, dunkel verfärbten Piniennadeln, auf der Lehne der Bank mit der fehlenden Sitzlatte, an diesem schönen Aprilabend. Acht Uhr vorbei und es ist immer noch hell, Tageslänge vierzehneinhalb Stunden. Auf einer der Pinien sitzt schon die Nachtigall, im Park pfeifen die Amseln, die signora Annamaria kommt mit Giorgetto daher und lässt sich von ihm zu Maddalena ziehen und bricht in Tränen aus. Es wird mir so leid tun, dich ein Jahr lang nicht zu sehen. Seien Sie unbesorgt, non si preoccupi, signora Annamaria, ich werde an Sie und Giorgetto denken, vi penserò. Schreib mir auch hin und wieder. Ja, werde ich tun. Vergiss auch nicht, wie schön es hier ist. Nein, werde ich nicht, ich sehe doch da an der Hauswand diese lila Blumen, ich rieche ihren Duft. Ja, sagt signora Annamaria, unser Frühling ist der schönste.

April. Ausrufezeichen.

Mai. Da läuft ein Hund unter den blühenden Ginsterbüschen, der ganze Berghang ist gelb von Ginster, und da läuft ein Hund, auch er gelb, einem Dingo nicht unähnlich, lang gezogene Schnauze, aufgerichtete, an den Spitzen geknickte Ohren. Heraushängende Zunge, die Maisonne ist heiß, der Schatten des Ginsters reicht nicht weit. Vel, was läufst du in dieser Stunde, fast ein Uhr, den Berg hinauf, doch nicht etwa bis zur Felsnase, die wie gemeißelt in den sonnenhellen, gleichzeitig tiefblauen Himmel ragt, starrt, müsste man fast sagen, die Felsnase starrt ins Blau des Himmels, und vielleicht auch umgekehrt, das Blau starrt auf die Konturen des Bergs, der Bäume, der Büsche, des Gesteins, auf die scharfen, aktiven Konturen, aktiv, sie starren ja zurück. Du fühlst das auf Schritt und Tritt. So ist der Mai. Vel liegt hechelnd unter einem Ginsterbusch auf dem Bauch, die Vorderläufe parallel von sich gestreckt, die Ohren nach hinten geschlagen, die Augen zu Schlitzen geschlossen. Ist eben zu viel, so bergan um diese Stunde, von ganz unten, von der Ausgrabungsstätte hier herauf bis fast an den Rand des Walds, in dem die Lichtung liegt. Alles im Laufen. Kann man nicht machen, nicht einmal als Hund. Und warum die Eile, es ist doch niemand hinter dir her, weder Pippo Ceci noch Nando Pediconi, die Jagd ist lange vorbei, und auch kein vom phersu Ludovico aufgehetzter Kommissar Andrea Petruzzi, der Fall ist ad acta gelegt, wir haben anderes zu tun, als im Wald Hunden und Schweizern nachzurennen. Auch kein Johnny Boldini, der diesen schönen Prisco schon zu sich genommen hätte, in Erinnerung an Giulio, aber nachlaufen tun wir dem nicht, womöglich da den Berg hinauf, no grazie.

Und jetzt läuft dieser Hund weiter den Berg hoch. Zwei Kuckucke rufen sich zu, einer im Wald, wo Vel angelangt ist, mitten in der blühenden, duftenden, am Ohr reißenden Stechwinde. Also, warum die Eile? Aber es ist doch schon fast ein Uhr, um eins holen sie die panini hervor. Wer holt die panini hervor? Vel, du denkst doch nicht etwa an Marius und Horst. Die können nicht da sein, oder was wäre das für eine Geschichte, dass die plötzlich wieder auf der Lichtung auftauchen, im Mai. Nein, Vel denkt nicht an die beiden, auch nicht an die Familie mit den Lammrippen und Pizzaschnitten vom Ostermontag, dem dunstblauen Ostermontag, wo ist der schon an diesem ins Blau starrenden, vom Blau angestarrten Maitag. Vel denkt an andere und sieht sie auch schon, während er sich unter den blühenden Brombeerranken am Waldrand auf die Lichtung hindurchdrückt. Da sind sie. Sitzen im Schatten der zartgrünen Eiche, über der stumm ein Falke kreist. Die panini, sie haben schon die panini hervorgeholt, sofern es panini sind, Maddalena hat einen Behälter mit Gerstensalat, Michele Scaccialupi isst geschälte Karottenstreifen, aber die anderen, ja, doch, panini, bresaola e rucola, mozzarella e pomodori, da ist sogar eins mit einem panierten Schnitzel drin. So ist das, die Archäologentypen auf der Lichtung, Mann, wenn Horst das wüsste. Die haben Kellen und Hämmer und Spateln und Winkelkratzer und Handfeger und Stechbohrer dabei und finden dir im Handumdrehen die genoppte Goldfibel oder auch gleich den zweiköpfigen

Hirsch auf Rädern und den hinterhältig lächelnden Mädchenkopf. Scheiße. Und richtig, da liegt östlich der Nord-Süd-Achse der Lichtung etwas neben einem Messband und einem Loch, das du nicht mehr als das eure beziehungsweise hauptsächlich von Vel gegrabene erkennen würdest. Viel größer und tiefer und rechteckig. So ist das also. Es war die richtige Stelle, wir haben im August an der richtigen Stelle gegraben, nur hatten wir für die harte Erde nicht das richtige Werkzeug, und jetzt im Mai finden diese Bastarde im weichen, mit weichem grünem Gras bewachsenen Boden auf Anhieb etwas. Das Verscherbelbare, das sie dann nicht mal verscherbeln. Es ist ein Abschiedsgeschenk für Maddalena, hat Castaldi gesagt. Natürlich nicht im Ernst, der Fund kommt ja erst mal ins Museum von Tolfa. Aber so nett, dass sie an Maddalenas letztem Tag, sie fliegt ja bald nach Amerika, etwas finden, das sie dann aus der Erde holen durfte, mit so präzisen Handgriffen, dass sie das Ding, das da lag, zu einem kurzen Leben erweckten. Ein wertvolles Ding, wenn auch nicht so leicht verscherbelbar wie etwas etruskisch Geschmiedetes oder Genopptes, weil nicht etruskisch. Ein Faustkeil, mindestens vierzigtausend Jahre alt, hat Castaldi gesagt, vielleicht aber auch vierhunderttausend. Wow.

Ja, wir unsererseits waren schon da, als hier alles von Schnee bedeckt war. Wir lebten hier in diesem kalten Land, auf dieser kalten Erde. Und? Und nichts, würde Horst sagen, alles andere wäre extrapoliert. Wir reden von Neanderthalern. Versuch gar nicht, dir vorzustellen, wie sie waren, was sie taten, was sie dachten. Sieben Siegel, Mann. Richtig. Schon die Geschichte von Larthia Satis Generationen und Generationen und Generationen nach diesen Neanderthalern ist ja mehr als zweifelhaft, aber lassen wir's durchgehen, da reden wir von maximal dreitausend Jahren, und was sind die schon in den ungeheuren Weiten der Zeit und der Unzeit. Vielleicht hielt sich ja Larthia Satis im Monat ampeli wirklich mit einer Hand am Zaun aus geflochtenen Eschenzweigen fest und betrachtete den schon drei Handbreit hohen, mit seinem hellen Grün ebenfalls ins Maiblau starrenden, vom Maiblau angestarrten Weizen. Hinter ihr das Schaf. Aber die Neanderthaler, nein. Seid froh, den Faustkeil zu haben, aber fragt nicht, was sie damit taten. Wahrscheinlich hielten sie das breite Ende umfasst und hackten mit der Spitze auf etwas ein, aber vielleicht auch nicht, und wenn vielleicht doch, dann stimmt es immer noch nicht, kann nicht stimmen, ein Umfassen und Einhacken vor vierzigtausend oder vierhunderttausend Jahren hat nichts, rein nichts damit zu tun, wie du heute so einen Keil umfassen und mit ihm auf etwas einhacken würdest. Jemand hat den Keil hergestellt, eine Frau, ein Mann, Frauen, Männer, Frauen und Männer, Frauen, Männer und Kinder, jemand. Das ist alles, was wir sagen können, sagt Castaldi und beißt in sein panino, tonno e pomodoro. Tonstücke werden herausgequetscht und fallen auf den Boden, Enrico macht einen Satz, schnappt sie sich.

Dieser Enrico. Da ist er ja. Sitzt angespannt hechelnd vor ihnen und verfolgt jede ihrer Bewegungen. Es wäre ein Leichtes, ihn mithilfe eines panino auf den Zug nach Rom zu locken und ihn dann Davide zu übergeben, dem Tierschützer, der für ihn ja schon einen Platz gefunden hätte, bei einer Familie in Monterotondo. Aber nach Monterotondo in der Sabinergegend, fünfundzwanzig Kilometer nordöstlich von Rom, gehört dieser Hund nicht. Enrico, der König der Berge von Tolfa, il re dei monti della Tolfa, sagt Michele Scaccialupi an einem Karottenstreifen kauend. In der Bar unten nannten sie ihn doch Prisco, sagt Maddalena. Wieso nannten, fragt Castaldi. Der Barbesitzer ist gestorben. Ja, Mai, nicht mehr alle am Leben. Ach, sagt Castaldi, eh dai. Prisco wie Tarquinio Prisco, sagt Michele an einem Karottenstreifen kauend, das geht nicht, der Tarquinio ist ja hier abgesprungen, um in Rom König zu sein. Immerhin König. Ich bleibe bei Enrico, sagt Anna Zoppa. So ein Maitag, an dem sie nach den panini im frischen grünen Gras liegen, einige schlafen, einige blicken zum Falken hoch, der stumm seine Kreise zieht. Hie und da der Kuckuck von weiter unten am Berghang. Anubis Vel Enrico Prisco Sanchuna liegt im Halbschatten unter der Eiche auf der Seite, die Läufe von sich gestreckt, leicht bewegte Schatten von Eichenzweigen auf dem Fell. Am Faustkeil hat er nur kurz geschnüffelt, was soll man mit einem alten Stein. Warum hat er dann damals im August hier so eifrig gegraben? Aus Liebenswürdigkeit. Wenn diese von der Hitze, vom Zikadengesäge, ja, schon von der Frage, wie die Zikaden das vom Morgen bis zum Abend durchhalten, angestrengten Jungen erschöpft in der trockenen, harten Erde kratzten, sollte er ihnen dann nicht behilflich sein? Ja, der wollte uns helfen, wird Horst später sagen, das war klar. Aber dann schaute er doch nur zu, als Marius wie wild zu graben begann? Ach, Marius, wenn der sich was vornahm, war für niemand mehr Platz.

So kann man es sagen.

Liebe Margrit

Was du mir schreibst, tut mir leid, aber ich wüsste nicht, wie ich Dir helfen könnte. Und auch, um ehrlich zu sein, wie ich Dir helfen wollen könnte. Das war ein idiotisches Spiel, das Du gespielt hast, obendrein schlecht gespielt. Weit übers Ziel hinausgeschossen. Es hätte genügt, mir mitzuteilen, dass Du von jemand anderem schwanger bist, dann wäre es vielleicht zur Eifersuchtsszene gekommen, die Du Dir wünschtest, und am Ende hätten wir uns, vielleicht, im Hotel Strohmayer unter Tränen in den Armen gelegen, und ich hätte Dir endlich und endgültig Treue geschworen. Aber auch noch zum Schein die Beziehung zu mir abzubrechen, das war ein Schritt zu viel und obendrein enttäuschend. Ich hätte Dich für liebes- oder lebensgewandter gehalten. Aber Du hast ja diese übereifrige, um nicht zu sagen obsessive Seite. Wahrscheinlich hast Du eine Liste von Schockmitteilungen gemacht, um dann zwei auf mich loszulassen, eben, eine zu viel. Und jetzt, was meinst Du, was Deine neuste Schockmitteilung bei mir auslöst? Trauer? Mitleid? Das Bedürfnis, es erst recht wieder zu versuchen? Auch da vergreifst Du Dich in der Methode. Wenn ich schon, wie Du jetzt sagst und anscheinend in ganz Zürich herumerzählst, eigentlich doch der Vater Deines Kindes war, was zeitlich eigentlich nicht möglich ist, hättest Du die Abtreibung mit mir auch besprechen können. Sag nicht, man könne mir nicht schreiben, jetzt hast Du es ja doch getan.
Aber lassen wir's, das alles ist mir, offen gestanden, gleichgültig oder fast gleichgültig (aber mit diesem Fast werde ich allein fertig). Ich mag nicht in den Sumpf hineinwaten, den Du um Dich herum angerichtet hast.

Sofern man einen Sumpf anrichten kann. Du schon, offensichtlich.
Schreib mir nicht mehr, ich will nichts mehr wissen, auch nicht, wie Du in Maier-Truebs Dachwohnung lebst.
Alles Gute
Marius
P. S. Um Dir Mühen zu ersparen: Ich beantworte auch Briefe meiner Familie nicht. Für den Fall gesagt, dass Du Dich mit ihnen zu verbünden versuchst. Ich bin nur noch für meine Arbeit da.

Jetzt im Mai nicht mehr auf dem Dach der Pensione Santa Marta, zu heiß schon, und da ist dieser französische Priesterkandidat, halb nackt oder auch schon einmal ganz, wie soll man in Gegenwart eines solchen verwirrten Paulus am Vorsaulus arbeiten. Die Frage nach Gott aus den Dingen herausfiltern, damit sie sichtbar werden, in größerer Reinheit, in besseren Farben. Und damit bis Ende August fertig sein. Wenn Sie das schaffen, hat C. Vede, der neue Professor, gesagt, stelle ich Sie als Assistent an und baue Sie als meinen Nachfolger auf. Eben, die glänzende Zukunft. Bald nach Abschluss der Dissertation Privatdozent, drei Jahre später habilitiert als der jüngste ordentliche Professor, ohne Umwege gleich an der Sapienza in Rom, Berufungen an die Sorbonne und Berkeley. Verheiratet mit Margrit Imboden, zwei Töchter, nein, das nicht, das war einmal, ist aber nicht mehr. Aber wir haben Zeit, wir werden uns umschauen, wenn es so weit ist, im September. Im September werden wir den Stock nehmen und uns nach der nicht glamourösen, das ist nicht nötig, die Karriere ist schon glanzvoll genug, aber sehr gut aussehenden Frau, vielleicht ein wenig wie jene störrische Sardin, umschauen. Dann wird es auch nicht mehr so heiß sein.

Ja, diese Maitage sind schon sehr warm, die Tageslänge beträgt über vierzehn Stunden, über der Nordhalbkugel des Planeten nähert sich der hier auf dem einundvierzigsten Breitengrad täglich unverhüllt sichtbare Stern seinem Höchststand. Der Stern wird jetzt lange sichtbar bleiben. Wir gehen auf den Sommer zu. Auf einen Sommer des Lebens in Amerika. Da ist unsere Maschine, eine Boeing 747–243 B Combi, noch angedockt, aber gleich nach dem Start werden wir das Meer sehen, und schau, wie blau der Himmel ist. Davide, wir fliegen in eine andere Geschichte hinein, unsere Geschichte, die nichts mehr mit dem ganzen Klimbim hier zu tun hat, con tutto l'ambaradam, mit der Familie, die ich ja gern habe, besonders Großmutter Maria Grazia auf Sardinien, aber sogar auch Cousine Letizia, die trotz allem angerufen hat, um mir eine gute Reise zu wünschen, alle, ja, aber es ist Zeit, sie hinter mir zu lassen, auch den Castaldi und die Ausgrabung und den Hund, jetzt kann ich's dir ja sagen, den habe ich bei der letzten Feldübung gesehen, aber hier kannst du nicht mehr umkehren, amore mio, und nach Tolfa rennen und dann mit dem Hund nach Monterotondo, du kommst jetzt mit mir durchs Gate in unsere neue Geschichte, und von jetzt an ist uns der Rest gleich. Ich will's versuchen, ci provo, sagt Davide, in welcher Tasche sind die Kopfhörer?

Das harmonikaförmige Ende des Fingerdocks ist nicht nahtlos an die Boeing angedockt, durch einen Spalt strömt nach Wasser riechende warme Luft auf die Plattform vor der Flugzeugtür, man sieht aufs Rollfeld hinaus, wo der

Gepäckeinlader Sandro Meneghini steht, mit Handschuhen und in kurzärmeligem Hemd. So ein Maitag.

Der Sänger S. G. sitzt mit seinem Glas Weißwein vor der Bar im Tuscolano-Viertel, neben einem Sternjasminstrauch, der bis über den ersten Stock hinaufgeklettert ist und ihm zu stark duftet. S. G. wechselt zum Nebentisch, weiter weg vom Jasmin statt näher, wo er sehen könnte, dass die fünf an einem Rand gewellten, am anderen Rand eingeschlagenen Blütenblätter nicht im Zentrum des Blütenkelchs ansetzen, sondern an der Basis des hinter ihnen befindlichen Blütenblatts, sodass sich eine Rechtsdrehung ergibt. Schon am Strauch scheint sich dieser Blütenpropeller zu drehen, und wenn er abfällt, siehst du, wie effizient seine Struktur ist, wie rasch er wirbelt. Und wenn schon von Propellern die Rede ist, wollen wir auch sagen, dass der phersu Ludovico ebenfalls vor einer Bar sitzt, mit Birnensaft, in Tolfa, nicht gerade in einem Propellershirt, sondern in einem dunkelblauen mit der Aufschrift Ferramenta Nuzzi. Der mit dem richtigen Propellershirt ist wahrscheinlich da im Wald oben, wo er einmal mit dem Dolch in den Stamm einer Eiche stach. Was er jetzt im Mai auf der von Kuckucksrufen abgesteckten und gleichzeitig vergrößerten hellgrünen Bergkuppe macht, wissen wir nicht.

Es ist Mai aus dem Vollen, Mann, sieht toll aus, diese ganzen weißen Bäume auf der grünen Wiese, der Birnbaum zu Hause blüht ja auch schon. Horst. Und nicht nur er. Auch Ellie. Horst und Ellie. Unterwegs nach, wohin wohl, nach Rom natürlich. Allerdings erst in Bad Bengen, mehr ist nicht zu wollen per Autostop, mit zweihundertzehn Mark in der Tasche. Zweihundert von Ellie, zehn von Horst, sein

Gesamtvermögen. Den Kahlmann haben sie, die von der Arschfamilie, ja noch ausbezahlt, damit er die Anzeige zurückzieht, aber dann ist für immer Schluss, haben sie gesagt, hat vor allem Viktoria gesagt, die ist ja doppelt sauer, wegen ihrer geplatzten Verlobung mit dem Vorstert, Ellies Onkel. Und auch geplatzte Karriere, die Viktoria. Die wird ja seit dem Knatsch im Dezember im TV-Studio Herfrinn nirgends mehr eingeladen und hat doch ein neues Buch. Der verlorene Dolch. Dämlicher Titel, Horst sagte das ja schon, als er ihr vom verlorenen Dolch erzählte und sie ihn erpresste, mit dem Quatsch, dass ihn Großvater Vorstert killen würde, wenn er die Ellie nicht heiratet. Und die Dolchgeschichte sollte unter seinem Namen erscheinen, weil sie vom Schreiben genug hat, sagte sie da. Mann, war die außer sich an dem Tag. Aber jetzt ist das Buch doch unter ihrem Namen erschienen, der Verlag wird nicht so blöd sein, auf ihn zu verzichten, Skandal hin oder her. Horst hat das Buch dabei, hundertzwanzig Seiten, hat in Trixis Rucksack schon noch Platz. Hat ihm Frau Schröder geschenkt, den Rucksack, jetzt, da du ausgestoßen bist, nimm ihn, Trixi wäre sicher einverstanden.

Die Trixi. Liegt seit mehr als fünf Monaten in der Nähe der drei Tannen mit den frischen hellgrünen Schösslingen am Ende der herunterhängenden Zweige. Und das ganze Vogelgezwitscher. Mai, Mann. Horst stand vor der Abreise ziemlich lange am Grab, das Frau Schröder mit rosa Rosenstöcken bepflanzt hatte. Vanth stand auch da. Überflüssigerweise, Trixi ist ja schon tot und übers Feld entlang der Landstraße ins Jenseits geleitet, was steht sie also da, die Vanth. Wenigstens lächelt sie nicht, sie steht nur und schaut aufs Grab, der Frühlingswind stellt ihr die Federn der Oberflügeldecke auf. Ist sie etwa Horsts wegen da?

Nein, das kann nicht sein, der hat doch ein langes Leben vor sich, möglicherweise noch fast achtzig Jahre, Urgroßonkel Poldi lebt ja auch noch mit hunderteins, könnten wir auch schaffen, trotz oder vor allem wegen des Bruchs mit der Arschfamilie. Horst atmet schon leichter, endlich weg von denen. Nur leider trotzdem noch Stress, von wegen Geld. Ellie hat ja auch keins außer den zweihundert, die sie zu Hause in der Schublade hatte für die Aufträge an Hortensia, für Brötchen von Hänsler an den im Zimmer verbrachten Pickeltagen. Ellie hätte halt gleich zur Bank gehen und ihr Konto leeren sollen, bevor sie es ihr wieder sperrten, diesmal, weil sie davongelaufen ist. Aber das ist so typisch Ellie, dass ihr das nicht einfällt. Zuerst Geld abheben, dann erst Abschiedsbrief hinlegen und verschwinden. Nein, sie packt und weint und legt den nicht zitierwürdigen, etwas von meiner Liebe folgen, Brief auf ihren Schreibtisch und rennt zu Horst, der an der Werde wartet. Ellie, hast du das Geld? Was für Geld, ach so, ja, nein, das habe ich vergessen, ich hole es gleich. Zu spät, Frau Vorstert hat Bankdirektor Lockfroth bereits angerufen. Auch so eine Arschfamilie, die Vorsterts. Scheiße, Ellie, wir sitzen in der Scheiße. Aber du liebst mich, Horst, nicht wahr? Ach, Ellie, frag das nicht, und vor allem frag es nicht dauernd, und weine nicht dabei, sonst könnte diesem Horst da einfallen, sich auch etwas zu fragen, nämlich, ob es ohne dich nicht doch besser wäre, klar, die Ellie ist auf ihre Art nett, aber so ohne Kohle zu zweit. Und wir sind auch erst in Bad Bengen. Aber es ist nicht gesagt, dass er das alles denkt, weine nicht, Ellie. Könnte vielleicht doch sein, dass du die Liebe seines Lebens bist, man kennt sich ja nicht umsonst von null auf, Mann, die haben uns im selben Kinderwagen an der Werde entlanggeschoben, ich drin, Ellie vorn drauf, gibt ein Foto davon, in Schwarz-Weiß. Zickig ist sie auch nicht, die Ellie, nicht so wie damals Maddalena, die auf diesem runden Platz mit den Piniennadeln saß und auf einmal redete wie ein weiblicher phersu, grausam und unverständlich. Wollte plötzlich nichts mehr von mir wissen, ich versteh's noch heute nicht, werde es nie verstehen. Ellie verstehst du immer, auch wenn du nicht verstehst, was sie redet, wie jetzt in Bad Bengen mit Horst am Rand der Wiese mit den blühenden Birnbäumen. Eins der speziellen Feste, sagt sie, poetisch, vergänglich und ortsgebunden, zu denen man in einem bestimmten Jahresabschnitt von weither angereist kommt. Frag nicht nach, sie hat es bestimmt in einem ihrer Bücher gelesen, sie liest ja viel, was kann sie sonst tun. Hat ja auch schon das Dolchbuch der Viktoria gelesen und geweint. So ist das also, Horst, der im Buch Alexander heißt, hat den Familiendolch verloren. Auf einer fernen Insel, bei Viktoria muss es ja eine ferne Insel sein, aber es ist trotzdem klar, wer und was gemeint ist, auch wenn Viktoria eine Menge dazuerfindet, ein Eingeborenenritual, zu dem man keine Waffen mitbringen darf, keine Giftpfeile, keine Pistolen, keine Keulen, keine Maschinengewehre, keine Dolche. Alexander in seiner Schusseligkeit legt seinen Dolch irgendwo auf die Klippen und findet ihn dann nicht mehr. Er kann die schöne Eingeborene, die er in Berlin kennengelernt hat, nicht heiraten, weil man dazu hingegen ein ganzer Mann sein muss, das heißt bewaffnet, und nicht mit irgendeiner Waffe, sondern mit einer, die man von seinen Vorfahren geerbt hat. Viktoria beschreibt das kritisch, Männlichkeitskult ist nicht ihr Ding, ihr geht es darum, zu sehen, was passiert, wenn sich einer in einer fremden Kultur verheddert. Zum Beispiel so ein beeinflussbarer Alexander mit seinen Problemen europäischen Zuschnitts. Es ist dann die schöne Eingeborene, die Alexander überzeugt, dass die Waffenfrage obsolet ist, und sie fliegen nach Berlin zurück. Ob das ein Happy End ist, lässt Viktoria offen. Sind unsere Kategorien von Glück für andere Kulturen gültig? Für Ellie schon, gültig, oh, ja, ein Happy End. Was will man denn noch mehr, als mit Horst in Bad Bengen am Rand einer Wiese mit blühenden Bäumen stehen.

Liebes Perlchen, da staunst du, was? Du sagtest ja im April an der Werde, dass ich für eine Flucht zu ängstlich bin und nur in vertrauter Umgebung leben kann. Und jetzt bin ich mit Horst geflohen! Wir sind jetzt gerade in Bad Bengen, aber wir werden nach Rom weiterfahren. Das hättest du nicht gedacht. Ich bin eben gar nicht so ängstlich. Ich bin nur wegen meiner Familiensituation so gehemmt, als zweite Tochter. Ich sagte aber ohne zu zögern Ja, als sich Horst wieder bei mir meldete und sagte: »Komm, wir hauen ab.« Er ist von seiner Familie verstoßen worden, und er kann wegen der Sache mit Kahlmann nicht mehr in Werdenburg leben, und ich halte zu ihm. Auch ich werde von meiner Familie verstoßen werden, Gerbi wird alles erben, aber das macht nichts. Ich habe Horst. Das hättest du alles nicht gedacht. Ich kann jetzt nicht weiterschreiben. Wir müssen Autostop machen, damit wir heute wenigstens bis Trörbing kommen. Dort gibt es eine Jugendherberge.

Wir sind in Trörbing. Ich habe die Nacht mit einem Mann verbracht! Mit Horst! Wir schliefen im selben Bett, weil im Vierbettzimmer nur noch ein Bettt frei war. Er hat den Arm um mich gelegt und mir einen Kuss gegeben, bevor wir einschliefen. Ich weiß, dass das noch nicht vollständiger Sex ist, aber wir werden bestimmt Sex haben, sobald wir irgendwo allein schlafen können. Als die Hochzeit abgesagt wurde, sagte Gerbi, ich würde als alte Jungfer sterben, aber sie täuscht sich. Gerbi selbst hat ja offiziell nicht mal einen Freund. Sie geht heimlich mit Malte Krüper, weil unsere Familie den nicht haben will.

Wir sind immer noch in Trörbing. Es regnet, es fahren wenige Autos auf der Landstraße. Die Bäume auf der Wiese sieht man schlecht, es liegt so ein grauer Dunst auf der Wiese. Ich möchte nicht noch eine Nacht in der Jugendherberge verbringen. Zwei Jungen haben im Bett neben uns Sachen gemacht. Horst sagte: »Halt dir eben die Ohren zu.« Er legte wieder den Arm um mich, bevor wir einschliefen. Ich hoffe, wir kommen bald zur Schweizer Grenze. Horst hat in Zürich einen Freund, aber er weiß nicht, ob der da ist. Ich freue mich darauf, mit Horst in Zürich zu sein. Ich kann nicht weiterschreiben. Horst sagt, ich solle mich auf die Landstraße stellen. Er bleibt im Unterstand.

Ich weine und weine. Es ist etwas Schreckliches passiert. Es ist aber auch etwas Wunderbares passiert. In der Nacht vom 18. auf den 19. Mai bin ich Horsts Frau geworden! Im wahren Sinn des Wortes! Wir hatten richtigen Sex! In einem kleinen Gasthaus in Feplau. Wir sind zu Fuß von Trörbing nach Feplau gegangen, weil uns keiner mitnahm. Fünfzehn Kilometer im Regen. Wir waren völlig durchnässt. Horst sagte: »Scheiße, Ellie, jetzt lassen wir fünfundzwanzig Mark für ein anständiges Zimmer springen.« Er sagte der Wirtin, wir seien auf Hochzeitsreise, wir hätten dem heiligen Jakob gelobt, die Hochzeitsreise zu Fuß zu machen. Sie glaubte es und gab uns ein kleines, aber geheiztes Zimmer. Ich hatte zuerst ein wenig Angst, aber es war wunderbar. Horst war sehr zart und machte mir Mut. Es war wunderbar. Das wollte ich aufschreiben für alle Ewigkeit, bevor ich das Schreckliche erzähle. Perlchen, ich bin zu Hause! Die Wirtin hat uns verraten! Sie hat uns der Polizei gemeldet, und die hat bei mir zu Hause angerufen. Als ich gestern auf der Landstraße stand, kam plötzlich unser Volvo gefahren mit Vater und Hortensia. Sie zwangen mich einzusteigen. Horst war verzweifelt. Er schrie, sie können das nicht machen, ich sei volljährig. Vater sagte: »Nimm dich bloß in Acht, dass ich dich nicht wegen Vertragsbruchs verklage. Da kommst du dann nicht so glatt weg.« Horst konnte nichts machen. Er weinte. Ich weine auch, schon seit gestern. Ich weine und weine. Niemand hilft mir, auch Hortensia nicht. Sie ist beleidigt, weil ich ihr nichts von der Flucht gesagt hatte. Mutter will nichts hören, und Vater redet nicht mit mir. Gerbi sagt, Horst hat warscheinlich selbst die Polizei benachrichtigt, der wolle mich gar nicht. »Kein Steinbach will dich«, sagte sie. Ich hasse Gerbi. Ich werde wieder fliehen und Horst finden. Ich bin sehr verzweifelt.

So ein Mai, mit diesem grünen, leinenbezogenen Notizbuch, in das Ellie ihr Leben schreibt, immer an einen Adressaten, einen wirklichen oder imaginären. Einen echten Brief an Perlchen wird sie erst im Juni schreiben, aber noch ist es Mai, am Dorfeingang von Stettfürth steht ein Maibaum mit flatternden Bändern, Horst wandert am Rand einer gelben Löwenzahnwiese auf ihn zu, an diesem windigen, nicht mehr regnerischen Tag.

In Zürich schon. Hier regnet es seit vier Tagen. Ich mache das nicht mehr mit, sagt Nelly Maier-Trueb zu Arnold, wir sagen die Party ab und fahren nach Ischia. Künstlerparty mit dem Motto Wonnemond, Waldmeisterbowle im Garten. Zu grün, der Garten. Von der Spalieraprikose haben die Eisheiligen die Blüten abgefroren, die Pfingstrosen wollen nicht aufgehen, das Vergissmeinnichtbeet ist nach allen Seiten platt gedrückt, der Goldregen blüht zwar, hat aber einen zu passenden Namen. Sagt Arnold. Könnte aber ein Spruch vom jungen Haller sein, sagt Nelly. Der macht keine Sprüche mehr, sagt Arnold, der hat bestimmt andere Sorgen mit seinem abgetriebenen Kind. Vielleicht auch nicht, sagt Nelly. Anyway, sagt Arnold, den sehen wir sowieso erst im Herbst wieder. Und es ist erst Mai, auch wenn es fast herbstelt, bei diesem Landregen, in dem nur Monika Brüggisser unter einem roten Schirm auf der Straße umherläuft, auf der Suche nach Hugeli, ihrer Katze, der Katze von der Novembernacht in Maier-Truebs Garten, wir erinnern uns. Jetzt im Mai liegt Hugeli zu Hause im Badezimmer im Wäschekorb, was Monika Brüggisser weiß. Sie muss trotzdem umherlaufen und suchen. Von Maier-Truebs Birke tropft der Regen. Schade um die Party, aber was kannst du machen, indoors geht nicht, fürs Frühlingsfee-Haschmich-Spiel braucht es den Garten. Schade, wirklich, Godi Stutz als Fee ist jedes Mal ein Hit. Aber nun halt. Wie lange sitzt uns die Margrit eigentlich noch da oben, fragt Arnold. Da oben, in Maier-Truebs kleiner Wohnung unter dem Dach. Dahin ist sie geflüchtet. Vor ihrer Mutter. Wirklich? Ja, vor Choi Ahri, dreiundvierzig, zeitweise tätig als Koreanischlehrerin, sonst Hausfrau und Mutter. Nur zu sehr. Den Walter Dae-Hyun nehme ich dann bald nach Goyang mit, sagte sie, damit er unsere Kultur kennenlernt. Umma, sagte Margrit, das ist mein Kind, ich entscheide, wann es wohin geht. Gritli, Schätzli, sei nicht so hart, das ist doch unser gemeinsames Kind, du wohnst ja hier bei uns. So kam Margrit zur Maienzeit mit einem Koffer und einer Tasche bei Maier-Truebs an und ließ sich von Nelly überzeugen, dass es zu früh sei für ein Kind, und sie habe jemanden, der das Problem lösen kann. Natürlich machst du nicht ein Kind weg, weil es dir eine Nelly sagt, du musst selbst schon daran gedacht haben.

Liste vom 5. Mai

Keine Rollschuhparty

Keine Seminararbeit (ist mir zu schlecht)

Kein Seminar bei Prof. Lohr

Keine Lust aufs Mansardenzimmer (von Umma schon eingerichtet)

Kein Maienjam auf der Seebodenalp

Kein Besuch bei Cousine Dang in Kuala Lumpur

Keine Lust

Kein Rezept mit Maiglöckchen

Kein Einkaufsbummel mit Bea (ist enttäuscht v. mir)

Keine Velotour um den Neuenburgersee mit Piri, Hanggi, Thomi und Elsi

Kein Mann: Hanggi will ich nicht

Marius will mich nicht mehr (ich bin todtraurig, es ist alles verkachelt)

Kein Kind

So ein Mai also. Jetzt sind Maier-Truebs schon auf Ischia, Nelly sitzt am Strand, am Fuß einer mit rosa Lampranthus überwachsenen Düne, mit Strohhut und Sonnenbrille. In Zürich regnet es noch immer. Die Tageslänge beträgt über sechzehn Stunden. Das sind auch wieder so helle Regenabende mit Amselgesang in den hellen Regen hinein und niemand auf der Straße. Monika Brüggisser sitzt mit Hugeli auf dem Schoß auf dem Sofa und schaut Einer wird gewinnen.

Margrit sitzt auch auf dem Sofa, auch zu Hause, ja, jetzt wieder zu Hause, und schaut zu, wie ihre Mutter beim Weinen in ein eng um sich selbst gewundenes Taschentuch beißt. Choi Ahri wird sich von diesem Verlust lange nicht erholen, das ist jetzt schon klar. Vater Imboden sitzt auf einem Stuhl, mit verschränkten Armen. So ein Maiabend, der doch ganz anders sein könnte. Mit Marius. Bei diesem Regen gibt's nichts anderes, würde er sagen, als sich ins Hotel Strohmayer zurückzuziehen. Ach, wir wären ja noch so jung, wir könnten die beiden Töchter, die wir haben wollten, immer noch haben. Keine Trauer um das weggemachte Kind, Margrit? Nein, es war nicht sein Kind, und es war nicht mein Kind, es war höchstens mein Plan, der pragmatische und schiefgegangene, alles zu früh, alles verkachelt. Ich hätte so gern dann die Töchter von Marius.

Marius, hm. Was macht er an diesem Maiabend unter dem smaragdgrünen Himmel, dem berühmten römischen Maiabendhimmel, der nicht auf zurückstarrende Dinge starrt, sondern sich selber erscheint, zu seiner eigenen Freude. Zu ihm hinaufstarren sollst du also nicht, du kannst einfach irgendwo sitzen, am besten irgendwo oben, zum Beispiel auf dem Dach der Pensione Santa Marta, den Stock, doppelte Krümmung, Enden auf derselben Achse, an die Brüstung gelehnt, eine Zigarette in der Hand. Zigarette? Seit wann raucht denn Marius? Seit es Mai ist. Wenn du schon diesen über sich selbst staunenden, hin und wieder von ebenso erstaunlichen weißen Möwen durchzogenen Himmel nicht anstarren sollst, musst du sonst etwas tun, und wenn du schon mit dem französischen Priesterkandidaten, der seinerseits doch in den Himmel starrt, nicht plaudern magst, so rauchst du eben eine Marlboro Filter. Echt? Marius hat wegen des Maihimmels angefangen zu rauchen? Natürlich nicht. Schreib du mal in acht Monaten eine Dissertation neu, über den nicht vorhandenen Gott, mit Sorgen um Margrit, ja, trotz allem Sorgen, wer sieht schon gern, wie sich jemand verrennt, und Sorgen um deine Schwester Julia, die einen Brief geschickt hat, mit dem Satz Ich bin krank auf dem Couvert, damit du ihn öffnest und liest, dass sie Brustkrebs hat wie eure Mutter. Ganz bestimmt war das in diesem Mai. Marius wird sich erinnern, dass er dachte, man müsse so wie dieser sich selbst erscheinende Himmel sein. Was nicht Gleichgültigkeit bedeutet.

Liebe Julia

Wisse, dass ich in Gedanken bei Dir bin, selbst dann, wenn ich nicht an Dich denke. Ich arbeite zehn Stunden am Tag und bin schon ein gutes Stück weiter. Was aber nicht heißt, dass ich nicht jederzeit nach Hause komme, solltest Du mich wirklich brauchen. Wisse auch, dass ich Deine Briefe lesen werde. Antworten nicht, lesen ja. Aber sollte es nötig und wichtig sein, werde ich auch antworten.
Hier ist ein grünblauer Maiabend, ich hoffe, in Zürich auch
Sei getrost, es kann alles gut werden.
Dein Bruder Marius

Geschrieben mit dem vom Vater zum Studienabschluss geschenkten Montblanc Noblesse auf ein A4-Blatt von einem Notizblock Pignastyl aus Loredanas Laden, mit dunkelblauer Tinte, am neunundzwanzigsten Mai.

Schon der neundzwanzigste, schon vorbei der Mai, schon vorbei der Frühling, vergehn wird der Frühling, nicht bestehn. Ellie steht weinend an der Werde. Eine Ente steht auf einem Stein in Ufernähe, wo das Wasser still ist, und schaut ihren vier Küken zu. Nein, schaut nicht zu, schaut geradeaus, werdeabwärts, während die Küken piepsend durcheinanderschwimmen. Wenn sich Ellie im hohen Ufergras auf den Bauch legte, könnte sie über den Kopf der Ente hinweg den Himmel sehen. Sie kann natürlich auch so den Himmel sehen, der heute blau ist, die schöne Maienzeit, die vergehende, so traurig, so traurig, in dieser schönen Jahreszeit so traurig zu sein. Horst ist verschwunden, verschollen. An welchen blühenden Fliederhecken, an welchen mit Iris bewachsenen Straßenborden gehst du entlang. Ich stehe hier an der Frühlingswerde und weine. Eben, Ellie, es wäre eine gute Idee, sich auf den Bauch zu legen und über den Kopf der Ente hinweg in den Himmel zu blicken. Warum? Weil auch du den Himmel so sehen könntest wie Marius in dem Mai, so tröstlich auf sich selbst bezogen. Über den Entenkopf hinweg schlittert der Blick zum letzten Horizont, in die schweigende Distanz, die dich vielleicht ein wenig erschreckt, in die du dich aber ruhig fallenlassen kannst. Das wäre doch eine Pause in diesem ganzen Geweine. Aber nein, Ellie steht nur, da an der Werde, auf diesem Planeten, mit seiner Atmosphäre, die das Licht seines Sterns so streut, dass der Himmel blau erscheint. Mai, immer noch.

Nicht mehr. Juni. Der Weizen steht hoch, grün noch, aber zu seiner vollen Länge von sechs Handbreit gewachsen. Die Ähren bewegen sich im leichten Wind. Das Schaf grast auf dieser Seite des Zauns aus Eschenzweigen. Es ist geschoren. Zu seinem Glück. Anfang Juni, und es ist schon heiß, wie soll das noch werden. Und da ist die erste Zikade, da irgendwo auf einer Eiche oder Ulme, das kannst du nie genau sagen, der Ton kommt von überallher. Sommer. Es ist Sommer. Der erste Sommersonntag.

Wann gehen wir ans Meer, fragt unweit der Eiche mit dem doppelten Stamm Federico Bilotti seinen Vater. Am Nachmittag, komm jetzt. Da oben ist etwas, sagt Federico. Wo? Da oben im Wald. Ein Wildschwein wahrscheinlich, gib mir die Hand. Es ist kein Wildschwein, es ist etwas Helles, ich habe es gesehen. Was hast du gesehen? Es war da und dort auch. Was soll das heißen? Ja, was soll das heißen. Das wird doch nicht schon der phersu sein, der, nur noch mit einem Lendenschurz und seiner Maske bekleidet, durchs Unterholz hüpft, so einer lässt sich ja von keinen stacheligen Ranken behindern, und wissen die Götter auf welche Frühsommergrausamkeiten sinnt. Schau, papà, dort ist es. Wo? Dort. Genauer gesagt, bei der vom Blitz getroffenen Eiche. Un cane, sagen Federico und sein Vater gleichzeitig. Komm her, ruft Federico. Nicht rufen, sagt der Vater, er könnte tollwütig sein. So benimmt er sich aber nicht. Er sitzt da oben, mit gelbem Fell, lang gezogener Schnauze, aufgestellten, an der Spitze geknickten Ohren, und schaut auf den Weg hinunter. Er ist nicht tollwütig, sagt Federico, vieni. Vel wischt einmal mit dem Schwanz durchs vorjährige Laub. Vieni. Mah, die beiden sehen nicht nach panini aus, riechen tut man nichts, Vel zuckt mit einem Ohr. Lass ihn jetzt, sagt der Vater, wir müssen nach Hause. Ich möchte einen Hund haben. Federico, das haben wir schon besprochen, komm, es ist spät.

Ja, auf einmal ist es spät geworden, jedenfalls nicht mehr Frühling, obwohl du noch hin und wieder den Kuckuck hörst und am Abend über der Stelle, wo der Brunnen der Larthia Satis war, die letzten Glühwürmchen durchs Dunkel blinken. So spät ist es eben doch noch nicht. Juninachmittag, Vel läuft durch den hellgrünen Wald, ein Eichenblatt vom Vorjahr hängt an seinem buschigen Schwanz. Er bleibt stehen, reckt den Hals, schnüffelt. Da ist etwas unter dem Laub. Er kratzt es weg, vorsichtig. Nichts, das ist nichts, nur ein Ding aus Holz und Metall, entfernt nach etwas riechend, das Vel schon einmal in der Nase hatte, aber es ist ganz schwach, ja, doch, der pomodoro-mozzarella-Mensch. Ist der vielleicht auf der Lichtung? Vel drückt sich unter weiß blühenden Heckenrosen hindurch. Niemand auf der Lichtung. Nur das leicht bewegte Gras und noch hier und dort eine rosa Anemone, die Eiche mit ihrem jetzt kräftig grünen, aber immer noch frischen Laub. Und da ist dieses viereckige Loch. Den alten Stein haben sie mitgenommen. Vel setzt sich und kratzt sich mit der Hinterpfote am rechten Ohr. Jetzt trabt er quer über die Lichtung zum anderen Waldrand und betritt zwischen durchgeschnittenen Brombeerranken, durchgeschnitten von den panini-Leuten, die auch das Loch vergrößert haben, den Wald.

In Santa Severa vorn nimmt Federico das erste Bad der Saison, Juninachmittag, das Wasser ist noch nicht so warm, zweiundzwanzig Grad, aber wenn man schwimmt, Federico kann schwimmen, ist einem nicht kalt, überhaupt nicht. In der Marine kannst du nicht zimperlich sein, Federico will zur Marine, eine weitere glänzende Zukunft, du stehst in weißer Uniform mit den anderen Matrosen auf Deck des Flugzeugträgers und grüßt die in weißer Uniform auf Deck des euch kreuzenden Flugzeugträgers stehenden Matrosen, zwischen den beiden Schiffen glitzert das Meer.

Alfred steht am Strand, im Sand, aber es ist nicht der Strand von Palanga, und setzt seine Sonnenbrille auf. Lausige Qualität, die Brille, in diesem Gegenlicht hast du einen Film darauf, du siehst das Glitzern praktisch nicht. Alfred nimmt die Brille ab und geht zum Strandrand auf den nassen Sandstreifen, wo die Wellen anschwappen. Er zieht die Hosenbeine seines weißen Pyjamas hoch. Er selbst glitzert nicht, der weiße Pyjama hat keinen Glitzer. Aber er steht knöcheltief im Glitzermeer. Alfred im Juni.

Ach, Mann, es fällt mir nicht leicht, aber ich muss es noch mal versuchen. Den Bestseller über dich. Ich kann doch nicht wie ein Irrer hier oben schuften. Bin hier oben im Hotel von Flösch, wusste sonst nicht wohin, nachdem sie Ellie mitgenommen haben. Schufte für zwohundertfünfzig im Monat plus Kost und Logis. Da wär ich ohne Bestseller schon über dreißig, bis ich das Geld für Kathmandu beisammenhätte, ich kann ja nicht alles auf die

Seite legen. Weißt du noch, unser Lieferant in Z. unten. Stell dir vor, der ist noch da. Zum alten Preis, ich hab mit ihm den alten Preis ausgehandelt. Kiffe aber nicht viel, glaub das bloß nicht, ich schufte ja nonstop von sieben bis sieben. Zwölf Stunden, Sklaverei, bloß weil Flösch nicht da ist. Der ist in Ecuador bei seinem Onkel. Sonst würden die mich nicht so behandeln, Mädchen für alles, nicht mehr Türsteher, vor allem fürs Schwere, Schneeschaufeln und so. Hier liegt noch Schnee, Mann. Du hast es gut am Glitzerstrand, auch wenn ich das erfunden habe, wer weiß, wo du bist. Hier wird noch geheizt. Ich muss Holz hacken für die Kamine, und heute regnets auf den Schnee, klar, am freien Tag. Ich wollte nach Z. runter, aber bei dem Scheißwetter habe ich keine Lust. Obwohl du ja da unten in Z. stehst und auf Arturos Aufschlag wartest (zum 3:3 oder 4:2) und zwischendurch den Schläger hebst, um Marie Claire zu grüßen. Aber lassen wir das. Diesen Bestseller habe ich aufgegeben, ich versuchs jetzt nochmal mit dir am Meer. Ich muss es versuchen, ich will nach Kathmandu, vielleicht mit Ellie zusammen, ich brauche die Kohle. Alfred im Juni. Vielleicht Titel, vielleicht nur Arbeitstitel. Der Titel muss der bessere sein. Die Viktoria hat Arbeitstitel, die besser sind als die Titel. Sagte sie mir mal selbst. Der Verlag will die Titel, die ihr nicht gefallen. Mir auch nicht. Ihr neues Buch Der verlorene Dolch hieß mal Welten weiter. Weiß ich, weil ich der Autor hätte sein sollen, sie hätte es ghostgewritet. Ich hätte schon mitgemacht, siehe Kohle. Aber dann hat sie mich auf die fieseste Art reingelegt. Lassen wir das. Alfred im Juni. Die Szene, wie du im weißen Pyjama knöcheltief im Glitzermeer stehst, ist die Einführung. Der Leser soll sich fragen, was du da machst. Was machst du da, Mann. Du machtest ja diese komischen

Sachen, seit du kifftest. Ja, ich weiß, ich war dein Mephisto, aber die komischen Sachen machtest du, nicht ich. Also, was machst du da im Juni im Glitzermeer von Santa Severa. Deine Großmutter, die dich sponserte, ist tot, schon seit dem letzten August, auch du hast Probleme mit der Kohle. Weißt du, warum du dastehst. Weil du kein Geld mehr hast für den Bus nach Tolfa rauf. Da wolltest du hin, nach Tolfa. Sagen wir, du weißt da oben von einem Ort, wo man etruskische Sachen findet, genoppte Goldfibeln und solche Dinge, die man verscherbeln kann. Das würde dir aus der Scheiße helfen. Es tut mir ja so leid, dass ich mit dem Schweizer da auf den Berg gestiegen bin statt mit dir, auch weil der Schweizer dich dann geträumt hat, und ich wusste, dass du sterben wirst. Ach, Mann, es wäre anders gekommen, wenn wir zwei da raufgegangen wären, aber du wärst ja nicht mitgekommen mit deinen Sandalen in der Hitze. Du wolltest ja auch nicht zur alten Eiche in Frascati. Du wolltest zuerst auch nicht mit zur Höhi-Hütte damals in Z. Du kamst nur mit, weil Marie Claire auch kam. Aber lassen wir Z., bei diesem Regen und Schneematsch geh ich da nicht hinunter. Du hast es gut an der Sonne am Meer. Wahrscheinlich schwimmen schon welche, so warm ist es. Ich jedenfalls würde es tun. Hätte die Badehose dabei und würde durch den Glitzer schwimmen. Ach, Mann, ich wäre so gern da mit dir im Juni am Strand. Aber das kann ich nicht schreiben, das ist kein Bestseller. Der Bestseller geht so, dass sich eine neben dich stellt, weil auch sie das Meer sehen will. Und mit der redest du sogar, weil sie dir gefällt, schwarze Haare, leicht gebogene Nase. Und am Ende nimmt sie dich auf ihrer Lambretta nach Tolfa mit. Aber ich will nicht schreiben, dass ihr verunfallt, und deine ganzen Sandalen sind auf der Bergstraße verstreut. Das geht nicht so, ihr könnt auf dieser Steigung gar nicht schnell fahren, zwischendurch müsst ihr auch schieben. Also, ihr kommt in Tolfa an, du lässt dich meinetwegen zu einem Eis in der Bar einladen, aber Liebesgeschichten müssen nebensächlich bleiben, sagte die Viktoria. Die Hauptsache ist, dass du aus Tolfa weggehst und dann durch den Wald rauf (jemand hat dir gesagt, wo du vom Weg abbiegen sollst, wer, das weiß ich noch nicht) und auf eine Lichtung kommst. Und diese Lichtung ist in einer anderen Zeit. Auch Juni, aber in einer anderen Zeit. Du merkst das zuerst gar nicht, da ist nichts, nur ein großer Baum. Vielleicht kommt ein Hund vorbei, aber wie willst du merken, ob das ein Hund ist von jetzt oder von einer anderen Zeit. Ich hoffe, du hast Wasser dabei, der ist durstig. Aber sonst nichts, Gras und der Wald ringsum, paar Vögel, das ist alles (Zikaden weiß ich noch nicht, wär mir lieber nicht, die Story braucht Stille). Du gehst da hin und her und einmal auch um die ganze Lichtung rum, und dann bist du in der Nähe des großen Baums und spürst, hier musst du graben. Hier geht's los. Du hast mit der Handschaufel (du hast eine gleich dabei, nicht so wie wir) kaum ein bisschen gegraben, da sind unter dem Baum pötzlich eine Menge Etrusker. In Trauerhaltung, sie haben den einen Arm vorgestreckt und die Hand erhoben als würden sie sagen Stop, und die andere Hand haben sie sich auf den Kopf gelegt. Und sie summen. Es gibt Geschichte und Geschichten, sagte Maddalena. Wenn das jetzt Geschichte wäre, dürfte ich nicht so extrapolieren. Ich hätte dann keine Ahnung, was sie von dir denken. Einer im weißen Pyjama und in Sandalen, der da in der Erde stochert, und da ist unser Vel, der sitzt da und schaut zu. Das denken sie höchstwahrscheinlich, und das ist alles, was ich wissen kann. Aber das ist kein Bestseller. Ich muss extrapolieren. Ich muss sagen, dass sie gar nicht sauer sind. Könnten sie ja sein, so wie du in den Gräbern ihrer Kinder stocherst. Jetzt fällt dir auf, dass die Lichtung voller kleiner Tumulusgräber ist. Kindergräber. Hast du vorhin nicht beachtet, aber sie waren schon da. Sie sind nur ein Traum, weiß ich, Marius hat sie geträumt, aber als Autor darf ich das für eine Story verwenden. Man darf alles, sagt die Viktoria, es muss nur überzeugend sein. Ist es überzeugend, dass die Etrusker plötzlich auf der Bildfläche erscheinen, weil du da rumstocherst? Ehrlich gesagt, ich weiß es nicht, aber ich habe sie ja auch gesehen, im August da unter dem Baum, in Trauerhaltung. Aber das ist vielleicht typisch Steinbach. Der Danuser hat doch gesagt, der Steinbach ist empfindsam. Empfindsame sehen Dinge, die andere nicht sehen. Weißt du noch. Ach, Mann. Tränen fallen aufs Papier. Kitschsatz, die Viktoria würde Bauchkrämpfe kriegen, aber es ist die Wahrheit. Ich heule ja nicht nur wegen dir und uns, ich heule auch wegen dieser Geschichte mit Ellie. Die Schweinehunde haben sie von der Landstraße weg entführt. Wenn was nicht überzeugend ist, dann das. Ich kann's nicht glauben, dass die so was machen, mit physischer Gewalt. Die Ellie hätte dem Vater ein Knie in die Eier knallen sollen, aber dafür ist sie zu ahnungslos. Obwohl, Mann, ich war überrascht, dir kann ich's ja sagen. Die wusste nichts, aber dann kam sie total in Schwung. In unserer Nacht im Gasthaus von Feplau. Ich dachte die ganzen Jahre, das mach ich nicht, ich will keinen Sex mit einer, die sich dann so dumm anstellt wie Ellie. Tat sie aber nicht, obwohl sie nichts wusste. Ich hätte nicht mal was dagegen, weiterzumachen und ihr noch mehr beizubringen. Aber heiraten nicht, das nicht, nicht mal ganz trocken mit zwei Zeugen auf dem Standesamt von Trörbing. Ich will nach Kathmandu. Meinetwegen kann sie mitkommen, und da kann man eh nicht als Ehepaar aufkreuzen, da wärst du gleich von vornherein out. Und jetzt halten sie Ellie gefangen. Ich kann ihr nicht schreiben, weil das die Sache nur schlimmer machen würde. Ich kenne diese Arschfamilie, Mann, die sind schlimm. Die Schlimmste ist ihre Schwester Gerbi, sie hat Ellie von klein auf terrorisiert. Mein Bruder hätte eigentlich Gerbi heiraten sollen, aber die ist so schlimm, dass sogar unsere Mutter sagte, lassen wir die Gerbi lieber aus dem Spiel und peilen die Ellie an. Die Vorsters waren ja schon deswegen beleidigt, Gerbi ist ja die ältere Tochter. Aber lassen wir das, ich wollte nur sagen, warum ich hier oben immer mal heule. Auch die ganze Scheißschufterei. Jetzt schneit's wieder, morgen kann ich dann wieder Schnee schaufeln. Aber lassen wir das. Du stehst ja an der Junisonne auf der Lichtung in deinem weißen Pyjama mit der Handschaufel in der Hand. Und da sind die Etrusker in Trauerhaltung so mit den Armen und Händen usw. Wie reagierst du, Mann? Ich weiß nicht, wie ich reagieren würde. Vielleicht würde ich vor Schreck zusammenklappen, aber vielleicht auch nicht. Wenn du schon mal drin bist in einer anderen Zeit, bist du bestimmt nicht der, der du sonst bist. Im August stellte ich mir vor, wie die Etrusker unter dem Baum stehen, und mir war mulmig zumute. Aber jetzt im Juni würde ich mich vielleicht freuen, sie zu sehen. Und du freust dich auch. Du denkst ans Verscherbelbare. Wenn die jetzt da sind, denkst du, dann sind ihre Sachen auch irgendwo da, die ganzen zweiköpfigen Hirsche und Dinge, von denen man nicht mal im Etruskermuseum in Rom was weiß, weil man sie nie gefunden hat. Du denkst, vielleicht schenken sie mir was, wenn ich ihnen begreiflich mache, dass ich aus der Zukunft komme. Aber die würden vielleicht nur sagen, was ist Zukunft. Garantiert nicht das Gleiche wie für dich. Aber trotzdem, vielleicht schenken sie dir doch was, und dann bist du saniert und mietest dir in Rom eine anständige Bude, eine bessere als die in der via in Selci mit dem ganzen kaputten Zeug. Du denkst das alles, aber nicht sehr klar, weil dich das Gesumme stört. Und du merkst auch, weil das kann man nicht nicht merken, dass die in Trauer sind. Sie summen in Trauer. Das Gesumme kommt dir bekannt vor. Weil du schon mal da gewesen bist in dieser Zeit und das Summen gehört hast. Du hast wahrscheinlich mitgesummt. Das klingt vielleicht nicht überzeugend, und doch ist es so. Wir alle haben schon in früherer Zeit gesummt. Wir erinnern uns nur nicht. Du hingegen beginnst dich zu erinnern. Das ist der Bestseller. Dein Leben bei den Etruskern. Besser als das Leben auf den Inseln, von denen die Viktoria schreibt. Das Coole ist, dass du die ganze Zeit nicht vergisst, woher du gekommen bist. Aus der Zukunft, die aber jetzt die Vergangenheit ist. Das war einmal, dass du am Strand standst am Glitzermeer und dich dann das Mädchen auf der Lambretta mitnahm. Jetzt bist du da in einem anderen Juni. Ich wäre ja auch gern da, statt in dieser Scheißbergkälte, nebenbei gesagt. Mann, weißt du noch, wie wir mal im Juni hinter dem Pförtnerhaus ein Feuer machten, weil's kalt war und weil du vor den Ferien deine ganzen Notizen und Zettel verbrennen wolltest. Von wegen Sozialismus. Du sagtest, wenn die an der Grenze das sehen, nehmen sie's mir eh weg. Da nützte auch die Großmutter als Parteibonzin nichts. War aber schade um die Notizen. Zum Glück haben wir anderen welche gesammelt, die Tagesformen und solches. Die haben bestimmt noch alle. Die geb ich dann heraus, wenn du via Bestseller berühmt bist. Schade, wolltest du mir die Notizen nicht geben, statt sie zu verbrennen. Das Feuer war ja auch schön, so mit dem ganzen Papier. Dann gingst du nach Palanga zur Parteibonzin und schriebst mir einen Brief. Weißt du noch, Mann?

Lieber Horst

Ich bin also auf meinem zweitplazierten Sandstrand. Ihr meint, Kiesel sind besser. Dürft ihr auch meinen. Völlig in Ordnung, dass Arturo mit seinem Strand bei Ortona gewonnen hat. Er hat mich eingeladen, aber ich habe abgelehnt. Den Sommer ohne mich würde meine Parteibonzin schlecht verkraften. Schlechter als ich sie und unseren Sandstrand. Der hat seine Reize. Habe beim Strandwettbewerb davon erzählt. Heute donnern die Wellen. Wir haben starken Wind bei 19 Grad. Ich könnte mir selbst eine Tagesform verkaufen und schreiben: Der komische Vogel würde seine Federn lieber am Kieselstrand lassen. Die Federn lassen müssen wir gelegentlich alle. Meinetwegen kann das auch bald sein, solange es in Italia ist. Ich werde es schon noch dahin schaffen. Natürlich nicht, um gleich die Federn zu lassen. Ich hoffe nicht. Auch ich will zuerst ein paar Dinge sehen. Der komische Vogel wird es schaffen.
Hier noch eine Tagesform für dich: Die Fledermaus flattert um die gelöschte Straßenlampe.
Das ist alles für heute. Bald kommen meine Eltern.
Ich ziehe mich besser gleich in mein allseits bekanntes Schweigen zurück.

Auf Wiedersehen, mach dir nicht zu viele Sorgen in der Luxuswelt
Alfred

Luxuswelt, Mann, weil in dem Sommer die ganze Familie mit Tante Astrid nach Bad Ischl musste, aber ich hab dir ja dann geschrieben, dass ich abgesprungen bin. Allein nach Hause getrampt, Luxus geht anders. Lassen wir das, es ist deine Geschichte. Alfred im Juni. Auf der Lichtung. Bei den Etruskern, die nichts gegen dich haben, obwohl du mit der Handschaufel in ihren Gräbern stocherst, aber erstens gefällt ihnen dein weißer Pyjama, zweitens sehen sie, wie du ihrem Hund Vel die Hand auf den Kopf legst, und sie fragen sich, ob du nicht vielleicht Selvans bist, der Waldgott. Jedenfalls ist ihnen klar, dass der Hund dich verteidigen würde, falls sie auf dich losgehen. Man darf ja nicht nur, sondern soll auch Episoden aus dem eigenen Leben in den Text hineinarbeiten, sagt Viktoria. Die Episode, wie der Aliesch den Bello auf uns hetzte, weil wir über sein Feld gingen. Weißt du noch? Du sagtest, stell dich hinter mich, rühr dich nicht. Du rührtest dich auch nicht. Der Bello kam gerannt und bellte mit gefletschten Zähnen. Ich kannte Vanth damals noch nicht, aber das war auch so ein Gebiss, das dich ins Jenseits geleitet. Was dann geschah, weiß ich nicht. Ich weiß nicht, ob du was machtest oder sagtest, ich war vor Schiss irgendwie weggetreten. Auf einmal sehe ich, wie der Bello dasitzt und deine Hand auf seinem Kopf. Der Aliesch sah das auch und kam dann selbst bellend und zähnefletschend gerannt, weißt du noch. Und der Bello fing an zu knurren, gegen Aliesch, der gerannt kam. Tolle Episode, Mann. Du wolltest ja dann nie sagen, wie du das gemacht hast, aber ich verwende sie trotzdem mal. Vel ist ja auch nicht aggressiv wie der Bello, er hat schon mit dem Schwanz gewedelt, als du auf die Lichtung kamst, und jetzt sitzt er einfach da, während seine Leute in Trauerhaltung summen, und du kannst ihm einfach die Hand auf den Kopf legen. Das gefällt diesen Leuten. Ein paar hören mit der Trauerhaltung auf und rufen dir etwas zu. Verstehst du nicht, du warst zwar auch in den Sprachen gut, aber das nützt jetzt nichts. Ihr müsst euch Zeichen machen. Ich kann nicht schreiben, dass du Etruskisch lernst, ich weiß nichts von der Sprache. Auch Maddalena konnte nur ein paar Wörter. Und die Etrusker verwendeten die Wörter bestimmt nicht so wie wir heute. Die hatten bestimmt andere Wörter für andere Gedanken. Hattest du zwar manchmal auch. Weißt du noch, als der Danuser fragte, von wem ist Die Frau ohne Schatten, und du sagtest, von einem, der auf seinem Boden steht, ringsum sind Berge. Ich erinnere mich nicht mehr, wer das war. Ich weiß nur noch, dass der Danuser lachte und sagte, so etwas kann auch nur dem Turidis einfallen. Aber bei den Etruskern kämst du damit nicht weit. Ihr habt ja auch nicht viel Zeit. Nur bis zum 21., und heute ist der 11. Ach, Scheiße, Mann, hier liegt immer noch Schnee, diesen Sommer kann ich mir abschminken. Ich wollte doch nach Rom mit Ellie, hab nur ein paar T-Shirts dabei. Die Mutter von Flösch hat mir alte warme Sachen von ihm gegeben. So lauf ich hier rum, nicht wie du im weißen Pyjama an der Sonne auf der Lichtung. Ellie hätte da bestimmt was gefunden, Frauen finden Dinge. Sogar die Ellie. Sie hat mal an der Werde ein Scheckbuch gefunden, und die Bank fand dann raus, dass es dem Apotheker Ströhm gehörte, und weißt du, was Ellie macht. Sie sagt Nein, als die Bank fragt, ob sie dem Ströhm den Namen der ehrlichen Finderin mitteilen darf. Sie ist ja so was von blöd. Trotzdem, ich wär jetzt gern mit ihr da auf der Lichtung, wer weiß, was ich ihr noch beibringen könnte. Sie lernt schnell. Ich verstehe das nicht mal ganz, das ist doch Ellie, aber trotzdem, sie lernt schnell. Und danach würde sie auch gleich etwas finden, eine Urne mit Zickzackmuster und dann auch den Dolch auf dem Rückweg nach Tolfa. Höre Alfred, im Bestseller geht das so, dass du ihn dir geben lässt. Du lässt dir den Dolch von den Etruskern geben. Die haben ihn, da bin ich sicher. Die laufen ja diese ganzen hellen Nächte auf der Lichtung und im Wald rum, den haben sie doch längst gefunden. Und sie schenken ihn dir, weil du mit ihnen am Abend im Wald bist und ihnen mal hier, mal dort erscheinst, so zwischen den Bäumen im Halblicht in deinem weißen Pyjama. Der leuchtet richtig. Auch aus dem Leben gegriffen. Die Trixi, die Ellie, der Edy, der Günther und ich haben mal im Sommer im Siefer-Wäldchen Verstecken gespielt, und du sahst die Trixi immer zwischen den Bäumen, weil sie ein weißes Kleid anhatte. Edy sagte, zieh's doch aus. Mann, ich muss aufhören, ich schreib ja dauernd daneben, diese ganzen Dinge aus meinem Leben statt den Bestseller. Alfred im Juni. Vielleicht, weil's hier so saukalt ist, Juni, zum Lachen. Aber was anderes konnte ich tun, mit zehn Mark, als mich hierher durchzuschlagen. Und mir tut auch die Ellie leid, echt leid, Mann. So, wie die da ins Auto reingezerrt wurde. Kriminell. Wir wollten doch nach Rom und von da nach Kathmandu. Scheiße, ich heule schon wieder. Aber ich weiß schon, du hast ja gesagt, in Frascati oben, wir weinen immer um uns selbst. Alles klar. Horst im Juni. Um den weine ich.

In dem Juni, in dem auf der Lichtung wieder Ruhe ist, Feldübungen zu Ende, der Faustkeil im Lager des Museums von Tolfa, kommt hier keiner mehr vorbei. Auch weil Kommissar Andrea Petruzzi gesagt hat, wir werden das Gelände absichern. Dass sie es dann nicht gefunden haben, braucht ja niemand zu wissen, porca miseria, wir können doch nicht tagelang im Wald herumirren, der macht mir die Uniform kaputt. Riss in der Hose, kein Dreiangel, aber eine unschöne Verknäuelung der Webfäden. Ruhe auf der Lichtung, Stille nicht mehr, vor lauter Zikaden hörst du den Falkenruf kaum. Noch weniger den leichten Wind in der Krone der Eiche und schon gar nicht den leichten Wind in den hohen Halmen, Flughafer, Rispengras, Ehrenpreis, Schafgarbe, Wegerich, das alles wogt ein wenig, aber wie willst du das hören, geschweige denn das Geräusch, das doch sicher vorhandene, mit dem eine Biene in der federigen lila Blüte einer Distel herumläuft. Juni. Maier-Truebs sind auf einer Rundtour in der Provence, jetzt gerade in Carpentras. Noch bevor der Touristenrummel losgeht, im Juni musst du reisen.

Bei uns war die Hitze noch größer geworden, die Sonne brannte. Larthia Satis hatte für das Schaf ein Schattendach aus Eschenlaub gemacht. Das Laub hatten wir für sie im Wald geholt, aber den Unterstand machte sie allein. Wir wollten ihr helfen, aber sie wollte nicht.

Juni.

Wir alle gehen auf einen großen Sommer zu, sogar da bei Horst oben wird es im Juli brandheiße Tage geben, er wird im weißen Jackett beschlagene Eisbecher rasch durch die Hitze tragen, das Ding, das Hotel, hat ja auch einen Pool.

Aber noch ist es Juni, die Tage vor der Sonnenwende, die maximale Höhe des Fixsterns über der Nordhalbkugel beträgt einundsiebzigeinhalb Grad. Auf dem einundvierzigsten Breitengrad ist der Tag fünfzehn Stunden lang, in Werdenburg auf dem achtundvierzigsten über sechzehn, aber das nützt Ellie nichts. Sie sieht nicht, wie sich die Helligkeit des Abends in den Fensterscheiben konzentriert und diese blind macht, dafür, dass sie Fenster wären, etwas zum Hindurchschauen. Das sind sie nicht mehr, sie schauen jetzt selbst, mit blinden Augen in eine hellere Welt. Obwohl sich die Nordhalbkugel mit Aunklamm schon vor einiger Zeit vom Fixstern weggedreht hat, wird es noch lange so dämmern, und der Stall, der Misthaufen und die Reithalle sind auf einmal Einrichtungen dieser dämmerhellen Welt, die nur die blinden Fenster sehen, wir nicht, wir sehen nur, dass sie sehen, aber das genügt, damit die Dinge anders sind als sonst. Hätte Ellie gedacht. Hätte es vielleicht Perlchen geschrieben. Perlchen, so schade, dass du nicht da bist, wir haben doch an der Werde gesagt, dass wir eigentlich immer nur an Juniabenden leben möchten, weißt du noch, ich hoffe, du hast es in Wien nicht vergessen. Aber Ellie denkt nicht, schreibt nicht. Sie führt ein kleines Pferd durch die Dämmerhelle und spürt nichts, sieht nichts, lebt nicht. So ein Juni für Ellie, die abgestumpfte Stallgehilfin. Mensch, was ist mit der Ellie Vorstert los? Ach, die hat ja schon Pech, jetzt ist ihr der jüngere Steinbach doch wieder abhandengekommen, da wäre ich auch wie vor den Kopf geschlagen. Na, dann ist's ja ganz tapfer, dass sie sich aufrafft und was tut, statt nur zu Hause rumzuhocken und zu heulen. Ellie im Juni. Schon schade, dass sie nicht sehen kann, wie das Pferd, dem sie das Tor zur Koppel geöffnet hat, geradewegs hinübertrabt in die Dämmerwelt. Solche Tage vor der Sonnenwende.

Totale Scheißtage, Mann, ich hab mir jetzt obendrein was geholt, du schaufelst Schneematsch, bis dir der Schweiß runterläuft, und stellst dich dann hinter den Küchenanbau, um eine zu ziehen, freudlos wie immer ohne Alfred, und ist ja klar, dass du dir was holst. Wenigstens hab ich Fieber, sie lassen mich in Ruhe, bin im Zimmer. Mann, Marius, hör mal.

Hallo Marius

Du wirst bestimmt nicht antworten, vielleicht nicht mal lesen. Aber ich will nicht denken, ich hätte es nicht versucht. Mann, könntest du mir nicht einen Gefallen tun? Ich bin wieder mal in der Scheiße. Ich mag nicht aufrollen warum. Aber ich bin jedenfalls in der Schweiz, arbeite im Berghotel von Bregatsch und kann meiner Freundin in Werdenburg nicht schreiben. Die bringen sie zu Hause um, wenn ich ihr schreibe. Könntest du ihr den beigelegten Brief schicken? Sie muss doch wissen, dass ich sie nicht vergessen habe. Ich wär dir wirklich dankbar. Einen Brief von dir lassen die vielleicht durchgehen. Wirklich dankbar. Könnte ja um Leben und Tod gehen, ich kenne die Ellie. Danke, Mann!
Ich will dich nicht mehr aufhalten, hoffentlich hast du's gut, so long
Horst
P. S. Ich schlag mich vielleicht demnächst wieder nach Rom durch, aber ich werde dich nicht stören.

Marius hat in dem Juni diesen Brief fürs Erste ungeöffnet weggelegt, nicht weggeworfen, wer weiß, ob er nicht irgendwann im Leben zur Erklärung eines Ereignisses nützlich sein kann, dieser Horst hat ja die Tendenz, in Schlamassel zu geraten, und jetzt schreibt er wahrscheinlich, dass er kommt, das Verscherbelbare zu suchen, aber das, denkt Marius, kann er allein tun. Es ist ja schon Juni, schon der Tag der Sonnenwende, schon Sommer, noch zwei Monate bis Ende August und noch so viel Arbeit, um Gott aus der Religion herauszudividieren. Vergesst mich, und lasst mich in Ruhe.

Dieser Marius. In dem Juni denkt er nicht einmal an seine Schwester Julia, obwohl es bestimmt im Mai vor diesem Juni war, dass ihre Krankheit ausbrach, und schon gar nicht denkt er an Margrit. Margrit, was soll das, das war einmal, in den Tiefen der Vergangenheit.

Wie richtig, Marius. Margrit steht mit ihrer weinenden Mutter in einem dunklen Grab, da und dort liegen menschliche Knochen. Wir hätten nicht hierherkommen sollen, sagt Margrit. Doch, sagt Choi Ahri weinend, wir sind gekommen, um hier zu sterben. Jeder tut, was er kann, würde Marius sagen, wäre aber doch erschüttert, wenn er wüsste, dass sich die Grabszene fünfeinhalb Kilometer von der Pensione Santa Marta abspielt, in den Katakomben der Priscilla, Rom. Was, Margrit ist in Rom? Ja. Wirklich? Ja, sie wollte zwar nicht kommen, dem Marius nachlaufen, das sicher nicht, nein, das macht sie nicht, wenn sie sich da zufällig begegnen, schreckliche Vorstellung. Aber Gritli, du musst das für deine Mutter tun, bei dem Zustand, in dem sie ist, nach allem, was sie durchgemacht hat. Es war mein Kind, Papa. Umso mehr musst du es für sie tun. Rom also, Liegewagen, zwischen Mitternacht und vier Uhr stand der Zug hinter San Giovanni Valdarno still, man hörte die

Grillen zirpen. In Roma Termini stieg man aus dem Zug in ein warmes Luftbad ein, ein junger Mann in weißem T-Shirt wollte der signorina den Koffer tragen helfen. Margrit im Frühsommer in Rom. Man soll ja im Juni reisen. Und deine Mutter wollte doch schon lange nach Rom, das ist jetzt der Moment, es wird sie ablenken. Aber dann will ich auch einmal ans Meer.

Ja, das Meer an diesem längsten Tag, drei Uhr, barfuß kannst du nur über den Sand, wenn du dich an die Schatten hältst, von einem Sonnenschirm zum andern. Die ersten Sonnenschirme der Saison, unter einem gelbweiß gestreiften liegt Antonella, ihr freier Tag vom Schuhgeschäft, löst Kreuzworträtsel und trinkt Chinotto. Die Volants des Schirms flattern in der Brise, auch die Seiten des Kreuzworträtselhefts. Sommer, noch sechs Stunden bis Sonnenuntergang, wäre hübsch, die immer ovaler werdende rote Scheibe ins Meer sinken zu sehen, aber Antonella weiß nicht, ob sie so lange bleibt, wäre netter, sarebbe più carino, mit dem Marius zusammen, aber da ist leider nichts mehr.

Ach, Marius, was sitzt du an diesem Tag in deinem Zimmer.

Tut er aber nicht. Er steht an der Ecke der via del Lavatore und der via della Stamperia, über ihm ebenfalls ein leicht flatternder Sommerstoff, und isst ein gelato, fragola e limone. Vor ihm die Fontana di Trevi, ein riskanter Ort, Margrit könnte mit der weinenden Mutter und dem unbehaglich an einer Zigarette ziehenden Vater hier auftauchen, was musst du ausgerechnet an diesem Touristenknotenpunkt herumstehen, Marius. Was heißt ausgerechnet, das ist die nächste gelateria zur Pensione Santa Marta, und was heißt herumstehen, es ist eine kurze Pause, man wird doch noch ein gelato essen dürfen, wo wäre das Problem. Richtig, Marius weiß ja nicht, dass Margrit in Rom ist, und wenn er es wüsste, würde er sich deswegen nicht aus der Pensione wagen? Quatsch, man wird doch noch frei in Rom umherlaufen dürfen, mit diesem Stock, doppelt gekrümmt, aber mit den Enden auf derselben Achse, der gegen die Wand der Gelateria Cecere gelehnt ist und den Marius jetzt nimmt, um sich durch die Touristenmenge einen Weg zu bahnen, während er die Finger der klebrigen Gelatohand wie ein Klavierspieler bewegt. Marius im Juni.

In diesem Monat acalve. Sie sind alle wieder da, und nicht so wie im Februar schön im Wald oben, sondern in der Nähe, da hinten auf dem Berghang, wo Vel einst im Mai unter den blühenden Ginsterbüschen hinauflief. Jetzt leuchten da die langen trockenen Halme von Flughafer fast durchsichtig in diesem Licht. Da ist Usil, da ist Tivr, da sind Turan, Laran, Leinth, da ist Selvans, da ist Maris, da ist Thanr, und da ist Voltumna persönlich. Heute geht er einen Schritt hinter Usil, sie sind ja alle den Berg hinauf unterwegs, ohne je einen Haferhalm zu zertreten, du siehst nur, wie sich die Halme in alle Richtungen bewegen, obwohl es windstill ist. Da laufen sie alle, auch Gefolge, auch die Vanth hinter Leinth, hinter Laran der phersu, hinter ihm schwer atmend der Molosser. Sie sind ja schon den ganzen Tag unterwegs, es ist der Tag des längsten Lichts. Den ganzen Tag an diesem Tag steigen sie den Berg hinauf.

Dort wird das Fest stattfinden, das wir uns lieber nicht vorstellen wollen. Larthia Satis wollte es sich auch nicht vorstellen. Sie sagte, das Fest im Monat des Februus sei dagegen ein Scherz gewesen. Es könnte auch sein, dass in dieser Nacht die Berge verschwinden würden. Das wäre für uns schrecklich gewesen, unser Haus und das von Larthia Satis waren doch an die Felswand gebaut. Und wenn der Berg unter den Göttern verschwunden wäre, wo wären sie alle gewesen. Hier wären sie gewesen. Wir hätten in der hellen Nacht vor unserem Haus gesessen, und Tuchulcha oder Fufluns wären des Wegs gekommen. Uns hätten die Haare zu Berge gestanden. Wir hofften, dass sich Larthia Satis täuschte. Der durchsichtige Hafer bewegte sich, sie waren noch unterwegs, wie sollte der Berg unter ihnen verschwinden.

Ja, würde Horst sagen, wär echt ein Scheiß, wenn der Berg verschwinden würde, ich würde mich nach Rom durchschlagen un dann da hinaus, und dann wäre der Berg weg, die Lichtung weg, das wäre ein Pech im Quadrat.

Es wäre auch schade um die Eiche, die jetzt voller Leute ist, Tivr sitzt da oben, Maris, Turms, Selvans und Vanth ohne die Flügel. Die sind an den Baumstamm gelehnt. Die anderen stehen am Waldrand, ungefähr dort, wo Marius und Horst einst ihre panini aßen. Hinten im Wald ist es nicht richtig dunkel, und auf der Lichtung ist es so hell, dass du fast immer sehen kannst, was läuft. Das läuft, das Fest der hellsten Nacht, die Hetzjagd auf den zweiköpfigen Hirsch. Der Höhepunkt des Jahrs für den phersu und den Molosser. Wie gesagt, wir wollen es uns nicht vorstellen. Ganz alles sieht man ja auch nicht. Du siehst nur so ein Flitzen im Dämmerlicht, das ist das hinterhältig lächelnde Mädchen, das umherrennt, um zu verhindern, dass der Hirsch im Wald verschwindet. Im Wald ruft eine Zwergohreule. Mehr wollen wir nicht wissen. Können es auch nicht. Wie lange dauerte das Fest auf der Lichtung, wohin sind sie dann gegangen? Zur Felsnase hinauf, um schweigend zu den Sternen hinaufzuschauen, oder sind sie auf der anderen Seite durch den Wald hinunter, dort, wo Horst im August den Dolch verloren hatte, den der phersu vielleicht wieder in einen Baumstamm steckt. Wir wissen es nicht.

Wir wissen nur, dass es am nächsten Tag in Zürich regnete, bei siebzehn Grad, und Margrit jetzt froh war, in Rom zu sein. Das war ganz bestimmt der Juni, in dem sie mit ihren Eltern nach Rom fuhr, weil Choi Ahri gesagt hatte, entweder wir fahren dahin, oder sie fährt auf unbestimmte Zeit nach Goyang, um sich in der Heimat von der Erschütterung zu erholen. Umma, das ist Erpressung. Streite jetzt nicht auch noch mit mir, Gritli.

Rom also, ja, in diesem Juni, an diesem Junitag nach der Sonnenwende, oder vielleicht ist heute immer noch Sonnenwende, jedenfalls vierunddreißig Grad. Margrit am Meer, nicht mehr froh. Froh ginge so, dass Marius da wäre, und nichts wäre verkachelt, er würde mit seinem komischen Stock vorn am Wasser stehen und wäre nicht Thefarie Velinas, das nicht, von Thefarie Velinas weiß Margrit ja so wenig wie Marius. Er würde als Marius hier in Castelfusano am Wasser stehen und übers Meer blicken und sagen, ich weiß nicht, ob mir der Zürichsee nicht besser gefällt. Ach, Marius, heute würde ich auf deine Provokationen nicht hereinfallen, heute könntest du sagen, was du willst, Hauptsache, du bist da. Aber er ist nicht da. Margrit zeichnet mit dem Zeigefinger Vierecke in den

Sand. Er ist nicht da. Oder doch da. Da hinten in Rom. Aber nicht da, für niemanden da, nicht einmal für seine kranke Schwester Julia. Aber er muss doch irgendwo da sein, in dieser Pensione Santa Marta. Da nie vorbeigehen. Er sei nicht da, würde er ausrichten lassen. Er wäre doch da, aber nicht in der Daform, wie er sagen würde. Ach, Marius, Weinen ist nicht meine Sache, aber es ist schon alles verkachelt, wie konnte ich so idiotisch sein, das Leben lässt sich nicht berechnen, und wenn man es berechnen will, weil man es manchmal doch berechnen muss, dann bitte nicht falsch, wie er sagen würde. Ach, Marius, es war falsch, du hast recht, ich bin zu weit gegangen. Ich war wütend auf dich. Du betrogst mich. Du schriebst das vom Anbiedern. Ich biedere mich bei Viktoria Lamm nicht an.

Liebe Frau Lamm

Ich möchte Sie um eine Erklärung bitten. In Ihrem Buch »Inselfreunde« steht der Satz: »Echte Liebe ist emotionslos und hat kein Objekt.« Das hat mich immer beschäftigt, weil ich es nicht richtig verstanden habe. Ich bin jetzt in einer schwierigen Situation, und ich habe das Gefühl, dass es eine Hilfe wäre, den Satz zu verstehen. Ich möchte Sie nicht länger aufhalten, wäre aber sehr dankbar, wenn Sie mir kurz antworten könnten.
Mit herzlichen Grüßen aus Zürich
Margrit Imboden

Liebe Frau Imboden

In welcher schwierigen Situation stecken Sie, und wie alt sind Sie eigentlich? Ich kann Ihre Frage nur beantworten, wenn ich das weiß.
Herzlich
Viktoria Lamm

Liebe Frau Lamm

Vielen Dank für Ihre Postkarte mit dem Schloss von Werdenburg.
Ich bin 23, Jus-Studentin an der Universität Zürich und habe eine Abtreibung hinter mir. Ich bin absichtlich schwanger geworden, weil ich wollte, dass mein Freund sich überlegt, was er an unserer Beziehung hat. Das ist nicht aufgegangen. Vielleicht weil das Kind nicht von ihm war. Ich habe alles verdorben und musste das Kind abtreiben. Auch weil meine Mutter es mir praktisch weggenommen hätte. Zuerst dachte ich, es mache mir nicht viel aus, weil ich noch jung bin, aber jetzt tut es sehr weh, auch wenn ich die Abtreibung nicht bereue.
Ich wollte Sie fragen, ob der Satz aus Ihrem Buch vielleicht bedeutet, dass man jemanden lieben kann, den es nie gegeben hat. Das würde ich verstehen. Ich verstehe aber nicht, wie das emotionslos möglich ist. Ich bin sehr traurig, wenn ich an das Kind denke. Ich bin auch sehr wütend auf meine Mutter und kann sie im Moment überhaupt nicht lieben. Ich fühle aber, dass das Leben besser wäre, wenn man so lieben könnte, wie Sie in dem Satz schreiben.

Ich freue mich sehr auf Ihre Antwort, mit herzlichen Grüßen
Margrit Imboden

Liebe Margrit

Sie haben sich schon selbst geantwortet. Sie lieben ohne ein Objekt, und das tun Sie emotionslos, ohne Ansprüche, Erwartungen und Bedürfnisse. Daneben sind Sie traurig, aber das hat nichts mit dem nicht vorhandenen Objekt zu tun. Es hat mit Ihnen zu tun, damit, dass Sie meinen, etwas verdorben zu haben, das für Sie wertvoll war. Versuchen Sie, die beiden Bereiche zu trennen, dann wird Ihnen leichter werden. Trennen Sie auch Ihre Wut von Ihrer Mutter, aber zwingen Sie sich jetzt nicht, sie zu lieben. Objektbezogene Liebe ist sowieso nie ganz echt. Lassen Sie sich Zeit. Sie sind noch sehr jung.
In meinem Buch bezieht sich ja der Satz auf die schweigende Alni, um die alle einen Bogen machen, auch Adun, den sie liebt. Soll sie das Schweigen brechen oder ihre Liebe im Schweigen aufgehen lassen, das ist die Frage. Wenn Sie wollen, können Sie sie, Ihr Kind betreffend, ähnlich beantworten wie Alni.
Ich wünsche Ihnen alles Gute, auch, dass Sie und Ihr Freund wieder zusammenfinden.
Seien Sie herzlich gegrüßt
Viktoria Lamm

Margrit hat die Postkarte und den Brief bei sich, auch hier am Junimeer, in das ihr Vater ihre Mutter an der Hand führt, damit die Wellen sie nicht umwerfen. Choi Ahri ist eins sechzig groß, wiegt fünfundvierzig Kilo. Jetzt steht sie allein da, hüpft bei jeder Welle mit erhobenen Armen in die Höhe. Paul Imboden hat sie losgelassen und ist unter einer Welle durchgetaucht. Margrit richtet sich auf, wo ist er, da ist er, im Crawl parallel zum Rand der italienischen Halbinsel nach Nordwesten unterwegs.

Juni. Die Sonne steht noch gleich hoch wie am Tag ihrer Wende. Vanth sitzt noch oder wieder, wir wissen es nicht, in der Eichenkrone auf der Lichtung und lässt sich vom hinterhältig lächelnden Mädchen die an den Baumstamm gelehnten Flügel hinaufreichen. Die Flügel sind schwer, das Mädchen hat Mühe, aber es ist sonst niemand mehr da. Sie muss die Flügel umarmen, eine Wange an die Federn gedrückt, die nach Galgant, Styrax, Baldrian und warmem Vogelkörper riechen. Das Mädchen hustet. Es wird ihr aber schon noch gelingen, die Flügel hochzustemmen, und Vanth wird sie zwischen den Ästen hinter sich herziehen, sie ganz oben in der Krone anschnallen und davonfliegen ins Juniland. Für einen Augenblick werden die Zikaden verstummen. Signora Angela wird mit der Kiste Aprikosen, die ihr Johnny Boldini von seinem Baum gebracht hat, vor der Bar stehen und aufatmen, endlich Ruhe. Nur werden sie dann gleich wieder einsetzen. Mamma mia, und das noch den ganzen Sommer lang, wir haben ja erst Juni.

Auch wieder nicht mehr. Juli. Tatsächlich schon Juli, und wir hatten doch erst März und mussten uns daran gewöhnen, dass die Dunkelheit weggeschrumpft war, oder erst Mai, als wir einen Berghang mit gelb blühenden Ginsterbüschen und einen gelben Hund sahen, der den Berg hinauflief. Wo ist er jetzt, da die Hitze wie flüssiges Glas in der Gegend steht und signora Angela das Gefühl hat, sie müsse sich, wenn sie aus der Bar tritt, in diese schwere Masse hineindrücken. Madonna Santa. Wenn Giulio noch lebte, könnte er keinen Schritt hinaus machen mit seinem Herzen. Schon den April hat er nicht ertragen, das Feuer im Kamin, das wir da noch machten, das Nachlegen der Scheite. Wie lange das schon her ist, dass Giulio vor dem Feuer auf den Scheiten lag, und er wollte doch noch gegen Abend einen Spaziergang mit Prisco machen, mit dem Halsband und der Leine, die ihm Johnny Boldini gebracht hatte, der hatte ja auch einmal einen Hund gehabt, die Ninetta. Aber den Aprilabend sah Giulio nicht mehr, den Prisco auch nicht mehr, niemand sah den mehr, der war entkommen, und Giulio hatte ihn doch, als er mit dem Armvoll Scheite zum Kamin unterwegs war, noch da draußen in seiner Umzäunung in der Sonne sitzen sehen. Das würde der jetzt auch nicht mehr tun, so an der Sonne, kein Mensch, kein Tier verlässt freiwillig den Schatten.

Vel liegt bei der Kuhle, natürlich? künstlich?, mit dem immer vorhandenen, immer kalten Wasser im Wald, in der schwer zwischen den Stämmen liegenden Luft, im Zikadengesäge. Zur Felsnase wird er nicht mehr hochsteigen, wäre Energieverschwendung, erst recht jetzt, da es mit dem Nachschub hapert, alle am Meer, nirgends der Rand einer Pizzaschnitte, der herausgerutschte Inhalt eines panino. Und was würde man dort oben auf der Felsnase wollen, in der Hitze des in einem steilen Winkel über uns stehenden Sterns. Man würde ja doch nur kurz einen Blick ins flimmernde Land hinaus werfen und so rasch wie möglich wieder im Waldschatten verschwinden. Juli.

Maier-Truebs sind in der Toskana, in einem Landhaus in der Gegend von Saturnia, sechs Schlafzimmer, Joachim und Maureen von Tatz sind auch da und Sabine Trueb und Charly Binz und Anita und Peter Della Torre und Margrit Imboden. Was für ein Sommer, die halben Nächte an einem langen Tisch im Garten, mit so vielen Sternen über uns, wie wir sie in Zürich nicht haben, und das Grillenzirpen. Wie halten die Grillen das vom Abend bis zum Morgengrauen durch, wäre auch eine Frage, die Joachim von Tatz beantworten könnte. Aber es geht nicht um die Grillen, es geht um die Etrusker, von Tatz und Maureen haben sie studiert. Wir wollten ja schon seit dem November zu den Etruskern, seit der Party, auf der Margrits Ex-Freund, der Marius Haller, von seinen dilettantischen Ausgrabungsversuchen erzählte. Das gehen wir ganz anders an. Von Tatz hat Ausgrabungsberichte und Karten und einen Koffer mit archäologischem Werkzeug, Schaufeln und Spaten und alles. Total unfair, würde Horst sagen, aber die Lichtung finden wird der Arsch trotzdem nicht. Nein, wird er nicht, werden sie nicht, zu weit weg von hier, zu heiß, sie, die Männer, Joachim, Charly und Peter, graben frühmorgens in der Nähe, am Fuß eines hundertprozentig wie ein Tumulus aussehenden Hügels, selbstverständlich ohne Genehmigung, wer käme schon in diesem entlegenen Winkel Etruriens vorbei, es führt ja auch kein Weg zum Fuß des Hügels. Sie müssen quer durchs gelbe Land, über ein abgeerntetes Weizenfeld und durch hohes vertrocknetes Gras und dann durch Gestrüpp, unter dem Steinbrocken liegen, man weiß gar nicht, wohin man tritt, worauf man tritt, wenn man an die Schlangen denkt. Peter hat vom Gestrüpp einen Riss im karierten Hemd, ja, Dreiangel, und das ist im Moment auch alles, außer einem in eine Scheibe auslaufenden Zapfen aus Ton, den man als Amphorenverschluss, etruskisch? römisch?, durchgehen lassen kann. Aber es wird schon werden, Arnold, morgen kommst du auch mit. Nein, er kommt nicht mit, das ist ganz sicher der Juli, in dem Arnold Maier-Trueb zum ersten Mal mit der Hitze Mühe hat, komisch, letztes Jahr waren doch Nelly und er problemlos den ganzen Juli in Sizilien.

Juli, ja, es ist heiß auf der Nordhalbkugel, außer dort, wo sie unter Wolken liegt, in siebenundvierzig Grad Nord, acht Grad Ost, Zürich, da regnet es. Es wird dann schon noch die brandheißen Tage geben, in der zweiten Monatshälfte, aber das ist noch weit weg. Jedenfalls ist Margrit froh, wieder in Italien zu sein, nach der Reise mit den Eltern praktisch nur gewendet in Zürich, Reisetasche umgepackt, mit Maier-Truebs ab in die Toskana. Geh nur, Gritli, es wird dir guttun, ohne mich, ohne meine Trauer. Ja, zurück ins Sommerland, die Halbinsel liegt an einem sich durchsichtig an den Küsten kräuselnden Meer, von einer Klippe siehst du auf die Schwimmer hinunter, die aussehen wie über einem felsigen, von Sonnenreflexen bewegten Grund schwebende Frösche. Du siehst das am Morgen an der Ostküste, an der Adria, oder du liegst am Nachmittag in der dicht gewordenen Reihe von Sonnenschirmen am ionischen Meer oder am tyrrhenischen, und wenn das Wasser vielleicht doch nicht ganz so durchsichtig ist, an der viertausendzweihundertvierundfünfzig Kilometer langen Küste dieser vor vier Millionen Jahren aus dem Meer auftauchenden Halbinsel findest du doch immer die Strände, wo du beim Schwimmen noch weit draußen den Meerboden siehst, da und dort eine weiße Herzmuschel, der Sand in Wellenform.

Juli. Um den Grad, in dem der Fixstern über der Nordhalbkugel steht, kümmern wir uns jetzt nicht, auch nicht um die schon fehlenden fünf Minuten in der Tageslänge. Wir stehen, Margrit steht in einem kurzen blassrosa Trägerkleid mit nackten Füßen auf den Steinplatten der Küche, um sich ein wenig abzukühlen, viel mehr kann man in dieser Hitze nicht tun. Höchstens noch, einen Salat zubereiten.

Eisgekühlte Wassermelonenwürfel
Schwarze Oliven
2 Frühlingszwiebeln, längs geschnitten
Feldminze
Mischen, mit Salz, Pfeffer, Olivenöl anrichten

Was unserer kreativen Margrit alles einfällt, sagt Nelly Maier-Trueb, Charly Binz strahlt. Er hat die Minze am Feldrand geholt. Es ist der Juli, in dem Charly auf einmal in Margrit verliebt ist, vielleicht seitdem sie in der Küche auf einem hohen Schemel saß und sich mit einem koreanischen Fächer fächelte. Margrit, mon amour, vergiss den hochnäsigen Haller, vergiss alle, den Hanggi, das Kind, ich werde dich heiraten, wir werden Kinder haben, wir haben doch Zeit. Was lächelt Margrit so abwesend in der Fächerluft, die ihre schwarzen Stirnfransen umherwirbelt. Ich möchte ans Meer, sagt sie. Jetzt in der Mittagszeit? Ja.

Der Sommer, in dem Margrit auf einer Landstraße aus Charlys Audi quattro steigt und zwischen den versetzt und übereinander angeordneten, am Rand gezackten blauen Blütenblättern hochgewachsener Wegwarte auf einem Feld verschwindet und Charly denkt, er werde sie nie mehr sehen, Margrit, wo bist du, Margrit, komm zurück. Charly, wenn du mir nachläufst, kann ich nicht pissen und mich nicht in dich verlieben, und ich möchte mich ja auch nicht in dich verlieben. Was möchtest du dann? Weg aus dieser knisternden Hitze, ans Meer. Der Sommer, in dem Margrit elfmal am Strand liegt, jenen Junitag in Ostia eingerechnet, und zeitweise an einer Liste schreibt. Nicht von den Stränden, sondern von den Gründen, die dagegen sprechen, sich mit Charly Binz zusammenzutun. Für ihn geschrieben. Wirklich, du willst ihm die Liste geben? Ja. Ist das nicht grausam, Margrit, und das bei diesen Temperaturen, schau, wie ihm am Steuer des Audi der Schweiß herunterläuft, schau, wie er mit einer Cola in der Hand über den Sand rennt, in Badeschlappen zwar, aber der Sand, der auf seinen Füßen landet, brennt wie Feuer. Und nachts steht er nackt und nass vor dem Haus, in Verzweiflung, in der Hitze, im Grillenzirpen kann er nicht schlafen. Was willst du ihm da noch seine Mängel aufzählen, sein dünnes dunkelblondes Haar, sein Übergewicht, seine zu kleinen Hände und was noch alles, nein, das hat keinen Sinn, lass es sein, Margrit. Lass dich von ihm ans Meer fahren, meinetwegen, du bist in diesem Juli ja selbst verzweifelt, nach der ganzen verkachelten Geschichte mit deinem Marius, der nicht mehr deiner ist, auch wenn dann irgendwann später, wer weiß.

Ach, Marius. Wo bist du, ist es möglich, dass du in diesen Julitagen in der Pensione Santa Marta sitzt und von einer Sicht auf die Dinge schreibst, in der die Frage nach der Existenz Gottes noch nicht oder nicht mehr vorkommt, wodurch das Leben zu echter Religiosität gelangt. Und das ohne Kühlung, obwohl ihm signora Domitilla einen Ventilator hingestellt hat, aber man kann doch nicht schreiben bei einem solchen einseitig ratternden Wind. Marius hat das Fenster und die Zimmertür geöffnet, für die Illusion eines Durchzugs. Julitage in der Pensione Santa Marta, allein im Haus, da sind nur die signora Domitilla und ihre Katze, die auf dem Gang draußen auf dem Klinker liegt, den Körper halbkreisförmig, die Läufe weggestreckt, den Kopf erhoben, die Augen zu. Teresina im Juli. In der Nacht wird sie vielleicht durchs Viertel streichen, ist aber nicht sicher. Die Nacht ist fast so heiß wie der Tag. Marius sitzt, nur noch mit einer Unterhose bekleidet, am Schreibtisch. Rollladen vor dem Fenster heruntergelassen, die Schreibtischlampe zieht die Mücken an. Dieser Marius, Tag und Nacht an der Arbeit. Oder vielleicht in dieser Nacht nicht so sehr.

Lieber Robert

Offenbar können die Leute in solchen Nächten nicht schlafen. Es ist zwei Uhr vorbei, ich höre Stimmen von der Gasse.
Du wirst dich wundern, dass ich Dir schreibe. Man kann nicht immer konsequent sein, würde ich normalerweise sagen, aber ich mag mich nicht zitieren. Eine der Stimmen von der Gasse ist die von Julia. Ist Julia in Rom? Sie hält sich ans Schreibverbot, ich weiß also nicht, was sie gerade macht, aber ich kann mir schlecht vorstellen, dass sie nach Rom reist, um in der Nacht unter meinem Fenster Konversation zu machen. Aber wenn Du etwas weißt, schreib es mir. Wenn ich Antonia frage, trete ich eine Lawine los, und Vater schreibe ich gleich gar nicht, er ist schlecht auf mich zu sprechen. Meine Kehrtwende hat ihm nicht gefallen, nicht weil er gläubig wäre, sondern weil er nicht glaubt, dass ich bis zum 25. Geburtstag fertig bin. Auch er hat mit 25 abgeschlossen. Wie auch immer, schreib mir, wie es Julia geht.
Jetzt redet ihre Stimme wieder, zu weit weg, ich verstehe nicht, was sie sagt. Ich sollte hinuntergehen und nachschauen, aber der Gedanke an eine lange Hose ist schrecklich. Ich würde ja auch nur entdecken, dass halt jemand zufällig Julias Stimmlage hat, tief und dazwischen das hohe Lachen, du kennst sie ja. Und wenn ich schon nicht arbeiten kann, weil ich nicht arbeiten kann, seit die Stimme da redet, will ich mir wenigstens vorstellen, dass es wirklich Julias Stimme ist. Schlecht vorstellen kann ich mir, dass sie nicht mehr sein wird. Sie ist dreißig. Die gute Astrid, unsere Mutter, hat ja zehn Jahre länger gedauert. Weißt Du noch, wie man bei der Beerdigung Dich für

mich hielt, weil Du so heultest. Meinerseits hatte ich eher die Idee, auf den See hinauszurudern und vielleicht das Boot allein nach Hause zu schicken. Julia oder die Frau Gwerder hinderte mich daran. Apropos Boot, weißt du noch euren Kuss? Du dreizehn, Julia neunzehn, im Boot auf dem See draußen. Du hältst Julias Pferdeschwanz fest, damit der Wind ihn euch nichts ins Gesicht bläst. Du ziehst aber auch an ihm, Julia muss während des Kusses nach hinten greifen, um ihn zu befreien. Und dann kippt das Boot fast, weil du dich nachher neben sie gegen die Bootswand wirfst. Ja, Antonia und ich haben das alles mit dem Feldstecher verfolgt. Vielleicht will mir die Juliastimme von der Gasse sagen, Julia sei gerade dabei zu sterben. Ich glaube nicht speziell an solche Dinge, aber auch nicht speziell nicht, seit dem Vogel auf dem Sims. Ein paar Minuten vor dem Tod meiner Mutter setzte sich ein Vogel, eine Meise, glaube ich, aufs Fenstersims. Frau Gwerder bekreuzigte sich. Also, es könnte, why not, die heiße Sommernacht sein, in der sich Julia oder etwas in Julia zum Abtreten entschließt, passend zum Höhepunkt des Jahrs. Ich weiß, es ist unwahrscheinlich, sie hat noch die obligatorischen Runden vor sich, außerdem regnet es in Zürich vielleicht gerade, sodass einem die Lust aufs Sterben in Schönheit vergeht.

Das ist einer der klassischen Briefe, von denen man nicht weiß, ob man sie abschicken wird. Aber ich werde ihn abschicken. Ich möchte, dass Du ihn hast. Und bitte schreib mir kurz, wie die Dinge stehen. Ob Julia dabei ist, alte Träume auszuleben, was weiß ich, in einem Fass die Niagarafälle hinunter oder Rom sehen und sterben, oder so etwas. Ihre Stimme ist näher gekommen. Ich muss doch hinunter und nachsehen.

Da bin ich wieder. Die Welt ist klein. Zwei Paare stehen auf der Gasse, natürlich ist keine der beiden Frauen Julia. Die eine sieht mich gleich und fragt mit Julias Stimme, ob sie stören. Und weißt Du, wer das ist? Maddalenas Freundin, die im Dezember in Santa Prassede geheiratet hat, was Maddalena völlig aus dem Lot brachte. Habe ich Dir geschrieben, in einem meiner Anfälle von Ausführlichkeit. Carmen ist reizend ohne den ganzen Brautanstrich. Sie fragte, ob ich ein Nachtwallfahrer sei mit meinem Stock. Du weißt, mein mehr oder weniger krummer gerader Stock. Ich sage, ja, und sogar ein Nachtseher, Sie zum Beispiel heißen Carmen. Ich weiß gar nicht, wie mir der Name so plötzlich einfiel. Sie lacht Julias Lachen und sagt, na, so etwas, und ich bin eine Nachtseherin, du zum Beispiel warst am 13. Dezember mit Maddalena Mereu in Santa Prassede. Sie hatte uns gesehen, während sie unter dem Schleier züchtig zum Altar wandelte. Trau keiner Braut. Und dann sagt Carmen, sie habe sich schon in Santa Pressede gefragt, ob ich ein Wallfahrer sei, oder ob mir etwas fehle. Ich sagte, ich bin ein leicht hinkender Wallfahrer, unterwegs in den Orient. Es roch orientalisch in der Gasse, rauchig, süß und hintergründig. Ich weiß nicht woher. Es sind 27 Grad, Luftfeuchtigkeit um die 90 Prozent. Sie sagt, Orient, da käme ich mit. Da war zwischen uns schon alles klar. Ihr Mann, Felice, musste auch gleich sagen, ja, sie hätten eine Indienreise vor, im Spätherbst, und so weiter. Mehr weiß ich im Moment nicht, arbeiten geht auch nicht. Ich will den blöden Ventilator anstellen und zu schlafen versuchen.

Zwei Tage danach. Ich bin in der Scheiße, Mann, wie der oft erwähnte Horst sagen würde. Verliebtheit hätte es jetzt wirklich nicht gebraucht. Ja, diese Carmen. Ich in sie und sie in mich. Die lässt keinen Takt aus. Auch darin gleicht sie Julia. Julia hat einmal beim Schwimmen im See einen angesprochen, angemacht, muss man sagen, und es wurde kurz etwas daraus. Davon weißt du wahrscheinlich nichts, ist auch längst vorbei, mach Dir keine Sorgen. Seltsam zu denken, dass man sich um Julia keine Sorgen mehr machen muss. Um mich vorläufig schon noch. Ich mache mir Sorgen, wie ich in diesem Zustand bis zum 21. August fertig werden soll. Ist mir erst einmal passiert, dazumal mit Margrit. Die Carmen ist schon gestern wieder in der Pensione erschienen, wollte einen Zettel für mich abgeben. Quando ci vediamo? Dazu eine Telefonnummer. Ich kam aber gerade die Treppe herunter, unterwegs zu meinem Nachmittagsgelato. Sie kam mit, und dann kam sie in mein Zimmer mit. Es war eigentlich zu heiß, aber umso besser wurde es. Heute kann sie nicht kommen, und ich drehe Runden, der Ventilator dreht sich, ich drehe fast durch. Noch keine Zeile geschrieben. Julias Rache, weil ich sie vernachlässige? Auch das würde dafür sprechen, dass sie tot ist. Nein, ist sie nicht, weiß ich schon. Anrufen kann ich sie nicht, ich meine Carmen, die Nummer auf dem Zettel war die einer Freundin, zu der sie gestern eigentlich unterwegs war. Was musste sie mit 25 oder so gleich heiraten. Ich wollte zwar auch mit 25 oder so heiraten, aber das ist etwas anderes, nicht wahr. Also, ihr Mann, Felice, das Hindernis. Für mich noch nicht, aber für sie schon, sonst wäre sie heute gekommen. Für mich ein Problem. Ich halte die Szene hier schlecht aus. Will hinausgehen, die Gluthitze wird mich vielleicht abkühlen. Ich höre nichts von Carmen. Laufe wieder umher, es ist schon der nächste Tag. Verzeih, dass ich unzusammen-

hängend schreibe. Bin unzusammenhängend. Schwitzend und nackt und sicher lächerlich. Bin vorhin von einer Runde draußen zurückgekommen, signora Domitilla wollte mir eine Eispackung geben. Die Spuren meiner irdischen Tage werden noch länger sichtbar sein, mein Stock hat im Asphalt Abdrücke hinterlassen. So geht es nicht weiter.
Sie ist wieder da. Hat ihren Felice zu seinen Verwandten nach Ligurien oder so einen Ort geschickt und kommt jeden Nachmittag. Wäre nicht Juli, würde die signora Domitilla kein Auge zudrücken. Ich drücke auch kein Auge zu. Gestern Nacht habe ich wieder Julias Stimme von der Gasse gehört. Mich hinuntergestürzt, niemand, nur sig.ra D.s Katze. Nicht wahr, so kennst du mich gar nicht. Ich mich auch nicht. Entweder ich gebe alles auf und brenne mit ihr durch, oder ich gebe sie auf und danach überhaupt alles. Was sage ich. Ich müsste diesen Schrieb zerreißen oder ihn mithilfe eines Sonnenstrahls und einer Lupe verbrennen, aber Du sollst ihn in seiner ganzen Verdrehtheit haben und, wenn Du willst, behalten. Du sollst mir ja auch schreiben, was mit Julia ist.
Da fällt mir ein, dass ich zu diesem Zweck den Brief abschicken sollte. Tu ich.
Sei gegrüßt von
Deinem Marius

Dieser Marius, in diesem Juli. In diesem Juli ist es, dass er auf einmal in Loredanas Laden erscheint. Amore, wo kommst du denn her, du bist ja ganz durchgeschwitzt, warte, ich hole dir Wasser und ein Handtuch. Nein, danke, ich komme morgen wieder. Komisch, kommt herein und geht gleich wieder hinaus, was hat der denn, sagt Professor Sarti, der einst im März die Weihnachtsgirlanden abnehmen half. Inzwischen zweiundachtzig geworden und gekommen, eine Seife zu kaufen und mit der signora Loredana die Hitze zu besprechen. Und da ist auch die signora Silvia, die sich angewöhnt hat, täglich gegen elf ebenfalls im Laden zu erscheinen. Seit sie ein Nierenleiden hat und nicht mehr arbeiten kann, gleicht sie immer stärker ihrer Mutter, der signora Bianca, verstorben dazumal im November. Auch die stand zuerst lange zwischen den Regalen, bevor sie fand, was sie nicht wirklich brauchte. Also, eben, die sind da, der Professore und die signora Silvia, und Marius wollte doch. Was? Loredana die Carmen-Geschichte erzählen, sein Herz ausschütten, wie er nicht sagen würde? Oder wollte er mit ihr auf andere Gedanken kommen, Loredana, höre, wir fahren ans Meer, mach den Laden zu, schreib, wegen Todesfalls geschlossen. Oder beides, das eine schließt ja das andere nicht aus. Und Loredana? Hätte sie ihn hinausgeschmissen, du kommst doch nur, wenn du mich gebrauchen kannst, geh wieder, geh zu deiner neuen Flamme. Und er würde gehen, so wie wir ihn auch jetzt gehen sehen, in der römischen Julihitze, ohne dass wir wissen, was er bei Loredana wollte, ohne dass wir wissen, wie Loredana reagiert hätte. Er geht da, mit seinem Stock, der doppelt gekrümmt ist, dessen beiden Enden sich aber auf derselben Achse befinden, hinunter durch die in der Sonnenhitze liegende via di Santa Maria Maggiore. Warum er nicht die schattige via di San Martino in Monti gewählt hat, ist auch nicht klar, aber jedenfalls geht er wie jemand, der genug gesehen hat, der weiß, was zu tun ist. Hoffen wir, das Richtige. Wahrscheinlich schon. Er ist zwar noch nicht einmal ganz fünfundzwanzig, aber er ist er, Marius.

Schon Mitte Juli. Die Tageslänge ist unter fünfzehn Stunden gesunken, jetzt, um halb sieben abends mitteleuropäische Zeit, beginnt der Schatten beim siebenundfünfzigsten Längengrad Ost. Der noch vom Stern beschienene Teil des Planeten ist zwischen dem dreißigsten Breitengrad Süd und dem zweiundvierzigsten Breitengrad Nord weitgehend wolkenfrei. Die Kleinteiligkeit des europäischen Halbkontinents wird in seinem nördlichen Teil durch Wolkenbänke und Wolkenbänder kompliziert. Da oben im nördlichen Teil ist es, dass Ellie auf dem Aussichtsturm im Wald an der Werde sitzt. Tränen laufen über einen großen Pickel neben ihrem rechten Nasenflügel, fallen tatsächlich auf den Brief, den sie schreibt. Immerhin kommt unter den Wolken jetzt die Sonne zum Vorschein, von der sich Werdenburg auf der Nordhalbkugel mit tausenddreiundsiebzig Kilometern pro Stunde ostwärts wegdreht.

Sehr geehrter Herr Haller

Vielen Dank, dass Sie den Brief von Horst an mich weitergeleitet haben. Ich habe ihm geantwortet, aber ich wollte auch Ihnen schreiben, um mich zu bedanken. Es ist sehr freundlich, dass Sie sich die Mühe gemacht haben. Vielen Dank. Wenn ich Horsts Brief lese, muss ich jedes Mal weinen. Er denkt an mich, aber er sieht keine Chance für uns, wegen meiner Eltern. Können Sie mir vielleicht sagen, wie man nach Bregatsch kommt? Ich möchte zu ihm fahren, aber ich kann mich hier nicht erkundigen, weil mich unsere Hausangestellte nie allein lässt. Sie sitzt auch jetzt in der Nähe, unten an unserem Fluss. Ich sitze auf einem Aussichtsturm. Ich möchte

Ihnen nicht zur Last fallen, bitte entschuldigen Sie, aber wenn Sie mir vielleicht helfen könnten, wäre ich sehr froh. Ich habe noch 64 Mark. Könnten Sie mir vielleicht sagen, ob das reichen würde? Meine Eltern haben mein Konto gesperrt, arbeiten darf ich auch nicht mehr. Sie sind auf Rügen, ich bin dageblieben und möchte versuchen, unserer Angestellten zu entkommen. Ich habe es als zweitgeborene Tochter sehr schwer. Ich bin sehr schüchtern und weiß nicht, wie reden. Bitte verzeihen Sie, wenn ich Sie belästige, aber wäre es Ihnen möglich, mir zu sagen, wie ich nach Bregatsch fahren könnte? Horst ist die Liebe meines Lebens. Ich bin auch seine Frau geworden, als wir zusammen aus Werdenburg flohen. Bitte entschuldigen Sie, ich muss aufhören, unsere Angestellte ruft mich. Ich wäre Ihnen sehr dankbar, wenn Sie mir auch die nächsten Briefe von Horst weiterleiten könnten. Bitte entschuldigen Sie die Störung.
Mit freundlichen Grüßen
Elisabeth Vorstert

Ach, Ellie. Ellie an diesem Sommerabend, wie sie vom Holzboden des Aussichtsturms aufsteht und sich übers Geländer lehnt und zwischen den Bäumen die Werde im roten Sonnenuntergang sieht, morgen wird das Wetter schön sein, dreißig Grad, und Hortensia steht da unten auf dem Waldweg, wart noch, Hortensia, ruft Ellie ihr zu, ich muss noch etwas fertig machen. Ellie, gerade das solltest du nicht sagen, schon setzt sich Hortensia in Bewegung, um selber, langsam, aber doch, da hochzusteigen, mal nachsehen, was Ellie da macht, ob sie wieder an ihrem Pickel rumdrückt.

Heimweg mit Hortensia, der Wald voller Stimmen, da sind auch ein Feuer und Gitarre und Gesang. Juli. Ellie wird morgen Vormittag wieder hier sein, ohne Hortensia, der wird es zu heiß sein. Aber du schwörst mir, Ellie, dass du zum Essen wieder zu Hause bist. So kommt es zum P.S. an der Werde.

P.S. Bitte verzeihen Sie, dass ich gestern so plötzlich abgebrochen habe. Ich wollte noch sagen, dass ich mich freuen würde, Sie persönlich kennenzulernen. Horst hat mir von Ihnen erzählt. Er sagte, Sie seien jetzt sein bester Freund. Sie hätten den Tod seines früheren besten Freundes geträumt, und da habe er gleich gewusst, dass Sie sein nächster bester Freund sein würden. Als er das sagte, weinte er. Sobald wir können, wollen wir nach Rom fahren. Wir wollen Sie aber nicht stören, nur wenn

Hallo, Ellie, ist dir nicht zu heiß, so an der Sonne? Ellie schaut mit glühendem Pickel auf, dem bekommt die Sonne tatsächlich nicht gut, und sieht Peter Röder mit seinem Moped, auf dem Gepäckträger ein gerolltes Badetuch. Komm mit mir, ich weiß weiter vorn einen besseren Platz, mehr Schatten und weniger Leute und überhaupt schöner. Wie macht man das, Nein sagen? Ellie und Peter fahren, Ellie auf dem Gepäckträger, Peters Badetuch auf dem Schoß, die eigene Tasche an die Schulter gehängt, schneidet ein, in Richtung Alpha Centauri und halten kurz vorher bei einem wirklich hübschen, in den Fluss hinausragenden Uferstück mit einer Trauerweide. Wie wunderschön, das Gras ist ja wie ein gepflegter Rasen, sagt Ellie, die den Ort kennt, wie denn nicht, auch schon mit Perlchen hier gesessen, aber es wäre nicht Ellie, wenn sie nicht meinte, überrascht sein zu müssen. Beim Absteigen verbrennt sie sich den linken Unterschenkel am Auspuff. Was ist, hast du dir wehgetan?

Nein, nein, es ist nichts. Mit beglücktem Lächeln geht Ellie auf den Fluss zu, als sei sie magisch von ihm angezogen, setzt sich ans Uferbord, lässt die Beine ins Wasser baumeln, das kühlt die Verbrennung. Sie hält eine Hand über die Augen und schaut zum anderen Ufer hinüber, als könnte sie die blaue Libelle sehen, die dort über dem Röhricht schwebt, aber wie sollte sie, die Werde ist hier dreißig Meter breit. Aber man muss doch irgendwie begründen, dass man hier sitzt, während sich Peter da hinten unter der Trauerweide niederlässt. Ach, Ellie, so ein perfekter Julivormittag und so eine Mühe, nicht wissen, was sagen, die rechte Gesichtshälfte mit dem großen Pickel von Peter abgewandt halten, möglichst auch beim Schwimmen, sich für das einteilige Badekostüm schämen, die anderen Mädchen hier unweit Alpha Centauri tragen alle Bikinis, zwei sind oben ohne, Peter wäre doch bestimmt lieber mit denen, und was weiß ich, was sonst noch. Ach ja, und die ganze Zeit das Gefühl, dass Hortensia wartet. Schon halb zwölf, von hier ist es zu Fuß über eine Stunde, aber wie würde man das machen, sagen, dass man jetzt gehen muss. Ellie an diesem Julimittag. Peter nimmt Anlauf, springt hoch, schwebt mit angezogenen Beinen, Hände um die Knie, über dem Fluss, der gelblich grün schimmert, unter ihm sieht man aufs Röhricht des anderen Ufers hinüber, wo die Libelle auf ihrer eckigen, gegen unsichtbare Hindernisse stoßenden Flugbahn weitergezogen ist, dafür liegt über den Halmen eine in der Sonne leuchtende Wolke von Schilffliegen, die man mit zusammengekniffenen Augen vielleicht sehen könnte, aber Ellie sieht nur Peters sich in einem Bogen entfernenden Rücken und dann das hochspritzende Wasser, ein größeres Platschen, als sie das hinbekäme, wenn sie sich getraute, ihm nachzuspringen, was sie gern täte, durch die heiße Sonnenluft rennen, hochspringen und mit einem Schrei eintauchen in die scheinbar sonnendurchtränkte, aber kalte Werde. Aber tut man das? Einem Mann in den Fluss nachspringen? Ellie weiß es nicht.

Doch das Leben ist noch lang, irgendwann wird es Ellie bestimmt wissen und bis dahin noch viele Male an der Werde entlanglaufen, auf Alpha Centauri zu oder von Alpha Centauri weg, im heißen Juli auf dem Uferweg, dann an den ersten Gärten vorbei, Malven, Lupinen, Lilien, bei Krüpers vor allen Fenstern Geranien, hoffentlich schaut keiner heraus, nein, Franz ist an der Arbeit auf dem Steueramt, Malte, Gerbis unerlaubter Liebster, ist mit Freunden am Millstätter See, ja, in diesem Moment schwimmt er gerade darin. Juli überall und bestimmt noch so viele Male wieder, dass man dann einmal über diesen hier lächeln wird, obwohl Ellie jetzt gerade weinend an der Werde und an den Gärten entlangläuft, gegen halb drei. Sie hat sich doch noch davongemacht, als Peter mit zwei Bekannten vom Schwimmen zurückkam, die sich auch unter der Trauerweide niederließen, und Ellie nur wieder sagen konnte, dass hier das Gras wie ein gepflegter Rasen ist, und sonst nichts mehr. Dann gingen die drei wieder schwimmen. Komm doch auch, Ellie. Ja, ich komme gleich, ich muss noch etwas machen. Sachen in die Tasche stopfen, das gelbe Kleid so hastig anziehen, dass eine Naht platzt, und in den Sandalen, die einschneiden wie dazumal im August die von Alfred, über den Uferweg rennen, schwitzend, mit glühendem Pickel. Einmal wird es anders sein, Ellie ist sich trotz allem sicher, es werden ja die Jahre kommen, in denen sie mit einem grünen Getränk am Pool steht, als Journalistin, mit leichter Konversation und reiner Haut und einem verbesserten Lächeln. O.k., Ellie, wir wollen es dabei belassen. Und es hat auch nicht viel Sinn, an diesem Julitag darauf einzugehen, wie Hortensia vor dem Haus auf einem Mäuerchen an der Sonne sitzt, die Ellenbogen auf die Knie gestützt, das Gesicht in den Händen vergraben, weinend, das tust du mir an bei meiner Herzschwäche. Lassen wir's, irgendwann wird es schon noch gut.

Das wollen auch wir hoffen, obwohl es im Moment nicht so aussieht. Das Orakel hat gesagt, der hell strahlende Stern ist ein schlimmes Zeichen. Er geht am Abend in der Richtung unseres Meers auf. Er ist es, der die böse Hitze bringt. Um die Mitte des Tags brennt die Luft wie Feuer. Larthia Satis geht es nicht gut. Sie liegt in ihrem Haus und sagt nichts. Wir haben ihr Wasser gebracht. In ihrem Haus summten zwei Fliegen. Wir haben nicht gewagt, sie zu erschlagen, weil sie jemand sein könnten. In dieser Stunde im Monat turane steht die Welt still, man hört nur den Gesang der Zikaden. Draußen gehen die Dämonen dieser Stunde um und mit ihnen vielleicht, wir wissen es nicht genau, auch die Toten. Die zwei Fliegen könnten die Zwillinge von Larthia Satis sein, Arunth und Arnthal, die oben in der Totenstadt der Kinder wohnen. Als sie noch jünger war, haben wir Larthia Satis hinaufbegleitet, weil sie ihnen Feigen bringen wollte. Wir standen neben ihr, während sie die Gebete sprach. Sie konnte nur den einen Arm ausstrecken und die Hand hochheben, sich die andere Hand auf den Kopf legen kann sie ja nicht. Wir waren nicht ganz sicher, ob wir beim richtigen Grab waren, seit dem Eintritt der Zwillinge ins Totenreich sind mehrere dazugekommen. Als im Winter die Männer da waren, haben sie noch ein Stück Wald gerodet. Wir glauben, dass auch der Herr von Caere,

Thefarie Velianas, eine Tochter hier heraufgebracht hat, selbst wenn man ihr Totenhaus nirgends sieht. Es heißt, es sei tief in der Erde und ausgemalt mit Girlanden und Vögeln. Wir wissen nichts Genaues. Der Aufstieg mit Larthia Satis dauerte den ganzen Tag, der Abstieg die ganze Nacht. Jetzt kommt sie nicht einmal zu ihrer Tür heraus. Wir wissen nicht, was sie hat, sie sagt nichts. Vielleicht ist es der Stern. Wir haben das Schaf getränkt und sind in unser Haus zurückgegangen. Unterwegs hielten wir uns ein Tuch über den Kopf, gegen das Feuer der Sonne und die Mittagsgesichter. Auch bei uns ist eine Fliege. Einen Augenblick meinten wir Hundegebell zu hören, aber wahrscheinlich täuschten wir uns. Die Hunde liegen bis zum Abend im Schatten und schlafen. Wir hoffen alle, durch den Sommer zu kommen, besonders für Larthia Satis hoffen wir das. Der schlimme Stern steht aber noch lange am Himmel. Im Monat hermi wird er später aufgehen, aber er wird da sein. Wir haben ja noch den ganzen Monat hermi vor uns, wenn einmal der turane vorbei ist.

Und er ist noch nicht vorbei, immer noch Juli auf dem blauen Planeten. Ein langer Monat, sagt Ernesto, der Barmann, wenn du nie zumachen kannst, erst im August die vier Tage um Ferragosto herum, weil dann wirklich niemand mehr kommt, aber wo ist das noch. Ja, noch lohnt es sich, geöffnet zu haben, noch sind ein paar Kunden da, wenn auch jetzt um drei Uhr nur der Sänger S. G. bei seinem Weißwein, hier drinnen, nicht draußen, da ist es auch im Schatten zu heiß. Gegen sechs wird dann die signora Annamaria mit Giorgetto kommen, aber bald fährt sie zu ihrer Schwester nach Carsoli, Abruzzo. Wenn sie nur schon dort wäre. Sie hat genug. Von der Hitze? Ja, und es hat sich auch noch herausgestellt, dass die Maddalena Mereu, zum Glück ist sie jetzt in Amerika, dass die mit signor Marini. Signor Marini, vis-à-vis von signora Annamaria, die das alles mitbekommt. Signor Marini, der auf dem Einwohneramt in Grottaferrata arbeitet, sechs, sieben Grad kühler da oben, er wollte hinaufziehen, die Frau wäre besser mitgegangen. Jetzt will sie sich scheiden lassen. Scheidung im Juli, Hochzeit im September, sagt Ernesto, und wie ist das Ganze aufgeflogen? Maddalena hat einen Brief geschrieben. Dem Marini? Seiner Frau.

Cara Signora Paola

Verzeihen Sie, wenn ich Ihnen wehtue, aber aus Solidarität unter Frauen muss ich es Ihnen sagen. Ihr Mann hat mir an die Adresse meiner Cousine in Texas zwei Briefe geschrieben. Die Adresse hat ihm bestimmt mein dummer kleiner Bruder gegeben. Der hat mir auch geschrieben. Die Briefe Ihres Mannes sind Liebesbriefe mit pornographischer Tendenz. Es ist nicht seine Schuld, es ist meine Schuld. Ich hatte im letzten Oktober mit Ihrem Mann eine kurze Affäre. Er war schon länger hinter mir her, ich war gerade in einer Phase der Enttäuschung und habe nachgegeben. Für kurze Zeit nur, dann habe ich Schluss gemacht. Er insistierte weiter, aber es war nie mehr etwas zwischen uns. Trotzdem, es tut mir sehr leid. Es tut mir auch leid, Ihnen wehzutun, aber ich finde, dass Sie es wissen müssen. Die Zeiten, in denen sich die Männer ungestört so benehmen konnten, sind vorbei. Es wird Ihnen wehtun, aber wenigstens sind Sie nicht die ahnungslose Ehefrau, sondern nehmen Ihr Leben selber

in die Hand. Sie werden die Konsequenzen ziehen, die Sie für richtig halten.
Für mein Verhalten trage ich die Verantwortung, und ich bitte Sie um Verzeihung. Auch ich habe mein Leben in die Hand genommen. Ich habe beschlossen, mit meinem bisherigen Leben aufzuräumen und meinem Freund (heiraten werde ich ihn nie) treu zu sein, solange er mir keinen Anlass gibt, mich von ihm zu trennen. Seit ich in den Staaten bin, lebe ich in einer anderen Geschichte.
Ich wünsche Ihnen Freiheit und Mut. Wir Frauen müssen solidarisch sein.
Maddalena

Na ja. Über den Straßen drehen die Mauersegler schrill pfeifend ihre Runden, in der sogenannten Abendkühle, noch immer dreiunddreißig Grad. Wir warten darauf, dass der Fixstern hinter dem Horizont verschwindet und wir zum Beispiel an der Haltestelle Prenestina-Irpinia die Straßenbahn nehmen können, mit Karten, Klapptisch, Klappstuhl, dann den Bus bis San Claudio, um vor der Galleria Colonna jungen Männern die Königin der Stäbe auszulegen. Ungern denken wir daran, dass die Tageslänge auf vierzehneinhalb Stunden gesunken ist.

Wir denken nicht daran, auch nicht auf dem dreiundfünfzigsten Breitengrad oben, wo die Familie Ehrenstrob-Haunzell in der endlosen Dämmerung von einer Ausfahrt nach Hause kommt. Immer die Ehrenstrob-Haunzells von einst im Dezember, als Weihnacht war und der Vater, war es Theodor oder eine Generation vorher Thaddäus, das wissen wir nicht mehr genau, aber jedenfalls mit einer mechanischen Puppe, Karoline hieß sie, Menuett tanzte. Aber wo ist das schon, wer denkt schon an einem Julitag, auch wenn er bedeckt ist, an die Weihnacht, weder an die vergangene noch an die kommende, außer vielleicht der Dichter, der, wir erinnern uns, neben einem Onkel auf dem Sofa saß, Weihnacht 1840. Der würde vielleicht schreiben, dass die Luft nach Asche schmeckt und Dunst vom Fluss aufsteigt, und es kämen ihm, warum nicht, schon Geschenke und Weihrauch in den Sinn, aber das wäre dann seine Sache, die Ehrenstrob-Haunzells ihrerseits lassen sich nicht beirren. Juli ist Juli, auch hier auf dem dreiundfünfzigsten Breitengrad oben, wir wollen, solange die Nacht hell ist, bei den Himbeersträuchern im Garten bleiben.

Aber ein bisschen besseres Wetter wäre schon nicht schlecht, es ist doch Sommer und der Juli schon dabei zu gehen. Der alte Herr Völlmy spaziert in seiner Windjacke langsamer als einst im April und ohne Hund am Gartentor vorüber, hinter dem Frau Imboden steht, ebenfalls in Windjacke, mit einem Strauß rosa Nelken in der Hand. Schön, sagt Herr Völlmy, haben Sie die im Garten? Ja, ich habe sie für meine Tochter gepflückt. So, die Tochter. Ja, sie kommt heute aus den Ferien zurück. So, dann alles Gute. Ihnen auch, Herr Völlmy.

Und dann regnet es auch noch, als Margrit am Abend aus Maier-Truebs Auto steigt, ciao Margrit, wir sehen uns im September wieder, im August sind wir ja in Mexiko. An den September denkt man noch weniger gern, vor allem an einem solchen Abend, siebzehn Grad. Gritli, ich verstehe deine Enttäuschung, aber glaub mir, auch wir hatten heiße Tage, und ab dem Wochenende wird das Wetter wieder besser. Alles wird besser, das Leben ist ja noch lang, Choi Ahri auch erst dreiundvierzig und mit der Vase mit den

Nelken unterwegs zu Margrits Zimmer. Schau, Gritli, du hast sie vorhin gar nicht beachtet, wollen wir nicht wieder Freundinnen sein, ich bin so froh, dass du wieder da bist. Ich nicht, sagt Margrit.

Ach, Margrit, kannst du nicht versuchen, für Choi Ahri Verständnis zu haben, koreanisches Flüchtlingskind, Vater tot, Mutter in Korea geblieben, sie selbst fast gestorben bei deiner Geburt, nirgends wirklich zu Hause. Auch wir sind ja nicht begeistert von ihr, aber in diesem Juli zeigt sie ihre guten Seiten. Es ist sicher in diesem Juli, dass Choi Ahri ihre guten Seiten zeigt, ihre unerschütterliche Freundlichkeit, ihr Bewusstsein, dass ihr Schmerz nicht der Schmerz der Welt ist, ihr Mädchenlachen hinter vorgehaltener Hand. Mach doch eine Liste, Margrit, eine Liste ihrer guten Seiten. Nein, denkt Margrit.

Aber während Vanda in Santa Severa, ungefähr in der Mitte, längs besehen, des italienischen Stiefels auf dem Balkon ihrer dazumal zusammen mit Maurizio bewohnten Dreizimmerwohnung steht, um den vom Meer kommenden Abendwind, den ponentino, auf der schwitzenden Haut zu spüren und über die einst im November zu Marius' Erstaunen blühende, jetzt unauffällig dunkelgrüne Mispel auf die Straße zu blicken, wo Leute mit ihren Badesachen vom Strand nach Hause unterwegs sind, und während in Zürich der eine Tobler-Junge, Markus, in Shorts und grüner Windjacke sein Fahrrad über den Vorgartenweg schiebt, sitzt Margrit mit Blick auf einen aufgehellt grauen Himmel am Fenster an ihrem Schreibtisch und macht doch eine Liste.

Wir werden
Wir sind jung
Wir werden neu anfangen
Wir werden weggehen

Wir werden in einer Stadt wohnen, die wir beide nicht kennen
Wir werden arbeiten
Wir werden Erfolg haben
Wir werden lachen
Wir werden am Meer stehen
Wir werden mit Kindern am Meer stehen, später
Wir sind jung
Wir werden durch Asien reisen und um Sachen feilschen
Wir werden eine neue Sportart lernen, vielleicht Kayak
Wir werden reden
Wir werden schweigen
Wir werden ein wenig älter sein, aber immer noch jung
Wir werden zwei Kinder haben
Wir werden ihnen erklären, wer wir sind
Wir werden neue Freunde haben
Wir werden glücklich sein, aber nicht nur
Wir werden aber zusammenbleiben
Wir werden uns finden
Wir werden zusammenbleiben
Wir werden das Beste aus dem Leben machen
Wir werden sehen
Wir werden hören

Wer wir, Margrit? Doch wohl kaum der verliebte Charly Binz, dem hast du am stechend heißen Sandstrand der Giannella ja klargemacht, dass zwischen euch nichts sein kann. Und schon gar nicht der langweilige, jetzt auf einem gemieteten Motorrad allein über die kastilische Hochebene fahrende Hanggi. Wir reden hier von Marius, nicht wahr? Ja, klar, Marius. Das dürfte etwas schwierig werden, wenn man an Carmen denkt. Aber das wollen wir

Margrit nicht sagen. Wer weiß denn, was noch kommt, die Jahre sind lang, que sera sera. Und heute Morgen ist auch schöneres Wetter, die graue Wolkendecke ist aufgerissen, auf den Rosenstrauch im Garten scheint schon die Sonne. Paul Imboden trägt Holz zusammen für das Feuer am ersten August. Noch ist es aber ein Julitag, der fast schon so ist, wie er sein sollte. Margrit, wieder im Sommerkleid, dem hellgrün gesprenkelten, hilft ihrem Vater im Garten, der jetzt ganz in der Sonne liegt. Markus Tobler hat die Campingausrüstung aufs Fahrrad gepackt und fährt los. Er wird vier Wochen in Italien und voraussichtlich auch in Griechenland unterwegs sein. Einen schönen Sommer noch, ruft er zu den Imbodens hinüber.

Mittwoch im August, nicht mehr alle am Leben, aber die zwei älteren Männer schon, die jetzt in der größten Hitze nordwestlich von Rom in den Bergen von Tolfa, eigentlich Vulkanhügel, sechshundert Meter über Meer, auf einer Lichtung stehen. Die Lichtung ist mehr oder weniger viereckig, ihre Längsachse genau nach Norden ausgerichtet. In ihrem südöstlichen Teil eine alte Eiche. Am Boden trockenes gelbes Gras, vertrocknete Disteln. Ringsum Mischwald, Buche, Eiche, Hagebuche, immergrüne Steineiche, Erdbeerbaum. Im Wald dichter Schatten, da und dort ein Sonnenfleck. Zikadensägen.

Da in den Schatten am Waldrand gehen die beiden Männer jetzt um den Mittag, länger an der Sonne herumzulaufen hat keinen Sinn. Der eine, weißes T-Shirt, dunkelrote Baseballkappe, hat vorhin mit Walking-Stöcken in den Händen die Längsachse der Lichtung von Süden nach Norden abgeschritten, dann sind beide um die Lichtung herumgelaufen. Sie schwitzen, ihre T-Shirts, der andere trägt ein grünes, sind nass. Halb eins, sie setzen sich, der im weißen T-Shirt mit einiger Mühe, in den Schatten am Waldrand. Der im weißen T-Shirt nimmt die Kappe ab, wischt sich mit einem Taschentuch über den kahlen Kopf, der andere, dunkles, graumeliertes Haar, Brille, holt eine Flasche Egeria naturale aus seinem Rucksack. Sie sitzen und horchen auf das Sägen der Zikaden.

Was machen die da? Sie haben sich zwischen Bäumen und Kreuzdornsträuchern, Stechwindenlianen, Brombeerranken, Mäuserdorngestrüpp einen Weg durch den Wald gebahnt. Beide haben Kratzer an den Armen. Der eine, der mit dem grünen T-Shirt, auch an den Beinen und Füßen. Er trägt dunkelblaue Bermudashorts, an den Füßen Trekkingsandalen. Der andere ist in Trekkinghose, reißfestes Material, Trekkingschuhe an den Füßen.

Ein Uhr, der im grünen T-Shirt holt ein panino aus seinem Rucksack, melanzana e formaggio, der andere einen Apfel. Er ist übergewichtig. Er massiert sein rechtes Knie, den angebissenen Apfel in der Hand. Die Stöcke liegen neben ihm auf dem Boden. Der andere ist schlank, hat mit Laufen keine Probleme. Die Brille rutscht ihm fast von der schweißnassen Nase.

Was wollen die beiden hier? Sind doch nicht etwa Antiquitätenjäger, die hier graben wollen, selbstverständlich ohne Genehmigung, wer kommt schon in diesem entlegenen Winkel Etruriens vorbei. Und wenn doch, dann sicher nicht an einem Mittwoch im August. Sind sie deswegen zu dieser Unzeit da und riskieren einen Hitzschlag? Der im weißen T-Shirt rappelt sich wieder hoch und tritt in die kompakte, vom Zikadensägen erfüllte Hitzeluft der Lichtung hinaus. Man hat das Gefühl, das Sägen erzeuge die Hitze. Komm zurück, ruft der im grünen T-Shirt am Waldrand. Der andere hört es nicht in diesem Gesäge. Er geht wieder die Längsachse der Lichtung entlang, ohne Stöcke, hinkend. Stolpert über etwas. Bückt sich, hebt es auf. Ein flacher Stein mit einem ovalen Loch in der Mitte. Es könnte ein Auge sein, aber ein Fundstück ist der Stein nicht. Das Loch ist durch die Verwitterung eines eingeschlossenen fremden Materials entstanden. Der im weißen T-Shirt wirft den Stein weg. Geht weiter, scheint etwas zu suchen. Bleibt stehen, drückt mit dem Fuß die Grasbüschel auseinander, verliert dabei fast das Gleichgewicht, fängt sich auf, geht weiter. Kommt von der Längsachse ab, driftet westwärts. Der im Schatten am Waldrand sitzende ältere Mann stößt einen Pfiff aus, macht mit der Hand ostwärts weisende Bewegungen. Der auf der Lichtung draußen zieht ein Telefon aus seiner hinteren Hosentasche, tippt darauf, verschiebt sich, ohne aufzublicken, wieder nach Westen. Jetzt folgt er der Längsachse genau.

Aha, die haben Instrumente, mit denen sie sich unfairerweise behelfen. Horst wäre empört.

Nur, der im weißen T-Shirt ist Horst.

Mittwoch im August Anfang der Zwanzigerjahre des einundzwanzigsten Jahrhunderts, Horst noch am Leben und heute zum dritten Mal auf der Lichtung. Er ist es, der da auf der Längsachse entlanggeht und das Telefon mit dem Kompass hin- und herbewegt. Horst, in weißem T-Shirt, dunkelrote Baseballkappe auf dem kahlen Kopf, übergewichtig, Knieprobleme. So ohne Stöcke ist es schwierig auf diesem Terrain, Grasbüschel, Distelgruppen, Steinbrocken. Er dreht von der Längsachse ab, geht in den Schatten am Waldrand zurück. Der andere hat sich ausgestreckt, den Kopf auf dem Rucksack. Und? fragt er. Da ist nichts, sagt Horst.

Natürlich nicht. Wie würde man ein Loch wiederfinden, das man in einem August vor mehr als vierzig Jahren gegraben hat. Das Loch. Horst sucht das Loch, östlich der Längsachse der Lichtung. Kann man nach so langer Zeit vergessen. Da sind Mastixsträucher mit den Wedel bildenden paarigen ovalen Blättern und den jetzt schon rötlichen

Beeren. Waren vielleicht damals nicht da. Und so viele Disteln gab es damals vielleicht auch nicht. Da ist auch ein Myrtenstrauch und Bodenheide und Christusdorn. Bleib hier im Schatten, sagt der im grünen T-Shirt. Horst setzt sich mit Mühe auf den Boden, streckt sich aus, auch er legt den Kopf auf den Rucksack. Da liegen die beiden älteren Männer, mit geschlossenen Augen. Horst sagt, die Zikaden sollte man abstellen können. Der andere sagt nichts. Horst hebt den Kopf, blickt zu ihm hinüber, der andere schläft, weggetreten. Dass der einfach so wegtreten kann. Horst lässt den Kopf wieder auf den Rucksack sinken.

Mittwoch im August, zwei Uhr, zwei ältere Männer im Schatten am Rand einer Lichtung. Einer schläft, der andere nicht. Er zieht immer wieder das rechte Bein an, um das Knie zu massieren. Jetzt setzt er sich auf, zerrt ein Taschentuch aus der Tasche, wischt sich das Gesicht ab, hebt die Kappe an, wischt sich über den Kopf. Zieht eine Tüte Kartoffelchips aus dem Rucksack, reißt sie auf, beginnt zu essen. Ungesund, das gesalzene Zeug, sagt der andere, ohne die Augen zu öffnen. Schläfst du nicht, fragt Horst. Doch, bei Geraschel schlafe ich am besten. Entschuldige, sagt Horst. Hast du etwas geträumt, fragt er. Der andere macht die Augen auf. Geträumt, nein, sagt er. Er schließt die Augen. Horst zieht ein Bündel Chips aus der Tüte, lässt sie sich in den Mund fallen, kaut geräuschvoll. Sag's doch gleich, wenn du reden willst, statt dich vollzustopfen, sagt der andere. Alfred, sagt Horst. Die Zikaden sägen. Was wolltest du sagen, fragt der andere. Ich kann's immer noch nicht glauben, sagt Horst.

Mittwoch im August, zwei sitzen auf einer Lichtung im Schatten am Waldrand und reden lauter als sonst, wegen der Zikaden. Sie reden davon, dass sie gekommen sind, damit es Horst glauben kann, und jetzt kann er es immer noch nicht glauben. Lass dir Zeit, sagt der im grünen T-Shirt. Er legt sich die Brille auf die Brust, drückt sich ein Papiertaschentuch an die Stirn. Wenn ich hier an einem Hitzschlag sterbe, stimmt deine Story am Ende doch, sagt er. Alfred, bitte red nicht so, sagt Horst.

Alfred.

Der da im grünen T-Shirt ist Alfred.

Mittwoch im einundzwanzigsten Jahrhundert, früher Nachmittag im August, Alfred noch am Leben. Wieder am Leben. Seit gestern, Dienstag.

Kam einer gestern Dienstag Vormittag auf der piazza della Madonna dei Monti vom Brunnen her auf die Bottega del Caffè zu. Auf der Terrasse saß Horst, sein einzelner Walking-Stock war an den Nebenstuhl gelehnt. Kam einer vom Brunnen her geradewegs auf Horsts Tischchen zu. In der Ecke war noch eins frei, aber er kam geradewegs auf dieses Tischchen zu. Er glich jemandem. Horst schob den Schirm seiner Baseballkappe höher. Wem glich der? Horst nahm einen Schluck von seinem Campari Soda. Einer kam da vom Brunnen her geradewegs auf dieses Tischchen zu, mit Brille, grau meliertem Haar. Horst griff nach den bereitgelegten fünf Euro, um drinnen zu bezahlen und dann zu verschwinden. Aber der kam geradewegs auf dieses Tischchen zu und hob die Hand zum Gruß. Horst wurde am ganzen Körper kalt. So stirbt man an einem Augustvormittag auf der piazza della Madonna dei Monti, Rom. Zu früh, mit fünfundsechzig, aber manche erwischt es eben früh. Alles in allem war es kein schlechtes Leben, nette Vormittage mit einem solchen roten Getränk. Hallo, sagte der, der da vom Brunnen her gekommen war. Er war da. Er stand an Horsts Tischchen. Geht es dir gut, fragte er. Horst hatte weiße Lippen. Er sagte, mir geht es gut, wie geht es dir. Der andere sagte, weißt du, wer ich bin. Ja, sagte Horst. Er versuchte, nach dem Campariglas zu greifen, seine Hand zitterte stark. Setz dich, sagte er. Der andere legte Horsts Stock zwischen die zwei Stühle auf den Boden und setzte sich. Was möchtest du trinken, sagte Horst, ich dachte, du wärst tot. Du bist sicher, dass du weißt, wer ich bin, sagte der andere. Du bist Alfred, sagte Horst. Ja, sagte Alfred. Horst versuchte wieder, nach dem Campariglas zu greifen, Alfred schob es vor ihn hin. Horst hob es mit zitternder Hand, nahm einen Schluck, stellte es wieder ab, zu nah an den Tischrand. Alfred schob es weiter auf die Mitte zu. Trink etwas, sagte Horst. Alfred winkte den Kellner herbei und bestellte eine Acqua tonica. Geht es besser, fragte er. Horst hatte die Baseballkappe abgenommen und wischte sich mit einem Taschentuch mit Monogramm Gesicht und Kopf ab. Er setzte die Kappe wieder auf und sagte, ja, besser. Und du, sagte er, weißt du, wer ich bin. Du bist Horst, sagte Alfred. Der Kellner kam mit der Acqua tonica, Alfred trank das Glas aus. Warum dachtest du, ich wäre tot, fragte er.

Dienstag im August, in der Bottega del Caffè auf der piazza della Madonna dei Monti in Rom weinte ein älterer Mann, übergewichtig, dunkelrote Baseballkappe, darunter kahlköpfig. Er schneuzte sich ins Taschentuch mit Monogramm. Soll ich dir ein Wasser bestellen, fragte der andere. Nicht nötig, sagte Horst. Der andere, Alfred, schob das

Campariglas vor ihn hin. Nimm einen Schluck, sagte er. Horst nahm einen Schluck, mit zitternder Hand, weinend. Soll ich weggehen, fragte Alfred. Nein, sagte Horst, geh nicht weg. Hör auf zu weinen, sagte Alfred, weißt du nicht mehr? Doch, sagte Horst, wir weinen immer um uns selbst. Ich meine nicht das, sagte Alfred. Was meinst du dann? Du hast einmal ein Mädchen weggeweint, sagte Alfred, eine Lisa oder Louise, in der Chesa. Habe ich? Ja, sagte Alfred. Ich erinnere mich nicht mehr, weswegen weinte ich? Das weiß ich nicht mehr, sagte Alfred, das Mädchen bekam Angst. Tut mir leid, sagte Horst. Er begann wieder zu weinen. Niemand sah es, die Leute ringsum waren in ihre Telefone vertieft. Alfred zog eine weiße Karte aus der Brusttasche seines hellblauen Hemds, holte einen Kugelschreiber aus seinem Rucksack und schrieb darauf, Alter Elefant kann hüpfen, auch wenn er nicht mehr laufen kann. Er legte die Karte vor Horst hin. Eine Tagesform, sagte Horst und schneuzte sich, du schreibst immer noch Tagesformen? Nein, sagte Alfred, nur für dich jetzt. Danke, sagte Horst. Er nahm einen Schluck Campari, seine Hand zitterte. Warum dachtest du, ich wäre tot, fragte Alfred. Du stiegst aus dem Bus, und ich hab nie mehr was von dir gehört. Ich auch nicht von dir, sagte Alfred. Ich war nur noch ein paar Tage da, sagte Horst, dann fuhr ich nach Hause. Warum hast du in den paar Tagen nicht in der via in Selci nachgesehen? Ich dachte, du wärst tot, sagte Horst. Er begann wieder zu weinen. Er nahm die Karte und machte ein Zeichen, Alfred solle ihm den Kugelschreiber geben. Langsam, mit zitternder Hand schrieb er, Konnte nicht, hatte dir was nachgerufen. Er reichte Alfred die Karte. Alfred nahm den Kugelschreiber und schrieb, was? Er reichte Horst Kugelschreiber und Karte. Horst schrieb weinend, Geh zum Teufel. Er reichte Alfred die Karte. Ja, sagte Alfred, ich erinnere mich. Warum hast du es mich dann aufschreiben lassen, fragte Horst. Damit es raus ist, sagte Alfred. Warst du mir böse, fragte Horst. Ja, sagte Alfred. Horst hörte zu weinen auf. Bist du mir noch böse, fragte er. Nein, sagte Alfred, jetzt verstehe ich auch, warum ich tot war. Warum warst du tot, fragte Horst. Deine Schuldgefühle, besser Alfred tot, sagte Alfred, als ihm unter die Augen zu kommen. Ach, Alfred, sagte Horst. Er begann wieder zu weinen. Aber du stiegst doch aus dem Bus, und dann lagst du zwischen deinen Sandalen auf der Tuscolana, im August wird gerast. Ich habe die Straße nicht überquert, sagte Alfred. Nicht? Nein, sagte Alfred. Was hast du dann gemacht? Eine Dreiviertelstunde auf den nächsten Bus gewartet. Auf den nächsten Bus, sagte Horst. Ja, sagte Alfred. Und deswegen haben wir uns vierzig Jahre nicht gesehen, sagte Horst. Ja, sagte Alfred. Wie blöd kann man sein, sagte Horst. Ja, sagte Alfred. Horst schneuzte sich und trank den Campari Soda aus. Blickte sich nach dem Kellner um, hob das leere Glas. Der Kellner nickte. Horst schneuzte sich noch einmal. Er sagte ins Taschentuch hinein, ich hatte dauernd Angst um dich. Wieso, fragte Alfred. Wenn wir bekifft waren, redetest du vom Sterben, und dann hattest du diese Hippieklamotten. Ach so, sagte Alfred. Was meinst du mit ach so, fragte Horst. Besser Alfred tot, sagte Alfred, als um ihn Angst zu haben. Alfred, sagte Horst, bist du irgendwie Psychologe? Psychiater, sagte Alfred. Psychiater, das glaub ich nicht, sagte Horst, du wolltest doch Pilot bei der Alitalia werden. Nicht, dass ich wüsste, sagte Alfred. Du weißt nicht mehr? fragte Horst. Nein, sagte Alfred. Der Kellner kam mit dem neuen Campari, nahm das leere Glas, stellte es neben zwei ineinander gestapelte Kaffeetassen auf sein Tablett. Alfred nahm einen Schluck von der Acqua tonica. Warum weißt du es nicht mehr, fragte Horst, du hast das so gesagt, Pilot bei der Alitalia, in Frascati oben. Ja, Frascati, sagte Alfred, wir stritten uns. Ja, aber du sagtest Pilot bei der Alitalia und dass deine Großmutter in Litauen gestorben sei. Weißt du das auch nicht mehr? Doch, natürlich, sagte Alfred, sie ist gestorben, während ich hier war, kann sein in dem Jahr, als wir in Frascati waren. Du sagtest mir das in Frascati, auf einer Bank in Frascati, deine Großmutter sei gestorben. Hm, sagte Alfred. Warum bist du Psychiater geworden, fragte Horst. Sie boten mir einen Studienplatz in Medizin an, wegen der Verdienste meiner Großmutter. Horst sagte, und dann Psychiatrie, du hattest doch selber Probleme, die Klamotten, und du redetest kaum. Ja, sagte Alfred. Was war mit dir los, fragte Horst, ich wollte es dich schon immer fragen.

Dienstag im August Anfang der Zwanzigerjahre des einundzwanzigsten Jahrhunderts, halb eins, zwei ältere Männer gingen in der schweren Sonnenluft über die piazza della Madonna dei Monti, Rom. Zwischen den Pflastersteinen wuchs Portulak, Portulaca oleracea. Einer hatte einen Walking-Stock, hinkte leicht. Gestern, Dienstag, auf diesem Planeten am Rand eines Spiralarms dieser rund zwei Milliarden Himmelskörper umfassenden Milchstraße, einer von hundert Milliarden Galaxien.

Eure Welt war mir fremd, sagte Alfred, während sie die zwanzig Meter zur Terrasse des Ristorante Chicco di Grano zurücklegten. Aber, sagte Horst, du warst doch der tolle Turidis. Meinst du, das hilft, fragte Alfred. Ich weiß es nicht, sagte Horst, vielleicht nicht, vielleicht macht es die Sache nur schlimmer. Ich wollte so fremd sein, sagte Alfred, wie ich mich fühlte. Ich verstehe, sagte Horst. Ich hätte es schon da verstehen sollen. Mir war die Welt ja auch fremd. War sie damals uns allen, sagte Alfred. Warum eigentlich? Wir wollten das Leben kennenlernen, nicht die Erwachsenenwelt. Simmt, sagte Horst. Der Kellner kam, Horst bestellte eine insalata di riso, Alfred spaghetti cacio e pepe.

So war das gestern, Dienstag, auf dem Planeten Erde. Zwei ältere Männer hatten sich wieder getroffen. Der eine konnte es nicht fassen. Da saß Alfred. Er lebte. Hatte die ganzen Jahre gelebt. Alfred, sagte Horst, würdest du morgen mit mir in die Berge von Tolfa kommen? In die Berge von Tolfa? Ja, sagte Horst, erst da werde ich es glauben können. Hm, sagte Alfred. Beim Kaffee fragte Horst, erinnerst du dich an Maddalena? Ja, sagte Alfred. Weißt du etwas von ihr? Nein, sagte Alfred. Ich auch nicht, sagte Horst, und wir wollten doch alles versuchen, um sie wiederzusehen. Wer wir, fragte Alfred. Ach, ich und einer, der kurz auch etwas mit ihr hatte. Er wollte mir helfen, sie wiederzusehen, aus Sportsgeist, wie er sagte. Ihm war sie egal. Aber es war nichts, und ich hätte sie doch gern wiedergesehen. Alfred lächelte. Jetzt fängt das wieder an, sagte Horst, dein Lächeln, dein Schweigen. Alfred sagte, was soll ich sagen, ich weiß nichts mehr von Maddalena. Wahrscheinlich hat sie ihre große Liebe gefunden. Warum meinst du das, fragte Horst. Darauf war sie aus, sagte Alfred. Meinst du, fragte Horst. Ja, sagte Alfred. Und warum wolltest du sie nicht haben, fragte Horst. Sie wollte mich nicht haben. Wirklich? Ja, sagte Alfred. Hast du damals aber andersrum erzählt, hast gesagt, du willst sie nicht haben. Aus Eitelkeit, sagte Alfred. Ach so, sagte Horst, und warum wollte sie dich nicht haben? Weiß ich nicht, hat sie nicht gesagt. Ja, sie sagte nie, warum sie einen nicht haben wollte, mich ja auch nicht mehr, nach drei Wochen. War aber anständig von dir, sie mir weiterzureichen, trotz verletzter Eitelkeit. Ja, sagte Alfred. Warum wollte sie mich nicht mehr, fragte Horst, was meinst du? Alfred sagte nichts. Alfred, sagte Horst, mach das nicht mit mir, wenn du es weißt, sag es. Ich weiß es nicht, sagte Alfred, lass uns bezahlen.

So war der Dienstag, und er war noch mehr, ein langsamer Aufstieg durch die via in Selci, ein Halt vor dem Haus mit Alfreds ehemaliger Bude, noch ein Halt, in der Bar gegenüber Santa Maria Maggiore, ein Pistazieneis, ein Gin Tonic und Pläne für heute, Mittwoch.

Heute, Mittwoch. Ich dachte nicht, dass ich dich wiedersehen würde, sagte Horst am Morgen am Steuer seines hybriden SUV, als Alfred aus dem Hotel Quirinale trat und auf den Wagen zukam. Ich bin da, sagte Alfred, fang nicht wieder an zu weinen. Nein, sagte Horst und ließ den Motor an, aber ich kann's immer noch nicht glauben.

Jetzt, um zwei Uhr im Schatten am Waldrand, öffnet Alfred die Augen, setzt sich auf, zieht die Knie an, legt die Unterarme um sie und sagt, weißt du, dass auch ich es nicht glauben kann. Wirklich, sagt Horst. Ja, sagt Alfred. Er beobachtet einen schwarzen Käfer mit längs gerillten Flügeln, einem bernsteinfarbenen Rand um den Hinterleib und bernsteinfarbenen Beinen und Fühlern, der sich zwischen den trockenen Blättern und Grashalmen nordwärts bewegt. Dachtest du auch, ich sei tot, fragt Horst. Tot nicht, sagt Alfred, aber verloren. Horst sagt, verloren, wie meinst du das? Er ist bleich. Alfred sagt, trink einen Schluck Wasser. Die Zikaden sägen. Horst sagt, ich frage mich dauernd, wie die Zikaden das den ganzen Tag durchhalten. Er greift mit zitternder Hand nach der Mineralwasserflasche. Soll ich sie dir öffnen, fragt Alfred. Geht schon, sagt Horst, warum dachtest du, ich wäre verloren? Ich habe dein Buch gelesen, sagt Alfred. Mein Buch, sagt Horst. Ja, sagt Alfred. Was wirklich war, schöner Titel. Danke, sagt Horst, wie bist du darauf gestoßen? Zufällig im Netz. Der Käfer versucht zwanzig Zentimeter weiter nördlich an einem trockenen Grasbüschel hochzuklettern. Die Halme biegen sich unter seinem Gewicht. Alfred sagt, es hat mich nicht überrascht, dass du so gut schreibst. Danke, sagt Horst, es hatte keinen Erfolg. Warum dachtest du, ich wäre verloren? Du schreibst übers Pech im Leben, wegen eines verlorenen Dolchs, das sah nach Programm aus. Was für ein Programm? Dich zu verlieren in dem Pech. Horst sagt nichts, er reißt einen trockenen Halm aus, beginnt an ihm zu kauen. Hast du gesundheitliche Probleme, fragt Alfred. Ich werde das Knie operieren lassen müssen, sagt Horst, wann hast du das Buch gelesen? Vor ein paar Jahren. Warum hast du mich nicht kontaktiert, fragt Horst. War nicht mehr aktuell, sagt Alfred. Du warst mir böse, sagt Horst. Nur bis zum Buch, sagt Alfred, dann nicht mehr, vom ersten Satz an nicht mehr. Wie war schon wieder der erste Satz, sagt Horst. Lange Zeit dachte ich, das Pech sei nicht unvermeidlich. Danke, sagt Horst ins Zikadensägen hinein. Der schwarze Käfer mit den bernsteinfarbenen Beinen ist nicht mehr in Sicht, auf der Lichtung draußen sitzt eine sandfarbene Heuschrecke auf einer Distel, vor dem östlichen Waldrand liegt eine braune Viper mit schwarzen Querbinden auf dem Rücken auf einem flachen Stein. Ich hatte nicht gewusst, sagt Alfred, dass dein Vater gewalttätig war. Nur wenn er besoffen war, sagt Horst, er hat mich mal krankenhausreif geprügelt. Ja, sagt Alfred, das hast du geschrieben, auch dass er sich zu Tode getrunken hat. Ja, sagt Horst, war eine Befreiung. Marius hat mal gesagt, es lebe der tote Vater. Auch Freud hat das mal gesagt, sagt Alfred, wer ist Marius.

Ach, Marius.

Mittwoch im August Anfang der Zwanzigerjahre des einundzwanzigsten Jahrhunderts, Lichtung in den Bergen von Tolfa bei Rom, Zikadensägen, ein älterer Mann weint. Marius ist tot. Gestorben mit neunundzwanzig an einem Herzversagen. Nicht mehr alle am Leben. Der kleine blaue Planet scheint reglos im Dunkel des Weltalls zu stehen, aber er dreht sich doch. Bei jeder Drehung verliert er mikroskopisch winzige Teile, die mit dem Dunkel verschmelzen. Marius war mit neunundzwanzig schon Professor für Religionswissenschaft an der Sapienza in Rom, hatte auch schon ein Semester Gastprofessur in Tübingen hinter sich. Hatte unheimlich viel zu tun, nahm sich aber immer Zeit für mich, sagt Horst. Ich kam hin und wieder nach Rom, um mit ihm zu reden. Er hatte eine Frau hier, Carmen, hat früh geheiratet, mit sechsundzwanzig. Aber wir zogen zu zweit durch Monti. Horst lehnt sich zurück und streckt ein Bein aus, um das Taschentuch mit Monogramm aus der Hosentasche zu ziehen. Das alles geht dir nahe, sagt Alfred. Weil ich hier bin, sagt Horst, jetzt hier auf dieser Lichtung im August. Ach, Marius. War ja vielleicht selbst ein Etrusker, er hatte einen Etruskerstock, und als wir hier waren, steckte er sich eine Eichel in die Tasche. Schon da dachte ich, der ist von hier, der nimmt die Eichel mit, um sich an seinen Ort zu erinnern. Hat ihm aber kein Glück gebracht. Horst weint. Du bist zu emotional, sagt Alfred, wie immer. Nein, sagt Horst, nur hier jetzt, mit dir. Hm, sagt Alfred. Er legt sich wieder hin, den Kopf auf dem Rucksack, schließt die Augen. Eine Ameise beginnt an seinem grünen T-Shirt hochzusteigen. Du sagst es mir, wenn du gehen willst, sagt er mit geschlossenen Augen. Bleiben wir noch ein bisschen, sagt Horst, wenn wir schon hier sind. Hast du den Dolch hier verloren, fragt Alfred. Da drüben im Wald, sagt Horst. Ach so, sagt Alfred. Denk nicht, sagt Horst, ich sei deswegen gekommen. Ich denke es nicht, sagt Alfred mit geschlossenen Augen. Horst schaut zum anderen Waldrand hinüber. Wo war die Stelle, an der Marius und er auf dem Rückweg den Wald betraten. Da ist alles zugewachsen, Brombeerranken, Heckenrosen, Disteldickicht. Dahinter liegt irgendwo der Dolch. Macht nichts, die Geschichte ist abgeschlossen, geschrieben, vergessen, das Pech hält sich in Grenzen. Horst dreht sich im Sitzen um, holt ein Brillenetui aus dem Rucksack, stößt dabei die Wasserflasche um, Ameisen laufen in alle Richtungen auseinander. Er nimmt eine Sonnenbrille aus dem Etui. Von lausiger Qualität, die Brille, im Gegenlicht hast du einen Film darauf, aber von hier im Schatten am Waldrand siehst du die Lichtung in einem gelblichen Licht deutlich. Sie ist leer. Da ist kein Marius, der mit seinem Stock zwischen kleinen Tumulusgräbern angestolpert käme. Horst nimmt die Brille ab, man macht sich nur die Augen kaputt. Legt die Brille ins Etui zurück, das Etui in den Rucksack. Die Zikaden sägen. Alfred, sagt Horst laut. Was ist, sagt Alfred mit geschlossenen Augen. Schläfst du? Nein, du redest ja dauernd. Entschuldige, sagt Horst. Macht nichts, sagt Alfred, was wolltest du sagen? Dass du mir sagen solltest, warum mich Maddalena nicht mehr haben wollte. Ich weiß es nicht, habe ich dir schon gesagt. Doch, du weißt es, ich spüre es, du hast sie bestimmt noch gesehen, nachdem ich weg war. Hör auf, sagt Alfred. Aber Horst lässt sich nicht sagen, dass er aufhören soll, das ist so typisch Alfred, redet nicht, kommandiert einen aber trotzdem herum, ging ihm, Horst, schon damals auf die Nerven. Alfred lacht. Lach nicht, sagt Horst, das ist Etruskerterrain. Da darf man nicht lachen, fragt Alfred. Nicht jemanden auslachen, sagt Horst. Ich lache dich nicht aus, sagt Alfred. Doch, tust du, sagt Horst. Wollen wir schon wieder streiten, fragt Alfred. Ach, Alfred, das wäre ja blöd.

Mittwoch im August, zwei ältere Männer am Rand eines Waldes, in dem die Zikaden sägen. Ein leichter, warmer Wind bewegt die Blätter, die beiden Männer schweigen. Der eine scheint zu schlafen, jetzt sagt der andere, aber. Was aber, fragt Alfred, ohne die Augen zu öffnen. Aber dieses Rätsel braucht eine Lösung, sagt Horst. Was für ein Rätsel. Was Maddalena plötzlich hatte. Alfred öffnet die Augen, schaut zu Horst hoch. Ist das noch wichtig, fragt er. Ja, sagt Horst, so was kann nicht stehen bleiben. Nicht, fragt Alfred. Nein, sagt Horst. Na gut, sagt Alfred. Aha, sagt Horst, du weißt etwas, habe ich richtig gespürt. Ich weiß nichts, sagt Alfred. Warum sagst du dann, na gut. Ich wollte schlafen, sagt Alfred, aber wenn du die Lösung aus dir herausreden musst, dann tu's. Wie meinst du das? Ich meine, dass du weißt, warum sie dich hat sitzen lassen. Nein, sagt Horst, ich weiß es nicht. Die Zikaden sägen. Alfred schließt die Augen. Wie sollte ich wissen, warum sie mich sitzen lassen hat, sagt Horst. Was war dein größtes Problem damals, fragt Alfred, ohne die Augen zu öffnen. Das Geld, sagt Horst, das weißt du doch. Hast du ihr welches gestohlen, fragt Alfred. Nein, überhaupt nicht, wirklich nicht. Sonstige Probleme? fragt Alfred. Meine Familie, das weißt du ja auch. Hast du Maddalena von ihr erzählt? Nein, sagt Horst, behüte. Das könnte es sein, sagt

Alfred. Wieso? Du hast ihr etwas verschwiegen. Was habe ich ihr verschwiegen? Das weißt du. Ich habe ihr nichts verschwiegen. Und so weiter, sagt Alfred. Und so weiter? fragt Horst. Und so weiter, hast du ihr das gesagt? fragt Alfred. Ach so, und so weiter, sagt Horst, nein, habe ich ihr nicht gesagt, ich sagte es nie, es hatte nichts mit nichts zu tun, das weißt du doch. Alfred öffnet die Augen, nimmt die Brille ab und schüttelt eine kleine Kugelspinne von ihr, die Spinne sinkt an ihrem unsichtbaren Faden langsam zu Boden. Er setzt die Brille wieder auf. Du hättest ihr sagen sollen, wer du bist, sagt er. Ich bin Horst Steinbach, habe ich ihr gesagt, habe ihr auch gesagt, dass ich mich Oreste nenne, weil Horst, das spricht dir kein Italiener aus. Hm, sagt Alfred. Auch die Blätter der einzelnen Eiche auf der Lichtung rascheln im warmen, leichten Wind. Ich heiße jetzt auch offiziell Horst Steinbach, sagt Horst. Horst Steinbach, das ist alles. Und so weiter hast du abgelegt, fragt Alfred. Ja, sagt Horst, vor dreißig Jahren. Er reibt sich das rechte Knie. Alfred schließt die Augen, macht sie wieder auf, schielt nach oben, horcht auf etwas hinter dem Zikadensägen. Nein, nichts, er schließt sie wieder. Schlaf nicht ein, sagt Horst. Nein, sagt Alfred. Ich bin sicher, sagt er, dass und so weiter das Problem war. Horst reibt sich das Knie, du meinst mit Maddalena, sagt er. Ja, sagt Alfred. Sie wusste es doch gar nicht, sagt Horst. Oder, er hört auf, sich das Knie zu reiben, oder doch? Hast du es ihr gesagt? Nein, sagt Alfred. Verdammt noch mal, Alfred, ich hoffe, dass das stimmt. Red nicht so mit mir, sagt Alfred. Entschuldige, sagt Horst, aber wer hat ihr dann meinen Namen gesagt.

Seinen Namen. Alexander Orest Theodor Leopold Steinbach von Haunzell zu Werdenburg. Sich von Kindheit an Horst nennend. Niemand hier kannte den ganzen Scheißnamen, sagt Horst. Alfred sagt, Felipe zum Beispiel schon. Felipe? Bei dem wohntest du in der via Baccina, sagt Alfred. Ach so, ja, der langweilige Spanier, was taucht der jetzt doch noch in der Geschichte auf, warum kannte er meinen Namen? Weiß ich nicht, sagt Alfred, vielleicht hast du Briefe auf den Namen erhalten. Briefe, sagt Horst, ja, vielleicht, von Ellie. Und, sagt Horst, Felipe kannte Maddalena natürlich auch. Wir kannten uns alle da in Monti, sagt Alfred. Ja, sagt Horst. Und, sagt er, Felipe sagt ihr meinen Namen, und sie gibt mir einen Tritt in den Arsch. Warum? Wahrscheinlich, sagt Alfred, fühlte sie sich hereingelegt. Hereingelegt? Du warst ein anderer, sagt Alfred. Ein anderer? Ja, sagt Alfred, ein anderer, als sie dachte. Was dachte sie denn? Dass du der schöne arme blonde deutsche Aussteiger bist. Ach du Scheiße, sagt Horst.

Mittwoch im August, zwei ältere Männer am Waldrand einer Lichtung in den Bergen von Tolfa, einer kaut an einem trockenen Grashalm, die Zikaden sägen, auf der Lichtung draußen fällt ein Käfer von einem der dünnen Zweige des Mastixstrauchs. Der Zweig schnellt zurück in seine ursprüngliche Position. Horst beginnt zu weinen. Was ist, fragt Alfred. Der Scheißname, sagt Horst, ich habe mich seinetwegen auch mit Marius gestritten, das letzte Mal, dass wir uns sahen. Alfred blickt im Liegen zu Horst hoch. Ja, sagt Horst, er hatte von seiner Ex-Freundin Margrit erfahren, die hatten da wieder Kontakt, er hatte von ihr erfahren, wie Viktoria Lamm wirklich heißt. Viktoria Lamm, meine Tante, mal ziemlich bekannt als Schriftstellerin. Du hast nie von ihr erzählt, sagt Alfred. Nein, sagt Horst, und da wollte er auch meinen Namen wissen, und dann sagt er, schade, dass ich das nicht die ganze Zeit wusste, es hätte dich, also mich, interessanter gemacht. Das war mir an sich gleich, ich weiß, dass ich nicht interessant bin, aber dass ich wegen dieser Scheißfamilie interessanter sein sollte, das ließ ich mir nicht sagen. Ich nannte ihn einen Parvenu, schlimmer geht's nicht, meine Mutter redete so. Er wurde auch wütend. Wollte mit seinem Stock auf mich losgehen. Er hatte diesen krummen Stock, auf den er sich stützte, weil er was mit dem Rücken hatte, oder mit der Hüfte, weiß ich jetzt nicht mehr. Ich wollte nicht zurückschlagen und ging weg. Das war das letzte Mal, dass ich ihn gesehen habe. Horst weint. Du bist sicher, dass er tot ist, fragt Alfred. Wieso? Wir hatten auch Streit, dann war ich für dich tot. Er ist tot, sagt Horst, ich war auf der Beerdigung. Ach so, sagt Alfred und schließt die Augen.

Mittwoch im August, nicht mehr alle am Leben, so etwa Marius nicht, der an einem Sommertag auf den Zürichsee hinausruderte, stehend, er konnte die Technik der venezianischen gondolieri, Ruder eintauchen, wegschieben, leicht nach unten gerichtet unter Wasser zurückholen, während am Ufer seine Schwester Antonia mit ihrer kleinen Tochter Julia und seine Frau Carmen standen und ihm nachblickten. Sie riefen nicht, er hätte es auch nicht gehört, er hörte das Anschwappen der kleinen Wellen und möglicherweise jetzt doch den seltsamen Singsang, mit dem sich dieser Planet um die eigene Achse dreht. Er griff sich ans Herz. Am Ufer sahen sie, wie er aus dem Boot fiel, mit neunundzwanzig. Ach, Marius, so lange her, bei der Beerdigung war dein Vater jünger, als wir jetzt sind, aber kaum fähig zu laufen, gestützt von Antonia, seinem verbliebenen Kind, gefolgt von seiner Schwägerin Felicitas. Drei Wochen vor dem ersten Todestag seines Sohns ist er auch gestorben.

Nicht mehr alle am Leben. Horst zieht das Taschentuch mit Monogramm heraus, A.O.T.L. St. v. H. z.W, schneuzt sich. Alfred liegt mit geschlossenen Augen. Auf der Beerdigung, sagt Horst, habe ich meine Frau kennengelernt, Margrit, eben, die Ex von Marius. Heute auch meine Ex, wir sind geschieden. Alfred schläft. Die Zikaden sägen, weit oben kreist ein Falke.

Ach ja, Margrit. Auf der Beerdigung. Sie stand am offenen Grab, eingehängt bei ihrer Mutter, sie weinten, die Mutter mit der Hand vor dem Mund. Auf der anderen Seite des offenen Grabs. Es wurde zugeschaufelt. Erde polterte auf den Sargdeckel. Horst hört den Ton heute noch. Margrit da auf der anderen Seite des Grabs. Beim Empfang im Haus am See sagt sie, ich bin Margrit, Marius hat Ihnen vielleicht von mir erzählt. Sie brachte ihm ein Stück von der Torte, auf der in Zuckerguss que sera sera geschrieben stand. Nelly Maier-Trueb hatte die Torte mitgebracht. Marius hatte ihr einmal gesagt, que sera sera, das hätte nur Sinn als Grabinschrift. Ach, Marius. Margrit redete von Viktoria Lamm, sie stehe in einem Briefwechsel mit ihr. Aha. Die hat der Viktoria die Dolchgeschichte gesteckt. Da, in Hallers Wohnzimmer, war ein großes Fenster, dahinter der See und Regenwolken. Haben Sie der Viktoria die Dolchgeschichte gesteckt? Konnte man nicht fragen. Erst später. Und da sagt sie, komm jetzt nicht auch du damit, nichts hat sie der Viktoria gesteckt. Streit. Dauernd Streit. Wegen Alice. Die Erziehung von Alice, die Behandlung von Alice. Und dann sagt Margrit, es wäre besser ohne dich, geh zurück zu deiner Freundin in Deutschland.

Ellie. Elisabeth Anna Hildegard Sophia von Vorstert-Altmar. Drei Jahre zusammen mit Ellie und fast nach Kathmandu. Lassen wir das, die arme Ellie. Nach der Scheidung von Margrit in Zürich geblieben, wegen Alice. Alice Steinbach, heute zweiunddreißig, Informatikerin, verheiratet mit Jonas Zimmermann, Krankenpfleger, ein Kind, Eliah. Horst schneuzt sich. Was ist, sagt Alfred, ohne die Augen zu öffnen. Ach, nichts, sagt Horst, entschuldige. Hast du auch Familie? Ich lebe mit meiner Partnerin, sagt Alfred. In Freiburg im Breisgau, hast du gesagt. Ja, sagt Alfred. Du erinnerst dich wirklich nicht, sagt Horst, dass du Pilot bei der Alitalia werden wolltest. Nein, sagt Alfred. Er erinnert sich auch nicht an die Bar im Tuscolano-Viertel, wo sie mit einem Maler oder Schauspieler aus dem Ostblock plauderten. Oder nicht plauderten? Jedenfalls war da so einer. An die Fahrt im klappernden Bus nach Frascati hinauf erinnert sich Alfred auch nicht. Und dass du, sagt Horst. Was ist, fragt Alfred und öffnet die Augen. Entschuldige, sagt Horst. Was wolltest du sagen, fragt Alfred. Dass du dich wahrscheinlich auch an den Tausender, tausend Lire, nicht erinnerst. Du hattest diesen Tausender mit einem geschminkten Marco Polo darauf. Alfred sagt nichts, schließt die Augen, öffnet sie wieder, setzt sich hin, zieht sein Portemonnaie aus der Außentasche seines Rucksacks. Öffnet es, zieht einen Tausendlireschein heraus, hält ihn Horst hin. Der geschminkte Marco Polo. Horst greift mit zitternder Hand danach. Ach, Alfred, sagt er, den hast du noch. Er weint wieder. Bin ich froh, sagt er, dass du noch lebst. Hör auf zu weinen, sagt Alfred, bei dieser Hitze. Hast recht, sagt Horst. Er gibt Alfred den Marco Polo zurück. Zieht sein Taschentuch heraus, schneuzt sich. Hat er dir Glück gebracht, fragt er. Ich habe ihn nicht deswegen behalten, sagt Alfred wieder im Liegen. Nicht? Weswegen dann? Marco Polo ist meine Tagesform, sagt Alfred. Wie meinst du das? Alfred sagt nichts. Wie ist das mit der Tagesform, sagt Horst, sei doch mal ein bisschen kommunikativer. Na gut, sagt Alfred.

Mittwoch im August im frühen einundzwanzigsten Jahrhundert, Alfred noch am Leben, dunkelblaue Bermudashorts, grünes T-Shirt, Brille, grau meliertes dunkles Haar. Er trinkt einen Schluck Egeria. Verkehrt geht es auch, das ist meine Tagesform seit vierzig Jahren, sagt er. Die Dinge können auch verkehrt sein, Marco Polo könnte eine Frau sein, Alfred Turidis unbeschwert. Warst du beschwert, Alfred? Habe ich schon gesagt, sagt Alfred. Ja, sagt Horst, ach Gott, warum haben wir das nicht gemerkt. Ihr wart nicht im Alter dafür. Ich, sagt Horst und blickt auf die Lichtung hinaus, hätte es merken sollen, du redetest vom Sterben. Vom Verschwinden, sagt Alfred. Vom Verschwinden, sagt Horst, aber auch vom Sterben, ein guter Tag zum Sterben. Das sagtest du, sagt Alfred. Du auch, sagt Horst, und dass du mit mir kifftest und deine outfits, ich hätte es merken sollen. Aber du warst doch auch der tolle Turidis. Haben wir schon gesagt, sagt Alfred. Ich hätte es merken sollen, sagt Horst. Bist du jetzt unbeschwert, fragt er. Alfred lacht. Ich hoffe, dass du unbeschwert bist, sagt Horst. Er blickt zum anderen Waldrand, in der Richtung, wo die Viper reglos auf ihrem Stein liegt. Was hast du nach Frascati gemacht, fragt er. Habe ich auch schon gesagt, auf den Bus gewartet. Ich meine, in den Tagen danach. Dich gesucht, sagt Alfred. Mich gesucht? Aber du warst mir doch böse. Ich wollte mit dir reden, sagt Alfred. Reden? Ach Gott, Alfred, sag das nicht. Horst dreht sich mit Mühe auf alle viere, stellt ein Bein auf, stützt die Hand aufs Knie, zieht das andere Bein nach, richtet sich langsam auf, geht weinend in die schwere Hitze der Lichtung hinaus. Bleib da, ruft

Alfred. Horst winkt ab, ohne sich umzublicken. Die Zikaden sägen. Die Sonne steht in einem Winkel von einundsechzig Grad zur Nordhalbkugel des Planeten, ein älterer Mann steht in ihrer starken Strahlung und denkt, dass man nicht alle Fehler wiedergutmachen kann. Er ist weggelaufen vor Alfred. Wohin, zum Teufel. Nach Hause, ausgerechnet nach Hause, nach Werdenburg. Und Alfred sucht ihn in Rom und will reden. Horst blickt zum Waldrand, Alfred hat die Hände unter dem Kopf verschränkt, liegt so, blickt auf die Lichtung, zieht eine Hand unter dem Kopf hervor, winkt Horst zu, schiebt die Hand wieder unter den Kopf. Alfred. Das ist Alfred. Horst schwenkt von der Längsachse westwärts, geht zum Waldrand zurück. Lauf nicht mehr da draußen umher, sagt Alfred. Horst lässt sich auf ein Knie hinunter, zieht das Taschentuch heraus, wischt damit am Boden Ameisen weg, macht eine halbe Drehung, setzt sich darauf. August ist der gefährlichste Monat. Horst atmet schwer, nimmt die Baseballkappe ab, versucht sich mit dem unteren Teil seines weißen T-Shirts den Kopf zu trocknen. Alfred greift im Liegen hinter sich in seinen Rucksack, zieht ein Päckchen Papiertaschentücher heraus, reicht es ihm. Trink Wasser, sagt er. Horst nimmt drei Schlucke vom lauwarmen Egeria. Wir hätten einen Thermorucksack kaufen sollen, sagt er. Sie schweigen, die Zikaden sägen. Wie lebst du, fragt Alfred. Schon recht, sagt Horst, ich führe ein gemäßigtes Rentnerleben. Und du, arbeitest du noch? Ja, sagt Alfred. Mich, sagt Horst, hat man altershalber vor die Tür gestellt. Vor die Tür einer Bank in Zürich, fünfunddreißig Jahre da gearbeitet. Alfred lacht. Lach nicht, sagt Horst, ich weiß selber, dass es absurd klingt, der Horst bei einer Bank in Zürich. Die haben mich dazu gezwungen. Wer? fragt Alfred. Margrit und ihr Vater, ich war ja enterbt und ausgestoßen nach der Geschichte mit dem Geld. Alfred dreht ihm den Kopf zu, die Augenbrauen hochgezogen. Ach, sagt Horst ins Zikadensägen hinein, ich hatte in Werdenburg zweihundert Mark gestohlen. Hatte nichts mehr zu essen. War mein letzter Auftritt dort. Du warst nie mehr in Werdenburg? fragt Alfred. Nein, sagt Horst, nicht mal zur Beerdigung meines Vaters. Deine Mutter? fragt Alfred. Lebt immer noch, sechsundneunzig, meine Tante auch, vierundneunzig. Die Schriftstellerin? Ja, sagt Horst. Und deine Eltern? fragt er. Beide tot, sagt Alfred, meine Mutter seit elf Jahren, mein Vater hat sich mit fünfzig das Leben genommen. O Gott, sagt Horst. Wie war die Arbeit auf der Bank, fragt Alfred. Das Übliche, sagt Horst, Banklehre, Schalterbeamter, Kundenberater, Kundenbetreuer, am Ende auch Teamleiter, lach ruhig. Ich lache nicht, sagt Alfred, aber dir hat es Spaß gemacht. Na ja, sagt Horst, mit der Zeit schon. Am Anfang gar nicht, die haben mich gezwungen, Margrit und ihr Vater, der Maoist gewesen war. Einmal Maoist, immer Schweizer, hat Marius einmal gesagt. Ich hatte keine Wahl. War nach der Beerdigung immer noch in Zürich, untergebracht bei einem komischen Freund von Margrit, wie hieß der schon wieder, ohne Geld, außer was mir die Ahri zusteckte, die Mutter von Margrit, da mal zehn Franken, dort mal zwanzig, und zu essen, Würstchen und Kartoffelsalat, ja, genau, Würstchen und Kartoffelsalat und Koreanisches, Eintöpfe, für mich extra nicht so scharf. War nett, die Ahri, sie sagte, sie sei meine Ersatzmutter, ich sei doch so sanft und traurig.

Der sanfte traurige Deutsche. Es war schon Ostern und Horst immer noch in Zürich. Im Garten der Imbodens. Horst stand beim Magnolienbaum und weinte. Ein Alter ging am Gartentor vorbei. Margrit kam aus dem Haus, umarmte Horst und sagte, ich schaue auch immer zum Gartentor, ob Marius da steht, wir werden ihn nie vergessen. Lass uns heiraten, sagte Horst. Ja, sagte Margrit. Horst bewahrte bis zur Scheidung die Liste auf, die sie ihm gegeben hatte. Unser gemeinsames Leben. Ausbildung, geregelte Arbeit, zwei Töchter, Sport, Reisen, Kontaktpflege, gemeinsames Kochen und noch einiges mehr, zwei Seiten. Liste bei der Scheidung weggeworfen. Du bist ihnen aber auch dankbar, sagt Alfred an diesem Mittwoch auf der Lichtung in den Bergen von Tolfa. Wem? Deiner Frau und ihrem Vater, sagt Alfred. Du meinst, weil aus mir was geworden ist. Ja, sagt Alfred. Horst weint wieder. Deine Emotionalität ist bedenklich, sagt Alfred, weintest du auch auf der Bank? Nie, sagt Horst, erst wieder, seit du gestern auferstanden bist.

Mittwoch im August, einer wieder am Leben, ein älterer Mann mit grau meliertem Haar und Brille, der am Rand einer Lichtung auf dem Boden liegt, mit geschlossenen Augen im Zikadensägen. Also, sagt er und setzt sich auf, erzähl mir, was ihr hier machtet, du und dein Freund Marius. Ach, was wir hier machten, sagt Horst, nicht viel, ich erinnere mich noch, was wir aßen, panini, er bresaola e rucola, ich pomodoro e mozzarella, komisch, das weiß ich noch und dass ich die ganze Zeit Angst hatte. Wieso? Wegen der Etrusker, sagt Horst, die erwachen im August. Hatte, glaube ich, Maddalena gesagt, oder ich hatte es gelesen. Hm, sagt Alfred. Und ich hatte das Gefühl, sie sind da. War ja schon mal da gewesen, gleich nachdem mich Maddalena ausgebootet hatte, auch da hatte ich dieses Gefühl gehabt. Deswegen wollte ich nicht mehr allein kommen. Und dann gruben wir das Loch. Ach Gott, sagt er. Er vergräbt das Gesicht in den Händen. Was ist, fragt Alfred. Der Hund, sagt Horst, der Hund, wie konnte ich den vergessen, da war doch ein Hund, ein ausgehungerter Hund, gelbes Fell, lang gezogene Schnauze, sah ein bisschen wie ein Dingo aus, hatte aber an den Spitzen geknickte Ohren. Der war schon da oder kam durch den Wald, dann hat er uns geholfen zu graben, jetzt fällt's mir wieder ein. Wir haben ihm auch einen Namen gegeben, wird mir auch noch einfallen, etwas Etruskisches. Der Hund, ja, da war ein Hund.

Mittwoch im August.

Alfred, sagt Horst, wenn du schon mit mir hergekommen bist, hilf mir noch mal die Stelle suchen, wo das Loch war.

Zikadensägen, schwere Sonnenluft, zwei ältere Männer, einer mir Walking-Stöcken, einer mit dem Telefon in der Hand, gehen in der Mitte einer Lichtung genau nordwärts. Der mit den Stöcken klopft östlich dieser Mittellinie den Boden ab. Er sagt, mit dem Stock von Marius wäre es besser. Der andere blickt auf den Kompass des Telefons. Der mit den Stöcken sagt, bleib mal stehen. Alles in Ordnung, fragt der mit dem Kompass. Ja, sagt Horst, mir ist bloß eingefallen, wie der Stock, der krumme Stock, den Marius immer hatte, wie der am Ufer lag, als er auf den See hinausruderte und dann reinfiel, Herzversagen. Du warst dabei? fragt Alfred. Nein, hat mir Carmen erzählt, seine Frau. Carmen, sagt Alfred. Zwischen uns ist nichts, sagt Horst, wir sind befreundet, sie lebt wieder mit ihrem ersten Mann. Und der Stock? fragt Alfred. Den hat sie, sagt Horst, ich wollte ihn haben, aber sie wollte ihn nicht hergeben. Horst klopft mit einem Walking-Stock auf den

Boden. Wäre besser gewesen mit dem krummen Stock. Der findet Dinge, sagt Alfred. Ja, sagt Horst, Carmen hat mit ihm einen Ohrring wiedergefunden, in der Villa Ada. War das der Park, in den du mit mir gehen wolltest an unserem letzten Tag? fragt Alfred. Ach, Alfred, dass du dich daran erinnerst. Es war der Parco degli Acquedotti, da könnten wir auch noch hin, wie lange bist du noch da? Zwei Tage, sagt Alfred. Dann gleich morgen, sagt Horst, wenn du Zeit hast früh, damit wir nicht wieder einen Hitzschlag kriegen, ach nein, nicht früh, sagt er, du stehst ja nicht vor zehn Uhr auf. Alfred lacht. Meine ersten Patienten kommen um acht, sagt er. Aber damals war es so, sagt Horst, auch schon im Internat. Ja, sagt Alfred, das war eine alte Gewohnheit. Wieso? Ich war lebensmüde wie alle Jungen. Lebensmüde? Aber wir hatten doch so viel vor. Ja, muss man haben, damit man sich überzeugt, dass es sich zu leben lohnt. Das stimmt wahrscheinlich, sagt Horst, Ellie sagte auch irgendwie so etwas, aber lassen wir das. Alfred blickt auf den Kompass, schaltet das Telefon aus, steckt es sich in die Tasche. Das hat keinen Sinn, sagt er, ich gehe wieder in den Schatten. Schade, sagt Horst, da war etwas, der Hund bellte wie wild. Ich erinnere mich, dass er wie wild bellte. Der war intelligent. Dumm waren nur wir, wie wir bei dieser Höllenhitze auf der Lichtung umherrannten und ohne Werkzeug gruben. Komm in den Schatten, sagt Alfred, sonst sind wir immer noch gleich dumm.

Zwei Uhr, da sitzen sie im Schatten am Waldrand und blicken zur einzelnen Eiche auf der Lichtung. Erinnerst du dich immer noch nicht, sagt Horst, dass du Pilot werden wolltest. Nein, sagt Alfred. Sie blicken zur Eiche hinüber. Da war ein Geräusch wie von Flügeln im Laub, aber kein Vogel in Sicht, keiner ist aufgeflogen. Was meinst du, fragt Alfred, wollen wir gehen? Gib mir noch eine Viertelstunde, sagt Horst. Okay, sagt Alfred. Er legt sich wieder hin. Schlaf nicht ein, sagt Horst. Wieso nicht, sagt Alfred. Du könntest was träumen, sagt Horst. Und? fragt Alfred. Marius, sagt Horst, Marius hat dich hier geträumt. Ohne mich zu kennen? fragt Alfred. Ja, sagt Horst, du warst es, er hat dich beschrieben, hat auch, glaube ich, deinen Namen geträumt. Alfred dreht auf dem Rucksack den Kopf hin und her, im Rucksack knistert eine Tüte mit Cashewnüssen, Kürbiskernen, Haselnüssen. Bist skeptisch als Psychiater, sagt Horst, aber das warst du ja eigentlich immer. Skeptisch? Ja, sagt Horst, erinnerst du dich nicht mehr? Nein, sagt Alfred, auch nicht daran, dass ich Pilot werden wollte. Marius hat dich geträumt, sagt Horst, ich glaube, sogar zweimal hintereinander. Hm, sagt Alfred. Ja, sagt Horst, er war so, er hat auch mal was in der Erde gespürt, nicht hier, unten im Tal, auf dem Gelände einer archäologischen Ausgrabung. Der ist da zufällig auf eine Schaufel oder Hacke oder so etwas getreten, hatten die Archäologen liegen lassen. Die Archäologen, das war das Team von Maddalena, die waren aber nicht da. Marius nahm es als Zeichen und begann zu graben. Mit dem Stock spürte er, wo er graben musste. Und hat tatsächlich was gefunden, eine kleine flache Figur aus Bronze mit Stumpfarmen und ungleich langen Beinen. Alfred sagt nichts, die Zikaden sägen. Schläfst du, fragt Horst. Nein, sagt Alfred, was hat er mit der Figur gemacht? Behalten, sagt Horst, später hat er sie meiner damaligen Freundin geschenkt, als wir mal zusammen in Rom waren. Einmal. Sonst kam ich allein. Konnte es mir knapp leisten bei dem Hungerlohn, den sie mir in Bregatsch oben zahlten. Warst du lange da oben, fragt Alfred. Fast vier Jahre, sagt Horst. Meine Freundin drei Jahre, die ist zu Hause auch davongelaufen. Marius hat ihr brieflich erklärt, wie sie mir nach Bregatsch nachreisen konnte. Die schrieben sich manchmal. Aber lassen wir das.

Mittwoch im August, Stille, das Zikadensägen ist ja nur die pulsierende Hitze, die über Etrurien liegt. Ach, Ellie. Horst im Schatten des Waldrands, heiße Luft kommt in Schwällen von der Lichtung, drückt sich ein Papiertaschentuch ans Gesicht. Alfred öffnet die Augen. Alles in Ordnung, fragt er. Mir ist ein bisschen schwindlig, sagt Horst. Leg dich hin, sagt Alfred, flach, die Beine auf den Rucksack, warte, ich lege meinen auch darauf. Danke, sagt Horst. Trink zuerst, sagt Alfred, ich habe noch eine kleine Flasche, und red nicht. Horst liegt flach auf trockenen Blättern, vertrockneten Eichelkapseln, dem stacheligen Gras, den Steinchen und Ameisen. Eine geht auf seinen Hinterkopf zu, beginnt an ihm hochzusteigen. Eine Aphaenogaster subterranea, vorgestern geschlüpft. Horst schlägt sich an den Kopf, zerdrückt sie. Er schließt die Augen. Öffnet sie. Schaut zu Alfred hinüber. Der schläft, den Kopf auf den verschränkten Händen, dabei wollte Horst noch etwas von Marius sagen. Wie der sich an einem Frühsommertag vor vierzig Jahren an einem Tischchen in der Bar gegenüber Santa Maria Maggiore in die Jackentasche griff, die flache Figur mit den Stumpfarmen und den ungleich langen Beinen mit einer lockeren Bewegung herauszog und sie, ohne hinzublicken, vor Ellie auf den Tisch legte. Ellie. An sie nicht denken. An die lockere Bewegung von Marius. Der hatte solche Bewegungen, vielleicht ein lockeres Handgelenk. Wie hat er mal eine Hand auf Schulterhöhe hin und her geschlenkert. Hier auf der Lichtung. War die Antwort auf eine Frage, was für eine

Frage, Horst weiß es nicht mehr. Er schläft ein. Träumt etwas, das er einmal sieht, einmal nicht, Leute oder nicht Leute, Lebewesen, denen er zu erklären versucht, dass er nach Litauen fahren muss, weil Alfred sehr krank ist, und er hat ihn die ganze Zeit nicht besucht. Alfred. Horst ist mit einem Mal wach. Da ist Alfred. Da liegt er im grünen T-Shirt, in dunkelblauen Bermudashorts, Kratzer an den Beinen, mit grau meliertem Haar und Brille. Die Augen unter der Brille geschlossen, er schläft. Horst schließt die Augen. Diese Zikaden. Dass Alfred so ruhig schlafen kann. Maddalena hatte auch von einem Typ gesprochen, einer Art etruskischem Spaßmacher, mit Maske. Wie hieß der schon wieder. Maddalena. Nie mehr etwas von ihr gehört. Vor Jahren einmal bei ihrem Haus im Tuscolano-Viertel vorbeigegangen, auf dem Namensschild stand Mereu und darunter Santini, geklingelt, keine Antwort, kein Mensch, keine Nachbarin, die man hätte fragen können. Nach der Scheidung von Margrit war das. Auch nicht an Margrit denken. Horst versucht, gleichmäßig zu atmen. Mittwoch im August, Margrit jedenfalls noch am Leben, vis-à-vis ihrem Elternhaus, mit ihrem Lebenspartner, Markus Tobler. Das Elternhaus verkauft, Ahri im Altersheim. Die Ahri, die war nett. Vermisse sie. Alice auch. Auch wenn sie nicht immer nett ist, hält Eliah von mir fern, meinen Enkel. Auch von Margrit. Lassen wir das, nicht an die sogenannte Familie denken, auf dieser Lichtung an einem Mittwoch im August im frühen einundzwanzigsten Jahrhundert.

Auf seiner scheinbaren Bahn hat der kleine Stern abseits der Mitte der Galaxie an diesem Punkt des Jahrs seinen Zenit überschritten, aber hier auf dem zweiundvierzigsten Breitengrad der Nordhalbkugel des Planeten ist es heiß, so heiß, dass Horst die Beine von den aufeinanderliegenden Rucksäcken nimmt, sich langsam aufsetzt, in Alfreds Rucksack hineingreift und die kleine Flasche Wasser herauszieht. Er trinkt und schielt dabei zu Alfred hinunter. Hoffentlich träumt der nicht Marius. Ach nein, nicht mehr nötig, Marius ist tot. Ach, Marius. Ein Jahr oder vielleicht zwei Jahre vor seinem Tod hat er gesagt, auf der piazza degli Zingari, hat er gesagt, so einen Typ im Glitzeroutfit habe ich aber letzthin gesehen. Und wenn es doch dein Alfred wäre? Er ist tot, Mann, hat Horst gesagt, du selber hast ihn tot geträumt. Ich träume niemanden tot, und falls doch, ist es für den Betroffenen in keiner Weise verpflichtend, sagte Marius. Was redete Marius, es war nicht immer zu verstehen, aber dann wieder doch, zum Beispiel an einem Frühsommertag, wieder Frühsommertag, oder war es kein Frühsommertag, doch, muss es gewesen sein, Marius trug ein weißes Hemd, an dem Frühsommertag, als Horst ihm das geliehene Geld, da mal zwanzigtausend, dort mal fünfzig, zurückzahlen wollte, das war bei dem Hungerlohn gerade noch drin, und Marius sagte, behalt es, ist ein Geschenk. Warum? Ich habe herausgefunden, dass ich dich mag. Was hat Horst geantwortet, danke, Mann, oder ich dich auch, Mann, ja, so etwas, er weiß es nicht mehr genau, aber schon so etwas.

Ach, Marius. Horst hat sich wieder hingelegt, deckt mit den Händen sein Gesicht zu. Was ist, sagt Alfred im Liegen, ist dir immer noch schwindlig? Nein, sagt Horst, Ameisen, sie greifen von zwei Seiten an. Gehen wir, sagt Alfred, es ist halb vier. Ja, sagt Horst. Er weint. Ich bin so froh, sagt er, dass wir gekommen sind, danke, Alfred, so froh, dass du da bist. Hör auf zu weinen, trink und red nicht, sagt Alfred. Aber Horst lässt sich nicht schon wieder sagen, was er zu tun hat.

Mittwoch im August, zwei ältere Männer streiten auf einer Lichtung in den Bergen von Tolfa, weil der eine findet, der andere habe wirklich immer noch die Gewohnheit, herumzukommandieren. Fast nichts sagen, aber trotzdem kommandieren, schon damals im Internat, als er der Specht sagte, sie solle mit ihrer schlechten Schrift die Aufgaben nicht an die Tafel schreiben, sondern Fotokopien verteilen, und den Arturo hat er nach Kathmandu geschickt, damit Jim in seinem Kiffernebel nicht allein reise, und alle haben gespurt, weil, nicht wahr, der tolle Turidis, der Stolz der Schule, das alles wirkt sich wahrscheinlich nicht gut auf den Charakter aus. Der andere kann auch lauter werden, wenn es sein muss in dem Zikadengesäge, er sagt, von Charakteranalysen lass die Finger. Siehst du, sagt Horst, genau das vertrage ich nicht, wenn du so redest, diese Seite von dir fand ich schon immer unerträglich. Alfred sagt, beruhige dich, wir sind lächerlich, es ist zu heiß. Hast du noch Kontakt mit Arturo? Horst trocknet sich mit dem Papiertaschentuch die Tränen ab. Arturo ist gestorben, sagt er, an Covid.

Die Zikaden sägen, die beiden sitzen da. Horst sagt, und was ist mit Marie Claire. Wie kommst du auf sie? fragt Alfred. Weil wir uns ihretwegen auch stritten. Ja, sagt Alfred, ich erinnere mich. Sie himmelte dich an, sagt Horst, du sie nicht, ich schon. Ich wollte, dass du sie mir abgibst. Ja, sagt Alfred. Ich hätte sie gern gehabt, sagt Horst, alle hätten sie gern gehabt, nur du nicht, und dich himmelte sie an. War wahrscheinlich mit Maddalena auch so. Nein, sagt Alfred, Maddalena wollte mich nicht haben, habe ich schon gesagt. Warum wollte sie dich nicht haben? Weil sie dich wollte. Mich? Eben, den schönen blonden deutschen Aussteiger. War jedenfalls ein kurzes Vergnügen, die

Maddalena, sagt Horst. Erinnerst du dich, wie sie auf der piazza in Monti Yogaübungen machte? Nein, sagt Alfred. Und nach mir war auch nichts zwischen euch? fragt Horst. Nein, sagt Alfred, sie war mir böse, ich hätte sie nicht mit dir bekannt machen sollen. Scheiße, sagt Horst. Er reißt einen trockenen Grashalm aus, beginnt an ihm zu kauen. Die Zikaden sägen, der Stern dieses Planeten steht in einem Winkel von dreiundzwanzig Grad zum Horizont, es ist halb fünf. Die Tageslänge beträgt noch dreizehneinhalb Stunden. Alfred sagt, gehen wir. Ja, sagt Horst. Er kniet sich aufs linke Knie, stellt den anderen Fuß auf, versucht aufzustehen. Alfred steht auf, zieht ihn hoch. Lass dir ein neues Knie machen, sagt er, und nimm ein paar Kilo ab.

Mittwoch im August, zwei Männer gehen langsam über eine Lichtung in Etrurien, halten im Schatten einer alten Eiche. Der eine, übergewichtig, weißes T-Shirt, dunkelrote Baseballkappe auf dem kahlen Kopf, verschwindet hinter dem Stamm. Wo hast du studiert, ruft er. Zu Hause in Litauen, sagt Alfred, wie schon gesagt. Stimmt, sagt Horst, sie gaben dir wegen deiner Großmutter einen Studienplatz. Ja, sagt Alfred. Er steht im Schatten der Eiche, schaut zum Waldrand hinüber, schaut zu Boden, macht einen Sprung rückwärts. Da ist eine Schlange. Ohne den Blick vom Boden abzuwenden, geht Alfred in die Knie und hebt einen von Horsts Stöcken auf. Die Schlange rührt sich nicht. Vielleicht tot. Alfred geht vorsichtig näher. Es ist keine Schlange, es ist ein Stück Seil. Alfred hebt es auf. Horst schaut von hinter dem Baum hervor. Was hast du da? fragt er. Eine Schlange? Nein, sagt Alfred, es ist ein Seil. Horst kommt hinter dem Stamm hervor. Du hast mich erschreckt, sagt er. Weißt du noch, fragt er, wie du und

Flösch bei der Höhi-Hütte Yetispuren machtet. Flösch hat die Spuren gemacht, ich habe sie fotografiert, sagt Alfred. Stimmt, sagt Horst, wir wollten doch die Bilder der Lokalpresse zuspielen. Alfred lacht. Horst sagt, können wir uns kurz noch mal hinsetzen, mir tut das Knie weh.

Mittwoch im August, zwei ältere Männer mitten auf einer Lichtung im Schatten einer Eiche, der eine an den Stamm gelehnt, der andere schräg vor ihm auf dem Boden sitzend. Zwischen ihnen ein dunkelbraun verwittertes Stück Seil, etwa zwei Meter lang. Der eine, Horst, sagt, weißt du auch nicht mehr, dass du Astronom werden wolltest? Doch, natürlich, sagt Alfred. Und warum hast du das aufgegeben? Der Studienplatz, sagt Alfred, man musste nehmen, was sie anboten. Schade, sagt Horst. Nein, sagt Alfred, Astronomie war der Wunsch meines Vaters, er war Astronom gewesen, bevor er in Ungnade fiel. Ach so, sagt Horst, aber du warst doch begeistert, erklärtest uns die Sterne, wir sind doch deswegen mal in der Nacht zur Höhi-Hütte hinaufgestiegen. Marie Claire kriegte Angst vor dem Sternenlicht. Ich glaube nicht, sagt Alfred, dass Marie Claire dabei war. Doch, sagt Horst, sie sagte, sie hätte nicht gewusst, dass der Himmel so aussieht. Hm, sagt Alfred. Du erklärtest uns die Sterne, sagt Horst, du wusstest eine Menge.

Mittwoch im August, Horst und Alfred sitzen im Schatten einer Eiche und hören von zwei Seiten Zikadensägen, vom westlichen und vom östlichen Waldrand. Auf Horsts weißem T-Shirt liegen kleine Bruchstücke vom Stamm der Eiche, gegen den er sich lehnt. Am östlichen Waldrand hebt die Viper auf dem Stein den Kopf, zieht mit einer Wellenbewegung den Rumpf an, legt den Kopf wieder auf den

Stein, liegt reglos. Horst schließt die Augen. Er sagt, Marie Claire war dabei, wir lachten die ganze Zeit während des Aufstiegs. Wir lachten überhaupt viel, sagt Alfred. Ja, sagt Horst, vor allem, wenn wir bekifft waren, sogar dann, wenn du vom Sterben redetest. Aus der Chesa haben sie uns mal rausgeworfen, weil wir so lachten. Wirklich? sagt Alfred. Ja, sagt Horst, weißt du nicht mehr? Doch, vielleicht, sagt Alfred. War es da, fragt er, dass Flösch erzählte, Marie Claire heiße gar nicht so, sie heiße Heidi. Ja, sagt Horst, ich glaube, das war da. Sie lachen beide. Du lachst noch wie früher, sagt Horst. Du, sagt Alfred, wiehertest vorgekrümmt. Das tu ich bestimmt nicht mehr, sagt Horst. Aber du hast es gut im Leben, sagt Alfred. Nicht schlecht, sagt Horst, wenn nur der Streit mit Margrit nicht wäre, meiner Ex-Frau. Sie will mehr Geld, sagt Alfred. Ja, sagt Horst. Die Zikaden sägen, ein Falke lässt sich aus Nordost von einer Strömung über die Lichtung tragen. Was war das für ein Vogel, fragt Alfred. Ein Falke, sagt Horst. Wie heißt deine Partnerin, fragt er. Käthe, sagt Alfred. Beziehung gut? fragt Horst. Ja, sagt Alfred. Wegen Marie Claire haben wir uns sogar noch in Rom gestritten, sagt Horst. Ja, sagt Alfred, in der via Panisperna. Da wohne ich jetzt, sagt Horst. Du hast mir, sagt Alfred, fast einen Barhocker an den Kopf geworfen. Habe ich nicht, sagt Horst. Doch, sagt Alfred. Du konntest einen höllisch aufregen, sagt Horst. In der via Panisperna sagtest du plötzlich, du gehst vielleicht mit Marie Claire nach Indien, das weiß ich noch genau. Ja, sagt Alfred, und es war eine Lüge. Wirklich? Warum? Ich hatte genug von dir, sagt Alfred, du pumptest mich dauernd an, weil du Geld brauchtest für Maddalena, obendrein beklagtest du dich über sie. Du warst eifersüchtig, sagt Horst. Ja, sagt Alfred.

August, die Zikaden sägen, der Falke lässt sich aus Nordost wieder über die Lichtung tragen. Da ist er wieder, sagt Horst. Marius, sagt er, log nie, er sagte, er beherrsche das nicht. War aber auch nicht angenehm. Ich fragte ihn, was er zu Ellie meine. Er sagte, es kann nicht immer alles nur gut werden. Ellie? fragt Alfred. Meine damalige Freundin. Ach ja, sagt Alfred. Aber lassen wir das, sagt Horst, auch Marius und ich lachten viel, er war zwischendurch gut drauf, war schon Assistenzprofessor und hatte Carmen. Zwischendurch? fragt Alfred. Ja, sagt Horst, seine Schwester war gestorben, drei oder vier Jahre vor ihm.

Ein leichter Wind bewegt die Blätter der Eiche und der Eschen am Waldrand. Die Viper wirft sich mit einer Wellenbewegung in die Luft, gleitet in einem Sekundenbruchteil durchs knisternde Gras ins Unterholz. Horst sagt, die Trauung war auch so eine Sache, die Trauung von Marius und Carmen. Nur sie beide und zwei Trauzeugen. Der eine war ich, die andere hieß Loredana. Die heulte die ganze Zeit. Ich musste sie trösten. Alfred lacht. Lach nicht, sagt Horst, ich habe die nicht auch übernommen, nur gerade nach der Trauung, am Tag darauf musste ich wieder nach Bregatsch. Habe sie nie mehr gesehen. Horst schaut aus dem Eichenschatten in die Hitze der Lichtung hinaus und massiert sich das Knie. Er sagt, schade, bleibst du nicht länger. Käthe muss nach Hause, sagt Alfred, sie hat Großmutterpflichten. Ach so, sagt Alfred, sie ist auch da. Ja, sagt Alfred. Wie ist's, fragt er, können wir gehen? Gib mir noch fünf Minuten, sagt Horst. Ich würde mich freuen, deine Partnerin kennenzulernen, sagt er. Alfred lacht. Was lachst du? Seit wann bist du so förmlich, fragt Alfred. Horst lacht. Die Jahre bei der Bank, sagt er. Die Bank, sagt Alfred. Ja, sagt Horst, ich finde es selbst verrückt. Und in

Bregatsch, was machtest du da, fragt Alfred. Zuerst Bursche für alles, dann haben sie mich wieder zum Türsteher befördert, als Ellie kam. Jemand oder sie selbst, ja, ich glaube, sie selbst, hatte ihnen gesteckt, dass sie ein Fräulein von Vorstert-Altmar war, da war es ihnen peinlich, dass ihr Freund Toiletten entstopfen musste. Mich selbst wagte sie nicht zu outen, wäre auch das Ende gewesen. Auch Flösch hatte es nicht gewagt. Ellie bot man gleich eine Stelle in der Rezeption an. Das ging dann aber nicht so gut, sie war zu schüchtern. Lassen wir das. Wieso? fragt Alfred.

Das Zikadensägen scheint abzuflauen, nein, jetzt ist es wieder gleich intensiv. Am Waldrand, wo sie saßen, schleppen Ameisen eine tote Stechfliege mit gelb-schwarz gestreiftem Unterleib in Richtung ihres Baus. Woran willst du nicht rühren, fragt Alfred. Ach, sagt Horst, ich werde wieder heulen. Macht nichts, sagt Alfred, was ist mit Ellie? Auch tot? Nein, sagt Horst weinend. Er zerrt das Batisttaschentuch aus der Hosentasche, schneuzt sich. Viel schlimmer, sagt er, Ellie lebt seit vierzig Jahren in psychiatrischen Anstalten. Wie furchtbar, sagt Alfred. Ja, sagt Horst, und ich bin schuld. Er weint. Sag, warum du schuld bist, sagt Alfred. Weil ich sie sitzen lassen habe, sagt Horst, in Bregatsch oben. Bin nicht zurück nach der Beerdigung von Marius. Wegen Margrit. Das ist jetzt wirklich die Frau meines Lebens, dachte ich. Sie war mir schon aufgefallen, als sie auf der anderen Seite des Grabes stand. Da war der Sarg mit Marius drin. Sie schaute die ganze Zeit darauf und weinte. Das war das einzige Mal, dass ich sie habe weinen sehen. Sie war schöner als Marie Claire, halb Koreanerin. Dann kam sie auf mich zu, beim Empfang, zusammen mit ihrer Mutter. Ich blieb in Zürich, und Ellie drehte durch da oben. Die arme Ellie, sagt Alfred. Horst weint. Sie war, sagt er, zum zweiten Mal von zu Hause durchgebrannt, um mit mir zu sein, und ich lasse sie sitzen. Alfred nimmt die Brille ab, massiert sich die Stirn. Sag etwas, sagt Horst. Alfred setzt die Brille auf. Wo ist Ellie jetzt, fragt er. In der Anstalt Corth an der Werde. Und du sollst sie nicht besuchen, hat man dir gesagt, sagt Alfred. Ja, sagt Horst weinend, ihre alte Freundin besucht sie manchmal, Perlchen. Schau, sagt Alfred, man kann nicht den Anspruch haben, ohne Schuld zu leben. Horst weint. Ich, sagt Alfred, habe meine Eltern gequält. Aber, sagt Horst und schneuzt sich, sie wollten nichts von dir wissen, hast du gesagt. Da bin ich nicht mehr so sicher, sagt Alfred. Nicht? fragt Horst. Nein, sagt Alfred.

Mittwoch im August, zwei sitzen schweigend unter einer Eiche auf einer Lichtung in Etrurien. Bald fünf Uhr, die Sonne wird in drei Stunden untergehen. Gibst du mir noch einen Schluck Wasser, sagt der eine unter der Eiche, dann bin ich gleich so weit. Alfred reicht Horst die Flasche. Lass dir Zeit, sagt er, wenn du dich noch nicht fit fühlst. Danke, sagt Horst. Alfred streckt sich aus, den Kopf auf dem Rucksack, Horst lehnt gegen den Stamm der Eiche. So ein Augustnachmittag im Zikadensägen.

Alfred tastet im Liegen nach dem Telefon auf dem Boden. Halb sechs, sagt er. Ja, sagt Horst, gehen wir. Bevor die Etrusker erwachen, sagt Alfred. Was? sagt Horst. Hast du gesagt, sagt Alfred. Ja, sagt Horst, ich wollte Dinge sagen wie damals, wir sind ja aus rituellen Gründen da. Alfred wendet im Liegen den Kopf, schaut Horst mit hochgezogenen Augenbrauen an. Was ist, fragt Horst, traust du mir keine halbwegs intelligente Aussage zu? Doch, sagt Alfred. Er lacht. Danuser sagte von dir, zerfahren, aber eigentlich intelligent. Aber der Beste warst du, sagt Horst, du warst in allem der Beste. Nein, sagt Alfred, in Französisch zum Beispiel war Felix Auer der Star. Felix Auer, sagt Horst, hatten wir einen Felix Auer? Ja, sagt Alfred. Ich erinnere mich an keinen Felix Auer, sagt Horst. Wollen wir gehen, fragt er. Ja, sagt Alfred. Er steht auf, stellt sich neben Horst, zieht ihn hoch. Danke, sagt Horst. Alfred bückt sich nach den Stöcken.

Da stehen sie unter der Eiche auf dieser Lichtung, der eine im weißen T-Shirt, der andere im grünen, die Rucksäcke auf dem Rücken, der eine mit diesen Stöcken in den Händen. Er sagt, genau hier haben Marius und ich uns gestritten. Auch ihr, sagt Alfred. Ja, sagt Horst, ich weiß nicht mehr warum, wegen Gott, glaube ich. Ja, sagt Alfred, über den wird viel gestritten. Oder, sagt Horst, deinetwegen. Er wollte, glaube ich, nicht zugeben, dass er dich geträumt hat. Ach ja, er hat mich geträumt, sagt Alfred, was denn genau? Er hat dich geträumt, auf dieser Lichtung, zwischen Kindergräbern, deshalb dachte ich, du würdest sterben. Ach, so ist das, sagt Alfred. Aber komm mir nicht mit Psychologie, sagt Horst. Warum nicht? Wenn man was von Traum sagt, wisst ihr Psychologen alles besser, sagt Horst. Red nicht so dumm, sagt Alfred. Horst lässt sich aber nicht sagen, wie dumm oder wie gescheit er reden soll, wenn Alfred wolle, könne er schon mal vorgehen, er, Horst, finde dann den Weg mit Google schon. Und dann, sagt Alfred, nehme ich den Bus nach Santa Marinella und verschwinde wieder aus deinem Leben. Ach, Alfred. Horst lässt die Stöcke fallen und geht auf Alfred zu.

Mittwoch gegen Abend im August, zwei ältere Männer umarmen sich unter einer Eiche auf einer Lichtung, aus beiden Körpern strömt Hitze. Ich bin ein alter Idiot, sagt

Horst. Ja, sagt Alfred. Fang nicht wieder an, sagt Horst. Alfred lacht und löst sich aus der Umarmung. Geht und hebt Horsts Stöcke auf, reicht sie ihm. Er sagt, der Traum ist aber interessant. Siehst du, jetzt wirst du mich doch analysieren. Du hast ihn gar nicht geträumt, sagt Alfred. Stimmt, sagt Horst, das war Marius. Ja, sagt Alfred, auch der im Traum war Marius. Er hat sich selbst geträumt? Bestimmt, sagt Alfred. Und was bedeutet das? Wahrscheinlich das, was du meintest, einen Toten. Er hat sich selbst tot geträumt, sagt Horst, ach, Marius.

Mittwoch, Augustabend, zwei ältere Männer sitzen immer noch unter der Eiche, haben sich wieder hingesetzt. Die Zikaden sägen nur noch vereinzelt, am westlichen oder östlichen oder nördlichen oder südlichen Waldrand, wo genau, weiß man ja nie. Gehen wir, sagt Alfred.

Sie gehen auf der Längsachse der Lichtung nach Norden, weichen einmal einem Dickicht aus trockenen Disteln aus, einmal dem Mastixstrauch. Gehen weiter, bleiben stehen. Horst klopft mit einem Stock östlich der Achse auf den Boden. Hier war, sagt er, für mein Gefühl das Loch. Hier wollte Marius graben, der spürte die Dinge in der Erde, er hat im Tal unten mal eine kleine Figur gefunden, so ein flaches Ding mit ungleich langen Armen und Beinen. Ja, sagt Alfred, hast du gesagt. Der Hund spürte auch etwas, er bellte wie wild, und er half uns graben, sagt Horst.

Jetzt sägt nur noch eine einzelne Zikade, am westlichen Waldrand, mit immer größeren Pausen. Eine Grille beginnt zu zirpen. Ich habe es noch in den Ohren, sagt Horst. Was? fragt Alfred. Die Zikaden. Auch Alfred geht es so, man meint, sie noch zu hören, es pulsiert in den Ohren. Die Sonne steht drei Handbreit über dem Horizont, dort unten am tyrrhenischen Meer vor Santa Severa. Von dort kommt ein kühlerer Luftzug, die Blätter rascheln. Der ponentino, sagt Horst. Alfred sagt, gehen wir. Horch mal, sagt Horst. Was ist? Da läuft wer herum, da im Wald. Das ist der Wind, sagt Alfred. Gehen wir, sagt Horst.

Sie gehen weiter die Längsachse der Lichtung entlang, Alfred zieht das Telefon aus der Hosentasche, bleibt stehen. Sie schauen beide darauf. Horst nimmt die Stöcke in eine Hand, zeigt auf den Bildschirm. Hier war die Stelle, sagt er. Wart mal, sagt Alfred. Er dreht sich nach Westen. Da im Wald ist wirklich etwas, es raschelt im Unterholz. Ein Wildschwein wahrscheinlich, sagt Horst, gehen wir. Warte, sagt Alfred, ich habe die Stelle noch nicht gefunden, wo wir aus dem Wald gekommen sind. Da war eine Korkeiche, sagt Horst, gehen wir. Ich laufe nicht drauflos, sagt Alfred. Ja, richtig, sagt Horst. Marius, sagt er, hat mich einmal einen neurotischen Trottel genannt. Hm, sagt Alfred. Ja, sagt Horst, er schrieb das in einem Brief. Der schrieb dir das? Nicht mir, sagt Horst, Margrit, er schrieb es Margrit. Sie hat einen Packen Briefe von Marius, hat sie mir gezeigt. Sie hat auch die, die sie ihm geschrieben hat. Carmen hat sie ihr gegeben. Ich habe auch ein paar Briefe von ihm, zwei direkt an mich, und ein paar Fotokopien von Briefen, die er seinem besten Freund geschrieben hat, Robert. Dem schrieb er viel. Ich habe bei der Beerdigung auch ihn kennengelernt. Ganz klein, höchstens eins sechzig groß, Maler, hatte schon einigen Erfolg, dann hat er sich umgebracht. Alfred schaut vom Bildschirm auf. Ja, sagt Horst, auch er, ein paar Jahre nach dem Tod von Marius. Der hat das nicht verkraftet. Wir alle haben es schlecht verkraftet, noch lange. Ja, sagt Alfred. Ja, sagt Horst. Hast du auch die Briefe von Robert an Marius, fragt Alfred. Nein, sagt Horst, die sind verschwunden. Robert war enttäuscht, er hätte sie nach dem Tod von Marius gern zurückgehabt. Schade, sagt Alfred. Immerhin, sagt Horst, habe ich die Kopien der Briefe an Robert. Hat mir Margrit zugestanden, weil ich über Marius schreibe. Du schreibst über Marius? Ja, sagt Horst, mit etwas muss ich mich beschäftigen, ich kann nicht nur im Netz rumhängen oder in der Bar sitzen. Du bist immer noch der Loner, nicht wahr, sagt Alfred. Loner? Weißt du nicht, dass wir dich so nannten, fragt Alfred. Nein, sagt Horst, saht ihr das so, dass ich ein Loner bin? Ja, sagt Alfred. Ja? fragt Horst. Ja, sagt Alfred, weißt du nicht mehr, wie du immer wieder verschwandest, allein zur Höhi-Hütte hinauf. Nicht immer wieder, sagt Horst, selten. Oft genug, sagt Alfred, sie wollten dich von der Schule weisen. Das wusste ich gar nicht, sagt Horst. Danuser hat sich für dich eingesetzt, sagt Alfred. Du verschwandest doch auch immer mal, sagt Horst. Außerhalb des Unterrichts, sagt Alfred, und du warst das Vorbild. Ich war das Vorbild? Du brachtest mich auf die Idee, dass man verschwinden konnte. Ich habe dich nicht dazu verführt, sag das nicht, sagt Horst. Ich sage es nicht, sagt Alfred. Ich kann's nicht glauben, sagt Horst. Er klopft mit einem Stock auf den Boden. Du wärst, sagt er, womöglich doch mitgekommen nach Kathmandu. Alfred lacht. Du warst dann auch nie in Kathmandu, hast du gesagt. Fast, sagt, Horst, wir hatten schon gekündigt in Bregatsch, Ellie und ich, die Impfungen gemacht, für sie einen Rucksack gekauft, ich hatte schon einen, dann ist Marius gestorben und war die Beerdigung. Ach so, sagt Alfred, lass uns gehen.

Mittwoch im August, kurz nach Sonnenuntergang, zwei ältere Männer haben den Nordrand einer Lichtung in den Bergen von Tolfa beinahe erreicht. Aus dem Wald kommen auf einmal Töne, ein gleichmäßiger, in kurzen Abständen wiederholter, metallisch klingender Ruf. Alfred bleibt stehen. Was ist das, fragt er. Zwergohreule, sagt Horst, ganz kleine Eule, ruft praktisch die ganze Nacht. Du verstehst etwas von Vögeln, fragt Alfred. Ein bisschen, sagt Horst, will ich dann ausbauen, wenn ich mit dem Buch fertig bin. Dem Buch über Marius? Ja, sagt Horst. Hast du einen Verlag? Ja, sagt Horst, hat mir Margrit eingefädelt, sie kennt in Zürich alle. Er sticht mit seinem Stock auf den Boden ein. Die Stockspitze stößt auf etwas Hartes. Da ist was, sagt Horst. Wahrscheinlich ein Stein, sagt Alfred. Und wenn es doch das wäre, was ich suche? sagt Horst. Was suchst du? Nichts, sagt Horst, das Geschenk des Lebens. Das Geschenk des Lebens? Vergiss es, sagt Horst, ich weiß gar nicht, was es wäre. Er stößt mit der Stockspitze gegen das Harte unter der trockenen, bröseligen Erdschicht. Dann lass es uns ausgraben, sagt Alfred. Womit, fragt Horst. Ich habe das Taschenmesser, sagt Alfred. Er legt seinen Rucksack ab, holt ein rotes Schweizer Taschenmesser aus der Außentasche. Das Taschenmesser. Das hast du noch, sagt Horst. Ja, sagt Alfred, noch und wieder, du hast es mir zwischendurch gestohlen. Das stimmt nicht, sagt Horst, ich habe dir nie was gestohlen, das war Flösch, der klaute aus Hobby. Alfred sagt nichts. Ich klaute schon hin und wieder, sagt Horst, aus Not, wenn Viktoria vergaß, mir Geld zu schicken, aber von dir nie. Wir hatten ja auch die Einnahmen von den Tagesformen. Ja, sagt Alfred. Er klappt die große Klinge heraus, bückt sich. Wo ist die Stelle? Horst stößt mit der Stockspitze gegen das Harte. Hier, sagt er. Alfred sticht die Klinge in den Boden, auch sie stößt auf dem Harten auf. Er schneidet rechtwinklige Furchen in den Boden, schaufelt die Erde mit dem stumpfen Rücken der Klinge weg. Horst versucht, mit der Stockspitze zu helfen. Hör auf, sagt Alfred. Eine Handschaufel sollten wir haben, sagt Horst. Das Taschenmesser kratzt über das Harte. Pass auf, sagt Horst, zerkratz es nicht. Er versucht, sich hinzuknien, bleibt auf halbem Weg stecken, kommt nicht mehr hoch. Alfred steht auf, hilft ihm, sich aufzurichten, kniet sich wieder hin, schaufelt weiter mit der Klinge. Du bist wie Marius, sagt Horst, der hörte auch nicht mehr auf, er spürte was in der Erde. Alfred wischt sich mit dem Taschenmesser in der Hand den Schweiß von der Stirn.

Augustabend, nach Sonnenuntergang, noch gleich heiß wie am Tag, hier beim Graben in Bodennähe spürt man den ponentino nicht. Weiter oben ist eine Stelle mit einer Kuhle im Kalkgestein, natürlich? künstlich?, jedenfalls immer mit Wasser darin, jetzt im August wenig, aber auch jetzt vierzehn Grad. Auch die Luft ist da zwei, drei Grad kühler.

Schreibst du darüber, fragt Alfred. Worüber? Wie Marius hier grub. Ja, sagt Horst, darüber und sonst über alles, was ich von seinem Leben weiß. Margrit hat mir in den ersten Jahren von ihm erzählt. Hat mir auch erzählt, wie sie sich kennengelernt haben, war auch so typisch Marius. Alfred kratzt vorsichtig an der letzten dünnen Erdschicht über dem Harten im Boden. Horst sagt, er stand so lange an Margrits Gartentor, bis er in sie verliebt war. Dann machte er das mit einer anderen Frau auch gleich, einer Schauspielerin, Flora, dort stand er so lange vor der Tür, bis er sicher war, dass er sich für Margrit entscheiden musste. Mit Flora ging er aber trotzem ins Bett und erzählte ihr das alles. Wirklich? sagt Alfred. Ja, sagt Horst, hat mir Flora selbst erzählt, an einer ihrer Partys. In Zürich warst du kein Loner, sagt Alfred. Doch, sagt Horst, aber ich musste mitmachen, für Margrit als Anwältin musste social life sein. Ich drückte mich, wo ich konnte. Hat sie mir auch vorgeworfen. Alfred richtet sich auf, setzt sich hin, wischt sich mit dem Handrücken den Schweiß ab. Wollen wir es nicht in der Erde lassen, fragt er. Was? fragt Horst. Dein Geschenk des Lebens. Es ist ein Stein, was? Ja, sagt Alfred. Dann lass es, sagt Horst, gehen wir, es wird dunkel. Augenblick, sagt Alfred. Er fährt mit der Klinge des Taschenmessers über ein trockenes Grasbüschel, um sie beidseits zu reinigen, steckt das Messer in den Rucksack, holt die Flasche Egeria heraus, nimmt einen Schluck. Willst du, fragt er. Nein, sagt Horst, danke. Weißt du, sagt er, dass ich auch über dich schrieb. Alfred blickt zu ihm hoch. Ja, sagt Horst, dann habe ich das Manuskript verloren, es blieb in Bregatsch, als ich zur Beerdigung fuhr. Ich weiß nicht, ob Ellie es noch gesehen hat, sie ist ja eine Woche später durchgedreht. Ach so, sagt Alfred und steht auf. Was heißt, ach so, fragt Horst. Mein Tod war ein Roman. Na ja, sagt Horst. Und dann hast du mich liegen lassen und vergessen. Na ja, sagt Horst. Er beginnt zu weinen. Zieht das Taschentuch heraus, schneuzt sich. Es ist wahr, sagt er, ich habe dich vergessen. Ich habe die ganzen Jahre nicht mehr an dich gedacht. Das ist die Wahrheit. Verzeih mir. Ich habe nicht mehr an dich gedacht. Vergessen, nein, vergessen kann man eigentlich nicht sagen, aber nicht mehr an dich gedacht. Zu viele Dinge, die Bank, Margrit, unsere autistische Tochter, was sie nicht war, ich sagte immer, sie ist nicht autistisch, und jetzt ist sie normal. Hast du Kinder, fragt Horst weinend. Nein, sagt Alfred. Ja, sagt

Horst, ich habe die ganzen Jahre nicht mehr an dich gedacht. Aber als du über die piazza kamst, warst du wieder da. Vielleicht hattest du mich ja auch vergessen, sagt er. Nein, sagt Alfred. Ach, Alfred, wie konnte ich nur. Hör auf, sagt Alfred, gehen wir. Am westlichen Waldrand flattern drei weiße Nachtfalter. Ja, sagt Horst, gehen wir, es wird dunkel.

Mittwochabend im August, zwei ältere Männer, einer im grünen T-Shirt, einer im weißen, das man jetzt bessser sieht, haben in den Bergen von Tolfa den nördlichen Rand einer Lichtung erreicht. Der im grünen T-Shirt hat ein leuchtendes Telefon in der Hand, macht vier Schritte westwärts. Hier, sagt er. Er betritt durch eine Lücke im Brombeergesträuch den Wald. Der andere folgt ihm. Scheiße, sagt er. Eine Brombeerranke hat sein T-Shirt aufgerissen, einen Schranz gemacht, wie Marius als Schweizer sagen würde. Sie gehen im Zickzack durchs Unterholz, der vorn mit dem leuchtenden Telefon. Kommst du klar, fragt der hinten. Die Verbindung ist weg, sagt der vorn. Da war doch die Korkeiche, sagt der hinten, von hier geht's nach rechts, wenn ich mich richtig erinnere, rechts runter, ja, rechts, da. Bleib ruhig, sagt der andere, rede, wenn dich das beruhigt. Weißt du noch, sagt Horst mit dem Schranz im weißen T-Shirt, wie du den Hund von Aliesch beruhigt hast, Aliesch, ja, Aliesch, so hieß er, weißt du noch. Ja, sagt Alfred. Wann sehen wir uns morgen, fragt Horst. Wann du willst, sagt Alfred, geht es mit den Stöcken? Ja, sagt Horst, soll ich auch leuchten? Wenn du kannst, sagt Alfred. Horst nimmt beide Stöcke in eine Hand, zieht sein Telefon aus der hinteren Hosentasche, tippt die Taschenlampe an. Halte es höher, sagt Alfred. Schaffst du es, hier hinüberzusteigen, fragt er. Da ist ein Mäusedorndickicht. Ich will es versuchen, sagt Horst. Er reicht Alfred sein Telefon, steigt als Erster über die Sträucher. Der andere steigt ihm nach, mit zwei Telefonen in der Hand, verliert beinahe das Gleichgewicht. Pass auf, sagt Horst, die stechen. Und jetzt, fragt Horst. Folge mir, sagt Alfred, leuchte mir vor die Füße. So gehen sie durch diesen Augustwald. Horst sagt, um zehn in der Bar? In Ordnung, sagt der andere. Schade, sagt Horst, dass du nur so kurz da bist. Halt das Telefon tiefer, sagt Alfred. Sie weichen einem Stechwindendickicht aus, geraten nach Westen. Wir müssen mehr nach rechts, sagt Horst, da rechts runter. Ja, sagt Alfred. Sie schwenken nach Nordost, beginnen bei einer Steineiche den Abstieg. Morgen, sagt Horst, könnten wir in die Villa Giulia, ins Etruskermuseum. Du wolltest in den Parco dell'Acqua, sagt Alfred. Degli Acquedotti, sagt Horst, richtig, gehen wir da hin. Halt das Telefon tiefer, sagt Alfred.

Augustabend, über den Baumkronen ein Rest von Helligkeit, im Wald ist es dunkel, zwei bewegte Lichter zwischen den Stämmen auf dem nordöstlichen Abhang eines Bergs, eigentlich Hügels, bei Tolfa. Bald wird der hinter dem Horizont versunkene nahe Stern nur noch ganz im Westen die Atmosphäre rötlich färben. Einer im Wald, Alfred, bleibt stehen. Da hinunter, glaube ich. Auf Horsts Telefon erscheint die Warnung, die Batterie sei leer. Gehen wir, sagt Horst. Ich sehe den Baum mit dem abgebrochenen Ast nicht, sagt Alfred. Gehen wir, sagt Horst. Sei nicht nervös, sagt Alfred, rede, erzähl von deiner Ehe. Er lässt das Licht der Taschenlampe im Halbkreis über die Bäume fahren. Dort ist er, sagt er.

Sie steigen am Baum mit dem abgebrochenen Ast vorbei weiter den Abhang hinunter. Horst sagt, ja, meine Ehe, auch so eine Geschichte, erzähle ich dir morgen. Ich knips mal aus, bevor die Batterie ganz leer ist. Nur noch ein hin und her zuckendes Licht an diesem Abend im Wald. Nach einer Weile verschwindet es weiter unten zwischen den Stämmen.

Mittwochabend im August in Etrurien, in den Bergen von Tolfa, dreiundfünfzig Kilometer Luftlinie von Rom, zweiundvierzig Grad neun Minuten Nord, elf Grad vierundfünfzig Minuten Ost. Eine Lichtung. In ihrem südöstlichen Teil ein einzelner großer Baum, sein Umriss noch erkennbar. Dunkle Flecken von Gestrüpp. Grillen zirpen, im Wald ruft eine Zwergohreule.

Und es stehen Leute da. Was? Ja, Leute, den einen Arm vorgestreckt, die Hand erhoben, die andere Hand auf den Kopf gelegt, reglos. Wirklich?

Klar.

Zur Autorin

Christina Viragh, geboren 1953 in Budapest, kam mit sieben Jahren nach Luzern. Nach dem Studium der Philosophie und Literatur ist sie seit den 1980er-Jahren als Schriftstellerin und Übersetzerin tätig. Nach zahlreichen Publikationen erschien zuletzt der Roman *Eine dieser Nächte* (2018). Christina Viragh übersetzte u.a. Marcel Proust, Imre Kertész, Sándor Márai und Péter Nádas. Für ihre Übersetzung von Nádas' *Parallelgeschichten* erhielt sie 2012 den Preis der Buchmesse Leipzig. Für ihren Roman *Eine dieser Nächte* war sie 2018 für den Deutschen Buchpreis nominiert und erhielt 2019 sowohl den Schweizer Literaturpreis als auch den Kunst- und Kulturpreis der Stadt Luzern. Sie lebt in Rom.

Zum Buch

Zwei, die in den achtziger Jahren jung sind, stehen auf einer Lichtung in den Bergen von Tolfa nördlich von Rom. Horst hofft, hier im Herzen des Etruskerlands Artefakte auszugraben und sich mit dem Erlös die Freiheit zu erkaufen. Marius hat eine glänzende akademische Karriere vor sich und macht hier nur aus Lust am Spiel mit. Der Dritte im Bund, Alfred, ist an diesem heißen Augustmontag nur in einem Traum präsent, der aber für alle drei sehr reale Konsequenzen haben wird. So wie überhaupt jener Tag für sie und eine Reihe weiterer Protagonisten. Am Ende schließt sich der Kreis, auf dem sich die Geschichte durch die Monate eines Jahrs bewegt, an einem Mittwoch auf überraschende Art.

Montag bis Mittwoch führt an verschiedene Schauplätze, Rom, Zürich, eine kleine Stadt in Oberfranken, wobei Christina Viragh die Fäden menschlicher Beziehungen und Schicksale über Zeiten und Distanzen hinweg zu einem lebendigen Teppich verknüpft.

Die Autorin dankt der Schweizer Kulturstiftung
Pro Helvetia und der UBS Kulturstiftung
für die Unterstützung dieser Arbeit.

schweizer kulturstiftung
prohelvetia

Dieses Buch wurde klimaneutral gedruckt.

Der Dörlemann Verlag wird vom Bundesamt für Kultur für die Jahre 2021–2024 unterstützt.